繁花 上

Blossoms

金宇澄

浦元里花＝訳

早川書房

繁花
〔上〕

繁花
by
Jin Yucheng（金宇澄）

Originally published in 2013 as 繁花 by
Shanghai Literature & Arts Publishing House in China.

Translated by
Rika Uramoto
First published 2022 in Japan by
Hayakawa Publishing, Inc.
This book is published in Japan by
direct arrangement with
Archipel Press.

装幀／鳴田小夜子（KOGUMA OFFICE）
挿絵／金宇澄

神様は何も仰《おっしゃ》っていない。何もかも自分で決めればいいようだ……

屋根裏部屋に一人上がるのは夜が一番。

香港映画『欲望の翼』のラストシーンに登場するのはトニー・レオン扮する男。もうそんなに若くもないのに、あれこれ理由をつけて勝手気儘《きまま》に暮らしている。灯りの下で数えた紙幣をスーツのポケットに突っ込み、また次の束を数える。手にしたトランプを指先でひねり裏表をひっくり返して確かめると、内ポケットに忍ばせる。少し屈むと背筋を伸ばし鏡に向かう。七三分けの髪に念入りに櫛《くし》を入れる。そんな外見へのこだわりに反し、中身はお粗末なもの。最後に灯りを消す。——今しがたまでは慌ただしい時間がすぎていたが、もう落ち着きを取り戻している。男のそんな姿に、この街の運命が重ね合わさってくる。不幸な出来事もいつかは終わる。たった三十秒くらいのシーンだが、そこにこの街の香りが漂っている。

嘘だと思うなら、天窓から覗いてみるがいい。あぁ、夜の上海——幾重にも折り重なった瓦屋根に地方劇の独特な節回しが木霊《こだま》し、ネオンサインがまたたいていた、往時の賑わいが眼に浮かぶ。

六十年代、聞こえてくるのは鶴の一声、ご無理ごもっとも。〝ごちゃごちゃしたもの〟より〝あっさりしたもの〟がよいとされたのもその頃のこと。

その後、かつての賑わいを取り戻す景色が現れた。風に運ばれる蘇州河の湿り気、立ち込める高菜とキグチ（キグチはニベ科の海水魚）のスープの匂い。あなたと行きたいパリの街、あぁ、パリの街……そんな歌も聞こえてくるようになった。向かいに誰かが引っ越してきたようだ。窓辺に見慣れぬ可愛い服がかかっている。黒い瓦屋根を飛びかうのは白鳩の群れ。

八十年代になると人々は頭の良さを発揮し、飯屋をオープンする時は地面を一メートルほど掘り起こし、地下へ店を拡張した。屋根裏部屋方式が飯屋の店構えにまで使われたのである。

その頃、二階建て風のそんな店が乍浦路や黄河路、ガーデンホテル近くの進賢路にも見られた。店には俯き加減で入らなければならない。屋根裏部屋の手すり越しに娘たちの脚が見えてしまうから。豊子愷《フォンヅカイ》（一八九八―一九七五）がエッセイ「肉腿」（一九三四年）で描いた、並んで水車を踏む足を彷彿《ほうふつ》とさせる。

上から聞こえてくる娘たちの話し声にうつつを抜かし、店に充満する料理の匂いに心奪われた男は酒を飲むどころではなくなってしまう。

古代ローマの詩人が言っている。品のない俗っぽい話でないと、人は喜んでくれないもの――（マルティアリス）。

目次

プロローグ

滬生《フウショーン》は静安寺市場を通りかかった時、誰かに呼ばれたような気がした。見ると声の主は陶陶《タオタオ》。以前付き合っていた女、梅瑞《メイルイ》の家の近くに住む男だ。

「おぅ、陶陶、カニ売り始めたんか」

「長いこと会《お》うてへんな。お茶でも飲んでいかへんか」

「いや、用事があるから」

「寄っていってくれ。ええ眺めやし、見ていけや」

滬生はしぶしぶ寄ることにした。陶陶の妻、芳妹《ファーンメイ》がにこやかに会釈する。

「滬生さん、いらっしゃい。うち、ちょっと出かけますし」

二人は寝椅子に寝そべり、芳妹のしなやかな後ろ姿を見送った。

「ますますスタイルようなってきたな」と滬生が言う。

陶陶は黙っている。

「嫁さんは人のものがエエって言うけど、ほんまにそのとおりや」

「オレ、嫁はんがいやになってきた」と陶陶が返す。

「無責任なこと言うなよ」

「夜になったら煩わしい」

「え?」

「毎日〝お勉強〟しなアカンのや。一日やらんかったら事が起こる。二日やらんかったらもう這い上がれん。もう体がもたん。ほんまにやりきれん」

「今オレが抱えてる裁判やけどな。旦那が毎晩〝お勉強〟するもんやから、嫁さんがやりきれんっていうのがある」

「女ていうてもみんな違うもんやなぁ。寂しい思いしながら夕刊読んだり編み物したりして待ってるけど、それで二、三分経ったら『もうええやろ、早《はよ》うして』とか言う、そんな女もいるんや」

「ほんまか。そんなヤツめったにおらんやろ」

「湖心亭（預園にある茶房）のオヤジの本、読んだことあるか」

「何やて」

「上下になった『春蘭秋蕊』ていうの。清朝の人が書いたんや」

「知らん。そんな本、ほんまにあるんか」

「毎日毎日、朝も晩もお姫様はやる気満々……とかいう話なんやけど、そんなん信じられんかった。それが嫁さんもろうてわかるようになった」

滬生は腕時計をみた。

「もう行くわ」

「ゆうべもやっと平和になったと思うたら、夜中に起こされてまたや」

滬生は黙っている。

「こんな夫婦関係、オレにはもう無理や」

　滬生はまだ黙っている。

「離婚したいとずっと思ぅてるんや。なんとかしてくれ」

「旦那っていうもんは嫁さんの顔を立てなアカンもんや」

「お前みたいになれってか？　白萍《バイピーン》が外国に行って何年も経つのに離婚してへんもんな」と陶陶がせせら笑う。

　滬生はばつが悪くなり、時計を見て帰ろうとした。

「ここ、ほんまに景色ええやろ。外は明るいし。あばら家の中は暗いけどな。低い寝椅子に寝転んで、英気を養うんや。オレには頼れるものがあるし、落ち着くんや」と陶陶が言う。

「店は何時からや」

「五時前になったら、オレ、近所のばあさんやねえちゃんらとなんぼで売るとか、友達みたいに喋ってる。その頃から店はじめてる」

　陶陶はノートを広げて滬生に見せた。そこには女たちの名前、住所、電話番号が書いてある。かなりの量だ。陶陶はズボンをポンポンと払った。

「これ、香港の友達がくれたズボンなんや。商売するんやからちゃんとした服着てなアカンやろ。カニを家まで届けるんや。わかるか。部屋まで入ってお茶飲んで、人生について語ることもあるからな」

　滬生はまだ何も言わない。

　斜め向こうから伏し目がちに歩いて来る女がいる。三十過ぎ。足取りは軽やかでしなやかだ。陶陶は声をひそめた。

「ほら、来た来た」

女に声をかける。

「ちょっとちょっと、おねえさん」

女は表情を硬くする。

「ほら、どれもこれもええカニや。昨日も言うたやろ。女は身なりが一番大事やって。でも食う物はそれよりもっとほんまの役に立つしな」

女が笑う。

「な、オレのところが絶対安いんやから」

女は黙ったまま店に近付いて来る。滬生は店のボックス席にでも座っているかのような気持ちになった。灯りのせいで、女の髪の毛一本一本が光っている。女は起きているのかいないのかわからない、少しつり上がった目でカニの入った桶を見た。

「おねぇちゃんは一人で食うんやから、オスメス一匹ずつで十分やろ」

「ちょっとおにぃちゃん、声が大きいわ。私が一人者やって人に聞かれたらかっこ悪いやん」

「一人でカニ食うのもムードあるやないか」

「やめてって。聞こえが悪いわ」

「はいはい」

陶陶は表へ出ると、保冷用桶の蓋を開けた。二人でカニを見て談笑している。女は決心できない。

「うーん、よう見てみるわ。どうしようかなぁ」

しかしやはり行ってしまった。

陶陶が戻って来た。

「もう何回も来てよるんや。オレに何かあるみたいやろ。絶対また来るぞ」

滬生は黙っている。

「こういうふうにお愛想言うのは忍耐力がいる。ほんまは簡単なことなんやけどな。まぁたいしたことはない。カニを持って行ってやったらそれでエエんや」

「もう行くわ」

「オレはほんまにようわからん。女がカニを見る目、なんで男を見る目と同じなんかなぁ」

滬生は笑いつつ店を出る。陶陶が追いかけてきて何かの包みを手渡した。

「気持ちだけ受け取ってくれ」

「何のマネや」

「こないだから友達の玲子《リーンツ》っていうヤツが離婚騒ぎ起こしてるんや。力になってくれへんか」

滬生が取り出した名刺を陶陶は受け取った。

「ほんまは女の弁護士を知ってるんやけどな。昔は路地の花、今はもう五十過ぎや」

「もう行くわ」

「先月、客に頼まれて十五棟のA号室にカニを届けたんやけど、着いたら女がドアを開けた。綺麗な〝花〟や。喋ってるうちに、昔話に花が咲いて楽しかったわ。何日かしてまた行った。それからどうなったかはわかるやろ」

陶陶は滬生をポンと叩いた。煩わしくなってきた滬生はひょいと身をかわす。

「おもろいやろ」

「女に囲まれてんのはエエけど、火傷すんなよ」

「女は花。男はミツバチや」

「もう行くわ」

さっき手渡された包みを陶陶に返し、そそくさとその場を離れた。

三日後、陶陶が電話をかけてきた。自分と小さな旅館を経営しないかと言うのだ。場所は恒豊路橋、駅の傍だから、儲けもいいらしい。しかし滬生は即答で断った。

陶陶はカニを売ることで十分いい思いをしているくせに、そのうえ旅館の経営に手を出そうとしている。女と接触するチャンスがもっと増えるわけで、その魂胆は見えすいている。しかし芳妹は役者が一枚上。旦那の様子がおかしいからと、毎晩〝罰金〟を、それもたんまり払わせる。いいやり方だ。

以前、滬生は彼女の梅瑞に会うためよく新閘路に行っていた。二人は夜間の法律学校の同級生。喫茶店に通ううち、いい仲になった。

八十年代、男女が会うときは個人営業の小さい喫茶店に行くのが普通だった。中は暗くて静か。ゴキブリはいたが。いつもどおり二人は喫茶店に行った。

「滬生、私以外に女がいたとはなぁ。二股かけてたんかぁ」

「そうや。白萍ていうんや」

「一ヶ月に何回会うん」

「一回や」

「よくもまぁ、そんなこと平気で……」

「知り合いの紹介や。顔は普通やけど、家があるのがエエとこやな」

「滬生は正直すぎるわ。何もかも言うてしまうんやから」

「言うとかなアカンやろ」

梅瑞が笑う。「前からおかぁちゃんに言われてるんよ。軽はずみなことしたり、二股かけたりしたらアカンって。でもほんまは私も彼氏がいるんよ。結婚しようってずっと言われてる。北四川路に家があるんやけど」

「エエ条件やないか」

「私は結婚なんかしとうない」

滬生は口をつぐんだ。

「この話になったらもうイヤになるわ」

黙ったままの滬生だった。

梅瑞がもたれかかってくる。

会うと二人はたいてい映画を観たり公園を散歩したりした。美琪《マジェスティック》シアターや平安シアターにはカップル用の喫茶室がある。鼻をつままれてもわからないくらいの暗闇にボックス席が並んでいる。長江を行く汽船の大部屋のようなもので、どこもかしこもカップルが甘い夢に浸っていた。

いつのことだったか、梅瑞と滬生が座って数分後、抱き合った途端に梅瑞の肩を叩く者がいた。梅瑞は驚き、滬生も手を放し姿勢を正した。ソファの横を見上げると髪を高く結った女が立っている。暗いので白目が際立っていた。梅瑞の体がこわばり震えるのを滬生は感じ取った。梅瑞がその女に言う。

「何のまねよ。用事があるんやったらどうぞ」

「姉妹になる約束までした仲やのに、私のこと忘れたん?」と女。

梅瑞はしばらく呆気にとられていた。

「今とりこみ中やし」

女が向こうの方のボックス席を指差す。

「わかったわ。とりあえず向こうのソファに行っとくわ。いつか絶対みんなで晩ごはん食べような。それから南京路でも歩こう」

女はその場を離れソファに座る。タバコの先が光り、その光がほのかなウォールライトにとけこんだ。黙ったままの梅瑞に滬生が小声で言った。

「梅瑞、今、何かとりこみ中なんか。何するつもりや」

梅瑞は狙いを定めて滬生の太ももをおもいきりつねった。

「もう行こうっ！　ホラッ！　早うしてっ！　こんな暗い所やのに、知り合いに会うてしもうて、ついてへん。運が悪いわ」

気まずくなった二人は抜き足差し足、こっそり店を出た。外に出てみると、まだ太陽は高く午後三時。梅瑞はくさくさしていた。

「あの女、私が農村に行かされてたときの農家の娘なんよ。何回か行き来もあったけど、なんでまた会わなアカンの。おかしいん違うか」

「挨拶もせんとこんな風に出てくるの、失礼やないか」

「もう結婚もして浦東に住んでるんよ。そやのにわざわざフェリーに乗ってまでこんな所に来て、こんな暗い所でコーヒー飲むやなんて、絶対〝腐敗〟してるわ」

滬生は笑った。

「私、居民委員会のおばちゃんみたいなこと言うてるわ。口開けたら人のことを〝腐敗してる〟とか〝堕落してる〟とか」

「ほんまやな。腐敗で思い出したけどな。蔣介石のこと書いた『金陵　春の夢』（作者は唐人。五十年代『新晩報』に連載。二〇〇一年っていう小説なんか、蔣介石がもの言うたら〃くそったれ〃ばっかりやし、『侍衛官日記』（作者は宋喬。一九五二年出版）なんかどのページ見ても宋美齢が〃ダーリン！　ダーリン！　ダーリンがあぁしてこうして……〃や」

梅瑞は夜学を三ヶ月で諦めてしまったが、よく正門まで来て滬生の授業が終わるのを待っていた。二人で軽食を食べ、そぞろ歩きをした。新聞路の突き当たりにある蘇州河の畔《ほとり》まで行くこともある。そんな時、滬生は梅瑞を路地へ送り届けると一人武定路まで戻っていた。

あるとき梅瑞から電話があった。

「滬生、今日うちのおかあちゃん、仕事で蘇州に行ってるわ。プラスティック原料のことで用事があるらしいんよ。夜も帰ってきぃひんから、ゆっくりしていって」

その夜、滬生は新しいタイプのその路地に向かった。かつて、映画スター阮玲玉（一九一〇―一九三五）も住んでいたという。三階まで上がった。どの階にも三部屋あり、入り口のドアにはカーテンがかかっている。

二人でお茶を飲んでいるうち、梅瑞がもたれかかってきた。その日は半時間ほどで部屋をあとにした滬生だったが、その後よく梅瑞の部屋を訪れるようになった。

こういう路地は静かだ。そこにある住宅をこの街では〃サッシ付きの部屋〃といっている。もし梅瑞の一家《いっか》が古いタイプの路地に住んでいたら、床は歩く度にガタピシ揺れ、壁の隙間からはお隣さんが子供を叱る声や紹興芝居（浙江省紹興の伝統芝居）を口ずさむ声が漏れてきただろう。修行僧ならいざ知らず、もしそんな環境で暮らしていたのなら、二人は灯りを消して一言も喋らず、まわりに気を遣ってばかりいただろう。

梅瑞があたりを憚《はばか》らないのは、家の構造のおかげだと思うこともよくあった。

あるとき梅瑞が言った。

「私、貿易の仕事してて、収入もまぁまぁやろ。でも今は個人経営の会社やったらもっと儲かるらしいから、そういうところの社長と一緒にやりたいんよ」

「オレの友達にアフリカと取引したりしてるヤツがいるわ。他にもいろいろやってるみたいや」

「なんていう名前」

「阿宝《アァバオ》や」

梅瑞は滬生をポンと叩いた。

「なぁんやぁ。宝社長さんやん。そらもう有名人やわ。しょっちゅううちの会社に来て、同僚の汪《ワーン》さんと仕事してるわ」

滬生が口をつぐんだ。

「はじめのうちはあの宝さんって何か下心がある、絶対汪さんと何かあると思ってたんよ」

「付き合《お》うてるんか」

「汪さんはもう旦那がいるわ」

「それやったら絶対に普通の付き合いやろ。オレはあいつと何百年も付き合いがあるんや。仕事一点張りで、いらんことに〝投資〟するようなことはせぇへんわ。ほんまに誠実なヤツや。紹介してもエエけど」

「汪さんがきっといやがるわ」と梅瑞は頬を赤く染めた。

「気にせんでもエエやろ。来週、あいつも呼んでご馳走するわ」

約束の日、二人は居酒屋、〝梅龍鎮〟に行った。梅瑞はスーツ姿。香港の中環《セントラル》地区から取り寄せた新作で、体にフィットして仕立てもいい。髪はセットしたてで、鼻をつくほどの香りがする。座って暫くしても鏡を取り出して繰り返し覗きこんでいる。

「オレのツレと会うんやから、梅瑞も普段着につっかけでエエのに。その方が阿宝も喜ぶやろうし」

「ひどいわぁ。つっかけ履いて普段着でご飯食べろって、そんなんむちゃくちゃやわ。正装して来るの、当たり前やろ」

阿宝が入ってきて挨拶が交わされた。

「梅さんは滬生の友達。ですから僕にとっても同じです。今後ともどうぞよろしくお願いいたします」

「宝さん、私をお忘れですか」と梅が笑う。

「……」

「私、汪の同僚ですよ」

阿宝は一瞬ぽかんとしていた。

「え――っ！　あぁ、そうでした、そうでした。すみません。ほんまにすみません」

梅はその日、ほほえみを絶やさず豊かな表情で、穏やかな言葉づかいをしていた。食事の間、三人とも楽しく和やかに談笑した。

当時、個人経営の会社には自由に輸出入をする権利がなく、外国から注文を受けても国営の貿易会社に所属して取引をしなければならなかった。

ある日、汪の所に阿宝から電話があった。

「汪さん、ほんまに申し訳ないんですけど、この前、かなり上の指導者から指示がありましてね。僕のところの注文リストを出すように言うてきまして、それをそちらの梅瑞さんに作らせるようにって言うてるんです。これからは梅瑞さんとしか連絡が取れんようになります。どういうことかは汪さんもおわかりやと思います。申し訳ありません」

汪は黙っている。

「従うしかありません。梅瑞さんは事情をご存じではありません。全部、上の意向です。ご理解ください」

気落ちした汪。「そうなんですか」

「気を悪くされたでしょうね」

「とんでもない。広東人《カントン》が言うてますわ。お商売はみんなでやるもの。金は天下のまわりものって」

「すみません」

「上のかたって誰なんでしょう」

「気を悪くされたんでしょう」

「いいえ。わかったつもりです。それでよかったんです」

阿宝はひとことふたこと話をして電話をきった。汪の機嫌を損ねたに違いない。それくらいのことはわかっていた。

前にも何度か食事に誘ったことがあるが、そのときも夫の宏慶《ホーンチーン》のことに触れると、ひどく不機嫌な顔をしていた。しかし阿宝は終始一貫して気づかぬふりをしていた。国営の貿易会社とやっていくのは、人のふんどしで相撲をとるようなもの。でもその見返りに、取引が成立して決済が終わると、規定のコミッションを払わねばならない。情を挟むのはご法度だ。だから今、汪はわかったとしか言えない。もし阿宝と汪が怪しい関係だとすると、汪が騒いで話がこじれ、収拾がつかなくなるだろう。

それからというもの、阿宝は会社へ行くととりあえず汪には挨拶だけし、仕事の事は梅瑞と話し、波風が立たないようにしていた。梅瑞のほうは嬉々としている。滬生の前でもつい阿宝のことに触れたりしていた。

春。郊外の公園で花見をして、その後食事に行こうと、梅瑞が滬生と阿宝を誘った。男二人に女一人、灯りの下でお喋りに興じた。窓の外は雨。テーブルにはボトルとグラス。心に残る夜になった。

一ヶ月後、梅瑞は滬生と会う約束をしていた。梅瑞は美麗園にある会社をゆっくり出た。疲れきって元気がない。

「もう帰りたい」

静安寺まで来たばかりなのに。

「風邪でもひいたんか」

「やっぱり滬生とはもう終わりにしなアカンわ」

「北四川路のヤツと結婚するんか」

梅瑞は手を振った。

「冷静に考えてみたいだけ」

滬生は口をつぐんだ。

「これからは滬生の妹としてやっていってもエエやろか」

「うん」

「お兄ちゃんやったら、自分の気持ち言うてもエエかな」

「うん」

「こないだからずっとおかあちゃんと喧嘩してるんやけど。滬生は家がないし、お父さんとお母さんも文革のときやり玉にあがってたから条件悪いって言うんよ」

「わかった」

「ごめん」

滬生は黙っている。

梅瑞はうなだれている。

「尊敬できる人ができたのが大きいんやけど」

「わかった」

「あの人のことが気になってしょうがないんよ」

「わかった」

「誰やと思う」

「阿宝やろ」

「正直に言うしかないわ。初めてあの人に会うたとき、ゾクッとしたんよ。それからも会う度に背筋がゾクゾクして、それもずっとなんよ。もうこれ以上隠してんのイヤになったし」と梅瑞はため息をつく。

「言うてしもうたらエエんや」

「あの人、私のこと何か言うてた？」

「言うてたらお前に話してるわ」

「あの人、私のことなんか全然気にしてへん。相手にしてくれてへん」

「あいつは忙しいからな。貿易の事しか頭にないわ」

「彼女もたくさんいたんやろ」

「一言では言いにくいなぁ」

「なんで別れたんやろ」

「オレにはわからん」

「私、決めたんよ。絶対あの人を放さへんって。もうどうしようもないわ。ほんまにどうしようもないくらい尊敬してんの」

「仕事しながら、いろんなコツも教えてもらえるんやな」

「あの人、前の彼女とはなんで別れたん」

「……」

「あの人のほうから切り出したんやろか。それとも……」

滬生は頭をかいた。

「それはなぁ」

「あの人が私のこと何か言うてたら教えてな」

「そうするわ」

梅瑞は力なく言い、涙をこぼした。

「今はあの人の気持ちを知りたいだけ」

二人の関係はそれで終わった。

一九九〇年のある夜、滬生は道で陶陶に出くわした。

「滬生、弁護士になったらしいな」

滬生は笑うだけだった。

「結婚して一年目で、嫁さん、外国に行ったんやて?」と陶陶。

「どこから聞いてきたんや？」

「あの頃、滬生は白萍と結婚したがってたやろ。それで仕事を紹介するっていう口実作って、それまで付き合うてた梅瑞に阿宝を紹介して、それで自分は身を引いたんやろ。うまいことやったな。おい、笑《わろ》うてるだけか」

「どこで聞いたんや」

「梅瑞が言うてたわ」

滬生は黙っている。

「その宝さんとやら、けっこうやり手らしいな。どっちつかずの態度取られたから、結局、梅瑞は北四川路の男と結婚するしかないようになった」

滬生が時計を見た。

「用事があるからもう行くわ」

「女ってほんまにわからんわ。いつも反対のことを言いよる。誰かのことが好きやったら、あっちこっちでそいつの悪口言うてるけど、ほんまはそいつのことが前から好きなんや。違うか」

滬生がこっちを向いた。

「また今度にしよう」

陶陶が滬生を摑まえた。

「こないだすごいニュース聞いたんや。ものすごい話や。聞きたいやろ」

「今忙しいんや。またな」

「ほんまにびっくりするぞ」

「おまえが言う〝びっくり〟なんか、誰それがエエ事したとか、女の先生が生徒の父親を好きになったとか、どこかのアホがお隣さんのブラジャーを盗んだとか、そんなもんやろ」

「絶対おもしろいって。あのな」

「今、忙しいし、暇な時またな」

陶陶が滬生を引っぱる。

「かいつまんで言うたるわ。道路ぞいに露店出してる男と女がいたんや」

「手、放してくれ」

陶陶が手を弛《ゆる》めた。

「狭い道挟んで、男は卵売り、女が魚売りやってた。女のほうがちょっと年上や」

「簡単に言うてくれ」

「道が人でいっぱいやったらお互い相手が見えへん。でも店じまいの頃には人も減って、お互い相手が見えるわけや」

「どういう意味や」

「卵は箱半分が売れ残りや。魚は全部売れて、女はそこらを水洗いしてた。店じまいまでまだ小一時間あるけど、そいつら、もうずっとそんな仲で、道路越しに目配せしてバチバチ燃えてた。結果はな」

「残った卵と魚を分けおうた」

「いや違う。そんな物、何の意味があるんや。そういう事になってるんやから、もうご飯も喉を通らん。やりきれんようになって爆発寸前やったんや」

「食べられへんていうことは肝臓でも悪いんか」

「何アホな事言うてるんや」

滬生は時計を見た。陶陶が続ける。

「すぐ傍の三十六番地に、背の低いばあさんがいてな。身長一四三センチや。暑い日やった。お日ぃさんがきついなぁ、暑すぎるなぁってばあさんは思うてた。魚売りの台の下はどんどん暗《くろ》うなってくる。よう見てみたら、女が脚を開いてるやないか。それも白い蝶々が羽を開いたり閉じたりするみたいにしてたな。よう見てみたらな。あんまりやないか！　スカートの中、スッポンポンなんや」

滬生がそっぽを向いた。

「わかったわかった。オレ用事があるからもう行くわ」

陶陶が滬生の肩を引っぱる。

「こんなすごい話、聞いたことあるか。聞けよ」

「かいつまんで言うてくれ」

「太陽がかんかん照りで暑かった。店の台の下は真っ暗やから秘密がある。ちっこいばあさんは老眼や。札も触ってつまんでみんことには区別がつかん。でも遠くは望遠鏡並みや。女の下の方の、開いた羽が見えるんや」

「もう時間がないし、またにしよう」

滬生は時計を見たが、また陶陶に摑まった。

「女の目は卵売りの男をずっと追っかけてる。ばあさんは痰を吐いて踏みつけながらぼやいてる。ついてへん……縁起でもない……今日はついてへん……悪いことばっかりや……ほんまにいやらしい……て」

「もうエエわ。聞いた聞いた。もう行ってエエやろ」

「なんで行くねん」

「それがどうしたんや。その台の下はプライバシーや。商売には影響ないやろ」

「考えてみろや。毎日そんなんで、滬生は辛抱できるかもしれんけど、オレは無理や。卵売りの男も辛抱できんようになって事が起こったんや」

「もう行くわ。続きはまた今度な」

「アホな男の、こんなおもろい話、なんで分けて話さなアカンのや。昔風の長い服着て扇子持った蘇州の講談師とか、『皮五辣子』（江蘇省揚州の講談）を語る講談師と違うんや。のんびり分けてなんか話せるもんか。せっかくおもろい話したってんのに、お前みたいなヤツにかかったらかなわんな」

滬生は時計を見た。阿宝とは八時半の約束だ。茶房〝凱司令〟で待ち合わせをしている。

「もっとかいつまんで言うてくれ」

「これからがますます緊迫してくるんや」

「それでどうなったんや」

「三十六番地のばあさんがな。わかるやろ。昔、有名やった〝ジェスフィールド通り七十六番地〟の女特務みたいなもんや。すぐ居民委員会に飛んで行って報告しよった。でもそんなもんは仕事もせんと家に閉じこもってる者のただのおせっかいやって委員会で言われた。〝どこかの街の遊び人で、朝はお天道さまと一緒に動きだして夜は夜露の中で動き回るヤツがいた。服もろくに持ってへんから、三人でズボンも交替で穿くようなヤツラがおっても珍しいことやない。でも今は御達しがあって、エエ事やってる現場やなかったら居民委員会も関わりを持たんのや〟って言われたんや。ばあさん、くさくさして、朝早うに行って待ち伏せすることにした。誰をやと思う」

「わからん」

「魚屋の女の旦那や。毎朝そこらがぼんやり明るうなってきたら、仕事に出る嫁はんを自転車で市場まで送って行って、二人で豆乳飲んでおこわを食う。旦那はまた自転車こいで仕事に行く」

「かいつまんで言うてくれへんか」

「いつやったかなぁ。旦那が自転車こいで角を曲がった時、あのばあさんに声かけられて、あの事を全部聞かされたんや。旦那は信用せんかった。それで、自分の嫁さんのことはちゃんとわかってなアカンってばあさんに言われて、頭がくらくらしてきた」

「何くらくらしてるんや。オレでも信用せんわ。そんなばあさんの言うでたらめなんか、誰が聞くもんか」

「いや、信じたはずや。表には出さんけど、心の中ではな。旦那やったら絶対にいろんな事勘ぐるはずや」

「お前、人が何考えてるかもわかるんやな」

「話したら長《なご》うなるけど、かいつまんで言うてるんや。ほんまはこの話、何時間もかかる事なんや」

「人の災難を楽しんで、何がおもろいんや」

「そのばあさんもかなりのやり手や。それからは旦那も気ぃつけるようになって、前とは違う気持ちになってきた。見た目には手の内が見えんようにして、裏ではずっと嫁はんのことを見張ってた。あっちからもこっちからも、昼も夜も何もかもな。喋りだしたら何時間かかっても足りんわ」

「ほんまにもう、何時間喋るつもりや」

滬生が時計を見たので陶陶はスピードを上げる。

「旦那は毎日、早番か昼から勤務や。ほんまのとこを知りたいと思うても無理や。もし嫁さんに何か動きがあったらすぐに教えてくれって、近所の友達に頼んどいた。そしたら何日かして聞かされたんや。たいてい〝時分《じぶん》どき〟になったら女が先に家に帰って、十五分ほどしたら男がその家のある路地に入って行って、三階まで上がる。三階だてやけど、みんな仕事に出てるから上も下も誰もおらん。大人も子供もな。一時間もしたら卵売りが俯いて出てきて、ゆっくり路地を出て行くらしいわ」

滬生は肩を落とした。

「そんなひどい事、報告したんか。ほんまにえらい事になったやろ」

「そうなんや。旦那は自分の見習い工を三人、路地の仲間五人を呼びつけた。昔、ジェスフィールド通りにいた特務の李士群（一九〇五―一九四三）と一緒や。みんなに任務を言いつけといて、自分は先ず紡織工場に出勤してから時計を合わせた。休み時間を調整して工場を出る。十一時半過ぎたら、路地仲間がとりあえず路地の靴屋の傍に行く。魚売りの女が帰って来て鍵開けて部屋に入るのが見える。手振って仲間に知らせる必要もない。道のはす向かいに〝大明〟って食堂があるんや。他のヤッらはそこであんかけ麺とかを喰うてる。女の後から卵売りの男が路地に入って行って家の戸を開けて入んの見たら、仲間が立ち上がって靴屋の脇から大急ぎで〝大明〟に行く。見習いの三人はレバー入り麺と湯葉料理を喰うてたけど、旦那は注文もせんと血相変えてた。食欲なんかナイわな。仲間が旦那に首で合図したら旦那も首振ってタバコを揉み消して立ち上がった。弟子らは顔を碗に突っ込んでかきこんで、ええかげんに食べて箸を投げ出して、みんな出てきた。男が入ってから二十分ぐらい経ってた。後先になりながらスピードあげて路地に飛び込んだ。三階を見たらもうカーテンが閉まってる。時計見たら二十五分や。何か言うたんやろな。旦那が見習いを一人連れて、上へ飛んで行った。残った見習い二人は路地の裏と表で見張りしている。男が屋根伝いに逃げんようにするためや。仲間はただのスパイやし黙ってた。何もかも見て見ぬふりや。壁にもたれてタバコを吸うてる。それで結局な……」

陶陶は胸を押さえている。息切れし暫くは話ができなくなっていた。

滬生は余裕があるわけではないが、もう焦りもしていない。阿宝を待たせてでも、今ここを動くことはできない。まるで自分がその場に居合わせたような口ぶりで陶陶が話すのを目《ま》の当たりにしていると、少しくらい遅れてもいいとさえ思えてきた。

ゆっくりとした語り口調の『西廂記《せいそうき》』を聴くようなもの。召使いが下へ降りてくる。贅《ぜい》を凝らした階段を歩く姿……とてつもなく長い時間をかけ、どんなにもったいぶった語り口であったとしても聞かねばならない……それと同じだ。

「ゆっくり説明してくれるか。卵売りの男はお前自身でもないのに、何を緊張してるんや」

「そら緊張するわ。喋ってるうちになんぼでも緊張してくる」

「人の嫁さんに手ぇ出したりして、火傷には気ぃつけなアカンな」

「そうかな。滬生、ハッキリ言うてくれ」

「何考えてんねん。今はオレがお前の話聞いてるんやないか。大丈夫か」

陶陶はニヤニヤするだけだった。

「こんなこと喋ってたらオマエは元気やな」

「一番元気なんは女の旦那や。昼間の路地は人も少ない。弟子らはドンドンドンって階段を走って上がって、ドーンって体当たりして部屋の戸を壊したんや。紡織工場で安全係やってるんやけどまだ力が余ってる。戸も鍵も何もかもボロボロになって弾き飛ばされた。下で見張ってた見習いが大声出す！　えらい大きな声や。仕事場は機械の音が大きいから、喋ったらどうしても大声になるんや。逃げるなっ、そこにおるの見えてるぞ、阿三《アサン》、そいつを逃がすなよ、絶対逃がすなよーっ、見えてるぞー、ワッハッハッてな。おまけに路地の表も裏もみんながワイワイ出てきて、タダで芝居見物や。米も研がんと料理もせんと、食器も用意してられへん。便所で用足ししてたヤツも跳び上がって外へ走って出た。こんな事めったにないからな」

「そんな事言うて、恥ずかしいことないんか。また適当に作り話してるんやろ」

「全部ほんまなんや。居民委員会の偉いさんも走ってきて様子見てた。どこもかしこも大騒ぎや。隣のじいさんなんか、また昔みたいな政治闘争が始まったんかと思ってな。暫く息もできひんようになって、小便《ションベン》たれたくらいや」

「アハハ！　わかった、わかった。だいぶ尾ひれが付いたみたいやけど、まぁエエわ」

「全部ほんまなんやからな。じきに旦那と見習いが不倫の二人をひきずり下ろしてきた。旦那が女のほうを捕まえて、見習いが男を押したりこづいたりしながら階段下りたんやけど、女は外へ出ようとせん。ボケ、歩け、はよう歩け、居民委員会に行くんやって旦那が言うやろ。そしたら女はしり込みするし、男は梃子《てこ》でも動かへん。やっとこさ二人が外に出たとき、みんなワーッて後ずさりした。なんでかっていうたら、二人ともスッポンポンやったからや。建物の中は暗かったけど、外に引きずり出されたら、女のまっ白い体が目立ってな。おかげでみんなは目を開けてられへんかった。尻込みした女はまた引っぱられて、しゃがみこんだ。はよう歩け、このドスケベが、恥知らず、何もかも白状せんか、はようせいって言いながら、旦那がものすごい力で女を引っぱったら、女はちょっとだけ歩いたけど上と下を両手で隠してまたしゃがみこんでしもうて、もう動かへん。男は外に出た途端つまずいて、周りを囲んでたばあちゃんもおばちゃんも後ずさりして、クククックッて笑うてる。このアバズレ、動けんようになったんか、立てえって見習いも怒鳴ってる。居民委員会のばあちゃんがすぐに服脱いで女にかけてやって、大声で言うた。みんなそのままで聞いてやー、家に帰って何がアカンのかを冷静に考えましょうー、さっさと帰りましょうー、聞こえてますかーってな。そのとき旦那が振り向いて、急に見習いを押しのけて卵売りの男に飛びかかってな。そいつの一物《いちもつ》を両手で力いっぱい捻《ひね》ってやったんや。男は痛《いと》うて辛抱できんようになって、助けてくれーって大声で叫んだ。みんなそのときやっと気ぃ付いたんやけどな。卵売りの男は上の部屋から下まで連れてこられて、入り口まで引きずられてきたんやけど、そいつのアレはずっと立派なままで、もとの面目保ってたんや。元気いっぱい、金の延べ棒みたいにずっしりとな。力だけあって、もの考えることに欠けてたんやな。天に向かってそっくり返ってよる。旦那はさつまいもとか人参をへし折るみたいにそいつをつまみ上げて言うた。ヤレや！ 今ヤレや！ 気持ちエエんやろ！ もっともっとヤレや！ ってな。卵売りのヤツも喚く。すぐに戸籍係のおまわりも必死でダッシュして来た。コラー、コラコラコラー、乱暴してはいけませーん、はーい、みんなあっち行ってーってな」

「ほんまにかわいそうなお二人さんやな」

「そら旦那は怒ってるからな」

「スッポンポンの嫁さんを外に放り出して、かっこ悪いやろ。何がおもろいんや」

「上海男が嫁さんのことをよう考えて、何かやったる事っていうたら、何やろな」

「フランス人やったら嫁さんが何かやらかしてるのに気ぃ付いたら、普通はそうっと部屋に閉じ込めとくだけらしいわ」

「それが賢いやり方やろな。梅瑞も言うてたわ。フランス人の男が一番賢うて、恋人にするんやったら世界一や、でもそういうのって、旦那としては一番困るやろなって。でもな……」

「何や」

「フランス人の男は、女引っ掛けるのは簡単なもんやと思うてるらしいぞ。ただ辛抱強ぅやらなアカンみたいやけど」と陶陶は声を低くした。

「ここっていう時には人の本性を見なアカンっていうことか」

「そうそう。この辺の住人やったらメンツも考えんと目も当てられへんような事して、相手のことボ

屋根瓦の温もりと黄浦江から聞こえる汽笛。

ロクソに言うたりどついたりするやろ。まぁその気持ち、わからんでもないけどな」

「その旦那は自分のことを勇気があるって思うてたんやろけど、ほんまは肝っ玉の小さいヤツやな。嫁さんに服も着せへんのは自分の顔に泥塗ったようなもんや。どの面《つら》下げて人のこと怒れるんや」と滬生が言う。

「ほんまに恥さらしなヤツや」と陶陶が同調する。

「神さん、わかるか」と滬生が訊いた。

「イエスさまか。いや、道教の神さんか」と陶陶。

「昔、農村の女がいた。そいつが外でエエ事しよったんや。みんなはその女を殺《あや》めるつもりやった。そしたらイエスさまが言うた。もし自分が善人やと思うなら今すぐやってしまいなさいって。どうなったかって言うたらな。みんな黙ってしもうて、やめといた。みんな家に帰ってメシ作って寝てしもうたんや」と滬生。

「イエスさまってやり手やな」と陶陶が相槌を打つ。

「エエ人なんか一人もおらんってイエスさまは思うてたんやろ。頭の中で考えただけでもやったんと同じや。そういう事やろ。早う帰ってメシでも作って、普通の暮らししといたらエエんや」と滬生が言う。

陶陶がまた同調した。「イエスさまの言う事は一理あるな。今度こんなことに出くわしたら、家に帰って寝とくわ」

滬生が時計を見て言う。「うん、それでエエんや。もう行くわ」

「もうちょっとエエやろ」

「もう十分や。金《きん》にサツマイモに人参に、油も醤油も入れて、まだ足りひんのか」と滬生が笑う。

「ほんまにあったんやからな」

漸く喫茶店に着いた滬生は、汪が阿宝の傍に座っているのを目にした。梅瑞の同僚だ。もう一人は李李《リィリィ》。背が高く澄んだ目をした女性だ。

「滬さん、お噂はかねがね伺っております。ご紹介します。こちら、私の友人で李李。最近レストランを譲り受けて、前からのお店も新しいお店もどちらも続けております。でも両方というのはうまくいかないもので、滬さん、お力をお借りできませんでしょうか」と汪が切り出した。

滬生は名刺を取り出して言った。

「できる限りお手伝いいたさせていただきましょう」

「滬さん、よろしくお願いします」と李李が言った。

「そのお話しぶりだと、李さんは北のほうの方ですね」

「はい。以前は深圳で働いておりました。上海に来てまだ数年にしかなりません」

「李李はファッションショーにも出てたんですよ。あちこちの港町で仕事をしていましたから、いろんなことを見ています」と汪。

李李がにっこり微笑み、こちらを見ている。見かけもいいが、中からにじみ出る美しさも素晴らしいと阿宝には思えた。

「お知り合いになれまして光栄です。これからは私の店を皆さまのお家《うち》と思ってくださいますように。どうぞごひいきに」と李李。

四人で一時間ほど話し込み、汪と李李が先に帰り、辺りが静かになる。阿宝はコーヒーをすすって言った。

「滬生、何考えてる」

「一日じゅう忙しかったから目ぇまわってるわ」

「李李っていう人見たら、昔、小毛《シアオマオ》の隣に住んでたあの子、大妹妹《ダァメイメイ》のことを思い出すなぁ」

「確かにちょっと似てるな」

「白萍からは連絡あるんか」

「めったにない」

阿宝はカップを置くとため息をついた。

「大妹妹にも小毛にももう何年も会うてへんなぁ。ほんまに時間が経つのって早いなぁ」

滬生は黙っている。

壹章

壹《いち》

阿宝は十歳、同じ建物に住む蓓蒂《ベティ》は六歳。

二人で屋根に上ると、屋根瓦が温かかった。盧湾区の半分が見えている。目の前が香山路、その東に復興公園があり、公園から少し北に目をやると祖父の住む洋館、その西向かいに皋蘭路のニコライ聖堂がある。三十年代にロシア人が建てたもので、ソビエト政権に処刑された皇帝ニコライ二世を記念したものだという。雷鳴と稲光の中で見ると不気味で恐ろしいが、太陽の下では綺麗に輝いていた。

蓓蒂はその小さな体を阿宝にぴったりくっつけてつかまり、髪の毛をなびかせている。黄浦江から汽笛が風に運ばれてくる。ホルンのようなゆったりした音に少年の心は慰められていた。

「ええ子やからもう下りよう。屋根に上ったらアカンってばあやが言うてたやろ」

蓓蒂は阿宝につかまったままだ。

「もうちょっとだけ見せて。ばあやなんか嫌いや」

「わかった」

「アタシおりこうやろ」

阿宝は蓓蒂の頭を撫でた。

「おりこうさんやし、もう下りてピアノの練習しよう」

「うん」

阿宝はこのやりとりが永遠に忘れられない。

ここは共産党政権になる前から阿宝の両親が借りている部屋。蓓蒂はその一階に住んでおり、阿宝の住処《すみか》と同じように三部屋ある。大きな部屋にはピアノが置いてあった。

紹興出身のばあやは長年の菜食主義者だが、肉料理も上手に作る。ただ、鍋の前に立つだけで味見などしない。蓓蒂はそんなばあやに可愛がられているのが気にくわなかった。

「お話したげよか」とばあやが言ったが蓓蒂は拒んだ。「いらん。聞きとうない」

「昔々のことやった。おじいちゃんがおってな」

「またおじいちゃんや」

「おじいちゃんがちょっと油断してたら悪い奴が来て、おじいちゃんの心臓を奪《うば》うてしもうた。おじいちゃんは全然気ぃ付かんと、街へ行ってうろうろしてたんや。そしたらどこかのおばあちゃんが野菜を売っててな」

蓓蒂が笑ってその続きを話す。

「おじいちゃん、立ち止まってどんな野菜があるんやって聞いた。そしたら、ここは何でもあるって言うたんや」

次はばあやが続けた。

「これは何ていう野菜やっておじいちゃんに聞かれたから、無心菜やって答えたんや。菜っ葉に心臓がなくなって生きてられるわけがないやろ、むちゃくちゃやって、おじいちゃんが言うたらな。何にも知らんなぁ、菜っ葉は心臓がなくなっても生きてられるけど、人間は死んでしまうんやっておばあちゃんがまた言うた。おじいちゃんはそれを聞いたとたん、胃の辺が急に痛うなってきて、毒飲まされたみたいになって、そのままナマンダブ……」

　蓓蒂は耳を塞いだ。

「知ってるわ。聞いたことあるもん」

「蓓蒂、何でもかんでもトイレにほりこむのはなんでや」

「お人形さんはお母ちゃんに買《こ》うてもろうたんやろ。あんな物トイレにほりこんだら、中が詰まってうんこさんが飛び出してくるやろ」

「ピアノ上手なんやから、他のこともちゃんとやらなアカンなぁ。やってエエ事とアカン事、ちゃんと考えなアカンやろう」

　ばあやが何を言おうが、蓓蒂は黙ったままだった。

　夕食を終えると、蓓蒂の弾くピアノが上まで聞こえてきた。ピアノが途切れ、蓓蒂の泣き声が聞こえてくることもある。そんなとき阿宝の母親が言う。

「一階の田舎者のばあさん、ほんまにイヤやわ」

「もう田舎とか都会とか言うたらアカン。そんなもんブルジョアの考え方や」と阿宝の父親。

「女の子は小さいうちからちゃんと躾しなアカンわ。特にこの街では」

　父親は口をつぐんだ。

「あのばあさん、何もわかってへんわ。家の中のことも外のことも、細かい事もそうやない事も、何もかも一緒くたにしてしまうし」

「確かに昔は上の階の女中さんの仕事は御主人の身の回りの世話、下の階の女中さんは力仕事、そんなふうに仕事を分けてたもんやな」

母親は黙った。

「いや、やっぱり昔のことを言うのはやめとこう」

蓓蒂の父親がある日、研究所からウサギの仔をつれて帰ってきた。蓓蒂は喜んだが、ばあやはそうはいかない。供給が厳しく食料はますます手に入りにくくなっていたからだ。ばあやはウサギを部屋に入れようとせず、小さい庭に生えた雑草しかやらない。

ある日曜のこと。蓓蒂は買い物かごに入れてあった菜っ葉をウサギに食べさせていた。

「ウサちゃん、早《はよ》ぅお食べ。早ぅ食べへんかったら、ばあやに見つかるわ」

蓓蒂の気持ちが通じるのか、ウサギは素早く食べるので、ばあやがすっ飛んで来たときにはいつもきれいになくなっている。その後、ウサギが穴を掘って潜り込んだので、蓓蒂は両手いっぱいのつまみ菜を穴の入り口に置いてやった。

「ウサちゃん、早うお食べ。ばあやが来るから」

ある日、そんなところへばあやがすっ飛んできた。

「あのなぁ蓓蒂、菜っ葉がどれだけあるか毎日数えてるんやからな」

ばあやは菜っ葉を取り上げ、蓓蒂を台所まで引っぱって行った。蓓蒂は泣いて米しか食べず、菜っ葉を取り出しばあやのお碗に入れてしまう。

「蓓蒂、菜っ葉を食べたら歯が白ぅなるんやぞ」

「歯なんか、白ぅならんでもええもん」

ばあやは黙ったまま菜っ葉の茎を食べると、葉は泣き止まぬ蓓蒂のお碗に押し込んだ。

「泣くのはばあやが死んだ時だけや。早うお食べ」

蓓蒂は泣きながら食べた。

「蓓蒂、ばあやもウサギやな」と阿宝が口を挟む。

「何やて？」

「ばあやはウサギみたいに野菜だけ食べてる」

「ばあや、悪い人や」

ばあやも負けてはいない。「ばあやは蓓蒂が好きや」

「昨日ばあやが食べてた野菜まんじゅうはお母ちゃんが買うてくれたんやろ。そやのに後で吐き出したやん。それも全部」

「うん、そうや。ばあやは年くうとるから鼻が悪いんや。ラードが使《つこ》うてあるし、あんなもん食べたら気持ち悪うなるわ」

「アタシは大好きや」

「あのな、ばあやはもう役立たずや。もうすぐ死んでしまうんや」

「ばあや、なんで野菜しか食べへんの」

「ほんまは昔、子供がいたんや。いつやったたか、子供と相性が悪いって易者さんに言われてなぁ。ばあやは寅年で子供は辰年やから殺し合いになるんやて。それを聞いて肉はやめたんや。そこまでエエ事してたはずやのに、それでも子供は死んでしもうた」

阿宝が蓓蒂の頭を撫でている。

「あぁ……肉食うのやめても人を死なしてしまうことがあるんや。昔むかし、比干《ヒカン》さんていう旦那さんが大きい馬に乗って市場に来てグルグル見てまわってたんやけどな」

蓓蒂が吹きだした。

「比干さん、おばちゃんが野菜売ってるの見て聞いたんや。どんな野菜があるんやって。無心菜と有心菜ですっておばちゃんが言うたら、比干さん、笑うてしもうた。おばちゃんはまた言うた。私は野菜売りです、キャベツは〝閉菜〟、白菜は〝裹心〟とか〝常青〟て言います。芹はみんな〝水浸菜〟て言うてます。比干さんは手綱をひいたまま何も言わへんかった。おばちゃんは、また言うたんや。豆苗《とうみょう》とかウマゴヤシ、ツルムラサキは〝無心菜〟っていいますって。比干さんはそんなん聞いたことないって言うたんや。そしたらまたおばちゃんが言うた。他にも〝空芯菜〟ていうのがあってエンサイのことやけど、わかるやろかって。旦那さんが黙ってたら、そのおばちゃん、また言うたんや。この大きい白い馬の蹄《ひづめ》はお茶碗より大きいわ、何食べたらそんな大きいなるんやろ、どんな野菜食べたいかお馬さんに聞いてみたいもんやわって。そしたら比干さん、お馬さんをポンポン叩いて聞いたんや。お前、どんな野菜食べたいって」

蓓蒂が後を続けた。

「お馬さんは人参とつまみ菜食べるんや」

ばあやは笑顔で菜っ葉のより分けをしている。

ガスコンロの傍、黒と白のモザイクタイルの床には籠半分に入った芥子菜《からしな》が置いてあった。炒め煮を作るつもりだ。

芥子菜は空芯菜の部類に入るのかと訊いた阿宝にばあやは微笑んだ。

「比干さんは芥子菜って聞いた途端、胸を押さえて白い馬の背中にポタポタ落ちるくらい血吐いて、馬から落ちて亡《の》うなってしもうたんや」

「ウサちゃんも死んでしまうんかなぁ」

「そうや」

「お庭の草、全部食べてしもうたからかなぁ」

ばあやは蓓蒂を抱きしめる。

「ええ子やからな。ウサギのことなんか気にしてられへんのや。人間は自分のことしか考えてられへん。自分が食べなアカン」

蓓蒂が泣き出したのでばあやはもうやめた。車の音も聞こえない静けさの中、ばあやが蓓蒂をトントンたたいて、あやしている。

「蓓蒂は野菜でいうたらまだ苗みたいな子供なんやから、じきに大きぃなる。ええ子やから。目ふさがなアカン」

蓓蒂は黙って目を閉じた。

「昔なぁ、偉い旦那さんがいたんや。公冶長《こうやちょう》ていう名前やった。怠け者で何もできひんけど、鳥の言葉だけはわかった。ある日なぁ、丹頂鶴が松の木に飛んできて、おおい公冶長、公冶長って呼びかけたんや。公冶長は玄関まで行って、何や？て聞いた。そしたら丹頂鶴が、南山のてっぺんに羊がいるから、あんたは肉でオレは腸《はらわた》を食べることにしようって言うた。公冶長は南山に登って、羊の肉をお碗に何杯も食べた。でも鶴にはやらんかった。今度はヒバリが葦に飛んできて呼んだ。おおい公冶長、公冶長ってな。公冶長はまた玄関まで行って、ピーチクピーチク何鳴いてるんやって聞いた。北山のてっぺんに羊がいるから、あんたが肉、アタシが腸を食べることにしようって言うたんや。公冶長はまた喜んで北山に走って行って、羊の肉をぶらさげて帰ってきた。でもヒバリには一口も食べさせへんかったんや。それからな」と言いつつ、ばあやは蓓蒂の背中をトントン叩く。

蓓蒂は身じろぎもしない。その小さな手から力が抜けてスルッと滑り落ちた。物音ひとつしない思南路。ばあやは五つ目の話をしている。

「鳳凰《ほうおう》がスズカケノキに舞い降りてきて……」

蓓蒂はもう眠っている。ばあやがお話をするときはいつもこの順番だ。聞いているうちに阿宝もいつのまにか体が軽くなり、時間がゆっくり流れていくのを感じていた。

貳《に》

茂名路にある洋館が滬生の家。両親は空軍の幹部で、社会に新しい動きがあると積極的に応じていた。例えば、民営の小学校ができたときも滬生が通えるように、申し込みをしたり。

滬生が小学校六年間に通った教室は、復興中路にある仕切りをなくした広い部屋、瑞金路にある石庫門住宅（アーチ型の石門・レンガ壁・瓦屋根を特徴とする中国式と西洋式を融合させた住宅）の客間、茂名南路にある洋館の客間、長楽路にある脇部屋、長楽邨居民委員会の倉庫、南昌路の路地にある洋館のガレージ、後に中国の卓球発祥地となった巨鹿路第一小学校向かいの旧式路地にある家の奥部屋などに散らばっていた。

その地域は阿宝の行動範囲のすぐ近くだが、二人はまだ見知らぬ間柄だった。

毎学期、滬生はいくつもの教室を転々とし、次々と替わる先生に国語や算数を教わった。大小の路地を出入りし、体操したりジョギングしたりするのにも慣れていた。

五十年代の就学ピーク時、上海の女たちは読み書きに少しでも通じていたり、歌や踊りそしてオルガンの演奏が好きだったりすると、それだけで民営の学校で教師になれた。その辺の若奥さんや年配の女性、あっちの奥さんにこっちの奥さん、ちょっと年上のおねえさんや若いお母さんなどが積極的に教育の手伝いをし、自分の家を貸すほど肩入れする者もいた。

張《ジャーン》先生はいつも柄入りの旗袍《チィパオ》を着て、胸元に柄付きのハンカチを挿している。体じゅうからいい香りがしていた。瑞金路にある自分の家の客間を提供して授業をしていたが、曇りの日でも電気をつけようとせず、部屋は薄暗い。中庭のあちこちに、パタパタと団扇であおぎコンロの火をおこす者がいた。

三人分の席があったが、上の床板から水漏れがしてくると、傘をさしてもいいと言われた。まるで張楽平（一九一〇―一九九二）が描いた漫画の主人公〝三毛《サンマオ》〟が勉強している姿だ。小学校とはこういうものだと思っていたので、滬生はおかしいとは思わなかった。

三時間目になるといつも台所からいい匂いが漂って来たものだ。張先生はチョークを置くと、腰をくねらせて教室を出ていく。隣のお手伝いさんとお喋りをし、つまんで来た太刀魚の炒め物や湯葉料理を食べながら勉強をみてくれた。

態度のよくない生徒は居残りだ。奥の部屋へ連れて行かれて漢字の練習をするのだが、暗くなるまで居残りをしていた滬生は先生に忘れられた事がある。思い出した張先生は部屋に入ると、滬生の耳をつまんだ。

「もう家に帰ってご飯食べなさい。これから授業中はちゃんと先生の話を聞くんよ。わかった？」

梅雨のある日、奥の部屋へ付いて行くと、張先生は袖なしのシャツと下着だけになり、団扇を出してきて体じゅうをパタパタと扇ぎだした。張先生はひどく毛深いと男子生徒が噂しているのを聞いたことがある。暑い日、初めて習う漢字を書いているうちに、張先生が水を持って入ってきて、自分の傍に立って体を拭き始めた、と女の子も言っていた。

「何見てんの、早ぅ書きなさい」と叱られたそうだ。

二年生のとき長楽路の古い路地で勉強することになった滬生は、徐《シュィ》先生と奥の部屋へ行き、罰として漢字の練習をやらされたことがある。

先生は部屋に入るとまず服を着替え、洋服ダンスを開けて髪を梳《す》くと鏡を見た。ラジオを聞き梅干しを食べる。次は足の爪切りだ。夕暮れになるまで滬生が漢字の練習をしていると、先生が隣の部屋から入ってきた。先生は滬生が書くのを見ている。

滬生が見上げると、先生の傍に男がぴったり寄り添い、先生と一緒に自分の手元を見ているのが目に入った。先生はもうメガネをはずし、いい匂いを漂わせていた。春物のきれいなパジャマを着て口紅もつけている。白くやわらかい肌、顔が変わったようだった。滬生は徐先生に頭を撫でられた。

「もう帰りなさい。道路を渡るとき気ぃつけんのよ」

滬生は筆箱を閉じるとカバンを引き寄せた。

「徐先生、さよなら」

と、そのとき、男の手が伸びてきて先生のお尻をつねるのが目に入った。徐先生は甘えた声を出して身をくねらせる。

「何すんの。生徒の前で。エエ事教えなアカンのに」

蘭心グランドシアターの切符売り場の向かいにある路地に住んでいた王《ワーン》先生だけはいつも地味な人民服を着ていたのが記憶に残っている。家でもそのままで、シャツは真っ白。きちんと座り、滬生が問題を解くのを見ていてくれたし、冷たい白湯《さゆ》を入れてくれたりもした。

「今、勉強しぃひんかったら、大人になったとき革命のための大事なお仕事ができひんのよ。ええ子やからね。逃亡兵になったらアカンのよ」

三年生の前期のこと。滬生は茂名南路で授業を受けていた。一戸建てのお屋敷の広間、鹿の角のように枝分かれした大きなシャンデリアがある。宋《ソーン》先生はもともと上海人だが、それまでいた北方から戻ったばかり。ある日、授業が終わると、宋先生は滬生を連れて南昌路へ向かった。瑞金路を過ぎ思南路で角を曲がる。

「クラスのみんなは滬生のことを膩《ニィ》さんって呼んでるけど、どういうことなん」

滬生は答えない。

「言うてよ」

「わからへん」

「この街の人同士の呼び方、先生ほんまにわからへんわ」

「負けたコオロギをみんな膩さんて呼ぶんです」

宋先生は黙っている。

「何回ケンカしても負けるんです」

「っていうことは、滬生はもう頑張らへんていうことなん？」

「はい」

「いややなぁ」

「黄《ホァーン》先生につけられた渾名《あだな》です」

「黄先生のお父さんは毎年コオロギを飼《こ》うてるらしいわ。それもバクチのためだけに。もうおまわりさんに目ぇつけられてるらしいけど」

滬生が口をつぐんだ。

「勝手に生徒に渾名なんかつけて、ほんまにアカンわ」

「かまへんのです」

「滬生くん、そんな言われるままにしてたら、負けてばっかりで弱虫の意気地なしになってしまうわ」

「はい」

「いやなことないん？」

「はい」

「そんなん可愛そうやわ」

「どうもないんです」

「テストは赤点、授業もサボってばっかりで、これではアカンとか思わへんの」

滬生は口をつぐんだ。

「失敗するの怖がってたらアカンのよ。勇気出さなアカン」

滬生は黙ったままだ。

「約束して」

滬生はどうしても答えない。

「なんとか言いなさい」

「コオロギはどれだけ勇気出してもどれだけ歯が強うても喧嘩していつかは負けて死んでしまうんです。人間も一緒です」

宋先生は溜息をついた。

「ほんまにもう、子供やのにすごいこと考えてるんやなぁ。先生を怒らせたいん？」

宋先生は滬生を引き寄せた。

「ちゃんと勉強しなアカンよ。わかった？」

「はい」

二人とも黙って思南路へ曲がった。木陰に覆われた道を行く人はまれ。風が心地よかった。

向こうから阿宝と蓓蒂が来た。滬生とは初対面だ。

「あ、嬢嬢《おば》ちゃん（父の妹を呼ぶ南方方言）、こんにちは」と阿宝。

「もう授業終わったん？」と宋先生。

阿宝は頷いて言った。

「この子、近所の蓓蒂」

「嬢嬢ちゃんと一緒に思南路に行こう。おじいちゃんの顔見に行こう」

「いやや」と阿宝。

「ちょっといたらすぐ帰ってええし」

阿宝は黙っている。

「この子、私の教え子の滬生」と宋先生は滬生を引き寄せた。

阿宝と滬生はお互いちらっと見ただけで、三間続きのお屋敷に入った。ガレージには黒いオースチンが停まっている。三世代が同居しており、阿宝の祖父、父親の兄弟家族、そして最近引っ越してきた嬢嬢、つまり宋先生一家が住んでいる。宋先生は夫の黄和礼《ホアーンホォリィ》が上海へ転勤したのについて戻り、暫く二階に住むことになったのだった。

客間に入ると、警戒心を露わにしたいとこたちが、階段の上から冷たい目で黙って見おろしていた。

阿宝は祖父と少し話をした。

蓓蒂が滬生に話しかけている。

「アタシ蝶々が好き。滬生ちゃんは何が好き？」

「僕か？ 思いつかへんなぁ」

滬生は花壇の傍にある仕事部屋へ宋先生に連れて行かれた。中には八仙卓と長椅子がある。滬生が漢字の練習を始めると、阿宝と蓓蒂が入ってきた。蓓蒂がまた聞く。

「滬生は何が好き?」

「漢字の勉強が好きや」

蓓蒂は小声で言う。

「アタシ漢字の勉強嫌い」

「宋先生の授業、どうや」と阿宝が訊く。

滬生は黙っている。

「アタシ、蓓蒂。算数も嫌いや」

滬生は笑顔で蓓蒂を見ている。


数ヶ月後、滬生はまた阿宝と蓓蒂に出会った。三人が本当の付き合いを始めたのはそのときだ。阿宝は映画好き。蓓蒂も映画のパンフレット集めに夢中だった。滬生も映画のチケットを買うためなら並ぶのも苦にならない。

ある日、滬生は朝からチケットを買いに行っていた。国泰シアターで少数民族を描いた新作映画『摩雅傣』(一九六〇年)の前売り券が発売されており、列は錦江ホテルの前の道まで延びている。パラフィンに包んだ上等の食パンを手にした滬生は、同級生の後ろに並んでいた。そいつの名前は小毛。広い肩幅をし、俯いて『彭公案』(清朝末期に作られた小説で、作者は貪夢道人。主人公の彭公が大岡裁きのように痛快に事件を解決していく物語)を読んでいる。

「何時に売り始めるんやろなぁ」と滬生が声をかけた。

「今何時や」と小毛が訊いたが、滬生は答えない。

時計を持っている者は多くない。滬生は列の前の方へ行き、時刻を聞いて戻ってきた。

「七時四十五分」

「こんな映画が好きなんは女だけや」

「一人四枚までって決まってるんやな」

「オレは二枚だけでええんや」

「オレは六枚やから二枚分足りひん」

小毛は黙っている。

道は人であふれかえっていたが、滬生は退屈していた。その時小毛が振り向き、本を指差した。——樸刀《ぼくとう》の李俊《りしゅん》、滾了馬《こんりょうば》の石賓《せきひん》、泥金剛《でいこんごう》の賈信《かしん》、悶棍手《もんこんしゅ》の方回《ほうかい》、満天飛《まんてんひ》の江立《こうりつ》、就地滾《しゅうちこん》の江順《こうじゅん》、大刀《だいとう》の周盛《しゅうせい》、快斧子《かいふし》の黒雄《こくゆう》、揺頭獅子《ようとうしし》の張丙《ちょうへい》、一盞燈《いっさんとう》の胡沖《こちゅう》（名前の前にあるのはニックネーム）——豪傑の名前が並んでいる。古い字体だった。

『水滸伝《すいこでん》』みたいやな」と滬生。

「昔の人は豪傑ばっかりや」

「これはちょっとくどいな。ちゃんとした将軍が戦うときは幟《のぼり》に簡単に一文字書いてあるだけや。曹操やったら『曹』、関公やったら『関』ってな」

二人が名乗り合ったのは暫く話をしてからのことだった。列が動き始める。小毛は本を丸めるとズボンのポケットに押し込んだ。

「オレは二枚買うたらエエんや」

「あと二枚、オレの代わりに買うてくれへんか」

小毛は快く引き受ける。二人でパンを食べ、チケットを手にすると北へ向かった。長楽路の曲がり角までは一緒に行ける。

道路の向かいは、後に高級な店がまえの商業ビル迪生《ディクソン》になるが、当時はコンクリートでできたただの立体駐車場だった。淡いブルーの大型バス〝友誼〟が出て来た。

「あれはハイクラスの外人の接待用や。上海に二台しかないんやて」と滬生が言う。

二人は立ち止まってじっくり見た。

小毛は西の方の大自鳴鐘地区に住んでおり、滬生はすでに両親とともに石門路の拉徳アパートに引っ越している。二人は住所を教え合って別れた。

滬生の買った前売り券六枚は、両親と兄の滬民《フウミン》のための三枚と、自分が阿宝や蓓蒂と観に行くための三枚だった。滬生は手を振ると、蘭心グランドシアターの芝居『十二夜』（シェイクスピアの喜劇）のポスターを通り過ぎて北へ向かった。

参

小毛が買った二枚は二階に住む新婚の銀鳳《インフォーン》の代わりに買ってやったもの。夫の名前は海徳《ハイドォ》。遠洋航路の船乗りで、二人でこの映画を観たら半年以上の航海に出ることになっている。

小毛は長楽路の凡爾登花園《ベルダンガーデン》を通り抜けた。辺りをずっと見まわしていたが、滬生の言うような長い鬚《ひげ》を風になびかせたおじいさん、有名な画家の豊子愷は姿を見せなかった。陝西路の曲がり角を曲がると右手にあるのが二十四番トロリーの停留所。滬生に教えてもらった路線だ。

小毛は満足している。初めてパンというものを食べたから。長寿路に着き小毛が下りると、トロリーはみるみる北へ行ってしまった。パンのような姿をして、バニラクリームの香りと共に姿を消した。

着いた辺りが草鞋浜《そうかいほう》。そのまままっすぐ北へ行くと西側が薬水弄、終点は蘇州河のそばにある。馴染みの所だ。

昨日、小毛は近くの小さな露店でタバコカードを買っていた。以前はタバコの中に広告カードが入っていたが、タバコ工場が国営になってからはカードがなくなり、露店でその模倣品だけを売るようになったのだ。A4サイズの紙が三十のカードに分かれており、一枚のカードに一つの絵が描いてある。セットにして集めてもいいしゲームをして遊んでもいい。

例えば「めんこ遊び」。一人のカードが裏向きに地面に並べてあり、もう一人が高い所から相手のカードの横に自分のカードを叩きつけ空気の力でカードをひっくり返す。相手のカードがうまくひっくり返ったら自分のものになる。地面に並べられたカードは、ひっくり返されないよう、全く隙間なくぴったりと地面に貼りついていないといけない。一方、叩きつけるほうのカードはちょっと反っていなければならない。できるだけ空気を含んでいたほうが力が出るからだ。

だから路地に住む子供たちはカードを出し入れする際、曲がったカードを繰り返し平らにならす。そうしないと、ゴムでしばっているうえポケットにはオリーブの種などの硬い物が入っているので曲がってしまい、すぐ使い物にならなくなってしまうから。

その日小毛が買ったのは『水滸伝』に出てくる百八人の豪傑シリーズだ。しかし宋江は一枚多いし、逆に解珠と侯健のは手にしたためしがない。全部揃えるなら何らかの手を打たねばならない。

西康路のつきあたりには歩行者用の橋がかかっており、川向こうは上糧倉庫埠頭。いつも米や麦、それにとうもろこしの粉を満載したはしけ船が横付けになっていた。精白した小麦粉を満載した船もある。パンを作るためだという。穀物状況が逼迫《ひっぱく》していたので、はしけ船が着くと両岸の船上生活者は男も女も埠頭にあるクレーンの傍へと駆けつけた。クレーンは鳳凰の形をしているので遠くからでも船の到着がよくわかる。

船上生活者は麦や豆、とうもろこしの粉といった雑穀の屑を集めるのに必死で、小さい箒を携え新聞紙を地面に広げる。小鳥のようなものだ。クレーンが荷卸しを始めると、小鳥が餌を啄《ついば》むような、まるで何かを拝むような姿をしてひと働き。監視役が叫ぶとちりぢりになり、そしてまたすぐに辺りを取り囲む。

床屋の王さんが言っていた。

「集めたとうもろこし粉は丁寧に篩《ふるい》にかけてなぁ。砂を篩い落としたら水でといて、ネギのみじん切りを混ぜて、薄う延ばして焼くんや。暫く焼いたらそれでエエ。ちょっとぐらい時間かけてもかまへんのや。みんな時間はたっぷりあるからな」

小毛の母親が横から話を取る。

「そうや。人間のお腹はゴムと一緒や。太ぅもなるし細ぅもなる。伸ばしも縮めもできるんや。昔、薬水弄が日本人に占領されて蘇北の避難民が草鞋浜に閉じ込められたとき、みんなお腹が空きすぎて目ぇギラギラさせて小麦粉工場の地べたに落ちてるふすまをこそげ取ったりしたもんや。泥食べてるようなもんやった。蘇州河の川沿いに生えてる〝牛の舌〟っていう草を食べに行く者もおったわ。毒食べて死んだり、お腹が空きすぎて死んだりする者が毎日おったなぁ」

王さんがまた言う。

「そうや、そうや。ほんまに可愛そうやったのぅ。救われんかったなぁ。半月閉じ込められて、毎日十人以上がお陀仏や。死体運びの車が毎日毎日運んで行きよった」

小毛の母親がまた言う。

「今また大変なご時世になってきたけど、どうもない。自信あるわ。大きな鍋を買《こ》うたし、食糧切符を節約して、玄米のお粥炊いて、みんなで食べたらエエんやから」

王さんは黙りこんだ。

そんな情勢だから、大自鳴鐘の路地ではブルジョア甫《フウ》さんの奥さん以外はみんな山芋の粉やとうもろこしの粉を練り、お粥にして食べていた。

小毛の家は三階の屋根裏部屋。たんすの上には光を背にした領袖の人物画が貼ってある。家族で食事をする前に、小毛の母親が手を挙げてストップをかける。

「待って。熱いお粥やったらおかずをたくさん食べてしまうわ。冷ましてから食べてや」

みんな黙って聞いている。

母親がたんすの前に歩みより、手を合わせて小さな声で祈る。

「領袖さま。お聞きくださいまし。三年の間、薄いお粥で辛抱しましたら、牛が買えるくらいお金が貯まると申す者がおります。でもそれはホンマではございません。私は守銭奴ではございません。お腹が空いてても他の者には気付かれんようにしております。そやけど領袖さまがお気づきでしたら、きっと報いてくださいますでしょう。お助けくださいまし。光をお与えくださいまし」

誰も声を出さなかった。

母親が席に着くと、一家揃ってお粥を食べた。

小毛の家の一階は床屋。細長い店の左側は通路、右側には昔風の椅子が五つならんでいる。たいてい客で満席だ。店に入ると、いつも石鹼《せっけん》の香りや天花粉《てんかふん》、ダイヤモンド社の整髪ワックスの香りに囲まれた。

ラジオからは越劇（浙江省の伝統演劇）の『盤夫索夫』が流れていた。それに江蘇北部の芝居も。

お月さま　花壇を照らして
油売り　女郎屋へ
女の姿を求めてる
ほんまはええ衆《し》の娘さん

店に入ると王さんに声をかけられた。

「小毛、お帰り」

「うん」

「ホレ、汚い顔、ぬぐうたる」

小毛はタオルを手にした王さんの傍へ行き、顔を拭いてもらう。それから王さんはバリカンを調整すると、客のうなじに沿ってゆっくり刈り上げながら言った。

「火が消えてるみたいやなぁ。湯が沸かせへんし、湯、ポット二つ分買うてきてくれへんけぇ」

李《リィ》さんに頼まれた小毛は竹の籠に入ったポットを提げ、隣へお湯を買いに行く。

ある日、小毛がお湯をポット三本分買ってきた日のこと。李さんは温かいタオルを絞り、鬚を剃るため客の顔を温めていた。

張さんが声をかけてきた。

「小毛、こっち来やんせ」

「何やの」

「まあエエから、おいで」と言いながら張さんがカットしているのは、福々しい女だった。

「何すんの」と訊き、小毛が近づくと女は座ったままちょっと向きを変えてゆっくりこう言った。

「小毛ぅ」

今度は張さんが声を抑えて言う。

「エエ事やし」

「小毛、こっち来て」

同じ路地に住む甫さんの奥さんだ。

「あ、甫さんの奥さん、こんにちは」

「小毛、二十四番のトロリーに乗って用足ししてきてくれへんか」

「何するんですか」

女は声を抑え、ひと言ずつ言葉を切った。

「明日のぅ朝ぁ、二十四番のぅ、電車に乗ってぇ、あのぅ、しょうもないぃ、〝紅房子〟までぇ、ひとっ走りぃ、行ってきてくれへんかなぁ」

小毛は黙って聞いている。

「悪いようにはせぇへんし。朝のうちに並んで、あのしょうもない食事券を二枚もろうてきてもらいたいねんけど」

今度は張さんが言う。

「日曜日やし用事もないんやし、行ったげんかいな」

「おばちゃんなぁ、明日あのしょうもない〝紅房子〟でお昼ごはん食べるんやけど、こんなしょうもない時代やろ。たったの一回食べるために朝早うから入り口に並んで、しょうもない食事券を手に入れなアカンねん。そのしょうもない券がもらえへんかったら、この情けないおばちゃん、ご飯食べられへんねん。ほんまにえげつないわぁ」

「奥さんが西洋料理を食べたいんやったら並ばせてもらいます」

「そうか？　エエ子やわぁ」

「とりあえずおかあちゃんに言うときます」

張さんはチョキチョキとカットしながら言った。

「何言うてんねん、小毛。生きていくためには何かやらなアカンしなぁ」

「おかあちゃんになんか、いらんこと言わんでもエエやん。お小遣いあげるし。一元でどうえ？　バス代が七分《ぶ》やけど三分おまけして一角（一元の十分の一）。全部で一元一角。な、甘い物でも適当に買うて食べたらええし。どうえぇ？」と奥さん。

張さんが手をとめた。「ふた親とも早番やし、朝早うから出て行ってるわ。黙ってたらわからへん」

「人多いかなぁ」

「七時に並んでや。それでも十人ぐらいはいるやろ。みんな二枚ずつや。うち、十時半に入り口でもらうし。絶対待っててやぁ」と奥さん。

「はい」

「どんな人でも子供と年寄りは騙さへんって言うやろ。先に五角だけ手付渡しとくわ」

散髪用の白い布をサラサラいわせながら、甫さんの奥さんは五角紙幣を取り出した。

「わかりました」

小毛が受け取ると王さんが「揚州小唄」を口ずさむ。

いやぁほんまにスゴイやんけぇ……ニラとネギの炒め物ぉ……。

「何それ」と小毛。

「スゴイやないけぇ。ええ小遣いかせぎやないかぁ。元気出るやろう。ワシなんか子供に一週間に一分《ぶ》の小遣いしかやってへんわぁ。小毛、七輪に火ぃ起こしてくれへんけぇ」

小毛は五角をポケットに入れると、新聞と団扇を摑み七輪をぶら下げて裏口から外へ出た。ついつい流行《はや》りの歌を口ずさんでしまう。

かしわの醤油煮　大根と豚
セロリと肉の炒め物
ウナギの開きもうまいかな
骨付き肉の醤油煮に
肉団子かておいしそう
ニラ玉　綺麗にきつね色（「上海料理」）

二階のオヤジが窓から顔を出した。

「小毛、何遍言わすねん。そこで火ぃ起こしたらアカンやろ。もうちょっと向こうへ行けやぁ」

小毛は答えない。

オヤジの妻の声もする。「何してんの」

「またあの床屋の野郎か。あのクズ男め。子供やと思うてうまいこと使いやがる」

「あぁんもう、何も言わんとき。いらん事に首突っ込んだらロクな目に遭わへんし」

小毛は七輪を持ち上げた。お盆のように丸い顔をした妻も二階の窓から顔を出し、ねっとりした声を出す。

「小毛、歌上手やなぁ。おばちゃん、よだれが出そうや。腹ペコ虫が飛び出してくるわ。全部年越し料理やんか。冷たいのが二皿、温かいのが四皿、鍋にちょっとした物《もん》。あぁほんまにおいしそうやわぁ」

肆《し》

阿宝は香港に兄がいる。幼いときから人に預けられているので行き来はない。が、ある日ふいに手紙が来た。

ボールペンで書かれた昔の字。時候の挨拶に続き、大学に通っているという近況。最近の写真とオペラの女王マリア・カラス（ソプラノ歌手。一九二三―一九七七）の切り抜き記事も入っていた。手紙を読んで驚いた。なんとそれは兄からの九通目の手紙ではないか。もしその手紙を両親が受け取っていたらまた隠されてしまい、今までにも手紙が来ていたことを知らずにいるところだった。

兄の写真を蓓蒂がじっくり見て言った。

「香港のお兄ちゃん、アタシの好きなタイプと違うわ」

「なんでや」

「いつか誰かのことを好きになるやろけど、今はまだアカンから」

「アハハ」

「香港のお兄ちゃん、困ってることがあるんかなぁ」

「さぁ」

「淑婉《シュウワン》ねえちゃんもカラスの新しいレコード持ってたわ」

阿宝は何も言わない。

淑婉とはこの路地に住むブルジョアの娘。その頃、国家から仕事が割り当てられるのを待つ自宅待機組だった。高校は卒業したが大学も進学難。めったに外出もせず、時々友達を誘っては音楽を聞いたりダンスをしたりしていた。そんな集まりがあるのを知ると、蓓蒂はいつも見物に行ったものだ。

その日、二人は淑婉の家に行き、兄からの手紙に入っていたマリア・カラスの切り抜き記事の写真が、淑婉の持っているレコードジャケットと同じだということに気付いた。

「香港ってエエなぁ。ほんまにエエわ」と淑婉が言う。

阿宝は黙っている。

カーテンが隙間なく閉じられた部屋に、レコードプレーヤーから『カルメン』の歌声が流れ木霊《こだま》する。

「〝ラムール……ラムール……ラーアームール……ラーアームール……〟（『カルメン』「ハバネラ」）」

蓓蒂が部屋じゅうグルグル回る。

「メゾソプラノ、メゾソプラノ、これからずうっと高《たこ》うなってソプラノになって、コロラトゥーラになるんや」と淑婉が言った。

阿宝はまだ黙っている。

淑婉は手紙を置くと、阿宝の兄の写真をじっくりと見た。

「香港のお兄ちゃん、考え事してるみたいな目ぇしてるな」

蓓蒂が割り込む。

「カラスてお姫さまなん？」

「グレゴリー・ペックの映画に出てたオードリー・ヘップバーンみたいな感じかな。映画は三回観たし、観る度に泣けてくるわ」と淑婉が答える。

阿宝は黙ったままだ。

歌声に感動した阿宝の心は、かつて感じたことのない、兄への思いに激しく揺れていた。

「香港てほんまにエエとこやなぁ。カラスのレコードを手に入れてもこんな上海ではなぁ」

阿宝はやはり二人の会話に入ってこない。

「ようここに来る友達は何もかも知ってるし、何もかも持ってるらしいわ。エエもん食べてエエ服着て、自転車は〝ＢＳＡ〟とか〝ラレー〟っていうイギリスの高級品やし、レコードも輸入盤。ラジオかて外国の放送聞いてるんよ。すごいやろ。外国とか香港に負けてへんやろ」

「うん」と蓓蒂。

「ほんまに上海は全然アカン。比べもんにならへん。もう時代遅れや。枯れてる。終わってる。お話にならへんわ」

阿宝は黙っている。

「今は人目を忍んで分厚いカーテンひいて、手も脚もそうっと動かして隠れて踊って、そんなんで群舞なんかできると思う？　気持ちよう大きい声出して踊れると思う？　アカンやろ。みんなで手つないでステップ踏んで、バンドの大きい音が聞こえてきたらダンスホールに飛び込んで、声揃えて張帆（一九二一—）みたいに『満場飛』を歌うんや。〝シャンペン飲んでスリット揺れて、ジャズに合わせてルンバまで、ヘイ〟って」

阿宝は何も言わない。

「みんなで手ぇつないでグルグル回るんよ。トントンってステップ踏んでおもいきり笑うて。みんなで拍手して……あぁ楽しいやろなぁ」

沈黙の時間が流れた。

暫くして淑婉が切り出した。

「香港のお兄ちゃん、彼女できたんやろか」

「手紙出して聞いてみてもええけど」と阿宝。

「ちょっと言うてみただけやし。お兄ちゃんが上海に来る時は絶対教えてや」

「うん、そうする」

淑婉は恥ずかしそうに口を閉じた。

「兄貴から手紙が来たら読みたいやろ」

淑婉は答えない。

蓓蒂が割り込む。

「阿宝、何喋ってんの」

「蓓蒂、汗かいてるなぁ。もう帰ろうか」

蓓蒂の首筋を撫でた阿宝は、そう言って立ち上がった。

「また来てや」

「うん」

あくる日、父親が部屋に入り、テーブルのガラスの下に写真が入っているのを見つけ、不機嫌な顔で言った。

「香港から手紙が来たんか」

阿宝は答えない。

「返事出したらアカンぞ。わかったか」

「うん」

一ヶ月後、また兄から手紙が来た。やはりボールペン書き、古い字体だ。


――阿寶くん、こんにちは。返事、ありがとう。うれしかったよ。まだ彼女はいない。でもいつかできるだろう。オペラのことだけど、イタリア語は發音がたくさんあるんだよ。アイウエオっていう五つの母音と十六個の子音があって、子音は濁音や鼻音、二重子音、摩擦音に分かれてるんだ。上海にはイタリア語の塾なんかあるのかな。お父上お母上はお元氣ですか。こっちの親父が言ってたけど、上海の淮海路と瑞金路の交差点邊《あた》りを〝小ロシア〟って呼ぶそうだね。そこにビリヤードがあって、お隣が白系ロシア人のやってたザリア新聞社。日本の統治時代でもずっと新聞を出していて、いろんな人が情報交換をする場所だったらしい。今は――


突然目の前から手紙が消えた。奪い取られたのだ。手紙は目の色を変えて怒る父親の手でクシャクシャに丸められている。阿宝は罰として一時間その場に立っているよう言い渡された。

父親はこのように怒りっぽい性格だったが、半時間もすると機嫌を直し、阿宝の頭を撫でた。

「お父ちゃん、いらいらしてたんや。ややこしい事せんといてくれ」

阿宝は黙っている。

それ以来、カラスの切り抜きは本に挟んだままになっている。音楽、イタリア語、ビリヤード、どれもこれもさほど興味はなかったが、毎日のように蓓蒂が弾くバッハのブーレ、クレメンティのソナタを聴いていると、阿宝は心が揺れるのだった。

　夜になるといつも父親は決算書を作っているように見えたが、本当は申し立ての書類を書いていたのである。書斎の前を通ると、机に向かい何かを書いている父親の後ろ姿があった。

「〝上海〟ていう名前の黒ビール買いに瑞金路まで行ってくれへんか」

「瑞金路のタバコ屋でパンダ印のタバコ買《こ》うて来てくれへんか」

　よくそんなことを言われたものだ。

　若い頃、革命に心血を注いだ父親は、金や地位を馬鹿にしているため、今でも祖父とは決裂状態だ。ブルジョア階級の出身だからこそ本当の革命家になれると思った父親は、まず上海で活動を始めた。その後、蘇北の根拠地で新四軍（日中戦争期に華中で活動した中国共産党の軍隊。華北で活動していた八路軍と戦後に合体し人民解放軍になる）の訓練を受け上海に戻ったが、浮き沈みの激しい暮らしをしていた。上海が共産党政権になり喜んだのもつかのま、数年後には隔離審査のため拘留される。二年後に釈放されたが、全ての処遇が悪くなり雑貨を扱う会社の会計に配置されたままだ。

　ある日、祖父が阿宝の頭を撫でて言った。

「阿宝のお父ちゃん、元気か？」

「うん」

「革命のことばっかり考えて、一年に一回しか会いに来よらん」

　阿宝は黙っている。

「昔、わしとは一線を引くって言うて出て行って、縁を切ってしまいよった。スーツ着たチンピラや。毎日毎日会議ばっかりしよって、それから長江の汽船に潜り込んで、挨拶もせんと行ってしまいよった」

「それで？」

「ろくな道に入らんと〝長江仲間〟とつるんでるもんやとばっかり思うてた」

「どういうこと？」

「汽船に乗って長江を行ったり来たりする強盗や。でもそうではないようなことを噂で聞いた。蘇北で新四軍に入ってたらしい」

「それから？」

「こっそり遠回りして、また上海に戻ってきて、今度は上海チンピラになりよった。革命を起こそうと思うんやったら、まずメシのことを考えなアカン。毎日、食べて寝なアカンやろ。映画でも言うてる。上の人らが経費も人事も考えてくれてるのに、全部自腹でやってよる。そら、夢があるし若いからなぁ。そやけど、メシ食うことさえできひんくせに、何が革命や。どれだけ腹減ってても顔では笑うてなアカン。スーツは着てるけど、ポケットは銅貨がチャリチャリ入ってるだけで、ほんまに哀れなもんや」

阿宝は黙って聞いている。

「革命の中で一番夢があるのは情報工作や、自分は地下活動やってるんやって、言うてよったけど、結局は日本人に捕まって監獄行きになってなぁ。汪精衛（政治家、汪兆銘の呼び名の一つ。一八八三—一九四四。日本の傀儡政権である南京国民政府の主席。この政権は現在の中国では偽政権と呼ばれている）の監獄や。わしはビタミン剤二本を持って〝仙人さま〟に会いに行ってやった」

「どういうこと？」

「刑務所の面会や。もう骨と皮だけになってしもうてた。釈放されてから半年は静養してたけど、またおらんようになった。革命のためや」

「それから？」

「それからお前のお母ちゃんと結婚したんや。浙江の地主の娘や。香港に行って一年して子供ができたけど、すぐ人に預けてしもうた。何でかっていうたら、革命のためや」

阿宝は黙ったままだ。

「わしはどうしてもわからん。本人は高乃依路《コルネイユ通り》に住もうとしよる。今の皋蘭路や。どうせ部屋借りるんやったら、下町に住んだらええのにな。なんで閘北のテント小屋とか、番瓜弄のバラックとか、貧乏長屋の潭子湾とか朱家湾、それに潘家湾とか薬水弄に住まへんのやろ。なんで港湾労働者になってストライキしたりせんのやろな。革命するんやろうが。それが何をビール飲んだりタバコ吸うたりしてるんや」

阿宝は黙って聞いている。

「革命のために今までさんざん辛い目に遭うてきて、どんな身分になったっていうんや。エエ事っていうたら、会計の仕事して、更紙やら石鹼とかの帳簿付けができるようになったくらいや。腹立たんのかなぁ」

阿宝はまだ黙っている。

「そうやそうや。とことん革命やったのに、何かエエ事あったか？　身分とか地位とかあるか？　すっからかんで、何も関係あらへん」とそこで伯父が横から割り込んでくる。

伯父は祖父に睨まれた。「お前、兄貴のくせに何考えてるんや」

「えぇ？」

「あのとき、どこかの会社の支社にでも行って人の上に立ってたとしたらどうや」

阿宝には何のことかさっぱりわからない。

「会計の仕事や」

伯父は口をつぐんだ。

「ちょっとずつでもやり続けて、ゆっくりでも社長か経理のトップにでもなってたら、ほんまもんのトップになったんと同じや。経験とか知識を身につけて、いろんな客の相手ができたのに」

「何のこと?」と阿宝が聞くと、伯父が口を挟んだ。

「商売をするっていうことや。いろんな客の相手をするんや。エエ客も悪い客もな」

すると祖父はフンと鼻を鳴らした。

「そうはせんかったやろ。毎日服だけはカッコつけて鏡ばっかり見て、食べて遊んでただけや。部屋には百科事典の『萬有文庫』(一九二九年から一九三七年に出版)なんかが並んどるけど、ちょっとでも金儲けしたんか」

伯父は黙って聞いている。

「人間ちゅうもんはある程度の地位が必要や。ワシントン大統領かて孫中山かてそうやった」

阿宝も黙っている。

「男としてちゃんと仕事するんやったら、誠心誠意、真面目にやらなアカン。そら困った事が起こるのも当然や。人間いろいろイヤな事があるもんやしな」

「うん」と阿宝が言う。

「もうやめよう。ワシかてつらい事がある。神さんはこっちの思いどおりにはさせてくれへん。エエ加減なことしてたらしっぺ返し食らうっていうことや」

「わかった。おじいちゃん」

「わしもたいしたメシは食うてへん。今わしに何かできる事があるか。もう何もないんや」

幼い頃、午後になるとよく祖父が南昌路の幼稚園まで車で迎えに来てくれていた。少しドライブして豫園で軽食をとり家まで送ってくれる。母親はそのことについてひと言も触れなかったが。

少し大きくなってからは自分で思南路にある祖父の家へ行くこともあった。二人でいろんな話をした。しかし祖父ももういい歳だ。もとは大きな工場を持っており、官民共同でやっていたのだが、これといってすることはなく、地主のようなもの。顔を出すのは商工業連合会の会合くらいで、それもほとんど伯父に出席させていた。それでも毎月一定の配当金があったので、家族全員に出費がかかるとはいっても使いきれないくらいはあった。祖父の唯一の役割は現金の管理くらい。そんなちっぽけな事しかお役目のない祖父は、それでもひたすら鍵を握りしめ金庫の管理をしていた。

ここ数年、食糧事情が逼迫していたので、表向きは配給政策に賛同していた。毎月の配給切符を使い、黒っぽい小麦粉やとうもろこし粉、それに山芋を買ってきて、田舎者の使用人に菜っ葉粥やカボチャのすいとんを作らせていた。そうすることで節約しているように見せかけ、体裁を取り繕うことができるのだ。

しかし伯母二人はガスオーブンを交替で使い、かなりのご馳走を作っていた。ブリキの弁当箱に小麦粉の塊を並べ卵黄を塗って小さなパンを作り、粉砂糖まで綺麗にまぶす。今までどおり、ケーキ、鶏むね肉のオーブン焼き、カレーパン、それにベーコンエッグもサラダも自分たちで作っていた。

このお屋敷で消費される、鶏、鴨、魚、肉、卵は、闇市でも真っ先に品切れになるため、手に入れるのが難しい。ただ、十ポンドほどの強力粉、マカロニ、ミートソース、缶入りラード、バター、コーヒー、ココア、練乳などは、海外に住む親戚がずっと送ってくれている。郵便局でチェックされ規定の金額を超えた分を差し押さえられるとはいうものの、基本的にはそういう物を受け取ることができていた。

この街にテレビが普及したのは一九八〇年前後のこと。放送は一九五八年に始まっていたが、はじめは市内に三百台あまりしかテレビがなかった。一九六〇年に祖父の家の客間にはソ連製の真空管テレビがあった。

テレビが故障した時にはどこかの青年が家まで修理に来てくれた。ちょび髭にパーマのかかった前髪。祖父がお金を払うとそれを受け取り二つに分けて折りたたみ、前と後ろのポケットに突っ込んだ。ズボンは腰の部分が細く、札が入れにくいくらいスリムなものだった。

周りを取り囲む年頃の従姉たちは好奇心を露わにしている。青年は電波調整の仕方を教え、メモを取り出すと従姉に言った。

「今度何かあったらここに電話ください。ほなまた」

当時、テレビの放送局は一つしかなく、基本的には映画館の上映時間と足並みを揃えていた。国泰シアターや淮海シネマなどの上映ポスターが貼り出されると、テレビでも同時に映画の宣伝を始めるのだ。

ある日、夕食を終えた阿宝は、両親に友達の家へ勉強しに行くという言い訳をし、こっそり思南路の屋敷に忍び込んだ。テレビの前には祖父しかいない。阿宝はあたりを見回した。

「さっきわしがちょっと怒ってな。誰もテレビをみたらアカンのや」

客間はひっそりとしていた。どのドアの向こうでも誰かが聞き耳をたてているような気がした。父の兄弟、そのどちらの家でも床に設置するタイプの大型ラジオを買っていたので、本当ならその日は国際番組が聴けるはずだった。しかし彼らがラジオを買ったことを知った嬢嬢がそのことを祖父に告げ口し、伯父たちはなんとか許してもらおうとしたが、祖父はどうしても返品するようにと怒りだしたのだった。

嬢嬢が思南路に引っ越してきてからはもめごとが後を絶たない。伯父たちは、部屋がどれだけあるか、家具はどちらがよいかということで、前からよく仲たがいをしていたのだが、そこへ突然よけい者の妹が現れたのだ。伯父は妹に一部屋あけてやるなどして、表面的には気を遣っていたが、内心穏やかでない。

「ブルジョアていうのはほんまに話にならん。ワシがもっと前に死んでたら、思南路の家は食い尽くされて何もかもなくなってしもうてたやろな」と祖父。

阿宝は黙って聞いていた。

テレビでは白黒の幕が開き、七三に髪を分けて綾織の服を着た青年がにこやかに出てくると、綺麗なお国言葉を交えて話す。

「こちら上海《サンヘ》テレビ局、上海テレビ局。これから番組をお届けします。只今より番組をお届けします。今夜の番組は……」

二章

一

早春のある夜。食事をする汪と宏慶にはまともな会話がほとんどない。

「こんな単調な暮らし、何も意味ないわ」と汪。

「またか」

「言わせてもらうわ。子供はいるけど、いいひんのと一緒や」

宏慶も黙ってはいられない。「おふくろには言うといたけど、あの子、こっちに戻らせたほうがエエな」

「やめとこ。今さら懐いてくれると思う？　もう一人欲しいわ」

「無理や」

「欲しいの」

「もう一人生まれたら、一人っ子政策違反でおれはクビや」

「結婚してこんな長いこと経って、他の人やったら浮気の一つでもしようかって思うところやろ。私は子供が欲しいだけやのに」

そこで宏慶は話をはぐらかす。「田舎の叔父ちゃんが清明節（春分から十五日目）の頃にでも遊びに来いて言うてるんやけど、一緒に気晴らしに行かへんか？」

汪は答えない。

「景色もエエし家も大きい。食う物も泊まる所も心配いらんし」

「二人で？」

「二人だけの世界、エエやないか」

「三人の世界がエエわ。そういうのもアリやろ」

宏慶が黙ってしまう。

「そんな貧乏くさい田舎に行くんやったら、恋愛中でもないんやし、賑やかにやりたいわ。声出して笑いたい」

「よかったらまた康《カーン》さん夫婦誘うて四人で麻雀でもやろうか」

「うぅん。そうやなぁ……康さんは確かにエエ人や。でも奥さんがネチネチしてる。口開けたら旦那がどうこうばっかり。いやになる」

「それやったら李李さんを呼ぼう」

「レストランやってるんやから監獄に入れられたようなもんやわ。仕事から離れられへんやろ。それに目が肥えてるし抜け目ないし、そんな貧乏くさいしょうもない所へ誘うのはやめた方がエエわ」

「そしたら梅瑞夫婦と一緒に行こうか」

汪はふんと鼻をならした。

「夫婦二組で遊びに行くって、ただの睨み合いみたいやわ。何がおもしろいんよ。気分転換がしたいのに」

宏慶は黙って聞いた。

「梅瑞さんの結婚はあんまりようなかったんやないかなぁ。旦那から電話があったら、いやそうな顔して眉間にしわ寄せてるもん。前は阿宝に会うたらお肌もさっと輝いてたけど」

「女の気持ちはそういう時に出るんやな」

「あんた、エエ人でもできたんか」

「何アホなこと言うてるんや。オレは康さんに聞いただけや。女は眉が上がってるか下がってるかで、夜の生活が燃えてるか冷えてるかがわかるんやて」

汪は笑った。

「康さんってすごいなぁ。わかった。そうしましょ。康さんと梅瑞を誘いましょ」

「何やて？　うちは夫婦で、あとは所帯持ちの男と女一人ずつって、それはなぁ……」

「これでも夫婦のつもり？　あの子は生むだけ無駄やったわ」

宏慶は黙っている。

「康さんと梅瑞が行ったら、目と目で合図して何かやらかしてくれるから、きっとおもしろいことになるわ。私も楽しませてもらえそうやし」

「おまえ、おかしなこと考えるなぁ。康さんは穏やかやし、梅瑞かて旦那のいる身や。なんで二人をくっつけて、揉め事を起こそうとするんや」

「梅瑞は前に私の仕事を取ったんよ。今でもエエ気持ちしてへん。阿宝と梅瑞をカップルにして誘うほどのお人よしやないから」

「ほんまにややこしいな」

「決めたから」

「はいはい。オレはずっと、外では組織の言いなり、家に帰ったら奥さんの言いなりや」

「あはは、アホなこと言わんといて。そうや！　私、汪ちゃんて呼ばれたらうれしいわ。今度出かけるとき、あんたもそう呼んで」

宏慶は答えない。

「呼び方変えてくれたら私も若返るやん」

二

その日の江南（長江下流の南岸地域。上海、杭州、紹興、蘇州などを含む）は一日じゅう肌寒く、雨雲が垂れ込め、しとしとと雨が降っていた。しかし汽車に乗った頃には空模様も少しずつ回復していた。がらんとした汽車に座席を取る。

「春の外出はチーズケーキみたいなもんですな。なんとも味わい深い。ゆっくり味わうほうがよろしいなぁ。特に各停に乗ったのがよかったですねぇ」と康が言う。

「人が少ないし、時間はゆっくり流れてます。窓の景色もゆっくり流れてて、気持ちいいですね」と宏慶。

「春は短いし、ケーキは小さいもんです。どっちも何層にもなってて、味わいがある。ちびちびと頂きましょう」と康が返す。

康と宏慶の会話を耳にして梅瑞も微笑んでいる。大勢で楽しい事をしていると、みんな生き生きとして元気が出るものだ。宏慶と康社長はよく知った仲、汪と梅瑞ももとは同僚。どちらも付き合い上手で、何か言っては笑いふざけている。

汽車は嘉慶を過ぎ、そのままゆっくり進んだ。車窓から見えるのは咲きかけの菜の花。その黄色に、田んぼの緑と柳の緑が映えていた。時間が経っても、景色は全く変わらない。

春のせいでふさいだ気持ちになると言う人がいる。そんな春は、いったいどこへ帰っていくのだろう。しかし春のおかげで本当に穏やかな気持ちになる人もいる。

二時間後、汽車は杭州の街、余杭に着き、一行はタクシーに乗り換えた。崇福、石門を過ぎ、太湖近くの双林古鎮に着くと、予定どおりまず市場へ向かった。

浮かれ気分で、誰もが財布の紐を緩めている。汪は地鶏を買い、宏慶はタァツァイ、カワエビ、タケノコ、ニラを買う。酒を買った康は露店の主《あるじ》にレンギョをさばいてもらっている。横にいる梅瑞はすでに卵、タウナギ、ネギ、生姜、春雨、高野豆腐、芹二束を下げている。誰が何を用意するかは暗黙の了解になっているようだ。

買い出しが終わり、小船を雇った。長椅子が二列並んでいる。大騒ぎして乗り込むとエンジンが鳴り響き、船は太湖に注ぐ川に入った。

楽しみの満載された船が水辺の香りをかき分けて進む。川幅は広くなり、狭くなり、目まぐるしく変化する。透き通った波が広がり、両岸の草や葦が近づきまた離れ、薄絹のように梅瑞の胸元をそっと撫でたりする。

四人は頭を上げた。山は美しい女性、川はその頬のようだった。桑畑とハス畑がはてしなく広がり、人の声は聞こえない。そよ風が吹く中、水鳥の羽音がたまに聞こえてくるくらいだ。静寂の中を桃源郷へと向かう四人だった。

小一時間で船は林墅《りんしょ》に着いた。

目の前に現れたのはひっそりした村。うすら寒く空気は湿っぽい。橋の向こうにそぞろ歩きする人と野良犬の姿が見えている。川のほとりに待ちくたびれた叔父の姿が現れた。大小の荷物を抱えて船を下りた四人は曲がりくねった道を叔父の後につづいた。

家々の表から裏をぐるぐるまわって漸《ようや》く辿り着いたのは間口三間、古い二階建ての家だった。なんということだ。――只求問心無愧　何須門上有神（心にやましいことはないので神頼みする必要はない）――。門にはこんな対聯《ついれん》が貼ってあるものの、もとは赤かったはずのその紙は白くはげ、窓も傷みが激しい。おまけに庭には机、椅子、茶卓が乱雑に積み上げられているではないか。未完成の代物《しろもの》で、どうやら何年も風雨に晒されているらしい。

「何年か前、家具作りの仕事をしてちょっとは儲けたりしたんやけどな。最後には元手をすってしもうて」と叔父が言う。

「叔父さん、そんなことがあったんか」と宏慶。

「仕上げもしとらんこんな家具、役にたたんように見えるかもしれんけど形はエエやろ。上海から来はったあんたさんらに持って帰ってもろうたら、わしかてちょっとでも損せんですむしな」

「はぁ」と答えたのは汪だけ。

「遠慮せんでもエエしな。気にいったら適当に選んで持って帰ってくれたらエエわ」

手を振り「いや、いらんわ」と言う宏慶にみんな倣った。

叔父は家具の山に上って、いろいろひっくり返している。「こんなもん、見てんのもイヤでのぅ。紙やすりでちょっと擦ってペンキ塗って、つや出しに蠟でも塗ったらきれいに光るんやけどなぁ」

「そうですね。石鹼でも買うて来て、シャッシャッシャーッて擦ったらよろしいな」と康。

梅瑞がチラッと康を見た。

汪が向こうむきになり、おもいきり咳払いをすると、叔父は手を休めた。

「下りてきたらどうや」と言う宏慶の声に、叔父は目が覚めたように答えた。「あー、そうじゃった。中に入ってくらはいな」

めかし込んで来た四人はその家の情けない光景に落胆せずにはいられない。

康が低い声を出した。

「梅瑞さん、おかずとか老酒を買うてたときはいい気分でしたし、喋ってても楽しかったんですけどね。披露宴に呼ばれたような気持ちでしたわ。それがまぁ、ここに入った途端、火葬場ですな」

「サウナから出てきた途端、死体安置用のケースに飛び込んで冷凍されたみたい。もうお腹もペコペコやし、寒いし」

「みんな中へ入っとくれ」

客間や台所に入ると気持ちもいくらかほぐれてきた。中は顔文梁（蘇州の画家、教育者。一八九三―一九八八）の油絵『厨房』のようだ。叔母がかまどの前に貼りつくようにして、スープ餃子を作っている。

江南の家によくある、二つ並んだかまどには湯沸かし釜が載っている。奥の方で桑の薪を燃やすようになっており、その上にかまどの神が祭ってある。両側には対聯、丁寧に描かれた縁起物の絵もあった。こちら側の窓辺には細長い机、食器棚、水道があり、梁に引っ掛けた籠には鶏や魚が陰干ししてあった。

一同が八仙卓に座ると、叔母がナズナと肉のスープ餃子を持ってきた。四人は黙々と食べる。

「商売がうまいことといかんかったから、街のほうに落ち着くことにしたんや。ここは空き家になっとるけど、上海からお客さんが来はるっていうから、一日かけて掃除したんじゃよ」と叔父が言う。

汪は食べかけていたのをやめ、不愉快そうに宏慶を睨んでいる。

「夜になったら、悪いけど宏慶、お前が何か作ってみんなで食べといてくれるか。ゆっくりしてくれたらエエし。わしとこいつはとりあえず帰るわ」

　みんな口をつぐんだままだ。

「二階に広めの部屋を二部屋用意しといたからな。枕も布団もちゃんとあるし、どっちの部屋も大きめのベッドがあるから、戸を閉めといたら夫婦二組にちょうどエエやろ」と叔父が言う。

　カチャンカチャン！　二人がレンゲを碗に落とす音が響いた。

　宏慶が突然笑いだした。

「あんたアホやなぁ。何が可笑《おか》しいんよ」と汪。

「笑うたらアカンのか」

　すると康が言った。

「餃子に笑い薬が入ってたんでしょう」

　梅瑞も言う。「このスープ餃子、ほんまにおいしいわ」

　今度は汪だ。「叔父さん、どうぞご安心ください。お二人ともおかまいなくお戻りください」

　叔父が古びた麻雀牌《パイ》を取り出すと、康は驚きの声を上げた。

「あららららぁ、これは年代物ですねぇ。本物ですねぇ」

「六十二年のことや。こっちはジャガイモ五キロ出して、三代続きの貧乏農民と交換してやったんじゃ」と叔父。

　康がよく見てみた。「これは古い竹をまるまる使うて作った牌ですなぁ。色合いも揃うてるし、象牙が綺麗にはめ込んである。古風な筆遣いのエエ字ですねぇ。大地主の財産ですなぁ」

「さすがお目が高い。この牌はほんまは周《ジョウ》さんっていう大地主の物でな。それが土地改革の財産分けで、貧乏人の百姓のとこに転がり込んでなぁ。十年たってそいつ、腹減ってたまらんようになって、二束三文で交換して生き延びよったんじゃ。わしのジャガイモ、たったの一籠分とやぞ」

「食うことが先やもんなぁ。芋は食えるけど、麻雀牌なんかかじったら歯が折れるわ。なぁ、叔父さん」

四人が餃子を食べきると、叔母が口を挟んだ。「おかずもできてるし、夜にちょっと温めたらエエわ。鶏も火ぃを通してそのまま鍋に入れてあるし。とりあえず二階へ上がってみたらエエわ」

宏慶と梅瑞は二階に上がり部屋を見た。全てきれいに整っている。

「あんたさんら、帰らはったら、覚えといてくださいな。わしもなんとかして売りたいもんでな」

汪は黙っていたが、康が口を挟んだ。「この家、売っておしまいになるんですか」

「いやいや、外にあるあの家具のことや」

「はいはい」と宏慶。

叔父夫婦は街へ帰って行った。宏慶が表門を閉めると、梅瑞が二階から下りてきた。

「何も知らんかったわ。ホテルにでも泊まるもんやと思うてたし」

汪も話に加わった。「宏慶はまぁいろいろやってくれるけど、どれもこれもご立派なこと。シャワーさえないし、部屋には痰ツボしかないし。ほんまにひどいわ」

康が座って牌を触っている。全員が席に着いた。

「せっかく来たんですし、遊ばせてもらいましょうか。エエ時間ですし、とりあえずちょっと麻雀でも」と康が言う。

「いや、やっぱりその辺をぶらぶらしましょう。江南の農村風景を楽しみましょう」と宏慶。

「そんなん、アカンわ。こんな貧乏くさいしょうもない所、来る時にもう見たし。グルグルグルグル回って、あっちこっち行って、まだ足りひんの？　まだ行きたい？」と汪。

「ご飯食べてから考えましょう」と梅瑞。

「電気つけてよう見てみたんですけど、こんなエエ牌に出会《でお》うたらやりとうなってきましたよ」と康。

四人が牌を取りサイコロが投げられた。古めかしい色合い、昔の香りがする牌に光が当たり、四人の太い手と細い手がその世界に集中した。

「昔、この牌で麻雀してたんはお嬢さん方か、それともお妾さん連中か……」と康。

「地主の旦那ども、村の自衛団の兵士、忠義救国軍の隊長、その後は貧農委員会の主任ですね」と宏慶。

「他にまだいます？」と梅瑞。

「婦人会の幹部とか人民解放軍の大隊長もね」と宏慶。

「それが今は、康さんとアホな宏慶」と汪。

「それに、そのアホの嫁さん」と宏慶。

高笑いする声が響いた。一回り二回りし、五時半頃まで楽しむ。ずっとチー、ポンと康の捨て牌を取っていた梅瑞が勝ち続け、化粧した頬にほんのり赤みがさしている。

その後、揃って夕食の用意にかかった。康が料理をし梅瑞が手伝う。何度かかまどの前まで行った宏慶が汪にどやされた。

「邪魔せんとあっちで薪でも足しといてっ」

暫くして全員が席に着いた。地酒に添えられたのは、ほどよい味加減のおかず。鍋には魚と春雨のスープ。ゆっくり味わいたいらげた。

その後、外をそぞろ歩いたが、真っ暗なうえ、道が狭くて歩きにくい。康と梅瑞の後に宏慶夫妻。

暫く歩くと視界が開けた。目の前に見えるのは果てしなく続く桑畑。澄み切った空気がおいしい。ふとふり向いた康は、宏慶と汪が突然姿を消したことに気付いた。

「あの人らは？」梅瑞が言った。

辺りはワラの黒い山が並んでいるだけ。

梅瑞が呼んでみた。「汪さぁん」

影も形もない。返事もない。

月が雲から顔を出すと明るくなり、ワラ山の作る影はますます濃くなる。一面に広がる桑畑が遠くまで見えていた。

康は自分の頬が緩むのを感じた。月が本当に綺麗だ、こんな時この人と二人っきりでいるのはいいものだ。

梅瑞は人あたりがよく控えめではある。ただ見るからに妖艶なものが感じられてならなかった。

「夜に来たらほんまに綺麗な景色ですねぇ」と感慨深くつぶやく康。

「ほんと」

「この辺の養蚕農家はまだ昔ながらのやり方でやってるらしいんですよ。まず蚕の卵の水洗いをして、餌をやりながら四回ずつ眠《みん》と脱皮を繰り返させて五齢《れい》まで育てて、成長すると蔟《まぶし》っていう飼育箱に入れてやります。孵《かえ》りたての蚕を乗せる蚕座《さんざ》とか蔟の消毒もやりますし、蔟に乗せてやる上蔟《じょうぞく》とか繭の出荷までにやる毛羽取《けばと》りもね」

「そうなんですか。それにしても桑の木ってこんな低い木なんですねぇ」

「昔、桑の葉は一枚一枚摘んでたんです。それが枝ごと取って来て蚕に食べさせるようになって、それでいつの間にかわざわざ木を低うするようになったんです」

「思い出しました。私、浙江の湖州の生糸を日本やらイタリアのミラノに輸出したことがあるんですよ」と梅瑞が明るい笑顔を見せた。

「ほんまにおかしなもんです。お蚕さんと青虫なんか、殆ど同じ形です。リスと鼠も同じような顔してます。でもお蚕さんとかリスはみんなに好かれてるのに、青虫とか鼠は嫌われもんですよね」

「私、お蚕さん飼うたことあるんですよ。北京西路の張家宅に大きな桑の木があって、男の子なんか毎年木に登って一枚ずつ葉っぱを摘んでましたわ」と梅瑞。

康は黙っている。

肩を並べて立つ二人。月明かりの下、辺りは静謐《せいひつ》そのもの。梅瑞から漂うのは香水の香りだろうか。月が雲に隠れ、また顔を出した。まさに「白月　天にかかり　蘋風《ひんぷう》　樹に隠る（輝く月が空に昇り、川面を撫でるそよ風が木々の間へ吹き抜けて行く。明代、葉紹袁『甲行日注』）」の世界そのものだ。

康が口を開こうとした途端、斜め向こうのワラ山から誰かが突然とび出してきた。驚いた梅瑞は康にしがみついたが、汪と宏慶だということがわかり、その手を緩めた。

「一枚一枚摘んでたんではやってられへんやろ」と宏慶が言った。

「あぁびっくりした」と梅瑞。

汪が体をはたきながら言った。

「宏慶はアホやから、無理やりワラの中へ引っ張って行くんよ」

「暗うなったら、なんとかして女の人を自分のもんにしとうなるんですね」と康。

「無理やり引っ張り込まれたら、女はびっくりしてるみたいなフリしてますけど、内心は喜んでるんですよ」と宏慶。

「エエことはマネせんと、下放されて暮らしてた野蛮人のマネばっかりして。荒れ果てた山とか野原に行って、その辺でいやらしい事して」と汪。

「どういうこと？」と梅瑞。

「不倫みたいなもんでしょうかね」と康。

「ロマンチックやないですか」と宏慶。

「私もほんまは隠れて見てみたかったんですよ。梅瑞と康さんの様子をのぞき眼鏡でね。それがまさか、宏慶のほうがあんな乱暴なことをするとは」と笑顔の汪。

談笑する四人は暫く辺りを散策して、叔父の家に戻ると門を閉め、席を決め直して麻雀の続きを始めた。状況に変化が現れた。梅瑞は康がチーやポンで取りそうな牌を捨て続ける。捨て牌にないものも自分が捨てたくない牌も、何もかも青信号。ただ宏慶に鳴きを入れられないようにしっかり見ていないといけない。

夜も更け、部屋の四方から隙間風が入ってきた。二階の窓が風に煽られ、ガタガタバンバン音をたてている。

「宏慶、ちょっと見てきて」と汪が言う。

宏慶は何も言わない。

「ちょっと寒いですね」と康が襟を押さえる。

「夜食でも食べましょ。何かおかず作ってご飯も温めてきますわ」と梅瑞。

汪は黙ったままだ。

「ボクがやりますよ」と宏慶。

麻雀の手が止まり、宏慶が用意した食事を全員で楽しんだ。

「夜、私は汪さんと寝ますわ」と独り言のように梅瑞が言う。

「そうですね」と宏慶。

「申し訳ないですわねぇ。ご夫婦をばらばらにして。ほんまは私、台所で寝てもエエんですけど」と梅瑞。

汪は笑っている。

「ボクが台所に寝たらエエんです」と康が言う。

「台所に蛇やらムカデみたいな虫がいたらどうします？」と汪。

「ほんまは私が康さんと同じ部屋で寝たらエエんですけど。私は床で寝ますし」と梅瑞が婉曲に言った。

「いや、そうなったらボクが床で寝んのは当たり前ですよ。気になりませんから」

それを聞いた宏慶は笑顔で牌の中から〝中〟と〝白〟を二つずつ取り出した。

「みんな公平に牌を取って決めましょう。同じ牌になった者同士が同じ部屋でということで」

「またしょうもない事言うてるわ。アホやわぁ」と汪が笑う。

笑顔の宏慶が並んだ牌を揉んでいる。「どうぞ」

梅瑞はためらっている。「康さん、お先にどうぞ」

「言うときますけど、取った牌で決めるんですよ。牌見てから後悔したらあきませんよ」と宏慶。

康が牌を取り、ポンと置いた。〝中〟だ。

「次は宏慶さん」と梅瑞。

宏慶はわざとあれこれ迷ってみせる。

「やっぱり先に汪ちゃんに取らせよう」

「〝奥さま〟って呼ばなあきませんよ」と康。

「うちのかみさんはほんまに若《わこ》うて綺麗なもんで……」

汪は黙って硬い表情のままゆっくり牌を動かした。ポンと向こうへひっくり返すと〝白〟。梅瑞が宏慶をじっと見ている。

「そんなジロジロ見んといてくださいよ。さぁどうぞ」

「なんで私から……」

「次の一枚で結果がわかるんですから。ずるい事したらあきませんよ」と汪が笑う。

梅瑞が選んだ牌を撫でる。慣れた手つきでプロ勝負師のように牌を捻るだけだ。力いっぱい捻ったまま、なかなかひっくり返さない。

「どっちですか。早う言うてくださいよ」と宏慶。

梅瑞は気が抜けたようになっていたが、ついにゆっくりと表を向けた。〝白〟だ。

初めのうちは賑やかだったその場が、急に静まり返った。みんなよほどハラハラしていたのだろう。

四人はきまり悪そうに立ち上がった。

「ここは長居したいと思わへんわ。明日の朝、上海へ帰りましょう」と汪がつぶやいた。

部屋に戻って枕元にもたれている康が言う。

「神様はよう見たはるもんですなぁ。そうやなかったら今夜はえらい事になるとこでしたわ」

「なんでですか」

「牌で部屋割り決めるような事、よう思いつかれましたねぇ。大丈夫ですか」

宏慶は答えない。

「ボクが梅さんと同じ部屋で寝ることになってもそれはそれでエエとして、お宅の汪さんと一緒に寝ることになったりしたら、明日顔合わせたときどう言うたらエエんですか。そんな事できるわけないでしょう」

「どういう意味ですか」

「口でははっきり言えませんでしょう。床に布団を敷いて別々に寝てたんやってボクが何回も言うて、何もなかったって奥さんも証明してくれたとして、それで信用されますか。後々ずっと疑われますでしょう。ずっとずっとね。いつまでたってもわからんのです。その夜のほんまの事はね。男と女ですからね。やっぱりそういう事になったんか、二人とも知らん顔して一晩過ごしたんか。その夜は宏慶さんにとって永遠に空白のまま、それでいてちょっとした物語になるんです」

　宏慶は黙って聞いている。

「それは宏慶さんが梅瑞さんと同じ部屋で寝るっていうことでもあります。もしそうなったら奥方さまは宏慶さんの事を信用するでしょうか。宏慶さんの潔白が信じられるでしょうか。どんな仲がエエ夫婦でもいらんこと考えるもんでしょう。夫婦っていうのは相手が信じられるもんやありません。永遠に相手が信頼でききんのです。友達同士のほうがまだましです」

　黙って聞く宏慶。

「友達として過ごすのなんか絶対に無理です。その夜は永遠の謎になるんです」

「安心しました。もしあの牌をひいてたらボクは絶対チョンボやらかすとこでした」

「なるほど」

　宏慶は黙ったままだ。

　宏慶と康がそんな話をしていた頃、隣の部屋では汪が大きな旧式ベッドのカーテンの奥にもぐり込んでいた。梅瑞は服のボタンをはずすと、手織り木綿の布団にゆっくり入った。

「このベッドもきっと牌と同じ周さんのやわ。古道具屋の業界用語では〝暮登〟ていうんよ。夜によじ登るていう意味でしょうね。毎晩毎晩早いもん勝ち」と汪が言う。

「もうそんなアホなことばっかり言うて」

「周りに綺麗な彫り物の板がはめてあって、それも部屋みたいな感じに仕上げてあるでしょ。昔は奥さん三人にお妾さんも四人やったし、ベッドが狭かったら夜の生活なんかできるわけないもんねぇ」

「それでも正妻さんと二番目の奥さんはやっぱり分けとかなアカンやろうけど」と梅瑞は小声で言った。

「そうとは限らへんわ。このベッドはほんまに広いわ。奥さん一人、お妾さん二人くらいやったら余裕で相手できるし、女三人でお芝居もできるわ。周さんって、きっとたくさんの女の人と寝てたんよ。夜になったら穏やかやなかったやろなぁ」

「もうやめて。気色悪いわ」

「ここでどれだけ男と女が声出してたんやろなぁ。どれだけ悪い事してたんやろ」

「もうやめて。言わんといて。枕も汚い感じがするわ」

そう言う梅瑞はおびえ始めた。

「ケラケラ笑うて、あっちかとおもったらまたこっち、次々と女を抱いて、うまい事やってたんやわ」

「脅かさんといて。寒イボが出てきたわ。もうやめて」と梅瑞は震えだした。

「考えてみたら、ほんまに残念やわ。今回は阿宝さんが来てへんなぁ」と汪。

梅瑞は答えない。

「阿宝さん、エエ人やん」

「私から見たら、康さんはもっとエエ人やわ」と梅瑞がゆっくり言った。

汪は黙っている。

「康さんて奥さんとは仲エエんやろか」

「どういう意味？」

「ちょっと気になっただけ」

「康さんの奥さんはほんまに綺麗なんよ。綺麗で優しいし、あの二人は気持ちも通い合うてるわ。一生、恋人みたいで、毎晩三々九度の真似事をやってるらしいわ」

梅瑞は何も言わない。

「そやから康さんに浮気相手なんかいるはずないわ」

梅瑞は黙ったままだ。

「それはそうと、阿宝さんはなんで結婚しいひんのやろ」

「そんな事知らんわ」

「思うことがあるんやろなぁ」と汪。

梅瑞は黙っている。

「前に仕事の話をした時の事覚えてるわ。あの人、ほんまに細かいことによう気がつく人やったわ。私が座るときは椅子の背もたれをちゃんと支えてくれるし、席立ったらコートかけてくれたし」

「それがどうしたっていうんよ。飴玉みたいなもん、なんぼもろうても、甘いかもしれんけど栄養があるわけやないし」と梅瑞が言い放った。

汪が口をつぐんだ。

「宝さんはやっぱり普通のビジネスマンやし普通の上海男。康さんの方がずっと付き合いも上手やわ」

汪は黙ったままだ。

窓が風でガタガタ音をたてている。女二人、それぞれに思いを巡らせた。ロウソクを灯していれば、もう燃え尽きるくらいの時が経っていただろう。古いベッドに、襞《ひだ》がとられた古いカーテン。次第に意識が遠のき、二人はいつのまにか深い眠りについていた。

翌日四人は上海に戻りその場で解散した。その夜のこと。汪が宏慶に言った。

「あの梅瑞、もうアカンわ。何か言うたら康さん康さんなんやもん」

「旦那のことは言うてたか」

「なぁんにも。ひと言も言わへんかった」

「今の世の中、自分の旦那のことは喋りたがらへん女も確かにいるよなぁ」

「それがどうしたんよ。女は外で旦那の事を喋るもんやってアンタは思うてるかもしれんけど、私かて前からアンタのことは口に出してへんわ。食べ物とか着る物とか、よその男の事やったら喋る女、今の世の中けっこういるけどな。ただ……」

「何や」

「よう聞いてや。何か言うたらムードやとか、パリやとか、ティータイムがどうとか、人生がどうこうって喋りたがる女がいるやろ。あんなもん、ただのアホや。そうやなかったら口癖みたいに子供の事や。哺乳瓶が、オムツが、予防注射がって。これはもう模範的なアホ。それから口開けたら〝旦那のアレ〟がどうこうとか言う女なんか、あれはもう恐ろしい化け物みたいなもんやわ」

「何でや」

「中国は男の数が少ない、女だけの国やって言うてるようなもんやん。『西遊記』にもそういう世界あったやろ。そんな国では並程度の女ではまともな結婚なんかできひんけど自分は結婚してる、それが嬉しいもんやから、旦那の自慢してみんなにエエかっこしてるだけなんよ。……何やっても鈍臭い世間知らずやからすぐ騙されるような田舎者の女とか、街と田舎に別居してパート暮らししてる女、それから子供は産めへんとか、卵管がつまってるって病院で言われた石女《うまずめ》。そんな女は独りっきりで寝てるのと一緒やろ。そやけど、自分は違う、独りやないって優越感感じて、それで自慢話してるだけやんか。でもほんまはこの国は男が足りてへんわけやないし、私も独りで寝てるわけでもないやろ。そやからわざわざ自慢話なんかせんでもエエし旦那の話はせえへんの」

宏慶は布団にもぐり込み、伸ばした手で妻を引き寄せた。「おまえなぁ、何ちゅう言い方するんや。〝旦那のアレ〟がどうこうとか、これからはあんまり言うんやないぞ。同僚の男に聞かれたら、いらんちょっかい出されるに決まってるんやから」

汪は腰を捻った。「そんな引っぱって、何やの」

「もうエエ時間やないか」

「何すんの。毎晩〝空手形〟ばっかり。それでおもしろいん？　あぁあ、もう」

三

その後、ある日の午後。康と梅瑞は茶房〝緑雲〟にいた。

「私、最近思うようにいかへんのです」と梅瑞が言う。

「確かに国際貿易はうまいことといってないみたいですね。羽振りようやってたのに、今まで持ってた輸出商品交易会のブースなんかも売ってしもうて、なんとか凌いでる会社もあるくらいです」と康が言う。

「私は自分の事言うてるんです」

康が口をつぐんだ。

「春に出かけた時の事、よう思い出します」

「そうなんですか」

「こないだうちの母、昔の彼氏に会うてたんです」

康は黙っている。

「両親はとっくに別居してるんですけどね。その彼氏っていうのはもともと上海のどこかの若旦那で、六十年代に香港へ行ったんですけど、八十年代の初めに母親と手紙のやりとりを始めたんです。それが最近会うてしもうたみたいで、父とケンカになって離婚騒ぎ起こしてしもうてね。香港に行って、その若旦那と結婚するつもりみたいで、大騒ぎになってます」

「香港に行って結婚するんですか」

「祖父が香港で一人暮らししてるんですけど、母を香港に呼びたいってずっと思うてるんです。そやけどあの人、香港に彼氏ができてしもうて、もうどうしてエエかわからへんみたいで」

康は黙って聞いている。

「こういう事の繰り返しやったんです。あの人は中学校のときから勉強は赤点ばっかり。毎日毎日流行の先端いってる男の人とダンスしに行ってました。五十年代の中頃に上海のダンスホールはなくなりましたでしょ。その前は小さいホールがけっこうあって、ちょうどその頃にその若旦那と出会うたんです。毎日踊りに行って、小さいダンスホールを一軒一軒回って、一晩で三軒も四軒もハシゴすることがあったんです。特に気に入ってたんは一番安もんのホールで、そんなとこに潜り込んでました。一元で十曲踊れる昔のホールよりもっと品のない所で、それでも大喜びで踊ってました。祖母はほんまに困ってました。祖父に手紙書いて知らせる勇気もないし、いっつも夜中になったら一軒一軒探しまわって泣いてました。それから祖母が亡くなって……」

急に梅瑞が黙りこんだ。

「上海ていうとこはほんまにおかしな所ですねぇ。三十年代には北京も天津も青島もダンスホールがありましたけど、どこのダンサーも上海から行った娘《こ》でしたねぇ」

「母は昔の人間やないから、よかったようなもんです。昔やったら、とっくにダンサーになってたと思います。あの人の尊敬してるスターは名前に〝丹〟が付く二人です。二人ともええ衆《し》のお嬢さんで、上海で人気があったダンサーの周丹萍と夏丹維です」と梅瑞が嘲るように言った。

「それからは？」

「私、おかしいのかもしれません。何か言うたら、また自分の家のこと言うてますわ」と梅瑞が嘆く。

「何かの本に書いてありましたけど、女の人は知らん男にでもついつい自分の気持ちを話してしまうらしいですね」と康。

梅瑞がそっとカップを置いた。

「康さんにそんなふうに言われるの、いやですわ」

「なんでですか」

「私にとって康さんは知らん人なんですか。私、軽薄な女でしょうか」

「いや、ボクは又聞きしただけですよ」

梅瑞がお茶をすする。

「母は祖母が亡くなるまでやりおうて、今度は私に矛先を向けてきたんです。私が死ぬまで続きます」

ダンスの話になり、康は八十年代のことを思い出した。

――大学時代、康は自分から進んでダンスの輪に入っていって、賞を取ったこともある。妻もダンスで射止めた女性だった。

卒業してから、かつてダンス王子ともてはやされた同窓生に会ったことがある。北京へ出張した、ある夜のことだ。

二人は母校の南側にある芝生で会った。

キャンパスの奥には、あの見慣れた提灯が今でも赤々と点っているではないか。

「土曜は今でもダンスをやってるのか」と康。

「うん。康くん、今は社長さんなんだね。踊りたくてムズムズしてるんじゃないか。いや、それとももう踊りたいとも思わないのかな」

「長いことやってないからほとんど忘れたよ」

「基本のステップは忘れるわけないだろ。今夜は踊りに行こう」と王子が笑う。

「ああ、いいよ。でもオレは見るだけにしとく。踊らんよ。昔のダンスホールではそういうのを〝高みの見物〟って言ってたよな。そうやって人が踊るのを見て昔のことを思い出すだけで満足する」

王子が顔をほころばせ、二人でホールへ向かった。入り口の近くまで来た時、王子が康を引っぱって言った。

「康くん、女を見る目あるかな」

「え?」

「今の若い女の子は昔とは違うんだよ。昔は教養のある男に惚れるもんだったろ」

「今は？」

「市場経済ってわかるかな。女も選べるんだ。康くん、中に入ったらようく見るんだぞ。大学のダンスホールはもうこの大学の娘だけじゃなくて、他所《よそ》からもたくさん来てるし、その辺に住んでる娘も来てるんだよ。だから服装や気質を見なくちゃな。もし相手が女子大生の格好をしてたら踊ろうって声かけて、自分は大学の裏にある小料理屋の若店長だって言ったらいい。相手が貧しい家の娘、それでも身なりがよくて、プライドがありそうで、しかも可愛かったら、そいつはよそから遊びに来た女と思っていい。そういう時はこの大学の副教授だと言えばいいんだ。百発百中だ」

「どうして？」と康が笑う。

「ほんとにわからないのか。それともわからんふりしてるのか」と王子は康の肩を叩いた。

「……」

「お互いさまってとこかな。わかるかな。今は最後まで踊るようなことは流行らん。何曲か踊ったら連れ出すんだ。きみが上手に言えばさっと付いて来るさ。とりあえず二人でメシでも食って、それからは一直線にまっしぐら。わかるかな」

驚く康に王子は畳み掛けた。

「必死で踊るなんて意味ないだろ。最後まで踊るなんて、普通は重病人のクラブくらいだよ」

思い出にふけっていた康は、梅瑞の目の周りが赤いのに気付いた。梅瑞はハンドバッグから写真を出すとテーブルに置いた。

「これ、母に言われてプリントしたんですけど、全然あきません。お話になりません」

見ると、ダンスホールで全身を写した写真が数枚。緞子《どんす》のスカートを穿いた、五十間近の派手な女。

細いウエストと豊かな胸がSの字にくびれ、まばゆいばかりの美しさ。艶っぽい。

二人で撮ったものも何枚かあった。女が浅黒い男にぴったり寄り添っている。男は五十過ぎ、いかつい体型だ。黒いVネックに柔らかそうなダンスシューズ。体じゅうから熱気が溢れた、男っぽい姿だ。顔に光る汗のおかげでますます格好よく見える。浅黒く、鋭い目をしたその男には不屈の強さが窺えた。

一番下から出てきたのはホールで抱き合い口づけしている、最近のものだった。どれもこれも非の打ち所がない。アジア人が口づけしている写真というのは、顔のつくりが白人と異なるせいか、顔がへしゃげ、強い性欲だけが感じられる。しかしその写真は、ほどよい感じで、決していやらしさがなかった。

「お母さん、お若いですねぇ。彼氏のほうも紳士的だし、お似合いです」と康が言う。

「そんなアホな事仰っても何も出ませんわ。もう六十になるおばあさんですし、男の方は二つ年下なんですよ。こんなふうに写真撮ったんは、父を刺激するためなんです。私から父に渡すように言うんです。離婚するためです」

康は黙っている。

「マムシが二匹、惚れ薬を飲んだようなもんです」

店の外には、しっとり濡れた軒とポタポタと滴を垂らす芭蕉の葉が見える。康が茶をすすった。

「恥ずかしいですわ。お店に入ったとたん腹立てたりして」と梅瑞。

「いや、わかります」と康。

「ほんまは違う事をお話しするつもりやったんです。田舎で散歩したあの時の事とか。二人で綺麗な月見ましたよね。あんな親の事なんか話しとうなかったのに」

「親の事は、子供は傍で見てるしかありませんからね」

梅瑞は溜息をついた。

「うちは普通と違うんです。小さい頃からしょっちゅう嫌な事がありました。ものすごく着飾りたがりますしねぇ。後ろから上海ガニみたいな男どもがゾロゾロ付いて来てるって、祖父からはお小言です」

「昔、ダンスの王子を知ってましたけど、今、ボクはダンスのお妃《きさき》さんにお会いしました。ダンスの王様にもね。心に残りますよ」

梅瑞が吹き出す。

「私が一番心配なんはその王様です。八十年代にまた連絡取り合うようになって。母は香港にいる祖父に会いに行く度に、あの若旦那に会いたいなぁって言うてました。でも若旦那は日本へ行ったかと思うたら、今度はシンガポール。何年もの間、母を避けてたんです。それがまさか、この街で南京路を歩いてて、真正面から出会《でお》うたんです。不思議でしょう。二人とも道路で立ち止まったままぼうっとして、母は泣き出したらしいです」

「映画みたいですね」

「あの人、それからは若旦那から目を離さんようになりました。縁があったんでしょうねぇ。切っても切れへんようになってしまいました。寝言にまで若旦那の名前呼んでました。それでも若旦那の心を摑んだっていう自信はなかったみたいで、よう言うてました。自分が前みたいに綺麗やとは思うてくれてへんって。写真では信じられへんかったけど、会うてみてわかったみたいです。それでも二人は一週間ほどベタベタくっついてました。それから若旦那がご馳走してくれることになって、私、〝新雅〟っていうレストランへ晩ごはんよばれに行ったんです。店に入ったとき、若旦那の目つきがおかしいなって思いました。それから、香港の叔父さんか、叔父さんか、若旦那さんか、何て呼んだらエエのかわからへんから聞いたんです」


――「梅瑞、この人のことはもうすぐお父さんて呼ぶようになるんやから」と母が。

「いや、若旦那さんって呼んでもらうのが一番自然かな」と若旦那が笑顔で言う。

「おじちゃんか叔父さまでもエエけど」と母。

「若旦那って呼んだらいいや。若々しい感じがする」とまた若旦那が笑顔になる。

その場では黙っていた梅瑞だが、それからは〝若旦那さん〟と呼ぶようになった。しかし、その時すでに母親は娘の梅瑞にやきもちを妬《や》いていたのだ。

数日経ち、若旦那から電話があった。

「梅瑞さん、みんなの幸せを考えるんやったら、急いで離婚したらアカンってお母さんに言うといてくれるか」

しかし梅瑞がその事を言いかけただけで、一触即発だった母が爆発した。

「お父ちゃんとは仲が悪うて長いこと別居したままやから、離婚しようがしまいが、どっちみちいつか爆発するんや」と母。

「爆発ってどういうこと？　世界大戦にでもなるん？」

「爆発って言わへんのやったら、第二の春って言うたらエエわ。一つの季節に桃の花が二回咲くのと同じや」

「第二の春やったらそれはエエ事やけど、もし若旦那の心の中が一年中春やったらどうすんの」

「それでもかまへん。離婚してあの人と結婚したい。自分もまともな人間なんやし、離婚したり結婚したり繰り返すのはほんまはつらいんや」

「お笑いやわ。あの人は結婚なんかしたがってへんのに。お母ちゃんとの結婚を心から望んでるんやないわ。ひょっとしたらズルズルと時間稼ぎしてるだけかもしれんやろ。私のお客さんの阿宝さんなんか、ずっと独身で適当にやってるし、弁護士の滬生さんもやわ。エエ加減な結婚して奥さんはとっくに外国に行ってしもうたままやけど、気にせんと一人で適当にやってるわ。労働力もお金も無駄にしてるかもしれんけど、原則みたいなもんを持ってて、気持ちが揺れることなんか全然ないわ。周りの者にはどうしようもないやろ」——


　黙って聞く康を前にして梅瑞は続けた。

「昔毛《マオ》さんが〝雨がふったら母は嫁ぐ〟っていう昔話（清朝の小説、張南荘『何典』）を引き合いに出して、最高指令（一九七一年九月、林彪事件）を出しましたでしょ。母親の意思に任せるしかない、周りはどうしようもないんやってね。それと一緒かもしれません。それにしても私、どうしたらいいんでしょう。できるだけほっとくほうがエエのはわかってるんですけど、もういやになってるんです」

　康はふと窓の外を見た。芭蕉の葉が雨に打たれている。

「こんな事までお話ししましたけど、康さんは何も言うてくれはりませんねぇ」

「一年に二回、一番摘みの最高のお茶を摘むようなもんやとお母さんは仰るんですね。どう言うたらエエのかなぁ」と康は躊躇《ためら》っている。

「適当に言うてもろうたらエエんです。何でもお聞きしたいんです」と梅瑞が明るく笑うと、康ははぐらかした。

「やっぱり梅瑞さんは我慢して、仕事を精一杯やるのがいいでしょう。見て見ぬふりを決め込むのもエエかもしれませんけど、ほんまにわかりませんねぇ」

「……」

参章

壹《いち》

ばあやが髪を梳いている。

「ばあや、なんで泣いてんの」と蓓蒂。

ばあやは答えない。

「アタシ、もうおりこうさんになったよ」

「蓓蒂や、ばあやのばあちゃんが夢に出てきたんじゃ。なんか気になってなぁ。喉がつかえたみたいでなぁ」

「ばあやのおばあちゃん、何ていう名前なん」

「何ていうたかなぁ……。楠の棺桶に昔のお金が二列並べてあったんやけど、夢の中で何べんも棺桶の釘がとび上がったんや。きっと何か起こるわ。ばあちゃん、独りで寂しそうやった。棺桶とお魚みたいな老いぼればあさんが転がってた」

「お魚？」

「ほんまに今すぐにでも紹興に帰りたいんや。絶対お墓参りしなアカン」

「そのおばあちゃんが逃げたときの事、お話しして」

「何遍も言うたやろ」

「太平天国の人らが負けて、みんなで必死で逃げたんやろ」

「ばあやのばあちゃんは南京の太平天国の洪秀全《こうしゅうぜん》さまにお仕えしてて、毎日、枯れたハスの葉の汁で顔を拭いてた。茶色い汁や。死んだ人みたいに黄色い顔になるまで拭いて、それからこっそり棺桶にもぐり込んだんや。一緒にお仕えしてた人らが棺桶担いで出て行こうとしたんやけど、途中で棺桶の蓋が開いてしもうて、門番に中を覗かれたんや。もう死んでからだいぶ時間が経つなぁって言うて通してくれたから、そのまま棺桶担いでもろうて南京の街を出た。そのときばあちゃんは底の板を壊して飛び出して、そのまま南に、逃げて逃げて逃げまくった。昔のお金ようけ持ってたから、重とうてさっさとは逃げられんかった」

「うそや」

「うそやない」

「こないだ言うてたやん。御殿を逃げ出したとき、スープ餃子食べに来てたお妃さまに出会うてしもて、びっくりしたんやって」

「蓓蒂、もう起きんかいな。お寝坊さんしたらアカン。はよ勉強しぃ」

ばあやに布団を剝がされた蓓蒂は跳び起きた。

「何すんの。これ、香港から来た葉書なんやから。せっかく貰《もろ》うたのに」

蓓蒂が大切にしているカードをばあやがいつのまにか手にしている。蓓蒂はカードを奪い取り、枕の下に押し込んだ。

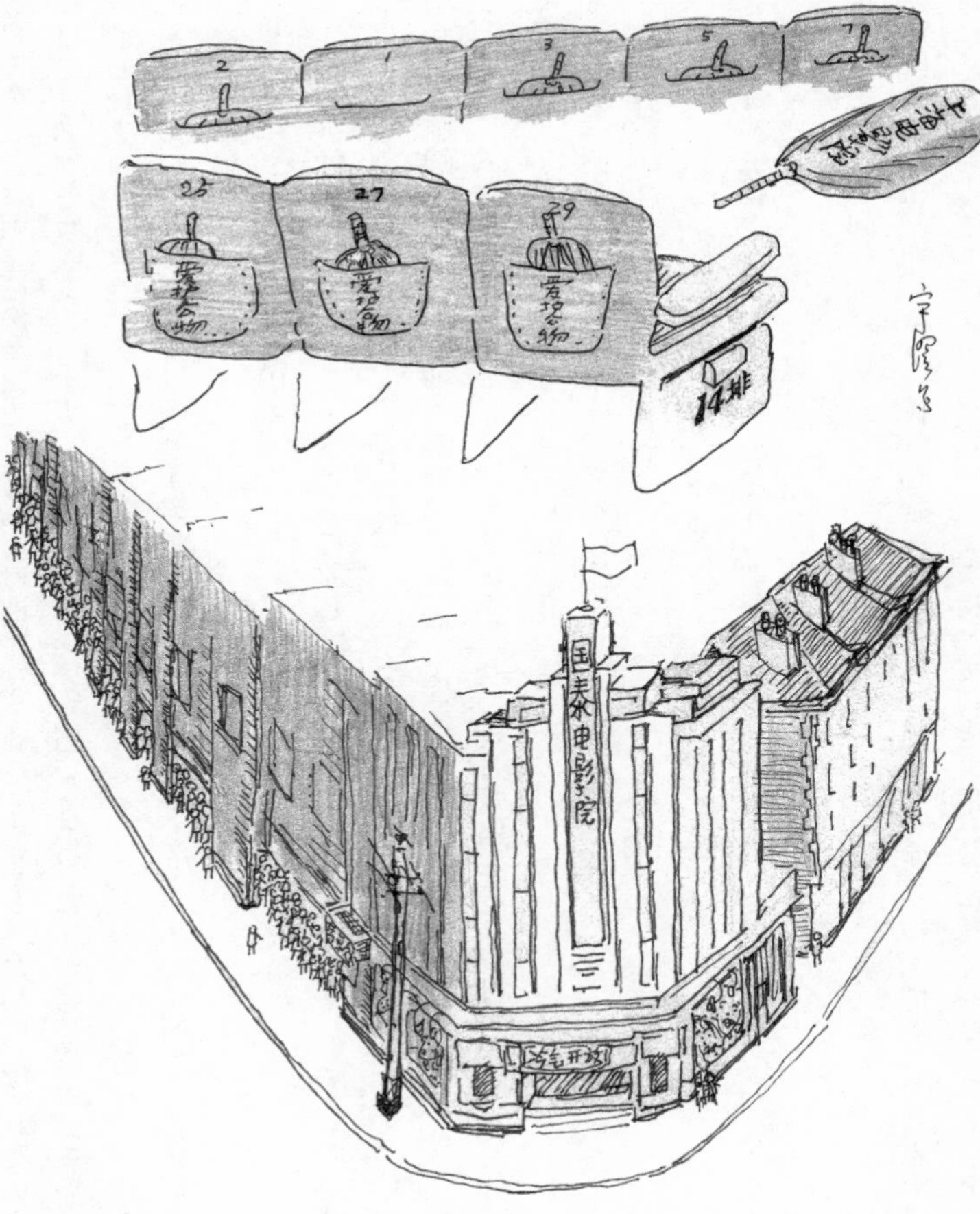

国泰シアターのチケット購入に並ぶ列が、錦江ホテル前の道路を北へ埋め尽くす。今は店舗になっている所。1961年にクーラーがあったのは数少ない封切館だけ。三番館の上海シアターでは紙の団扇で暑さをしのいでいた。

数日前のこと。阿宝は絵葉書セットを受け取った。香港の風景写真だ。同封されていた兄からの手紙にはクリスマスカードとして友達にあげればいいと書いてあった。蓓蒂に選ばせていると、滬生も二枚欲しいと言ってきた。

蓓蒂が選んだのは〝スターフェリー号〟の写真で、ヴィクトリア・ハーバーが背景になっている。阿宝は丁寧に書いてやった。

——蓓蒂ちゃん　メリークリスマス！——

〝ちゃん〟を付けたのは蓓蒂がそう書いて欲しいと言ったから。蓓蒂はうれしそうに受け取った。

滬生がまず選んだのは茂名路に住む姝華《シュウホア》に送る分。もう一枚には少し考えてから住所を書いた。

〝上海大自鳴鐘西康路〇〇路地五番地三階〟。横の枠にはメッセージも書いた。

——小毛、あけましておめでとう。元気か？　長いこと連絡してないけど、大自鳴鐘の辺のことをよく思い出してる。蘇州河にも行きたいな——

飛行機が啓徳空港に着陸しかけ、ビルに接近している写真だ。

そこへ蓓蒂が口を挟んだ。

「〝メリークリスマス〟て書かなアカンやん」

「それは資本主義の迷信やし、そんなもん中国人は認めてへんってお父ちゃんが言うてたんや」と滬生。

蓓蒂はそっぽを向いた。

阿宝は一枚を祖父宛、もう一枚を嬢嬢《おば》である宋先生宛にして新年の挨拶を書き、思南路の家の郵便受けに入れた。淑婉に渡す分は蓓蒂が家まで持って行き、代わりに映画のパンフレットをもらってきている。

蓓蒂は自分では映画を観なくてもパンフレット集めを楽しみにしていた。当時は映画館に入ると、必ずパンフレットがもらえたもので、蓓蒂の両親は十数年分にわたってスクラップした映画関係の新聞記事まで保存しており、大きな箱いくつもにびっしり入っているのを阿宝は見たことがある。それはそれは見事なものだった。

「うちのお父ちゃんとお母ちゃんは昔、大光明シアターに映画を観に行って、ちょうど隣同士に座ってて、それで仲良うなって結婚したんやて」

「お父ちゃんとお母ちゃんは同じ組で、高校に入ったときから付き合うてたんやぞ」とばあや。

「お父ちゃんが大光明に入ったら、お母ちゃんパンフレット持ってて、それに気ぃついて借りて読んで、ほんで仲良うなったんやて」と蓓蒂。

「あの二人は映画観てるんか、映画撮ってるんか、どっちや。お芝居みたいに目で合図しとったんかなぁ」

「ほんまなんやから」

「しょうもない事ばっかり言うて」

「知らん者同士が二人いて、パンフレット一枚しかなかったら借りて、借りた物は返すし、そうなるやん」

「ほんまかいな」

そう言うばあやに蓓蒂が飛びかかろうとした。

「エエ子やから、騒いだらアカン」とばあやがたしなめる前に、「こら、蓓蒂っ!」と思わず叫んでいた阿宝だが、それでも笑いが堪《こら》えられなかった。

蓓蒂は映画好き。すぐ近くの思南路に住む阿宝のいとこ達も映画好きだし、年上の淑婉も熱狂的な映画ファンだ。

近所の若者、特に男の子はよくローレンス・オリビエ（イギリス人俳優。一九〇七―一九八九『ハムレット』など）やジェラール・フィリップ（フランス人俳優。一九二二―一九五九『花咲ける騎士道』など）の格好を真似ていた。グレゴリー・ペック（アメリカ人俳優。一九一六―二〇〇三『ローマの休日』など）はやはり真似するのが難しく、せいぜいビショップスリーブの白シャツを着て悦に入る程度。

女の子はパーマをあてたヘップバーンヘアにヘップバーンのような眉毛、淡い色のサブリナパンツに、パンプスを履くくらいだから、真似するのも楽だった。

男も女も連れだって淑婉の家へ行き、みんなでダンスをしたり、レコードを聞いたりした。国泰シアターへ『ハムレット』『春風と百万紙幣』（マーク・トウェイン原作。一九五四年の風刺喜劇）『ローマの休日』を観に行ったこともある。

夜の交差点は舞台のようだった。国泰シアターの入り口にきらめく灯りは南側の復興中路にある児童図書館からでも見えていた。

誰かいらなくなったチケットの払い戻しをしないかと、手ぐすねを引くカップルがいて、役者が見得を切るように、キレのよい、それでいてゆっくりした仕草をして格好をつけている。

そんなカップルたちの三割くらいは他の誰かを待っているか、デートの真っ最中。そこへ同じようなカップルがそっと近づいてくる。

「チケットある？」

聞いたのは上品な男だ。白いシャツにスーツ、ズボンの折り目にはきっちりアイロンがあたっている。女のほうはさわやかで真っ白な、体にフィットしたワンピース姿で、清楚ないでたち。本当にかっこよく上品、人目を引く姿であった。

そういうヤツならということで、聞かれたほうは余ったチケットを出してやる。

相手はそっと囁いた。「どうも」

そこには金儲け目当てのダフ屋もいたが、若者たちがチケットとお金をやりとりする動作はダフ屋よりおっとりしたもの。ダフ屋の方もこういう若者は相手にしない。彼らは何本もぶっ通しで観るため通し券を買うことにしていたので、相手にならないのだ。とにかくそんなのんびりした時代だった。

「映画の中に潜り込めたらエエのになぁ。映画の中にいられるんやったらもう死んでもエエわ」と淑婉。

「なんで」と阿宝。

「映画の中に入って死んでしまいたい。酔いしれてしまいたい。映画にはそういう魅力があるんよ。魔法やわ」

「何回も映画を観んのは淑婉ねえちゃんのおとうさんがお金持ちやからやろ」

淑婉はニッコリ微笑んだ。

街では『赤い靴』『白痴』『白夜』『自転車泥棒』など、有名な映画がよく上映されていた。特に『赤と黒』のチケットが売り出される時には、連日連夜行列ができ、しかも整理番号まで必要だった。その辺の市場ではよく自分の〝分身〟として買い物籠や煉瓦を並べて順番取りをしたものだが、ここではそんなやり方が許されないので、ちゃんと並ぶのだ。

かつて阿宝も蓓蒂の父親と列に加わったことがあった。一人二枚しか買えないため数が足りないのだ。みんな道沿いにある錦江ホテルに沿って北向きに並んでいる。

そこで阿宝は顔見知りの姿を見かけた。従兄たちが自分より少し後ろに並んでいたし、淑婉やその友人達も三々五々集まって来て群れをなし、道端にたむろしていた。

従兄はコンパクトな日本製トランジスタラジオを持ち、行ったり来たりして仲間とずっと話し続けている。トランジスタラジオは小さくて上品、極めて珍しい物で、それ以外のラジオはどう見ても粗野な代物だった。七十年代初頭、次第に出回り始めた国産品はもちろん、七十年代後期に出始めた三洋電機のステレオのでさえ粗野な物だった。

「よその国と比べたらほんまに時代遅れやわ。話にならへん。靴脱いで必死で走っても追いつかへんわ。流行もそうやわ。この街で今流行の先端をいってるって言われてても西洋にしたら何年も前のもんやわ。西洋人がテニスとかの試合を観るときは今でも昔風の正装してるやろ。それは優雅な時代の終わりに最先端を行ってた格好で、西洋の人らは逆にそれをわざと残してるんやけど、そのうわべだけを真似して最先端を行ってるつもりになってるのが上海なんや」と淑婉。

列はなかなか動かない。蓓蒂の父親は黙って並んでいた。阿宝は手持ち無沙汰になってきたので、ついソ連の新しい映画『女狙撃兵マリュートカ』（一九五六年）のことを持ち出してしまった。

「ソ連赤軍の女兵士が白衛軍の捕虜を見張ってるんやけど、離れ島で男一人女一人やろ」

蓓蒂の父親が何も言わないので阿宝は続けた。

「はじめは敵同士やったけど、だんだんエエ関係になってきて、しまいに恋人になったなぁ。でも味方の船が現れた時、捕虜がそっちに向こうて助けてくれーって叫んだから、女に撃ち殺されて終わった」

阿宝は映画の最後を思い出していた。女兵士が死んだ男を抱きかかえ、バックに女性コーラスが流れていた。〝青い瞳のあなた……青い瞳のあなた……私だけのその瞳〟

列は少しも動かない。

気まずい空気が流れた。「アレは感動したなぁ」と阿宝が言っても言葉は返って来なかった。

ますますバツが悪くなった阿宝は隅の方へ引っぱって行かれた。

「阿宝、女が階級っていうもんに目覚めて自分の恋人を撃ち殺すのは、暴力を宣伝する共産主義の映画や」

「暴力？」

「古い言葉やけどな。フランスでも暴力革命を宣伝してたし、イギリスでも栄《は》えある革命やって言うてた。それが共産主義や」

ちょうどその時、女性警官が通り過ぎた。二人はおもわず口を閉ざしたが、暫くして蓓蒂の父親が言った。

「ああいう映画はフェミニストしか好きにならんもんや」

「え？」

「これも古い言葉や。フェミニズムが中国に入ってきてもう四十年になる」

阿宝は黙って聞いた。

蓓蒂の父親は声を落とし、ひと言ひと言話す。「ソ連ではショーロホフが一番血なまぐさいヤツや。主義主張のためやったら親子で殺し合いしても、どんな残酷なことしてもエエっていうわけや。ほんまにひどい話をいっぱい書いてるしな」

阿宝はまだ黙っている。

「阿宝はなんで感動したんや？　言うてごらん」

「ん――。僕なぁ」

「あんな映画を観たらろくな事考えんからな」

阿宝は何も言えなくなっていた。

列が少しだけ動いた。
「茅盾（作家。一八九六―一九八一）の『三人行』は女の異常な精神状態を描いてる。朱光潜（思想家。一八九七―一九八六）の『変態心理学』はフロイトのことが書いてある。そやけど、あんなもん数のうちには入らん。ソ連のラブレニョーフ（一八九一―一九五九）が書いた『女狙撃兵マリュートカ』はほんまに異常な世界や。阿宝もそのうちわかるやろ」

国泰シアターの前を通る度に、阿宝はこのやりとりを思い出す。

花園《ガーデン》ホテルから地下鉄の入り口までの茂名路西側、今は緑あふれる垣根になっている所は、その頃、長く続くただのガラス張りの掲示板が並んでいるだけだった。

そこはかつて、映画『今日は休みだから』（一九五九年）のラストシーンが撮影された所でもある。――主人公が果物かごを開けると、リンゴがゴロゴロ転がりそれがアップになり、夜景が映し出される。茂名路のガラス張りの掲示板にライトが点々と浮かび上がる。カメラが男の背中を映し、男は淮海路に向けて自転車をこぐ。BGMが流れ、〝完〟のスーパーが浮かび上がる――。館内に灯りが点り、そこらじゅうでパタパタと椅子を上げる音がしていた。そんな全てがぼんやりとした背景になる。記憶の中の、蓓蒂の父親の姿もぼんやりと背景に溶け込んでいく。

年齢の差は越えられない障害だ。そしてその壁はどうしても越えられないからこそ、却《かえ》ってそんな近所のおじさんに強く惹かれたのかもしれない。

今、下の部屋にはピアノの調律師が来ている。高い音域で同じ音を繰り返し弾いているのが聞こえてきた。

部屋では母親がソファに座りゆったりと編み物をしている。そばには『青春の歌』（楊沫作。一九五八年出版）が広げたままになっている。

階下のピアノの音はいつまでも続く。

阿宝はソファに座ると、その本を自分のほうに引き寄せた。スズメの鳴き声に、路地からしゃがれた声がかぶさる。

「傘ぁ直そかぁ……」

本をぱらぱらめくる。傍で編み針の触れあう音が聞こえる。母親が本を覗き込んだ。化粧クリームのいい匂いがする。母親は一か所で目をとめた。

「〝愛する苦しみ〟てどういうことやろなぁ」

阿宝は答えない。

「苦しみてどういう事やろ」

阿宝は体の向きを変えた。

編み針がカチャカチャ当たる音。階下からはまだピアノの高音が聞こえてくる。

「傘ぁ直そかぁ……傘ぁ」

阿宝はページをめくったが、腹がたってきて本を置くとその場を離れた。母親が読んだのはおそらく他のページだから、今、自分には見えていない。しかし声に出して読まれ、特にそれが上海の言葉だったので、いやになった。まるで自分が見透かされたような気がしたのだ。

ラジオからは上海訛りの芝居が聞こえてくる。

「劉《リオウ》ちゃん、愛してるよ」

この街の人間は「愛する」とはあまり言わず、普段は「好き」と言う。アルファベットのAと同じ音《おん》で「愛《エィ》」を発音するのだが、やはり照れ臭い。口にするなら「好き」と言うほうがいい……そんなことを考えていた。

『女狙撃兵マリュートカ』の中で、例の中尉が女兵士マリュートカに言っていた。〃オレは生まれつき捕虜だったわけじゃない。オレの家の壁はどこを見ても本だった。オレは本で読んだんだよ。愛することの苦しみ〃。

「愛する苦しみ」、同じその言葉を本で読むなら、そう、活字になったものならまだいい。しかしそれを音にして聞かされた阿宝はいやになり、下におりると皐蘭路の交差点まで行った。思いがけず、向こうから来る叔母に出くわした。

「叔母ちゃん、こんにちは」

おばはつらそうな顔をしている。包みをぶら下げたまま、きまり悪そうに言う。「叔母ちゃん、鱖《けい》魚《ぎょ》持って来たんやけど」

阿宝は黙っている。

この叔母は母親の妹で、哀れな人だった。数年前、災難続きだった男と離婚し、虹口の戸籍係の警官と結婚。子供を二人もうけていた。

しかしそのおじが仕事にかこつけて、職務担当地域の女と不倫関係になったのだ。当時は〃腐敗〃と言われていた。さらに悪いことに、女の夫は海軍兵。軍規を乱したということで、おじまで三年間の労働教育が言い渡された。

一家は故郷浙江の田舎へ帰ることになる。無職の女、犯罪者の妻に対するこの街の慣例的なやり方だから逆らえない。

しかし叔母はこの街の暮らしに慣れていたので、田舎暮らしをいやがった。皐蘭路にある姉の家に何度泣きついて来たことだろう。子供二人を連れて来たこともある。家にいる間じゅう阿宝の両親になだめられていたが、それでも泣きやまない。

ある夜、救急車がけたたましくサイレンをならし、阿宝の家にとんできた。医者二人が慌ただしく立ち働き、叔母を乗せた車はまたサイレンを鳴らして去って行った。

思い余った叔母がマッチの薬の部分を大量に呑み、命を絶とうとしたのだった。

貳《に》

小毛に絵ハガキが届いた。滬生からだ。床屋の李さんはしたり顔で写真を手前に向けて鏡の前に立てた。香港と付き合いがあるように見せびらかすためだ。

ちょうどその頃この街で初めて開催された日本製品の展示会がきっかけとなり、外国の写真を見るとみんなそれまで以上に複雑な気持ちがわき起こるようになっていた。床屋の客は男も女も香港の写真をぼんやり見ている。

三日後、ハガキが小毛の手許に戻ってきた。

床屋の李さんは首をかしげている。「消印はこの街やのに写真は香港やろ。わけわからん。ほんまにわからん」

小毛は黙って隣の長寿路郵便局へ行き、二分《ぶ》のハガキを買った。滬生が書いてくれた拉徳アパートの住所を書き、その横にメッセージをつけた。

――滬生さま　小毛です。ハガキありがとう。暇があったら遊びに来てくれよ。元気でな――

小毛が郵便局から戻ったとき、母親は部屋の外で料理をしていた。おかずは簡単なもので、芹と乾し豆腐の炒め物、大根の醤油煮の二つだけだが、〝分身〟を使うなどの苦労をして手に入れた食材のおかげだ。

小毛が残した唯一の手紙だ。

当時、夜になると小毛はよく市場へ行き、順番取りに〝分身〟の煉瓦を置いてきたものだ。あくる日、夜明けとともに母親か小毛がその煉瓦の場所に並んで芹や大根を買ったり、配給制の豆製品は買うたびに購入通帳に記入してもらったりしていたのである。

母親は料理し終えると、節約のため七輪の火を小さくした。そして小毛の顔を見るなりどやしつけた。

「なんで学校さぼんの。お昼ごはん食べたら逃げ出して。先生に咬みつかれるんか」

小毛は黙っている。

「主席さまに言いつけるからな」

「腹が痛いんや」

「何言うてんの。男のくせに。お腹が痛いくらい何やの。お兄ちゃんもお姉ちゃんも成績よかったのに、あんたなんか育てるだけ無駄やわ」

「またお腹痛うなってきた」

小毛はベッドに腹ばいになった。

「お母ちゃんは死にもの狂いで夜勤して、貰うのは麺もネギ油も醬油もほんまにちょっとしか買えへんくらいのお給料や。そやけど、それで食堂で肉入りのおかず食べたつもりにしとくんや。そこまでやってるんや。それだけやない。手が痛うなるまで練習しても、糸紡ぎのコンクールがあったら、結果は江北の小娘にもかなわん。そこまで苦労してるんやからな」

小毛はまだ黙っている。

「ちゃんと勉強したら、将来は技術職に就いて工場長にでもなれるやろ。そしたらガラス張りの綺麗な事務室でお茶飲んでゆっくりしてられるんや」

「またや」

母親は鍋に蓋をしながら小毛に微笑んだ。「温かい物でも飲んどいで」

「うん」

太陽が黒い瓦を照らしている。辺り一面、煙突が煙を吐きだしている。綿織物工場、タバコ工場、薬工場、ブラシ工場、ハンカチ工場、毛織物工場、絹織物工場、機械工場、それに鉄工所などの密集地で、どこも昼夜通して操業していた。

西に歯磨き工場があるため、西風が吹いたら〝ハッカ〟の香が漂い、西北の風が吹いたら三官堂橋の製紙工場から腐ったワラの臭いがしてくる。喉を刺激する臭いも混じっているので、どの家も窓を閉めきっていた。


小毛は同級生の建国《ジエングオ》といつも葉家宅の拳の師匠の所に寄ってから家路に着いていた。二人とも拳の師匠に弟子入りし、〝形意拳《けいいけん》〟を習い始めてもう半年になる。

師匠の部屋は北側が蘇州河に面しており、稽古のできるような場所がない。そこでコンクリートの地面に白いチョークで小さな丸を書き、その円の中に立ち稽古に励んでいる。足を肩幅に開いて少しかがみ、手を胸の前で大きいボールを抱くようにした姿勢で〝気〟を養うのだ。

その日、師匠は掛け合わせボタンがいくつも付いた黒いカンフー服を着ていた。

「気持ちを整理して、頭のてっぺんに気持ちを集中させて、力を感じたら、進歩したていうことや」

建国は全く声が出せていない。同級生の連環画（大衆読み物として愛好されてきた絵物語。小さいものはポケットサイズ）を三冊盗んだのがばれたため、うろたえているのだ。しかし師匠は笑っている。

「このガキが。仕返しが怖いから、怖気づいてるんか。建国、覚えとくんやぞ。友達とケンカになっても顔は殴ったらアカン。顔にあざができるし目も腫れるからな。先生にばれるやろう」

建国は黙って聞いている。

「もし三人で殴りかかってきたら、オレがとびかかって守ってやる」と小毛。

「様子を見なアカン。しっかり目ぇ開けて、よう見るんや。目ぇ開けすぎてヒリヒリしてくるかもしれんし、顔を殴られて痛いめに遭うかもしれんけど、何があっても目ぇ閉じたらアカン。頭抱え込んだらアカン。怖がったらアカン」と師匠が続ける。

「相手が四人やったら?」と小毛が聞く。

「ええか。覚えとけよ。一人だけ狙《ねろ》うて、そいつから目を離さんようにするんや。分かるか。相手がたくさんいても気にすんな。殴り合いに決まりなんかない。相手のすきを狙え。一人だけ睨みつけて殴るんや。相手が降参するまでな。相手が頭から血ぃ流しても殴るんや。ゲンコツでどつけ。温情はいらん。どうしようもないぐらい相手をとことん追い込むんや」

小毛は黙って聞いている。

「最高の一撃を食らわせるんや。つまらん攻撃を千発食らわせるより強いからな」

小毛は学校での様子を思うと、血が沸き立った。

「怖がるな。月は見かけが欠けてても光は変わらん、矢は折れてもその鋼《はがね》の性質は変わらんって言うやろ。見かけやない。大事なんは本質や。腰を据えてかかるんやぞ。わかったか? 今はとりあえず辛抱強う練習することや。この〝形意拳〟の基本だけ稽古するんや」

「わかりました」と小毛。

「それから〝劈拳《へきけん》〟や。どうやったら自分の力が引き出せるか、自分で見つけるんやぞ。それが見つかってから次のを練習したらエエ」

小毛と建国はうなずき、どちらもがタバコ〝労働〟を二箱ずつ取り出した。

「このガキどもが。わしは最低でもタバコは〝飛馬〟や」

「これからは〝牡丹〟の赤箱と青箱を買うて、吸うてもらいます」と小毛。

「それから、小遣いもろうたら師匠に使うてもらいます」と建国。

「あはは。覚えといてくれたらそれでエエんや。ちゃんと練習できてへんかったらひどい目に遭うぞ」

小毛がうなずいた。

「人を殴る拳法はわしがそのうち教えてやるからな。今はとにかくよう考えるんやな。足の先とか腕に気持ちを集中させるんや。覚えとくんやぞ」

「ハイ」と小毛。

「師匠、何日も落とし紙を長椅子に並べて殴る練習してたら、紙に穴があいて使えへんようになってしもうて、しまいに親父に大目玉くらいました。それでも後悔してません」と建国。

弟子の言葉を黙って聞く師匠だった。


小毛の父親の職場は武寧路にある橋のたもとの上鋼第八工場。終業ベルがなると、大型トラックが出て行く。真っ赤に焼き上げられたハガネが満載され、毎晩、張りめぐらされたフェンスの中には逃げ回る赤蛇のようなハガネが見えたものだ。

「先生に言われたんやけど、作文書かなアカンねん。親の働いてる工場、どんなんかって」

小毛が茶碗を持ったまま言うと、父親は手にしていた緑豆焼酎の瓶を置いた。

「工場と労働者は一番書きやすいやないか。昔、仕事場でこんな歌が流行ってたわ。短い文句の繰り返しや。〝鋼が一〇七〇万トン、ホーイホイ。鋼が一〇七〇万トン、ホーイホイ〟。すごいやろ。昔、鋼鉄の生産量で中国がイギリスを抜こうとしてた頃や。もうちょっとで抜くとこやった。鋼鉄一〇七〇万トン作れって言われたら、言われただけ作ったもんや。いるもんはいるんやしな」

「なんでアメリカを抜かさへんの」

「アメリカ野郎なんか、お坊ちゃん兵士ばっかりや。昼めしに缶詰の肉食うことしか頭にない。あんな奴らの国抜いたところで、意味あるわけないやろ。上海はな、わかるか。ずっとイギリス人のおかげで景気もようなってきたんや」

「フランスは？」

「主席さまが口火を切ったんやぞ。領袖さまが声を上げたら、誰も歯が立つわけないやろ。中国はもうすぐ世界一や。花の御殿で一番や」

母親が遮った。

「酔っぱろうて、ええかげんな事喋ってばっかりしてんと、ご飯食べて」

父親はコップを置いた。

「お偉い人はエエ加減な事は言わんもんやろ。そんな人が言うたんやから、何でもお茶の子さいさいや」

「あんた、いつになったらお酒やめられんの」

父親が黙り込む。

「世界中の男の人は残業と会議とお酒しか知らんのやろ。でも主席さまだけはうちの気持ちわかってくれたはる。うちがちゃんと仕事してるの、わかってくれたはるんや。な、小毛」

「うん」

「いろんな事、お母ちゃんはずっと間違《まちご》うてた。お母ちゃんにも責任あるわ。それでも主席さまのこと考えたら気持ちが落ち着くから、仕事場のアホな女のことも許せるんや。何か言いとうなっても主席さまはちゃんとわかってくれたはるしな」

小毛は黙って聞いている。

「小毛、お母ちゃんの事を書きなさい。それでエエやろ」

小毛はうなずいた。

「模範労働者になる順番はもう何年も回ってきてへんわ。他の人が表彰されたり、綿紡新村にできた新しい宿舎に引っ越したりするのもさんざん見てきたけど、なんで腹もたてんと文句も言わへんかったんやと思う？」

「済んだことや。蒸し返すんやない」と父親。

「他の人やったら、大騒ぎして人の事クソミソにけなして、泣き叫ぶとこやわ。お母ちゃんがなんでそういうふうにできひんかったんやと思う？」

「なんでなん？」と小毛が訊く。

「名誉はお母ちゃんのものにならへんかったとしても主席さまのものになったんや。そう思うたら不満なんか言えるわけないやろ」

「なんで工場の女の人はいつも文句ばっかり言うてんの」と、また小毛が訊く。

「女はつまらん事で張り合うてばっかりいるからや。男はそれを隠してる。そやけど、何も気にしてへんように見えるヤツがほんまは一番あくどい事を考えてるんやけど」と父親が答えた。

「なんで修理工はみんな男なん？」

「機械の中で這いずり回るのはかっこ悪いって昔から言うんや。見た目が悪いし、いろいろ具合悪いんやろな」と母親が答える。

小毛が黙り込む。

母親は涙をぬぐった。「そら、うちかて悔しいわ。それでも一生、人のことわかってあげて、人助けしたげようとすんのはお母ちゃんぐらいのもんや」

「その話、作文に書いといた」

ふと毛主席の写真が目に入った小毛は、おとといの事を思い出した。


――下の階に住む銀鳳がふいに上がってきて箪笥《たんす》の上にあるその写真を見て微笑んだ。

「居民委員会の写真よりまだ大きいなぁ」

「何の用事?」

「お母ちゃんは?」

銀鳳が着ている小さい花模様の薄手の綿入れは胸がはち切れてボタンがはずれ、中にあてた厚手のタオルが露わになっていた。小毛の視線を感じた銀鳳は顔を赤らめ胸を合わせた。

「帰るわ」

小毛は黙って見送った。

階段を下りる銀鳳の足音が耳に残った。

その夜、両親は夜勤だった。西康路を二十四番トロリーが音を立てて走って行く。二階のオヤジの咳払いが聞こえてきた。下へ水をくみに行く銀鳳が階段を上がったり下りたりしていたが、やがて静かになる。

窓の外は冷たい北風が吹きすさんでいる。西康橋の方から夜行船のエンジン音と汽笛が聞こえてきた。蘇州河の葉家宅の向こう岸には、糞尿輸送用の船着き場が並んでいる。岸に繋がれたはしけには、今は積み荷がない。船体が軽い上、喫水線も浅いためゆらゆら揺れ、甲板が堤防より上に見えていた。

小毛はまぶたが重くなってきた。

この三年間は全国的にひどい食糧不足だとはいうものの、路地の向こうにある西康路市場はそんなことは関係ないといわんばかり。数時間後には野菜を運ぶ荷台付き三輪車が郊外から集まってきて、やがて準備が始まり、夜明けまで賑やかな声がする。

蘇州河北岸にはおびただしい数の工場があり、そこで働く人々が、午後勤と夜勤の交替で今も長寿路を行き交っていた。

大自鳴鐘の人々の暮らしはほの暗い灯りの下で営まれる。夜更けとともにその灯りが一つまた一つと消えていき、夜の営みが始まるのだった。

参

日曜の午後、滬生が大自鳴鐘の路地へ行ってみると、床屋の前で女の子が二人、ゴム跳びをしていた。一人は大妹妹、もう一人は隣の路地の蘭蘭《ランラン》だ。

「屋根裏部屋の小毛の所に来たんやけど」と滬生は住居表示を見て言った。

「連れて行ったげる。小毛、宿題できてへんかったから、罰に漢字の練習やらされてるわ」と蘭蘭が答える。

二人が床屋の中を案内してくれた。ラジオから丁是娥（一九二三—一九八八）が唄う上海劇『燕燕　仲人になる』が流れている。抑揚のある声だ。

一列に並んだ散髪用の椅子の横を通り、上へ行った。二階では扉を開けっ放しにしたまま銀鳳が子供にお乳を飲ませていたが、素知らぬ顔で通り過ぎた。

物音を聞きつけた小毛が警戒心をあらわにして入り口に立ちはだかった。

「何してるんや。早う下に行け」

「お客さんやんか」と大妹妹。

蘭蘭の後ろに滬生の姿を見つけた小毛は心が弾んだ。小毛と滬生が机の前でほんの少し立ち話をしていたそのすきに、大妹妹と蘭蘭は食器棚を開け、湯葉の煮物と骨付き肉のあんかけを一つずつせしめている。早わざだ。

振り返ってそれを見つけた小毛は怒りをぶつけた。「早よ行け。下行け」

娘たちは転がるように滬生の脇をすり抜けて飛び出すと、バタバタ駆け出して行った。

滬生は笑いながら窓の外を見ている。目に入るのは路地の家屋の屋根だけだ。二人は少し話をしただけで下へおりた。

二階の銀鳳が子供を放し胸元を閉じる。「どっか行くん?」

「こいつ、オレの友達」

滬生は銀鳳に会釈だけした。

二人は裏から路地を出た。西康路沿いに北へ歩く。大妹妹と蘭蘭のことを滬生に訊かれた小毛が答える。

「あいつら食い気しかないしな」

「オレが知ってる女の子なんやけどな。蘭蘭より年下で、ピアノの練習しててもすぐに気ぃ散らしてよる。ほんで人がデートしてんの見てたらオモロイもんやし、よう街ぶらついてるわ」

「それでも蘭蘭よりよっぽど世の中がわかってるやろ」

「おっとりした人っていうんやったら、前の家の近所の姝華さんや。あんまり喋らへんけど、もの書くのだけは好きで、いろんな事書いたノートが何冊もあったわ」

「オレは武術の手順とか、昔の有名な言葉を書き写すのが好きやな」

「姝華さんが書く詩はな、一行一行小さい字で書いてあるんや」

「オレの同級生の建国は国語の本に出てくる詩ばっかり書いてるわ。例えばなぁ。〝天上に玉皇なし、地上に竜王なし、我こそ玉皇なり、我こそ竜王なり〟って」

「えらい革命的な詩やなぁ。親父が建国くんのこと知ったら褒めてくれるやろな」

「幹部クラスの家はどこも同じようなもんやな。ツレの建国の親父はな、街からちょっとはずれた所にある村の幹部なんやけど、おもろそうな文を見つけたら十回でも書かせるらしいわ。こんな詩や。〝木が年取りゃ根っこが広がる。人が年取りゃ口うるさい。わしみたいな年寄りがくどくど言うても嫌がるなかれ〟」

「その詩やったらちょっとだけ覚えてるわ。〝働きすぎて腹へってお腹と背中がくっつくぞ〟」

「アハハ」

「親父が言うてたわ。こういうのって新しいし意気込みのあるエエ詩なんやて」

「それを言うんやったら宋の時代のもんやろ」

滬生は苦笑いするしかなかった。

西康路の突き当たりまで来た。目の前に蘇州河が流れている。初めてそんなに近くで見たので、滬生は興奮した。西日が川面《かわも》に映えている。折しも引き潮の時間帯。水面《みなも》に浮かんだワラやガマの葉で編んだボロ袋、そして野菜屑にまで黄金の光がキラキラあたり、静かに東へ流れていた。

両岸には住まい兼用の船が停泊している。それもかなりの数だ。その上、往来する船で河はすし詰め状態。はしけが長い列をなし、水面をゆっくり動いている。見ているうちに滬生は詩を思い出した。

〝夢にまで見たこの景色　月下美人と見まがうほど　流れる水とともに　みるみるうちに消えていく　花はしおれても　馥郁《ふくいく》とした香を漂わせ〟

「外人が書いたんやな」と小毛。

「姝華さんが書き写してた」と滬生。

小毛は何も言わない。

「ほんまは姝華さんの従兄が書いた詩や」

「ようわからんなぁ」

滬生は黙っている。

「ここの東側は造幣局や。あの橋を渡ってもうちょぉっと行ったら潭子湾。あそこからプロレタリアートが生まれたんや」と小毛が続ける。

「そうやそうや。あれは江寧橋ていうんやろ。その向こうに滬杭鉄道が走ってて、鉄道と蘇州河がくっついてる所や。造幣局ていうたらお金を造る工場やろ。蘇州河はそこから南にまがるけど、鉄道はまっすぐ東に走ってて、その真ん中に造幣局があるんや。西洋風の大きい建物でベルリンの国会議事堂に似てるなぁ」

「さっきお前を連れて来てくれた大妹妹な。あいつのおふくろさん、昔は毎日あそこで一分《ぶ》とか二分とか五分のお金を作ってたんやて。お金がジャラジャラ音たてて山みたいに積み上がっていくんや。病気になって辞めてしもうたけど」

「想像できひんなぁ」と滬生。

「小銭が白い石みたいに積み上がっていくんや。工場では何も値打ちがない。山積みになったただの貝殻や。ごっそり掴ませてくれたらエエのになぁって、あの娘《こ》に言うたことあるんや。そしたらニコッとして片エクボができてた」

「蘭蘭が笑うた顔もかわいいな」

「あの橋、見てみ。夏はあそこから飛び込んだら気持ちエエんや」と小毛。

「そんなんオレようせんわ」

「まっすぐ立ったままやったらどうもないやろ。両方の手をペケにして胸に当てて、目ぇ閉じて足から飛ぶんや」

「パラシュートみたいやな。オレの親どっちも空軍やから、そういうの訓練しなアカンのやて」

「軍隊か。今の軍隊なんか宋の時代にはかなわんやろな」

「宋の時代から汽船とか飛行機があったら、台湾もすぐに人民共和国の一部にできるやろ」と滬生。

「うん。講談風の読み物が書けるわ。……さぁてさてさて、台湾城外堀にかかった跳ね橋が上がってしまいました。もう渡れません。城内には入れません。大砲の音が鳴り響きます。そこへものすごい数の馬にまたがった兵士たちが攻め込んで参ります。総大将の名前『滬《フウ》』の字だけが旗に書いてありまして、太鼓がドンドン鳴り響いております。滬生のお父上が馬に鞭打って飛んで参りました。『蔣介石一門の野郎どもーっ！　さっさと橋をかけやがれーっ！　門を開けやがれーっ！　開けろーっ！観念しろーっ！　手間かけさせるなーっ！　塗炭の苦しみを味わうのじゃーっ！』……ってな」

滬生は笑顔で聞いている。
「淮海路の銭家弄ていう、エエとこに住んでるじいさん知ってるんやけどな。昔の連環画を何百冊も持ってて、借りようと思うたら一冊三分するんや。滬生、興味あるか？」
そう言いつつ小毛は『平冤記』を取り出した。冒頭に詞牌（「詞」は音楽を伴って歌われる韻文。その楽曲の名を「詞牌」という）〝朝中措〟と印刷してある。宋代の詩人陸游《りくゆう》が、梅の花に託した詞の一部、古い字体で印刷されたものだった。

幽姿《ゆうし》 少年場《しょうねんじょう》に入らず。
語《ご》無く只《た》だ凄涼《せいりょう》。
一個の飄零《ひょうれい》たる身世《しんせい》、十分の冷淡なる心腸《しんちょう》。
江頭《こうとう》 月底《げってい》、新詩 舊《きゅう》夢、孤恨《ここん》 清香《せいこう》あり。
さもあらばあれ 春風 管《かん》せざるも、也曾《またかつて》先に東皇《とうこう》を識《し》る。

優雅なその姿が若者たちの集まるにぎやかな場に現れることはない。
語ることは何もなく　あるのは寂しく切ない思いのみ。
さすらいの人生を歩むうち、心はこの上なく冷ややかなものになってしまった。
河の畔《ほとり》や月明かりの下で脳裏に浮かべる新しい詩や昔の夢の中には、
孤独な恨《うら》みと清らかな香りがただよっている。
たとえ春風に出逢うことがなくても、誰よりも先に春を迎えるのだ。

興味がわかず、かぶりを振る滬生の姿に小毛はがっかりした。

二人の話はあちこちに飛び、いつの間にか船乗りのいる小さな埠頭に着いた。滬生が買ったお焼き風揚げパンを二人でのんびり食べた。

河からはしけ船の汽笛が響いてくる。ボ――――ッ、ボ――――ッ、ボ――ッ。向かいの中糧倉庫はひっそりしている。時間は飛ぶように過ぎ、太陽の光が色あせ、蘇州河の色も濃く黒ずんできた。

「いつか拉徳アパートに来いや」と滬生が言う。

「うん」

川岸を離れ、二十四番トロリーの停留所までぶらぶら歩き、小毛に見送られて滬生はトロリーに乗った。

小毛の母親が早番から帰ってくると、床屋の王さんが出迎えた。

「帰ったんけぇ」と王さん。

「ん」

「小毛、さっき出て行きよったわ」

「どこ行ったん？」

「同じ組の子と一緒やった」

「どの子やろ？」

「メガネかけた子や」

「あの子いうたら、どっこも行かへんて言うてたくせに。家にいたらムズムズして、じっとうしてられへんのやから」

トントントン。母親が音をたてて上がって行く。二階のオヤジの部屋は戸が閉まっていた。

銀鳳が顔を出した。「おばちゃん、ちょっと入って」

「何や？」

「入ってくれたら言うわ」

母親が入ると銀鳳は戸を閉めた。ゆりかごで寝ていた赤ん坊が目を覚まし、辺りをキョロキョロ見回している。

赤ん坊をあやす母親に銀鳳が小声で言う。「ちょっと聞きたいことがあるんや。恥ずかしいんやけど」

「何や？」

銀鳳は黙ったまま俯いていたが、暫くすると胸を張るようにして言った。「おっぱい張ってどうしようもないねん」

「あぁぁあぁ。えらい大きいなってきたなぁ」

「近所の人に見られたらほんまにかっこ悪いわ。えらい重たいし」

「幸せな子ぉやなぁ」

「多すぎてこの子も飲みきれへんねん。服はずっと濡れてるし、この子の泣き声聞いたらまた出てくるし。タオル当てても追いつかへん」

銀鳳がボタンをはずすと、まっ白い肌が露わになり、大きな乳房から部屋じゅうに熱気がほとばしった。

腕まくりした母親が乳房に触れて言う。

「えらいことやなぁ。工場のお風呂に女が百人いたかてこんなんめったにおらへんわ。ほんまに大きいなぁ」

「そうなんや」

「どうもないわ。お薬の芒硝《ぼうしょう》塗ったら腫れもひいて気持ちようなるし」

銀鳳は胸元を合わせた。

「海徳さんが帰ってきてくれたらおっぱい飲むの手伝《てつど》うてくれんのにな」と母親。

銀鳳は顔を赤らめた。

「近所の子供でも助けてくれたらエエのにって、うちのおかあちゃんが言うてるんやけど」

「ほんまに女は苦労するわ。おっぱいがちょっとしか出ぇへんのも困るけど、多かったら多かったでつらいもんやなぁ」

銀鳳は暫く考えた。

「おばちゃん、小毛に飲ませてもエエやろか。小毛やったらこっちもありがたいんやけど」

母親は考え込んでいる。

「毎日、朝晩の二回でどうやろ」

母親はあっけにとられた。

「小毛は前から痩せてるし、飲ませてやったら栄養つくわなぁ。そやけど、あの子はもう大きいし、話にならんわ」

「考えてみたんやけど、私はエエねん。気にせえへんし。そやけど小毛が恥ずかしがるかなぁ」

母親は苦笑している。

「考えさせてもらうわ。慌てんでもエエやろ」

「張ってきてほんまにどうしようもないんよ」

母親はゆっくり上へ向かった。

夕暮れ、小毛が西康路からのんびりと路地に戻ってきた。

蘭蘭が小毛の顔を見るなり言う。「早《はよ》ぅ帰りやぁ。上で何遍も小毛のこと呼んでたし。どこ行ったんやって」

「何慌ててんねん」と小毛。

「きっと抽斗《ひきだし》の食糧切符がなくなったんやわ。あんたが取ったんやろ。絶対怒られるわ」

「お母ちゃんは人を叩いたことないし、こわいことないわ」

しかし小毛は部屋に入ったとたん、母親に捕まり頭にげんこつをくらった。

「このろくでなしが。どこをほっつき歩いてたんや」

「なんで叩くねん」と小毛は頭を抱える。

「なんで漢字の練習しぃひんの」

「友達が来たんや」

「じきに飛び出してしもうて。言うこと聞かん子やな。仕事終わって帰ってみたら、もぬけの殻やないか」

「そんな言い方せんといて」

「小毛はまだ小さいし、おっぱい飲んでてもエエぐらいの赤ちゃんやと思うてた。叩くのはかわいそうやったけど、えらい口答えするようになったもんや。あっちこっち行ってアホなことばっかりやって」

「人叩いたらアカンやろ」

「ほんまに腹立ったからや」

「なんぼ腹が立っても口でちゃんと言わなアカンやろ。叩いてどうなんねん。主席さまやったら人叩いたりしいひんわ」

四章

一

ハックション――ハックション――。

梅瑞と康がお茶を飲みつつ、阿宝と滬生のことを噂していた。あの二人はいい加減なことをして暮らしている……。

滬寧高速道路では阿宝が立て続けにくしゃみをしていた。隣の滬生もだ。車は飛ぶように走る。陶陶が後ろの座席からティッシュを手渡しながら言う。

「せっかく出てきたんですから、夜の接待に備えて、お二人さんとも気ぃつけてくださいよ」

陶陶の隣は取引相手の女性投資家、兪《ユイ》だ。兪がティッシュを抜き取り、鼻を押さえた。

「雨がひどぅなってきましたねぇ。蘇州に着く頃にはましになってたらエエのに」と兪。

「ご安心ください。すぐやみますから。いろいろ手配もしてあります」と陶陶。

「今回の蘇州行きってどんな事するんですか」

「まぁパーティですね」

「うそばっかり」

「何回も申し上げたとおりです。蘇州の友人が上海の社長さんらとお付き合いしたがってるんです。いろんな方をお招きするのが大好きなヤツでね」

兪は陶陶との会話を打ち切るため手を横に振って拒否する仕草をし、度々かかってくる電話に出ていた。そして、電話を切るとムッとした顔つきになった。

「上海を出たとこやのに、もうややこしい事が起こってしまいましたわ」

「おもしろぅない事ですか」と陶陶。

兪は返事もしない。

「楽しくやりましょ」

「どうせ陶陶さんには言うてもわかってもらえへん事です」と兪は小声で言った。

「楽観的にいきましょう」

兪は黙っている。

滬生が振り向いて口を挟んだ。「出てきてしもうたんですから、ほっといたらよろしいやないですか」

「あぁ、そうですねぇ。滬さんと宝さんのお顔をたてますわ」

兪のその言葉に阿宝も振り向いて礼を言った。

「ボクにもメンツはありますよ。貿易やってる友人で宝さんのこと知らん者はいませんよ」と陶陶。

「陶陶さんのそういうところ、ほんまにイヤやわ。商売根性丸出しで。何かいうたら付き纏《まと》うて放さへんでしょう。さすがはカニのお商売してるだけあって、手脚広げて貼りついてくる性格、直らへんのやから」

「カニの鋏でつままれたら絶対に逃げられませんからね」と滬生が笑っている。

「そうです。陶陶さんの鋏はほんまに強いから」

兪がそう言った途端、後部座席でゴソゴソいう物音に続きパンッと叩く音が響いた。

兪は声を押し殺した。「陶陶さん！　何すんのっ！」


車が蘇州干将路のレストラン〝鴻鵬〟に着いた頃、雨はやんでいた。車から降りた四人は個室で社長に出迎えられた。

「皆さまのお噂はかねがね伺っております。道中お疲れさまでした。陶陶さんとはずっと懇意にさせていただいております。どうぞおかけ下さい。ようこそお越しくださいました。本日はまことにありがとうございます」と社長がグラスを挙げる。

談笑の中で食事が進んだ。社長は酒豪で気前のいい性格。副社長の范《ファン》も丁重にもてなしてくれた。社長は内輪だけの開発プロジェクトの事しか話さない。一緒にやれば、投資額にかかわらず見返りは大きいとのことだった。その話になると、どこそこの誰それがぼろ儲けしたなど、陶陶が歩調を合わせようとしたが、その都度、范に話の腰を折られる。「仲間うちで進める話に、周りの者が口を挟むのはいい事ではありませんね」

食事中、社長は出たり入ったり、忙しそうに立ち働いていた。他の部屋にいるトップや友人に酒を勧めに行き、挨拶に来た客の相手をしないといけないからだ。

そうこうするうちにお開きとなり、范は四人とともに車に乗り込んだ。しかしホテルに着くや、翌日会う約束をして帰ってしまったので、残った四人だけでロビーに入った。

「陶陶、食事はエエ所やったけど、ここは招待所（関係者または旅行者向けの簡易宿泊施設。安価で設備は簡素）みたいやな」と滬生が言っている。

兪は暗い顔をしている。

「范さんも言うてたでしょう。客が多すぎて部屋もそう簡単には換えられへんけど、そのうちどこか見つけるって」と陶陶がとりなす。

部屋に入った滬生と阿宝が茶を飲みながら四方山話をしていると、隣から大騒ぎする声が聞こえてくるではないか。兪の声だ。

暫くして陶陶が入ってきた。「大変です。兪さんが上海に帰るって言うてます。助けてください。何とか言うてもらえませんか」

三人で隣の部屋に飛び込むと、兪が怒りを露わにしていた。

「こんなゴミ箱みたいな部屋はイヤです。今すぐ帰ります」

「兪さん、来てしもうたんやから、なんとか一晩だけ辛抱してもらえませんか。明日なんとかしますから」と陶陶。

しかし兪は冷たく笑うだけ。「ふん。お芝居が上手やわ。あの〝蘇州の副社長〟とかいう人、ほんまにクズのろくでなし。騙されるもんですか」

みんな驚いた。

「何が投資したら見返りがあるよ。何がトップの開発プロジェクトよ。私はいろんな人を見てきたから、ようわかります」

「声、抑えてください」と陶陶。

「こんなおんぼろベッド、布団も枕も古いし、触るのもイヤ。今すぐ上海に帰ります」

陶陶が引き留めようと近づいたが、兪は意地になっている。「来るときからなんとなくいやな予感がしてたんよ。陶陶さんと会うてからはさんざん騙されてきました。私がアホなだけですけど」陶陶は黙っている。

「滬さん、宝さん、一緒に帰りましょう。上海に帰りましょう。今すぐ」

「兪さん、なんとか私の顔をたててもらえませんか。お怒りはごもっともですけど」と陶陶。

兪は答えない。

気まずい空気が漂った。

阿宝が陶陶を廊下まで連れて行き、耳打ちをした。

「それがエエかもしれませんね」と陶陶が最後に言っている。

阿宝と滬生は部屋に戻ったが、隣ではまだもめていた。しかし暫くすると廊下から笑い声と足音が聞こえてきた。

「何してるんやろ」と滬生。

「兪さんだけ他所に泊まってもろうたらどうかって陶陶に言わせたんや。四つ星でも五つ星でもエエし」と阿宝。

「兪さんは騒ぎだしたら大騒ぎで、笑いだしたら大笑いや。あんな人、珍しいなぁ」

「陶陶は何もわかってへんからなぁ。こんな商談、来んほうがよかったなぁ」

二人でとりとめのない話をした。

「滬生、白萍から連絡あるんか」

「いや、めったにない」

「八九年に会社から派遣されたときは三ヶ月だけやって言うてたのに、もう五年と三ヶ月を超えてるやないか」

「あいつが行ってしもうたら向こうの親も冷たいもんや。オレは武定路の家に戻ったやろ。九一年の、いつやったかな。お義母《かあ》さんに呼ばれて向こうの家に行ったんやけど、抽斗から借用書を出してきてなぁ。二万二千二百元や。白萍が行く前に借りてたらしいわ。黙って聞いてたら金があるんやったら代わりに払《はろ》うてくれへんかって言うんや。あとで白萍に返させるからって。黙って三千元出して、残りは一週間後に渡したんやけど、後でよう考えてみたら、昔流行った言い方あったやろ。『聞かせてもらおうか』って。あれ言いとうなったわ。もし二十二万二千元やったら到底無理やろ」

「文革調の言い回しが直らんなぁ」と阿宝は笑う。

「あのときは白萍が電話でもしてきて謝るんやろって思うてたけど、何の音沙汰もない。たまたま電話があってもそのことは何も言わへん」

「……」

滬生がテレビをつけ、ニュースをみていると、ドアをノックする音がした。

阿宝がドアを開けると、陶陶とあの〝蘇州の副社長〟范がいた。

「兪さんは?」

「宝さん、当ててみてください」と陶陶。

「上海に帰ったんか」

「そんなことありえますか」

「はっきり言えよ」と滬生。

「ではご報告いたします。兪さんは蘇州グランドホテルにお泊まりです。これで天下泰平になりました」

「それはよかった」と阿宝。

「兪さんはベルベットのソファにおかけになって、若々しく真っ白にお化粧されて、べったりと甘えたような感じで、林黛玉みたいでした」と陶陶。

『紅楼夢《こうろうむ》』の世界か……。林黛玉がにっこりする。……これが兪さんやな。それからこうか。……宝玉兄さん、こんな所で何してんのって。賈宝玉が陶陶か」と滬生。

「えぇ？」と陶陶。

「もしあの人が眉に皺を寄せたりしたら、また何かが起こるっていうことやな」と滬生。

「ああいう女は独裁主義ですから。あぁ、民主主義と自由が欲しい。もう恐ろしいです」と陶陶が溜息をついた。

「何もかも私が悪いんです。おもてなしがいたりませんで。陶陶さんからお電話でうかがいました。まことに申し訳ございませんでした」と范はにこやかだ。

「いやいや」と阿宝が返す。

「兪さんのお支払いは私どものほうで間違いなく」

「たいしたことありませんから。気になさらないでください」と阿宝。

四人でお茶を飲み、一時間ほど話をしていた。滬生が時計を見ると、もう十一時を回っている。

「こんな時間ですけど、よかったら出かけませんか」と陶陶。

「いや、もう休みたいので」と阿宝が断ろうとしたが、陶陶はひかない。

「ちょっと夜食をとるぐらいでしたらいいでしょう」

滬生が阿宝に同調した。「いや、やめときましょう」

「まぁそう言わんと。小さいけど、エエ女将《おかみ》のいる店がすぐそこにあります。みんなで行って、それから休みませんか」と陶陶。

「確かにいい店です。女将もおもしろいし、ご一緒に憂さ晴らしでもいかがでしょう」と范が調子を合わせた。

「行きましょう」とまた陶陶がねばる。

陶陶が阿宝と滬生を引っぱるようにして、一階のロビーに向かった。灯りは暗く、フロントには誰もいない。入り口に近づいてみると鍵がかかっていたので、陶陶がドアを押し、范も声をかけた。

「すいませーん。すいませーん」

しばらく呼んでいると、フロント脇のドアが少し開き、中から女の声がした。

「どなたはんが騒いだはりますのやろ。えらい夜中に」

「出かけたいんやけど」と陶陶。

「えらい騒いだはりますなぁ」

「ドア開けてくれ。出かけたいんや」

「ここの決まりですわぁ。火事でもなかったら、夜中は出入りできひんのですぅ」

「アホなこと言うんやない。ホテルのくせに鍵しめてエエと思てんのか。ごちゃごちゃ言うてんと、はよ開けてくれ」

「もうちょっとましな言い方できしまへんかぁ」

「何してんねん」

「わからはらしまへんかぁ。ここは、よう知ったお方だけの招待所ですしぃ」

今度は范。「何言ってるんだ。急用で出かけるんだよ。はやくドアを開けてくれ」

そこへ阿宝と滬生が次々に加わった。

「やっぱりやめときましょう」

「いや、待てよ。范さんが家に帰らなアカンから、どっちにしてもドア開けてもらわなアカンでしょう」と滬生。

陶陶はカウンターを叩くわ、ドアを揺するわの大騒ぎ。

「開けてくれー。開けろ開けろ開けろーっ！　行かなアカンのやーっ！　行くんやーっ！」

ドアの向こうは物音ひとつしなくなった。范が怒りを爆発させる。

「何て態度だ！　はやく開けろっ！　バーッキャローッ！　開けねえんなら、こんなドア蹴っ飛ばしてやるぞーっ！」

阿宝と滬生も尻馬に乗って騒ぎだした。

しばらく騒いでいると、ドアの隙間からゆったりと搾り出すように、蘇州の弾き語り、侯莉君（一九二五―二〇〇四）の『英台　霊を哭《こく》す』の調子で歌ぅ声が聞こえてきた。「開けろてぇ言わはりますんやったらぁ、よろしおすぅー。出ていかはりますんやったらぁ、帰って来んといとおくれやすぅ。よろしおすかぁー」

「くっそおーっ。つまらん歌にしやがって。何でもエエから、はよ開けんかーっ！」と陶陶がどなる。

騒ぎが治まり、鍵をジャラジャラ鳴らす音が聞こえてきた。踵を踏んだ靴を引きずるようにして出てきた、ボサボサ頭の女がドアを開ける。

四人はぞろぞろと外に出た。月は見えなかったがさわやかな空気だ。

「腹がもうグウグウなってますわ」と陶陶が言う。

「こういう招待所は監獄ですね」と范。

「あの店までどれくらいでしたかねぇ」

「三つ目の交差点の所です」

夜も更け、街は寝静まっている。四人はわき目もふらず、ひたすら歩いたが、三つ目どころか四つ目の交差点も通り過ぎている。范はあたりをきょろきょろ見回し、漸くその店を探し当てた。しかし灯りが点いていないうえ、閉ざされたドアには張り紙がしてある。改装中――。

「これはいかん」と范。

「女将さんは？」と陶陶。

范は後悔した。「半月ほど来てないもんで、様子が変わってしまいました」

阿宝が時計を見ている。もうすぐ一時だ。

「よろしかったらスパなんかどうでしょう。食事もできますし、カラオケもございますが」と范。

「いいですねえ」と陶陶。

「それは申し訳ない。やっぱり帰りましょう」と阿宝。

「ボクも帰りたいなぁ。陶陶、おまえ行きたいんやったら范さんと行ってきたらエエわ」と滬生。

「ご一緒できないならやめておきましょう」と范。

「せっかく出てきたんですから、このまま帰るのはやめましょう」と陶陶。

「いや、もう遅いですし、やっぱり部屋に戻って休みます」と阿宝。

四人は招待所に向かった。阿宝は、范がその辺に詳しくないことに気付いた。やたら歩きまわり、何度も道を間違えている。陶陶も意気消沈していた。

四人はどうにか招待所まで辿りついたが、ロビーの灯りは全て消えていた。

陶陶がドアを押すが、内側からチェーンの鍵が三重にかかっているので、ドアを叩くしかない。

「早《はよ》ぅ開けてくれ。客が着いたぞー」

中からは物音ひとつしない。

陶陶がドアを揺する。「開けろー。入れてくれー」

やはり物音ひとつしない。

「おいコラーッ！　開けろーっ！　開けろ開けろ開けろーっ！」

それでも物音ひとつしない。

灯りの点いている部屋はない。まるで廃墟だ。

范がコートを脱ぎ、入り口横の鉄窓によじ登った。二階からもぐり込むつもりだ。その途端、シャーッという音がした。本人は登ることもできず、柵に引っかかったズボンが裾から腰まで破れ、ひどくうろたえている。

もう夜中の二時になろうとしている。

「人生、何回も部屋を出たり入ったりしますけど、今日ほど苦労することはありませんね」と阿宝。

「宵っ張りの四人が騒いでも従業員には犬が吠えてるようなもんでしょう。悪い夢見てるようなもんです」と滬生。

「ちょっと休ませてもろうたら、また大声出してドアを叩いてやります。何があってもあのクソ女に開けさせてみせる」と陶陶。

「開けさせるのは無理でしょうね。やっぱりその辺を歩きましょう。こんな所でしゃがみこんでたら、ホテルの入り口にある石の獅子と間違われます」と阿宝。

困り果てた四人はゆっくり歩いたが、疲労困憊《こんぱい》しているのが目に見えていた。街灯はほの暗く、空気も冷えきっている。

「こんな事して、でたらめに歩いてても仕方ないですな。どこか適当な所を探して泊まることにしませんか」と范が破れたズボンを押さえつつ言った。

「范さんはとりあえずお帰りください」と阿宝。

「いや、それは申し訳ない。そんな事できませんよ」

「スパにでも行って何時間かしたら夜も明けるでしょう」と陶陶。

「いや、それでは范さんに申し訳ないですよ。まぁこのまま部屋に戻ってもどうせ神経がたって寝られませんし」と阿宝が言うと滬生も同調した。「そうです。范さんはとりあえずお帰りください」

范は首を振り、破れたズボンの切れ端を引っぱっている。

滬生は阿宝の言いたいことがよくわかっていた。どうやら范の能力には限界があるようだ。だからこんな気まずいことになったのだ。これ以上一緒にウロウロしていたら、また范に出費を迫ることになる。そんな必要は全くない。

「范さんにはとりあえずお帰りいただいて、陶陶くんには兪さんに会いにホテルへ行ってもらいましょうか。ボクと宝くんはなんとかしますから」と滬生。

「それはあんまりです。それやったら道で寝たほうがましです。兪さんのとこに行くのだけは勘弁してください」と陶陶。

「兪さんが人をとって食うとでも言うんか」と滬生。

「今回蘇州に来たのは何もかもあの女の為なんですから。兪さんが慌てて投資しようとしたからです。ああもう。この頃、女を見る目がどうも……。判断力がどんどんなくなってきて。いまどき林黛玉なんかいるわけがありません。ただのメス虎しかいません。頭の中は金儲けしかないあの女、この集まりに来たいからって何回も何回も電話してきて、来たら来たで、あれこれ選り好みして、しかもものすごいスピードで態度がころころ変わる。ああいう女はわけがわかりません」と陶陶はうなだれた。

「そんなこと言われてもねぇ」と滬生。

「いつまでも大騒ぎされて、もう頭が爆発しそうです。降参です」と陶陶。

「いや、やめとこう。どうせもう何時間かしたら二人とも機嫌直して、いちゃいちゃし始めるんやから」と滬生。

陶陶が議論をふっかけ、三人はずっと応酬していた。

范は頷きつつ一人で歩いている。まるで祟《たた》りにでもあったかのように、あっちへフラフラこっちへフラフラ、意識が乱れ声も出さなくなっていた。


夜明け前の三時頃、四人は堀のある所に来ていた。曲がりくねった石の道が黒い門まで延び、道の両側は幅広い石の欄干になっている。そこに腰かけた四人は、漸くのびやかな気持ちになれた。

空はまだ暗いが、透き通った水はかすかに明るくなってきている。

「ここ、来たことあるみたいな気がするなぁ」と阿宝。

「綺麗な景色やな。何ていう所やろ」と滬生。

門まで来てみると〝滄浪亭〟と書かれた扁額《へんがく》がかかっていた。

「腹が減ってしょうがないですわ。蘇州麵の店に来たんですね。上海の淮海路にも同じ名前の麵屋が一軒ありますわ」

「陶陶、何言うてるんや。あれは上海やから蘇州麵の店にそういう名前をつけてるだけや。蘇州にそんな店があるはずないやろ」と阿宝。

「ここは北宋の頃にできた庭です。蘇州で一番古い庭園ですよ」と范。

阿宝は黒い門やきらきら光るさざ波を見ているうちに、〝滄浪亭の釣り人〟と呼ばれる、清王朝の蘇州に生きた講釈師、馬如飛を思い出していた。

そこへ范がまた口を開いた。

「同じ名前の滄浪っていう川のこと、孔子も言ってますね。〝弟子たちよ、よく聞きなさい、水が澄んでいたら帽子のあご紐が洗えるが、濁っていたら足を洗うだけ、それは水自身がそうさせているのだ〟（『孟子』「離婁章句上」）って」

「ここには文革の頃初めて来て、それからも来たことがあるんですけど、夜やったら全然わかりませんね。いやぁ、意外です」と滬生。

范が破れズボンから手を離す。「このあいだ得意先のお客さんについて来た時に初めて聞いたんですけどね。ここは咸豊十年（一八六〇年）に太平天国軍の焼き討ちに遭うて、同治年間（一八六二―一八七四）に修復されたらしいんですよ」

石の欄干に腰かけた四人に心地よい風が吹き、薄雲から時折月が顔を出す、静かで穏やかなひとときだった。

庭園は折り重なる木々の輪郭さえ定かでなく、細かい所までは見えないほど暗かった。しかし長い漆喰壁は空が白むのに伴ってゆっくりとその姿を現し始めた。

辺りが明るくなるにつれて、かすかな音が聞こえてくる。本当に鳴いているのかわからないほどの鳥のさえずりだ。

阿宝が口を開く。「太平天国軍はインテリを排除して、本も滄浪亭も焼き払いました。太平天国の李秀成は常州を攻めるために駐屯地を常州に近い蘇州に変えましたよね。そのとき清朝の守備兵一人が河に身投げしたんですけど、とうとう河の中で捕まって秀成の前につき出されました。……昔の本に書いてありましたね。秀成は刀を持った警備隊を八つ持ってました。黄色いマントに黄色い上着を着て、角ばった顔して髭生やして。髪の毛が長いから、みんな自分のことを〝長毛〟って言うて、付いて来てくれてるけど、これから先、失敗したらもう逃げられんって、ため息ついたんです。捕まった清朝の守備兵は全身びしょ濡れで俯いて黙ってます。順調に、ちょっとでも天下をとることができたら、みんな何不自由なしに暮らせるやろう、そしたら自分の名声も響き渡る、でも負け戦《いくさ》になったらとんでもないことになるやろうって、そんなこと言うて秀成は涙を流したんでしたね」

「〝長毛〟も清朝の軍隊にはかなわなかったのですね」と范。

「株に手を出すのも危険がつきもんやから、慎重に売り買いしなアカンっていうのと同じですね。文革の頃、上海の造反者のボスは、革命が成功したら大喜びでなんぼでも女遊びができましたしね」と陶陶。

「またか！　女でさんざん苦労してるのにまだ足りひんのか」と滬生が陶陶をちらっと見て言った。

「わかってはいるんですけどね。昔から言うとおりです。他所からこっそり盗んできたものには満足できんようになるとか、お天道様は公平やとか、楽あれば苦ありとかね。気ままにやってエエ思いができるんなら、どんなつらい事があってもしょうがないと思うてます」と陶陶は自嘲ぎみに言う。

あれこれ話をし、時折ぼんやり遠くを眺めたりするうちに、静かな気持ちになってきた。月がうっすらと姿を残している。空が明るくなった。鳥のさえずりも次第に大きくなり、やがてはっきり聞こえるようになった。

出ては来たものの、頼るべき所もなくさまよう四人は今、古い庭園と古木を背にして黙って腰かけ、辺りを眺めるのだった。

ぼんやりと見える姑蘇（蘇州の古称）の街並み、蘇州美術館にあるローマ風の丸い柱も次第にはっきりと見えてきた。

そよ風が吹くと人はすべてを忘れ、穏やかな気持ちを取り戻すという。そんなそよ風のもたらすさざ波が綾絹のように穏やかに堀の水面を覆っていた。水辺には釣り人やトレーニングをする人がいる。行商人はポトポト水滴の垂れる野菜籠を引き上げていた。

思いがけず目にしたのは、朝日に映える雲、空一面に広がる朝焼けだった。

「滄浪亭がちょっとずつ明るうなっていくのって、一生にそう何回も見られるもんやないですね」と阿宝。

二

李李の経営するレストラン〝至真園〟は何度か移転していたが、新しい店の経営も軌道に乗ってきた。そんなある金曜のこと。阿宝、滬生、汪、宏慶、康夫妻が食事に招かれた。

全員が個室に入り席に着いたとき、李李が入ってきた。自信に溢れた笑顔、セットしたての長い髪。ブランドもののタイトスカートを穿き、テーブルを見渡した。

「女性二人に男性四人だとやりにくいですわね」

汪が相槌をうつ。「私はてっきり宝さんと滬生さんが彼女でもお連れになるのかと思うてました」

「大丈夫です。綺麗な子を二人呼びますから」と李李。

「李李さん、ますますお綺麗」と汪が返す。

お茶を飲んでいると、笑顔で部屋を出た李李が女性客二人を連れて来た。

「こちら呉《ウゥ》さん、会社の会計をしておられます。こちらは章《ジャーン》さん、外資系の会社にお勤めです」

全員が席に着くと、李李は接客に出て行き、従業員が料理を運んで来た。

「綺麗どころお二人がいらっしゃいましたけど、誰がお相手したらいいんでしょうね」と宏慶。

「何言うてんの。お妾さんにでもするわけ？」と妻の汪が睨みをきかせる。

　宏慶は口をつぐんだ。

「呉さんはけっこうお酒もいけるようにお見受けしますけど、章さんは菊花茶のほうがよろしいでしょうか。宝社長さんでしたらお二人のうちどちらを？」と汪。

「私、男の人に世話されるのはいやなんです。お世話したいほうですわ」と呉がゆったり言う。

「……」

　呉と阿宝は酒を酌み交わし、ちびりちびり飲んでいる。章と滬生はビールを飲んだ。

　ふくよかな康夫人は笑顔だ。「うまいこと仰いますね。女やからって、なんで男の人に面倒みてもらわなあきませんのよねぇ。私もお世話したいほうですわ。殿方には大旦那さまみたいにどんと構えといてもらいたいもんです」

　黙っている汪をよそに、康夫人は続ける。

「私は毎朝、康の脚をもんだり肩叩いたりしてあげるんですよ。自分も気持ちようなりますしね」

　康が笑顔で聞いている。汪は黙っていたが、おそらく宏慶の足を踏んだのだろう。宏慶が「ワッ」と声を上げた。

「上がってきたとき、尼さんらが李李さんをお探ししてしたけど」と滬生。

「向こうに精進料理のお席があるんです。李李さんは信心深いから精進料理がお好きで、ずっとそういう人とお付き合いしたはるんです」と呉が答えた。

　レストランの経営者なら阿宝もかなり面識があったが、その中で李李の印象が一番よかった。開業して数年経ち、お互い気心も知れている。

普段、阿宝は多忙をきわめているが、レストランをやっている知り合いから電話がある。それもひっきりなしに。

「宝社長さん、ハタを五十キロほど仕入れましたから、ちょっとどうですか。蒸し物にいたしましょうか。いや、煮物でしょうか。新しいお友達をお誘いになってお越しくださいませ。いつもどおり、テーブルお二つくらいでいかがでしょう」

こうして阿宝を熱心にそして言葉巧みに誘ってくる。しかし実際は、見知らぬ者ばかりの席に阿宝を放り込もうというわけだ。

しかし李李からは普通何も言ってこない。いつも阿宝が寂しくなった時、例えば会社の同僚たちが帰ってしまいお茶も出がらしになってしまった頃、思いがけず李李から電話がかかってくる。李李のことを思い出したというわけでもないのだが。

「宝さん、お忙しいでしょうか。よかったらお越しくださいませんか」

話がまとまり阿宝が〝至真園〟に行くと、案内係が小部屋へ案内してくれる。小さめの丸テーブルには、箸と皿、グラスが二人分用意されている。

阿宝が席に着くと李李も入って来た。料理が運ばれ、ドアが閉められる。二人とも穏やかな表情で軽い話をする。ここのところ、少しご無沙汰しているので、長年会っていない昔馴染みに会ったような気持ちになり、細々とした日常生活や商売でのもめごとを、言葉を選ばず話した。

李李の誕生日のことだった。阿宝は小さな花籠を贈っておき、夜、二人で飲んだ。

「花は?」と阿宝。

「ごめんなさい。好きじゃないんです」

「何かまずかったですか」

「私、ああいう花は好きじゃないんです。店にもカーネーションくらいしか置きませんし」

「確かにバラは値段がはる割には寿命が短いですね。カーネーションやったら一週間以上持ちますから」

「もうやめましょう」

阿宝は微笑むだけだった。

その夜、李李はかなり飲んでいたが、暫くすると沈んだ顔になった。「昔のことでしたら、ほんとに本にできるくらいあります」

「よかったら言うてください」

「いつも夜中に目が覚めたら、仲のいい友達に何もかも話したくなるんです」

「友達やったら目の前にいるやないですか。それがアカンのでしたら、テープレコーダーにでも向かって言うたらエエやないですか」

「今、私はもう気が狂いそうなんです」

「外人は独り言が好きなんですよ。何か思いついたらテープレコーダー相手に喋るそうです。昔あったいざこざとか、いろんな知り合いの事とか、楽しい事もそうやない事も、気軽に言うて気軽に録音するんです」

「そんなうまい事、仰いますけど」

「飛行機やら船に乗ってる時でも気軽にしゃべってしまうんです。そういうのを〝口述資料〟って言うんですけどね。整理したらそれを材料にして本を書くんです」

「いろんな経緯があります。いろんな事があったんです。でもお話しするのはあんまりよくないんです。プライバシーに関わりますし」

阿宝は黙って聞いていた。

李李は酔っているのだろう。

「私なんか、いい気持ちになれる事なんかありませんわ。お話ししたら泣いてしまいます」

そんな付き合いだった。


さて、〝至真園〟での夜、もう酒もじゅうぶんまわった頃のこと。

呉は肩の出たワンピースを着ていたが、エアコンがよく効いていたので阿宝の椅子にかかっていたジャケットを羽織っていた。阿宝と飲んでいたが、阿宝の機嫌がよくないのに気付くと、飲むスピードを落とし阿宝に料理を取ってやった。

「ちょっとちょっと、ご覧になりましたか」と宏慶。

「何をですか?」と康。

「呉さんは男の世話をするのがなんとまぁお上手で」

汪は黙っている。

「お二人仲良う並んで、ほんまによう気がつかれますねぇ」と宏慶がひやかした。

呉は阿宝のジャケットの中に縮こまるようにして、甘えた声を出した。「宏さん、何を仰いますの」

ちょうどその時――。

李李は次から次へと客を連れて来て酒の相手をしていた。はじめに連れて来たのは香港男。香港の会社の上海支社主任だ。次に入って来たとき、李李はすでに頰をほんのり赤く染めていた。台湾男二人が一緒で、こちらもかなり飲んでいるようだ。二人とも年の頃は四十過ぎ、かなりのやり手で人柄もよさそうだ。みんなと少し飲むと李李とともに出て行った。

李李は少しふらついている。ハイヒールでよろける姿がなまめかしい。

李李と台湾男二人はわけありでないのが、阿宝にはすぐわかった。しかしさっきの香港男とは微妙な何かがある。李李とその男が入ってきたときは、寄り添っているというわけでもなかった。しかしテーブルに近付くと、もたれ合うようにしているのが阿宝のいる角度からは見えていた。

全員が立ち上がってグラスを挙げ、商売繁盛を祝って乾杯をした。

阿宝のいる所からだと、こっそり見る必要もない。ドアのガラスに映っているのがはっきりと見えるのだ。そのとき、香港男のむっちりした手がゆっくりと李李の腰の辺りを撫で、少し下まで滑り下りると、またそこを撫でたのである。

どれくらいの時間撫でていたのか、そしてどの程度なのかが肝心なのだが。

一方、乾杯に立ち上がっている者の視線は、グラスに酒がどれくらい入っているかに集中している。シャンデリアの下に見えるのはみんなの顔、表情、そしてグラス。

そういう時はいくつか決まりがあった。まず、椅子を後ろへ引きまっすぐに立つ。相手をまっすぐ見て、グラスの口の部分を相手のそれと同じ高さにする。複数のグラスと合わせるときはみんなのグラスとどのように合わせるかを考える。さらにその力加減や音にも気をつけなければならないし、自分が飲める量も計算に入れなければならない。

しかし、この街には決まりにとらわれない点もあった。飲んだようなふりをしてもいいのは、この街だからこそ。がぶがぶ飲もうが、控えめにしようが、好きにしていい。ほんの一口舐めるだけでもいいし、一気飲みしてもいい。この街ではそんなことが自由だ。

自分がどうするかに集中しているため、誰も香港男の行為に気付いていなかった。美しく立体裁断された高級生地の服に覆われ、チェロのように魅力的にカーブした李李の腰のくびれ。そこで、怪しい手が、草地を這うコブラのように音もたてずすばしこく移動したかとおもうと、はたと立ち止まり、また静かに動きだす。その手はなんともいえない感触を味わっている。

何年も前から二人には暗黙の了解ができていたのか。それとも今夜、どちらかが誘いかけ仕向けたのか。そんなことは誰にもわからない。

その仕草は、普通の紳士よりはるかにきざなものだった。まずはじめに長い時間をかけて脈をみる。その指がどんな動きをしていたかは当の二人にしかわからず、周りの者は知るよしもない。

そういえばスリの手も同じようなものだ。電車に乗った時、漢方医が病人の脈をみるのと同じようなことをする。客のリュックに四角く出っ張った部分があると、それは財布かノート、またはティッシュが入っているのだが、〝業界〟の決まりで、手のひらではなく手の甲で探ることになっている。それも故意にではなく、不注意であたってしまったようなふりをし、ほんの数秒間だけそのままにしておく。

ヤツラは自分の触れている物が紙幣なのか、名刺なのか、はたまたティッシュなのか、素早く感じ取ることができるように普段から部屋で練習している。このやり方だと、相手に見つかっても手のひらが外向きになっているから、疑われずにすむ。

探りを入れるこんなやり方をこの街の業界では〝脈をみる〟と言うが、香港男のやっていることはまさにそれだった。

李李がグラスを掲げると、香港男は警戒心をなくし、上から下へと手を滑らせ、一箇所で止めた。

李李は何も顔に出さない。喜んでいるのか。それとも突然のことに驚き、困惑しているのか。気分を損ねてはいるが、みんなの手前、怒りを表したり体をかわしたりするのは具合が悪いのだろうか。何事もなかったかのように知らん顔をしている。

みんながグラスに口をつけ始めると、李李はワイングラスを握りしめたまま、出て行こうとした。その時だった。ハイヒールを履いていたせいか、椅子の脚に引っかかったのか、テーブルクロスに気を取られたのか、タイトスカートを穿いていたせいなのか、よくわからない。気をつけてふり向いたつもりだったのだが、はずみで香港男の肩にもたれかかってしまった。極めて自然な動作だったので、下心はないように見えた。

阿宝は俯き時計を見た。もう遅い。

傍では章、康夫妻、滬生が意気投合し談笑している。

はじめにビールを何杯か飲んだ章は、もう菊花茶しか飲んでいない。しかしそんなことさえ誰も気にしていない、そんな食事会だった。

李李の友人である信徒たちによる精進料理の宴席にはもう誰もいない。他の席でも客が帰り仕度をしている。トイレから戻った阿宝にそのことを知らされ、もともと九時でお開きになるはずだった〝至真園〟での食事会もようやくお開きになった。

店の入り口まで見送った李李は酒がかなり入っていた。しかし意識ははっきりしており、繰り返し礼を言っている。

「お店を始めて何年にもなりますけど、その間ずうっと上海から離れられませんでした。私、常熟（江蘇省）に友人がおりまして、その人、一枚に一年分が書いてある昔のカレンダーを百枚くらい集めてますし、古い家ですから三十年代の家具もたくさんございます。上海ガニが出回る頃にでもみなさんとご一緒したいと思ってますので、是非お越しくださいますように」

一同歓喜の声をあげている。汪と宏慶、康夫妻が先に店を出たので、阿宝と滬生、それに呉と章が後に残った。

「みんなでコーヒーでもどうですか」と章が誘ったが、呉は頬をほんのり赤く染めて言った。

「阿宝さんと二人だけで歩きたいんですけど」

四人は二手に別れ、滬生と章はタクシーで帰って行った。

呉と阿宝は北京路を西に歩いていたが、次のバス停の手前で呉がタクシーを呼び止め、二人で乗り込んだ。

「延安中路の延安ホテルまで」と呉。

「ダンスホールの〝JJ〟ですね」

「そう」

とっさのことで宝は何も反応できなかった。車は飛ぶように走る。

呉が阿宝に寄り添ってくる。シャネルの五番の香りをさせ、目を閉じている。俯いて黙ったまま、体を少し震わせている。

「気分が悪いんでしたら、やっぱり帰りましょう」

「宝社長さん、誤解せんといてください」

阿宝が口をつぐんだ。

「正直に言います。宝さんは父みたいなんです」

阿宝は黙っている。

「私、これから阿宝パパって呼んでもよろしいですか。お父さんって呼ぶんやったらよろしいでしょう」と小声で言う。

阿宝はあっけにとられた。「昔やったらおじいちゃんになれるくらいの年ですよ」

呉はがっかりした。「私、子供の頃から父親がいいひんのです」

また阿宝が口をつぐんだ。

「この頃、気持ちが落ち着かへんのです。旦那と喧嘩したから、まだ帰りとうないんです」

「自分の旦那さんのことをお父さんて呼ぶ人もいます。それをわざわざ他所へ行ってまで、なんで父親探しするんですか」

阿宝は黙っている。

「うちの旦那は私より三歳年下なんです。そんなふうには呼べませんわ」

「そんな怖い顔せんといてください。呼んでみたかっただけです。今日はほんまに楽しかったし」

「女の人が一番楽しい時、ですね」

呉がさっと言葉を取った。「一番つらい時でもあります」

「どういうことですか」

「なんでそんな事知りたいと思わはるんですか」

「やっぱり帰りましょう」

「宝さんは何座ですか」

「二月十六日生まれやけど」

「水瓶座ですね。家族より友達によくしてあげるタイプやわ。私はうお座です」

「誰かを好きになったら、一生忘れられへんって聞いたことがあります」

「宝さんは子供の頃から気になってる娘さんがいはるそうですね」

阿宝は黙ってしまった。

「その娘さん、何ていうお名前ですか。何座ですか」

「あはは。たぶんぅお座でしょう。その子と女中のばあやはほんまに魚になったんです」

「そんな事ありえへんわ」

「いや、ほんまです」

「私がしょうもないことばっかり言うもんやから、宝さんもなんぼでも話がそれて行くんやわ」

阿宝は黙っている。

「宝さんは今でも独身やけど、心に決めた人がいはるに決まってるわ」

阿宝は答えない。

「李李さんはねぇ。おうし座で綺麗な人やし、金運もエエし」

阿宝はなんとか笑顔を保っていたが、頭が痛くなってきた。

「李李さんのこと、ご存じですか」と呉。

「はぁ」

今度は呉が口をつぐんだ。

「何ですか。言うてください」

すると呉は笑顔を見せながら、あたりを警戒した。「私の口からは言いとうないんです。どっちみち、ちょっとやそっとでは言いきれませんし」

あれこれ話をしているうち、もう〝JJ〟に着いていた。中も外も着飾った男女で溢れている。中では音楽が地響きをたてている。右も左もわからない。真っ暗になったかとおもうとカッと明るくなる。広いホールがぎゅう詰めだ。ムンムンした熱気の中、誰もがおもう存分歌い、踊り狂っている。

阿宝がソフトドリンクを二杯求め、人ごみをかき分けて、もとの場所に戻ると、呉はすでに踊りの渦に入り、暗闇の波にもまれていた。

いか。

　ムンムンしたホールで、呉は目の前のブラックホールに入り込み、呑み込まれてしまったのではな

肩を露わにした呉のワンピースは光沢のある生地だった。周囲が暗くなると逆にその姿が浮かび上がる。銀色の光に描かれた体の輪郭が揺れ、まるで暗闇を航海する時の灯台のように、浮かび上がっては闇に沈んでいく。異常なまでに眩しい。

　黒い波が光の標識にぶつかり、押さえつけられ、また突き進む。光の標識が浮き沈みし、飛び跳ね、踊り狂う。

　阿宝はカウンターに腰かけてぼんやりしていた。心臓がリズムに合わせて脈打つ。客引きの娘が近寄ってきては、耳をつんざく大音響の中、優しく澄んだ声で囁く。

「お兄さん、一緒に遊びましょ。お一人？」

　手を伸ばしドリンクを取ろうとする者もいたが、阿宝はそれを遮った。

　ディスコミュージックが絶えることなく流れ、耳が痛くしびれてきた。

　暫くして呉が戻ってきた。心地よい汗をかき、にっこりほほ笑むと突然阿宝にすがりついてきた。抱きついたまま離れず、阿宝の胸に寄りかかっている。

　呉が顔を上げる。上品で美しいその目からは涙が溢れていた。

「楽しいわ」

　阿宝は黙っている。

「パパ、誤解せんといて。ちょっといやなことがあっただけやし」

　阿宝は黙ったままだ。

「悪気はないんよ。こうしてたいだけ。ありがとう。お父さん！　パパ！」

伍章

壹《いち》

昔、阿宝はよく淮海路の切手屋〝偉民〟へ見物に行っていた。日曜は賑やかだ。客同士で直接交渉してもいいことになっているので、みんな切手ホルダーを手に、うろうろしている。

「どんな切手持ってる?」

上から下までジロジロ観察され、相手から受け取った切手ホルダーをパラパラめくって見ている。誰もがこだわりを持っていた。ルーペと切手用ピンセットを自前で用意し、裏に汚れがないか、郵便物から剝がされた時の傷がないか、はじめから糊のついたタイプか、周りのギザギザがちゃんと揃っているか、そんな事を一枚ずつしっかり確かめている。おもしろそうなのを見つけると、自分のホルダーを開けて指す。

「交換しようか」

相手がよしとするとうやうやしく差し出す。相手はじっくり選び、うまくいけば取引が成立するが、交換に応じてもらえない時は、値ぶみして交渉する。

こういう類《たぐい》の個人的な取引は、基本的には年齢によって分けられた。

鼻水たらした小学生やそれ以下の子が持っているのはホルダーも切手もまわりがよれよれで毛羽立っているうえ、切手の表面にも汚れやしみが点々と付いている。野生児の首すじのように汚なかった。そんな子はホルダーを開くと、切手を手で摑むし、切手の面に指を突き立ててずるずる引き出し、あっちへ入れたりこっちに戻したり。まるで見た目の細かいことなんかどうでもいいといった様子だ。

それが中学生くらいになると、物事がわかり始め扱いもましになる。さらに年齢が上がると、ホルダーの中は目を見張るくらいすっきり整理されている。

年齢、身分、容貌、清潔さは種々様々。自分とは異なるタイプの者が切手を見せてくれと言っても、通常はじろりと睨むことで返事にし、相手にもしてやらない。

そういう所には、いかがわしい遊び人もよく来ていた。手にした封筒の中身はセット売りの切手で、一セットずつセロハン紙で包み値段が付けてある。しかしその値段はピンからキリまであり、近づいて言葉巧みに話しかけてくるが、おいそれとは中身を見せることがない。切手の良し悪しが見えないようにし、舌先三寸でひっかけようとする詐欺師まがいの輩《やから》だった。

切手マニアにはかくも明確な区分ができていた。

その頃、阿宝が持っていたのは普通の切手だけだった。香港にいる兄が送ってくれたもので、消印の押された使用済み切手がホルダーにして数冊分。その一つ、イギリス製の小さなホルダーは真っ黒な鰐革もどきだ。格好がいいから阿宝はいつもそれを持って行く。

そこに入れたサンマリノ共和国やリヒテンシュタイン公国等の小国家が発行したばらの切手、ブルーやグレーが基調になった民国初期の切手、そういったものを子供たちは涎を垂らさんばかりに欲しがった。

他には民国初期発売の、寄付金付き切手も一枚入っている。消印がすでにぼやけており、大人なら大した値打ちもないと思っただろう。

人民共和国になって間もない頃のばら売り、額面一千元の切手も毎回全部持って行く。目的はただ一つ。自分の好きな植物や花の切手に交換してもらうためだ。

しかし自分の持っている切手と似たような種類のものは枚挙にいとまがなかった。だから世間は厳しいもので、阿宝が必死で集めた切手も手放す時には大した値打ちもなくなり、自分の能力不足を嘆くしかなかった。たとえ素晴らしいコレクションを店で見かけたとしても中学生の自分には縁のないものだった。

阿宝くらいの年のコレクターは〝偉民〟や思南郵便局のはす向かいにある個人経営の切手屋〝華外〟の店の中まで入ることなどありえなかった。

この二軒は大人の世界。明るく気持ちのいい店だった。店のオヤジは、立派ないでたちの馴染み客しか相手にしない。主客双方、碁盤を見つめるように座り、オヤジは特大サイズの切手ホルダーを出すと、厳粛な態度で客に差し出す。中にはスイスやハンガリーの、五十枚がセットになった植物や花の切手もあった。しかし貧乏人は店の外に立ち、ショーウィンドーのガラス越しに眺め、目の保養をするしかない。

個人経営のこの二軒の切手屋と思南郵便局のカウンターへ阿宝はよく蓓蒂を連れて見物に行っていた。

その日、蓓蒂は小さい花柄のスカートを穿いていた。蝶結びにしたブルーのリボンを髪飾りにして、蝶々のように飛び回っている。

阿宝は以前、六枚セットになったソ連の切手を蓓蒂にあげたことがある。ガガーリンの乗った宇宙船をテーマにしたものや子供の描いた絵を印刷した切手だ。しかし今は蓓蒂の切手ホルダーからもなくなっている。

「あの六枚で他の二枚と交換したんや。コロンビアの綺麗な女の人のシートとフランスのお妃さんをシルク印刷したんが一枚ずつやねん。すごい得したわ」と蓓蒂。

コロンビア人のは一九六〇年度コロンビア全国美人コンテストで優勝した女性のもの。細い踵のハイヒールに網タイツ、美しい脚が露わになっていた。

もう一枚はルイ十六世の王妃マリー＝アントワネットのもので、並みはずれた風格がある。彼女は黒いドレスに身を包み、宝石がちりばめられた椅子に、はすかいに腰かけている。しかしこの人物は国王に不幸をもたらしたという罪で、ギロチンにかけられたという。ガチャンという音とともに、頭が籠に転がったらしい。阿宝は不吉なものを感じた。

「お上品やろ。死んでもお妃さんはやっぱり綺麗やわ」と蓓蒂。

蓓蒂は美しい女性や王女、それにスイス製の蝶々の切手が気に入っていた。親戚が送ってくれた三枚セットの蝶々の切手もある。使用済みではなく新品だ。アマゾンの熱帯雨林を飛ぶ蝶々の羽がコバルトブルーに輝いている。大きいサイズが一枚、小さいサイズが二枚、観音開きになった台紙に収められている。一目見ただけで心に焼きつくものだった。

その日、蓓蒂はその切手を携え、何やら独り言をいいつつ〝偉民〟に入って行った。まるまると太ったオヤジがパイプをくゆらせている。阿宝はガラスに貼りついて中を見ていた。

蓓蒂はブルーの表紙の小さな切手ホルダーをオヤジに手渡し、熱帯雨林の蝶々の切手が入っているページをめくった。オヤジは蓓蒂と切手を交互に見て少し考え、ブルーのホルダーを閉じた。そしてむこう向きになると、一辺五十センチほどの真四角の大きなホルダーを棚から抜き取り、ガラスのカウンターに広げる。

カウンターは普通の店より低く、前には小さいソファが二つ置いてある。蓓蒂は静かにページをめくっていたが、オヤジがカウンターの外に出てきて、うやうやしくソファの位置を変え、蓓蒂を座らせてやった。ページがめくられる度に切手ホルダーがキラキラ光り、俯いたオヤジが蓓蒂に説明している。

ガラスのショーウィンドーの外に立っている阿宝は蘭の花の湿った香りを感じた。ムンムンした雨がふりしきる中、様々な色合いの蝶々が群れをなし、キラキラ輝きながらカウンターの前から蓓蒂が髪飾りにつけた青いリボンを飛び越えて行く。ホルダーそのものが蝶々のあでやかな羽のように、一面に瞬く星のように、燦然《さんぜん》と光を放っていた。

〝偉民〟のガラスの陳列棚に並ぶ植物の切手は一セット三十八枚。ハンガリーの切手はアブラナ科の花で、美しくあでやかなうえ本物そっくりだった。

当時、植物の切手は掃いて捨てるほどの種類が発行されていた。例えばソ連の切手によく描かれるのは小さな白樺。ドイツのはムクゲで、数種類の小さい切手がシート一枚に印刷されている。アメリカのはクヌギやオレゴン松。

花の切手は目を見張るほど種類があった。南洋、フィリピン、タイでは蘭の花の評価が高かったが、色や印刷技術は並程度。朝鮮のはシャクナゲ、ばら売りか二枚のセット売りだった。しかし種類が少なく、紙の材質もよくないうえ色むらがある。日本のは花シリーズとして一年間毎月発行されたものがあったが、手に入れるのは極めて難しい。

中国には一九六〇年に出た菊の花のものがあり、十八枚一セット。これはなかなかよくできていた。

ある日、蓓蒂が阿宝に聞いた。

「誰でも切手が印刷できるとしたら、阿宝は何を印刷する?」

阿宝はあれこれ思いを巡らせた。

「昔の人が言うてたやろ。シュルシュルッて寂しそうに咲いてるタマノカンザシの花とか、ポチポチ咲いた沈丁花の花がええ（明、袁宏道『瓶史』「使令」）とか、薄い緑の葉っぱとか赤い花もええ（清、沈復『浮生六記』「閨房記楽」）って。花やったら何でも切手にしたらエエんや。蓓蒂は上海で一番綺麗なん、何の花やと思う?」

「牡丹は嫌いやしなぁ。ピンクとか紫に染めた紙の花みたいやし古臭いし。やっぱり梔子《くちなし》かな」

「木やったら?」

「スズカケノキ」

「道で売ってるジャスミンの腕輪やろ、それと梔子の花束やろ、それと羊の毛で作った筆の先みたいな白蘭やろ、この三つ、セットの切手にしたらええな」

「うん、ええな。まだある?」と蓓蒂。

「スズカケノキやったら縦横二枚ずつにしてセットができるわ。それも春夏秋冬の四枚組のや」

「あんまり綺麗やないなぁ」

「葉っぱで春のが一枚、皮が剝がれた六月くらいの幹ので一枚や。ほんまは木の皮の色も三種類あって綺麗なんやけどな。秋は黄色い葉っぱと実で一枚、冬は雪で葉っぱが見えへんようになるけど、雪が枝に積もって丸々と太ったスズメが一羽とまってるのにしたら面白いな」

「そんなん嫌いや。私、コウシンバラが好きやわ。五月になったら垣根に咲いてる野バラの、八重咲きとは違う白いのも綺麗やわ」

「〝一枝の濃杏（枝いっぱいに咲きほこるアンズ）五色のバラ〟っていう昔の詞（宋、張林。詞牌は「柳梢青」）があったなぁ。前は復興公園の白いバラとかミニバラが一番有名やったな」

「野バラて言うたりミニバラて言うたり、同じようなんでもいろんな言い方があるんやなぁ。ピンクとか黄色いのとか、真っ赤っかのとか赤紫のとか、八重のミニバラも綺麗やから、切手のセットにできるわ」

「イギリスの切手で一番多いのはバラや。いろんな種類のバラがあるわ。イギリスのバラ園が一番有名やわ」と阿宝。

「龍華寺の桃の花も四枚セットのにしたらええやろなぁ。ほんまは梅より桃のほうが綺麗なんやから」

「やっぱり梅のほうが綺麗やわ」

「ヤナギの枝と桃の花と海棠《かいどう》と芭蕉の青葉をセットにするのはどうかな」

「思うてもみいひんかったわ。春の景色やし、ええなぁ」

「枇杷《ビワ》とヤマモモとスモモと普通の桃とマクワウリとメロンとユウガオとシュンギク、これでセットにできるやろ」と蓓蒂。

「それはアカン。果物屋さんで野菜売ってるみたいやしおかしいわ」

「外国の切手やったらできるやろ。大きいお皿に全部並べたんで大きい切手が作れるやん」

「あはは」

「積み上げるんやから！　いろんな物並べるんやもん」

「あはは」

「リンゴ、梨、オレンジ、ブドウ、キャベツ、タマネギ、キュウリ、ジャガイモ、トマト、セロリ、レタス、ニンニク、長ネギ、シイタケ、シメジ、ニンジン、メロン、スイカ、それにハム、豚のもも、ベーコン、鱒、雉《きじ》、鴨を全部積み上げて、テーブルクロスも敷いて、その横に猟銃と鉄砲の弾入れてぶら下げるベルト、パイプ、きざみタバコ、猟に使うナイフ、畳んだナプキン、銀の食器、大きぃ切ったパンと小さいパンと、それにオリーブオイル、胡椒の瓶、チーズはいろんな種類、ケーキ、ジャム、バター、辛いソース、牛乳の入ったピッチャー、コップ、ビール、ティーポット、ワインがあって、傍に分厚いカーテンがかけてあるんや」

「すごいなぁ。よう知ってるやん。いろんな物が一枚に印刷してあって、値のはる切手になるなぁ。普通のホルダーには絶対入れられへんわ」

「切手屋さんの〝華外〟のおじちゃんが言うてたわ。いろんな物詰め込んだ、こんな航空母艦みたいな切手を物のない一九六一年に見せたら、この街の人みんな涎たらして欲しがったやろって。おなかグウグウ鳴らして胃の病気になるやろって言うてたわ。急性胃炎になって三日三晩寝られへんて」

阿宝は蓓蒂のこんな賢さが好きだった。

屋根の上は夏の風が心地よい。向こうに見える復興公園のクスノキは濃い緑、スズカケノキの葉は黄色くなっている。目の前には高低さまざまな褐色の屋根が広がっていた。路地でばあやの呼ぶ声がする。

「蓓蒂やぁ、蓓蒂ぇ。蓓蒂――」

「もうばあやも蓓蒂のこと探してくたくたや。下りよう」と阿宝。

「ばあやな、紹興の田舎に帰りたい、上海に来てもう何年にもなるし、もういますぐ死んでもエエって、昨日おとうちゃんに言うてた」

「何言うてんねん。さ、下りよう」

「ルコウソウてわかる？　花が咲いたら赤い星みたいなん」

「ばあやが毎年植えてるやろ。隣の垣根にもあるやん」

「切手の話したら、ばあやに笑われんねん。畑には切手にしたらエエのがほんまにたくさんあるやろ。アブラナもええやろ。切手にできる。ウマゴヤシも切手になるし、ナズナもゴマも花が咲いたんで一枚ずつ、豆苗も。花が咲いた緑豆と小豆で二枚。大根もええなぁ」

「もうやめよう」

「セリ、マコモダケ、レンコン、クワイ、真っ白でちょっと甘い荸薺《ビィチィ》（梨に似た食感の野菜）、赤い菱の実、ジュンサイ、オニバスていう、水の中で育つ野菜八つでセットにできるって、ばあやも言うてたわ」

「わかった、わかった。これ以上喋ってたら、真っ暗になっても終わらへんやろ」

「ルコウソウとスイカズラとノウゼンカズラとフジで四枚セットのができるんちがう？」

「もう長いこと喋ってたやろ。そろそろおしまいや」

「もっと喋ってよう。喋ってようさぁ」

「かまへんけど。さっきはじめに言うてた二つは朝早うに咲くやろ。ルコウソウは一年で枯れるし、〃ラッパの花〃と合わせたらよさそうやな」

「アカン。アタシ、ラッパの花嫌いや。お陽さん出てきたらおしまいやもん。いやや」

「日本人は〃朝顔〃て言うんや。咲いてる時間が短いし、どんな綺麗に咲いててもやっぱり萎《しぼ》んでしまう」

「……」

「『伊勢物語』っていう、昔の日本の本に書いてあるんや。〃いにしへのにほひはいづら桜花　こけるからともなりにけるかな〃（六十二段）」

「意味わからへん。おもしろないわ」と言われ、阿宝は後を続けるのをやめた。

「ばあや、こんなん歌《うと》うてたわ。〝大根咲いたら牡丹が実る、牡丹ねえさん嫁に行く。石榴《ざくろ》ねえさんお仲人。金のお輿《こし》が来たからて、絶対絶対出て行くな。銀のお輿が来たからて、絶対絶対出て行くな。花のお輿が来たんなら、それに乗って行きなはれ〟」

「あぁそれ、知ってるわ」

「まだあるわ。〝娘は七つ、小さい腰掛け座ってる。お馬に乗ったおじいちゃん、仲人さんになりました。父ちゃん、杭州でお役人。母ちゃんお部屋におりまして、絹のスカート刺繡する。どれだけ刺繡したのかな。オオカナメモチの花三つ〟」

「もうエエ、もうエエ」

「阿宝ちゃんが花植えてくれたら、アタシ、蝶々になろうっと」と蓓蒂が笑う。

「うん」

「アタシ、ほんまは蝶々なんよ」

「僕は木が好きやな」

「そうなん？　蝶々は花も木も大好きで、飛ぶのも大好き」

貳《に》

当時、製造局路の花神廟一帯にあったのは露店の花屋。新旧二つの城隍廟《じょうこうびょう》（道教の神を祀る所）付近、南京西路、徐家匯にあったのは店舗を構えたもの。今、ショッピングモール百盛《パークソン》になっている所にもガラス張り間口二間ほどの花屋が二軒あり、租界に住む外国人相手に切り花だけを売っていたが一九六六年に閉店している。

蓓蒂が花や木の事を話していた頃には、思南路の祖父の家にあった高級車オースチンももう時代の波にのまれ姿を消していた。

ある日、祖父と阿宝は三輪タクシーで連雲路の新しい廟へ行き、たまたま紹興から来ていた露店の花屋に出会った。野生の木犀、籠入りのシュンラン、アリドオシ、細竹、何首烏《つるどくだみ》など、さまざまなものが並べてある。

「〝ユエタオ〟いらんか？　クチナシのことや」

阿宝は答えない。

「〝驚睡客〟はどうや？」

「何やて？」と阿宝が訊いた。

「沈丁花のことや。どうや？」

阿宝は首を振る。

「蝶々の花は？　田舎やったら射乾旗《ヒオウギ》て言うてるけど、細かい赤い点々のある花びらが六枚あって、雌蕊《めしべ》は黄色いひげみたいで、蝶々みたいな花や」

やはり阿宝は答えなかった。

「キンセンカはどうじゃ？　八月になったら種が地面に落ちて、十二月に花が咲くぞ。今、山で盛りのツツジはどうや？」

「ゆっくり言うてくれ。何慌ててるんや」と祖父。

花屋は声を落とした。「旦那さん、わし、急いで金を工面しなアカンのじゃわ。夜中に山に入って、こんな野生のもんを掘ってきたんじゃけんど」

祖父は黙って聞いてやった。

「パトロールの民兵に出くわしたら、つるし上げられて殴られる」

阿宝は気に入ったのか、黙ってじっと木犀を見ている。

「旦那さん、ほんまに元気な木ぃや。苔もちゃんと生えとるし。二株どうや。持って行きぃや」

祖父が黙っていると、また花屋が言った。

「対にして植えたらええわ。旦那さん、金木犀と銀木犀が一株ずつあったら、おうちは金銀財宝であふれかえりまっせ。縁起よろしいやろ」

祖父は答えない。

「昔はお偉い人のおうちには絶対に門とか庭に一対植えてありましてなぁ。金木犀と銀木犀があったら子々孫々幸せ間違いなしじゃ」

「今は時代が違う。エエ加減にせんか」

「奉化《ホウカ》（浙江省寧波市）にある蔣介石さんのお屋敷の門と庭には金と銀のが一株ずつ植えてあって、そらもうエエ匂いしてまっせ」

「もうエエ、もうエエ。やめとくわ」と祖父。

しかしオヤジはすばやく苗を二株取ると三輪タクシーの踏み板のところに置いてしまった。

「こらぁ、よう聞け！　蔣介石みたいなヤツのこと、ちょっとでもまた言うたら、交番に突き出すぞ。ワシがそんな事もでけん腰抜けやと思うなよ」と車夫が割り込んできた。

花屋は口をつぐんだ。

「よう調べてみなアカンようやな。おい花屋、お前、どうも金持ち農家か地主やな」

しかし祖父がその場をなんとかとりなし、花屋は事なきを得た。

木犀の木を持って帰ると、いとこたちが飛び出して来て珍しそうに見た。

そこへまた三輪タクシーがやって来たかとおもうと、伯父が千鳥足で下りて来るではないか。サージの中山服《ちゅうざんふく》の前をはだけ、髪はボサボサに乱れている。

「毎日毎日芝居小屋みたいな所に通うて、ご馳走食うて酒飲んで、なんちゅう体たらくじゃ」と祖父。

「いや、ほろ酔いや。おおっ、阿宝君よぅ、金でも掘り当てたんかぁ」

いとこたちが伯父を抱えて入り、祖父も後に続いた。

阿宝は持って帰った木犀を一株庭に植えた。垣根の向こうでは棒付きキャンデーを舐めながら中学生の誰かとゆっくり歩いていた蓓蒂が、阿宝の姿を見つけるや駆け寄ってきた。中学生は立ち止まったまま身動きもしない。

「みかんの木植えてんの?」

阿宝は答えない。

「手伝うわ」

「いや、ほっといてくれ」

「馬頭《マアトウ》ちゃんがいるから怒ってんの?」

返事をしない阿宝。

「馬頭ちゃん、おいでぇさ」

馬頭が垣根に近付いた。

「この人、阿宝ちゃん」

「阿宝さん、こんにちは」

阿宝は頷くだけ。

「いやな事でもあったん?」

阿宝は答えない。

「馬頭ちゃんが買うてくれたんよ」

「そうなんです」と馬頭。

「あっち行けや。行けって言うてるやろ」

蓓蒂は阿宝の顔色を窺っていたが、そのまま馬頭と行ってしまった。二人の姿が遠ざかって行く。

あくる日、蓓蒂が阿宝に言った。

「あのな阿宝ちゃん、聞いて聞いて。昨日、淑婉ねえちゃんが友達誘うてダンスしてたわ。たくさんいた」

阿宝は黙っている。

「それで馬頭ちゃんに会うたんや」

「ふーん」

「馬頭ちゃんは楊樹浦の高郎橋の辺に住んでんねん。淑婉ねえちゃんの従弟なんやて」

「家でダンスパーティやんのは違反や」

「淑婉ねえちゃんが言うてたけど、どうもないんやて。みんな上品な人ばっかりで、よその不良とは違うんやて」

「よその不良てどういうことや」

「おねえちゃん言うてたわ。淮海路の不良はたいがいよそから働きに来てるヤツらやて」

阿宝は黙って聞いている。

「アタシ、そんなことどうでもええねん。レコード聞いてただけやし」

「ばあやがどう言うてたか、忘れたんか」

「馬頭ちゃん、ええ人やと思うわ。ちょっと頭の毛が盛り上がっててズボンが細いていうだけやん」

阿宝は黙ったままだ。

「馬頭ちゃん、高郎橋の辺を案内したろうて言うてくれてたんや。家の近くは工場ばっかりなんやて。楊樹浦の茭白園ていう所で、昆明路の近くやねん。いつでも外で芝居やってるんやて。野外劇場って知ってる? 切符買わんでも淮劇《わいげき》（江蘇省の地方劇）が見られんねん。淮劇てどんなんかわからへんけど、見に行きたかったわぁ。そやけど、そんなことしたらアカンって淑婉ねえちゃんに怒られて、馬頭ちゃん黙ってた」

阿宝が顔をほころばせた。

「それから馬頭ちゃん、アタシとちょっと踊ってくれて、黄梅くれてん」

「三番地に植わってたんみたいなやつやろ」

「ボーイフレンドに花もらうのなんか初めてや」

「チビのくせにもうボーイフレンドできたんか」と阿宝が笑う。

「また踊りたかったら馬頭ちゃんに連れてきてもろうたらエエって淑婉ねえちゃんに言われた」

「……」

「音が小さすぎて、部屋はムンムンしてたけど、レコード次々かけて、おねえちゃん、いっぱい踊ってた」

「ダンスていうもんは、やりだしたらやめられへんからな。踊ってる所へ居民委員会にのり込まれて捕まったヤツもおるわ」

「それからアタシ、馬頭ちゃんに内緒のこと教えてあげてん」

阿宝はまた黙ってしまった。

「お姫さまになりたいんやって言うたんよ。そやけど笑われてん。物運ぶ仕事も、大きい荷車引くのも、養鶏場とか養豚場で鶏とかアヒルとか豚とかつぶす仕事も、バスの運転も、飛行機とか汽車とか軍艦とか動すのも、今はもう女かて大人になったら何でもできるけど、お姫様だけはなれへんのやて。ご先祖さまが王さまと違うからやて」と蓓蒂がうな垂れたので阿宝はまた笑いがこみ上げた。

「馬頭ちゃんっておもしろいやろ」

「うん」

「どれだけ頑張ってもご先祖さまがどんな人かで決まってるんやて。おおもとは変えられへんって、馬頭ちゃん思うてるみたいやわ」

参

小毛は二十四番トロリーに乗り、レストラン〝野味香〟の前で下りた。淮海路を渡るとはす向かいにある住宅地〝淮海坊〟の表で滬生と会い、その裏口から出て南昌アパートに入った。

小学生の頃、滬生は古びたそのアパートのエレベーターで遊ぶのが楽しみだった。何度もボタンを押し、エレベーターが下りてくるとみんなで一目散に逃げだす。エレベーター係の女がアパートの入り口まで飛んで来て大声で怒鳴る。

「こらー悪ガキーくたばれー！」

みんな南昌路の方に隠れて息をひそめ、エレベーターが上って行くとまたボタンを押す。エレベーターが上がったり下りたりするのを見届けると、満足そうに立ち去った。

今、エレベーター嬢が小毛をじろじろ見ている。

「姝華ねえちゃんの所に行くんや」と滬生。

女が小毛に言った。

「ちょっと！　あんたは？」

「姝華ねえちゃんに……」

女は表側の鉄の扉を閉じると、引き手を引っぱり内側のジャバラを閉めた。エレベーターは鉄の籠。ウーンとうなりながら上って行く。外側は針金入りのガラス張り、そのエレベーターを囲むように階段があった。

三階に着き鉄の扉が開いた時、目に飛び込んで来たのは、冷たい目をして玄関に立つ姝華だった。二人はあとに付いて部屋に入った。ワックスのかかった床に簡素な家具、机、竹製の椅子、ベンチ風の腰かけがあるだけで、本は一冊も見当たらない。

姝華の部屋も簡素なものだった。ベンチ風腰かけに板を置いただけのベッドと斑竹《はんちく》もどきの竹を使った小さな書棚だけ。机には本が一冊あるきりだった。

「こいつ、オレの友達の小毛」

姝華は黙ったままだ。

小毛がノートを出して姝華の前の机に置いた。

窓から入ってきた風がページをめくったが、姝華はちらっと見ただけ。

「小毛、わざわざ姉ちゃんに会いに来たんや」

まだ黙ったままの姝華。

狭い部屋に南昌路からさまざまな音が聞こえてくる。よれよれになったノートの表紙には武侠《ぶきょう》小説『雍正剣俠図（民国期の講談師、常傑淼が編集）』の登場人物、飛雄の挿絵が貼り付けてあった。木版画だ。

姝華は知らん顔。風でページがパラパラめくれる。小毛は気詰まりになり滬生を見た。車輪に踏まれたマンホールの蓋が立てるガタガタいう音が耳に入った。

滬生がノートを手に取って言った。

「これ小毛が書き写したんや」

「ふぅん」と姝華。

「おねえさんの書いた詩、見せてください」と小毛。

「ちょっと、滬生！　なんでそんなええ加減なこと言うんよ。私、詩なんか書かへんわ」

小毛は黙ってしまう。

姝華の言葉が滬生には意外だった。

「おねえさん次第やし。読ませてもらわんでもかまへんし」と小毛が独り言のようにつぶやいた。

姝華は口をつぐんだ。

小毛は膝に載せた紙包みを机にそっと置いて言った。

「おねえさんが気にいったんやったら置いとくけど」

小毛は立ち上がって帰ろうとした。

顔色も変えず古新聞の包みを開けた姝華の目に、破れた古本がとび込んできた。聞一多（詩人。一八九九—一九四六）が編集した『現代詩抄』だ。姝華は紅潮している。

滬生も立ち上がって帰ろうとした。

「ゆっくりしていって」と妹華。

小毛は黙っている。

妹華は穆旦《ムーダン》（一九二八―一九七七）の詩までページをめくった。昔の字体だ。

しずかにわたしたちはことばで
照らし得る世界のなかで抱き合っている、
しかしあのいまだ形をなさぬ暗闇は恐るべきもの、
あの可能と不可能とがわたしたちを深い迷いに入らせる、

あのわたしたちを窒息させるのは
とても心地好い　いまだ生まれないうちに死に絶えることばであり、
やつの幽霊が立ち籠め、わたしたちを遊離させ、
混乱する愛の自由とみごとさを浮遊させる。（『穆旦詩集』「詩八篇」その四）

「外国の詩みたいやな」と小毛。

「盧湾区の図書館でも見つからへんわ。もうずっと増し刷りしてへんし」と妹華が声をおさえて言った。

「どこで見つけたんや」と滬生。

「澳門路の廃品回収場や。古本とか古新聞とか、いらんもんがいっぱい積んであった」

妹華は、黙ってはいるが優しい目になってきている。

「適当に持ってきたんや」

「うまいことごまかして。絶対値打ちがわかってたはずやわ」と姝華が笑う。

「そうなんか」と滬生。

姝華はほかの本も見た。もう一冊も民国期の出版だ。整理番号四三一、フランスの詩人ラマルティーヌ（一七九〇―一八六九）の『瞑想詩集』だ。触れただけで表紙がパラッと剝がれ、挿絵が見えた。

光に映える教会の柱
少女は静かに目を閉じ
そばには百合の花が咲きそろう

姝華はすぐさまその本を抱きしめたが、恥ずかしくなりそっと元に戻した。

ボンッ！　南昌路でポン菓子の音がする。

姝華は小毛のノートをめくった。はじめの方には流星錘、峨眉刺《がびし》、八宝袖箭《はっぽうしゅうせん》など兵器の名称や拳法の動作が書いてあり、後の方に書いてあるのは詞牌と詞だった。

古い字体の楼槃作「梅その二」、詞牌は「霜天暁角《そうてんぎょうかく》」。

雪を翦《き》り氷を裁《た》つ　人の太《はなは》だ清きを嫌う有り
又《ま》た人の太《はなは》だ痩するを嫌う有るも
都《す》べて是《こ》れ我が知音ならず
誰か是れ我が知音なる　孤山の人　姓は林

一たび西湖に別れてより後
我に辜負《こふ》して　如今《じょこん》に到る

雪を切り氷を裁つように美しく花を咲かせる
そのあまりの清らかさを嫌う人もいる
またそのあまりに痩せているのを嫌う人もいるが
それらはみな私を分かってくれる人ではない
いったい誰が私を分かってくれるのか
それは西湖の孤山に住む　林という姓の人
だが彼と西湖で別れてからは
もう誰も私の気持ちをわかってくれない

姝華は黙ったまま読んでいる。もう一首は宋代呉大有《ごだいゆう》の「李琴泉《りきんせん》をおくる」、詞牌は「点絳唇《てんこうしん》」だ。

江上の旗亭《きてい》
君を送るは還《ま》た是《こ》れ君に逢《あ》いし処《ところ》
酒闌《たけなわ》にして渡しを呼ぶ
雲は圧す　沙鷗《さおう》の暮《く》れ
漠漠《ばくばく》　蕭《しょう》蕭《しょう》たり
香は凍《こお》る　梨花の雨

物資が乏しかった頃、夢に見た切手。

愁緒《しゅうしょ》を添う
断腸す　柔櫓《ろ》の
寒湖を相《あ》い逐《お》いて去るに

江のほとりの　この旗亭《さかば》
君を送る処は　むかし君に逢うた処
宴たけて　渡し舟呼べば
雲たれて　鷗《かもめ》に夕闇
かなしくも　いとわびし
梨の花の香　雨に凍てつき
愁《うれい》ひとしお
腸にしみる　舟の櫓の音
つめたい潮を　逐《お》うて去りゆく

姝華は顔を上げると、小毛をじっと見て言った。

「なんでこれ書き写したん」

「面白いやろ」

「え？」

「船の櫓のことがうまいこと書いてある」

「え？」

「櫓をこいでんの、蘇州河の川べりでしょっちゅう見てるし。曇ってて寒い日やったら、昼メシの時なんかほんまに静かなんや」

「一回も行ったことないわ」と妹華。

滬生が口をはさんだ。「ほんまにエエ景色や」

「川下やったら三官堂の所にワラ積んだ船があるし、川上やったら、天后宮《てんこうきゅう》の卸売市場の船着き場に青いみかんやらサツマイモ積んだ船があるんや。一艘ずつゆらゆら揺れながらこっちに来るんや。一人で櫓をこいでる。大きい船やったら櫓が二つあって、夫婦二人で気持ちも動きもピッタリ息が合うてるから、ずっと一本の櫓の音にしか聞こえへん」と小毛。

「簡単でわかりやすいし、気持ちがいっぱいこもってるわ。女の人が遠くにいる旦那さんのこと思うてて、お互い相手を思い合う気持ちがいっぱい書いてあるのはこの二つだけや。これ好きやわ」と妹華。

「また昔の詩やけど、宋の時代の英雄が壁に書いた詩、妹華ねえちゃん見たことあるか。謀反を起こすって書いてあるやつ。『水滸伝』の話やけど」と小毛が話を変えた。

「すごい詩やわ」

「宋の時代のほうが今よりよっぽどエエよな」

妹華は声を抑えて穏やかに言った。

「小毛はもう中学生なんやからわかるやろ。宋の時代がええって、そんな事そこらで言うたらアカン。ひどい目に遭うから。ほんまやから」

一時間ほど妹華の部屋にいた。部屋を出て国泰シアターを過ぎた所から北へ曲がった。

「なぁ滬生、姝華ねえちゃん、なんかおかしいな」

「親にでもあんな冷たい感じなんや」

「ほんまの親と違うんかな」

「親はどっちも区の組合の幹部で忙しいんや」

小毛は黙った。

「もしオレが姝華ねえちゃんみたいに、古い本しか読まんと昔の詩ばっかり書いたりしてたら、親父に怒られるやろな。新しい本読んで新しい映画観なアカンって言われてるんや」

「滬生の家は革命家の家やもんな」

「姝華ねえちゃん、きっとお前にお礼の手紙書いてくるぞ」

「どうでもエエわ。ほんまに適当にとってきただけやし」

「手紙が来たら返事出して、言うといてくれへんか。古い本やら外国の本読んで現実から逃げるような事、あんまりせんほうがエエって。親父が言うてたわ。今はもう何もかもだいぶようなってきてるんやって。いろんな事がようなってきて、みんなの暮らしもようなってきてるらしいわ」

「そら無理やろ。あの様子では、こっちの言うことなんか聞いてくれへんやろなぁ」

「せっかく人のためにと思うて言うてんのになぁ」

「もしハガキくれたとしても、たぶん散髪屋のオヤジが先に受け取るやろな」と小毛は笑っている。

「こないだは綺麗な風景のクリスマスカードやったな。普通はじいさんしかハガキなんか書かへんもんな」

小毛は口をつぐんだ。

威海路まで来た。

「小毛、プラモデル屋の〝翼風《よくふう》〟まで一緒に来てくれるか？」

「うん」

大中里という路地を通り抜けた。すぐそこが南京西路。道路を渡ると〝翼風〟だ。間口二間の店でけっこう客がいる。ゴムをねじって飛ばす簡易飛行機や魚雷艇から、駆逐艦《くちくかん》の設計図や模型に使う高級なガソリンエンジンなど、さまざまな材料が揃っている。品数も種類も豊富。壮観だった。

六十年代の船の模型は全て手作りだったから、店では木工や金属加工に使う機材から卓上タイプの小型万力まで売っており、必要な物が全て揃っていた。

小毛は珍しそうに九千トンの遠洋船の模型を指差した。「二階の銀鳳さんの旦那さん、海徳さんていうんやけど、こんな船の船員さんなんや」

「この店、巡洋艦の設計図もあるんや。フィートとかインチで書いてあるぐらい、こだわりのあるやつや」と滬生。

小毛はショーウィンドーを見ている。

「親父が言うてたんやけどな。昔は世界条約で甲板の大砲の数が決めてあったんやて。ペンサコーラ級の重巡洋艦は二百三ミリの主砲を十門積んでたけど、それが一番たくさん大砲積める設計やったらしいわ」と滬生。

小毛は意味がわからなかった。

「アメリカの船は飛行機の発射機を装備してて、水上偵察機は日本の古鷹《ふるたか》型の重巡洋艦とやり合うためにあって、喫水線から五フィート下まで装甲防備してあったんや。弾薬庫が防備できてへんの、残念やったたな。設計図売ってるから作れるぞ」

「わけわからんわ」

「オレ、中学に入って模型サークルに入ったんやけど、一ヶ月で辞めさせられたんや」

「何で？」

「小型カンナが無くなったんやけど、先生はオレが盗んだって決めつけたんや。諦めるしかないやろ」

「オレがやったことにしといたろか」

滬生が液体のりと目の一番粗い紙やすり三枚を買い、二人揃って店を出た。

多くの人が行き交う中で、中年の男が中学生らしき少年に声をかけていた。

「ドイツの戦艦のシャルンホルスト知ってるか」

「知らん」

「防弾も防水もようできててな。はじめの一発だけで一番遠い所にある船に命中するんや。イギリスのグロリアス級航空母艦かて全然相手にされへんぞ」

「そんなん大したことないやろ。戦艦のビスマルクのほうがすごいってみんな言うてるわ。シャルンホルストなんかタジタジや。軍艦がなんぼ並んでても全部撃沈されるしかないんや」

「ドイツの軍艦一隻とやりあうのにイギリスは軍艦四隻も出して、そんなもんどこがすごいねん。三時間も戦うってどんな料簡や。デューク・オブ・ヨークなんか、シャルンホルストの砲弾さんざん浴びたんやぞ」

「それで？　最後はどうなったん？　五三三ミリの魚雷発射機なんかあっても丸腰みたいなもんやろ。防御用の甲板があっても撃たれてしもうたやろ？」

男と中学生がそんなことを話していると、監視員が叫んだ。「のいてくださぁい。財布に気ぃつけてくださいよぉ。お喋りなんかしてんと」

小毛は滬生にひっぱられた。

「さっきの二人なぁ。おっさんのほうは隣の江陰路の路地に住んでて、自惚《うぬぼ》れ屋でいっつも偉そうな事こいてやがる。ガキのほうは市の中学生模型コンクールで賞とったヤツでな。あのおっさんのミニチュア版や」と滬生。

「よう知ってる感じやったなぁ」

「兄貴が言うてたけど、シャルンホルスト級の戦艦はな、ええ武器持ってたんやけど、イギリスに沈められたんや。船首が重すぎる設計になってたんやて。動きだしたら、一番前にあるアントンていう砲塔がある所まで水につかってしもうたんや。それから一番有名なアトランティックていう傾斜のきつい船首に換えたんやて。そら、そうしなアカンかったんやろけど、でもはよう逃げられへんかったんや。イギリス人に囲まれてな。へんっ。そうなったらどうしようもないやろ」

「師匠が言うてたけど、一隻だけに狙い定めて命がけでやってしまわなアカンのやて」

「戦艦は人間のげんこつとは違うぞ。中国の武術なんか、基本はペテンや」

小毛が黙ってしまう。

新華シアターに着いた。滬生がアイスを二本買い、二人で階段に腰かけた。

「気ぃ悪うしたんか？　言い方が悪かったな」

「いや、気にしてへん」

角を曲がって鳳陽路を過ぎ、石門路にある拉徳アパートの入り口に着いた。

「寄っていけや」と滬生。

「晩メシの時間やし、帰るわ」

「エエやないか」

二人はエレベーターで四階に着いた。イギリス商人用の高級宿舎はさっきの南昌アパートよりずいぶん広い。一フロアに三軒、サッシ窓にワックスのかかった床。水まわりも共用ではない。ドアを開けた滬生について小毛も入った。東向きにモザイクタイルの広い台所、真ん中のテーブルには丸いデコレーションケーキが置いてある。小毛はうっとり見とれてしまった。

その途端、西の部屋から数人が飛び出して来た。みんな二人を見てニコニコしている。

「今日は小毛の誕生日やろ。小毛、オレの友達の阿宝と蓓蒂や。それから親父とおふくろ」

空軍の制服を着た中年男女二人が笑顔で近づいて来た。

「小毛くん、お誕生日おめでとう。勉強しっかりね」

小毛はとっさのことで、どうしていいかわからない。もう一度見ると、西の部屋にいた女性がニコニコして立ち上がった。なんと、さっき会ったばかりの姝華ではないか。

六十年代、この街では誕生日を大切にする家は多くなかった。だが滬生の家は違う。両親は士官学校を卒業し空軍で働いていた。同い年の上に誕生日まで同じ日。その上、初めてのデートがたまたま誕生日だったので、誕生日を重視するようになったのだ。

兄の滬民と滬生が生まれて四人家族になったが、毎年誕生祝いは三回。何があってもそれは変わることがない。

ついこの間、蘇州河の畔で揚げパンを食べながら話をした時、滬生は小毛の誕生日を知った。小毛を驚かしてやろうと思いたち両親に相談したところ、気持ちよく賛成してくれたのだ。数年前、石門路に引っ越してから会わなくなった昔馴染み、姝華も誘えば賑やかになるに違いない。

阿宝と蓓蒂からは快諾が得られたが、姝華からは煮えきらない答えが返ってきた。そこでまず姝華の部屋へ小毛を連れて行き、二人を会わせておいたのである。

「姝華ねえちゃん、来るかどうかは自分で決めてくれたらエエし」と滬生は言っておいたのだが、姝華はちゃんと来てくれた。

昔、近所に住んでいた娘に会い、滬生の両親も喜んでいる。

「もうすぐ十月一日だ。祖国の誕生日だから、盛大にお祝いしないとな。絶対に来るんだぞ。ベランダでお祝いの花火を見ような」

父親の言葉にみんな頷いたが、誕生日を祝ってもらうことなど思いもよらなかった小毛だけは呆然としていた。

小毛がケーキを切るのをみんなが待っている。

「小毛にいちゃん、お祈りして」と蓓蒂。

小毛は願い事が思いつかず、みんなと一緒に言った。「誕生日おめでとう」

「蠟燭、ハガキに写ってたんみたいにカラフルなんとか、金色とか銀色のやったらもっとエエのになぁ」と蓓蒂が目を輝かせてケーキを見つめている。

「よろず屋さん、白い蠟燭しか売ってへんかったんや。南京路の〝虹廟《こうびょう》〟やったら赤い蠟燭売ってるんやけどな」と阿宝。

「蠟燭屋やったら〝三拝《さんぱい》〟っていう一番小さい蠟燭があるわ」と小毛。

「どういう意味や」と滬生。

「三回拝んでお辞儀してるうちに火が消えてしまうくらい短い時間しかもたへんのや」と小毛。

「へぇー」と蓓蒂。

「もうちょっと大きいのは〝大四支《だいしし》〟や。それよりまだ大きいのは〝夜半光《やはんこう》〟っていうて六百グラムもあって、夜中まで点いてるんや。〝斤通燭《きんつうしょく》〟が五百グラム。〝通宵《つうしょう》〟ていうのは一キロあって、一番大きい蠟燭は〝斗光《とうこう》〟っていうんや」と小毛。

「もうやめて。中国の蠟燭なんか大嫌いや」と蓓蒂が手を振っている。

みんなでケーキを食べた。滬生の両親は会合に出るため出かけてしまったが、家政婦が出してくれた料理をみんなで食べた。

「入ったとたんびっくりしたけどな。今考えてみたら、オレら義兄弟の契《ちぎ》りを結んでもええな」と小毛。

「何やて？」と滬生。

「蓓蒂は香港のカラフルな蠟燭がお気に入りなんやな。オレは何でも昔風のが好きや。昔の人がやったみたいに線香三本点けて、生まれた日書いて交換したら、名字は違うけど義兄弟になれるやろ」と小毛。

「『三国志演義』みたいに桃園《とうえん》で契り結ぶとしたら、小毛は誰がええ？　劉備《りゅうび》か？　関羽《かんう》さまか？」と家政婦が聞いた。

「昔、結社に一番たくさん入ったんは労働者やったっていうことしか知らんわ。義兄弟になる人が一番多かったんやろな。田舎とか結社が同じヤツは絶対信頼できるもんな」と小毛。

「諸葛亮《しょかつりょう》と張温《ちょうおん》も義兄弟って言えるやろ」と阿宝。

「世代を越えたんやったら、董卓《とうたく》と呂布《りょふ》とか、楊貴妃《ようきひ》やったら安禄山《あんろくざん》やな」と滬生。

「小毛は真面目に言うてんのにみんな冗談ばっかり言うて、恥ずかしぃないの？」と妹華。

「紙に書いてへんけど、みんなもう義兄弟みたいなもんやしな」と小毛。

滬生がプッと吹き出した。

「ハックルベリー・フィンとトム・ソーヤはほんものの義兄弟やわ」と妹華。

「桃園で契り結んだとき言うてたやろ。〝同じ日に生まれんでもええけど同じ日に死にたい〟って。でもほんまはそんなん無理やんな」と言った小毛の言葉にみんな笑いがこみあげた。

「昔の人は戦争する前に刀を研いだやろ。もうその時から義兄弟になってるんや。一緒に死ぬわけやしな」と小毛。

「アタシはお城の物語とかダンスパーティが好きやわ」と蓓蒂。

「義兄弟になったら、つらい事も楽しい事も全部分け合うんや」と小毛。

「親父が言うてたけど、そんな事ありえへんらしい。気心の知れた友達なんか、そう何人もいるもんやないし、思うようにいかへん事ばっかりなんやて。どれだけ仲のエエ友達でも最後はみんな自分の事で精いっぱいや。いろいろややこしい事があるからな」と阿宝。

「血は水より濃いていうやろ。でもほんまは階級が同じ者こそ、そういう気持ちになれるんやて。親父の部隊で心が一つになってるのはいつも一緒にいる仲間なんやて」と滬生。

「そらそうやろ。お前んとこは革命家の軍人やしな」と阿宝。

滬生は黙ってしまった。

姝華が話題を変えた。「滬民にいちゃんは？」

「休みとって部隊から帰ってきて、そのまま入院してなぁ」と家政婦が答えたが滬生は何も言わない。

食後、みんなでベランダに出た。東に国際ホテル、その少し南寄りには〝大世界《ダスカ》〟（一九一七年に出来た娯楽施設）のベージュの塔が見えている。

小毛だけがテーブルの片づけを手伝った。

「滬民さんは病気と違うらしいんや。逃亡兵でなぁ。それで旦那さん怒ってしもうて、さんざんしぼりあげてたわ」と家政婦がひそひそ声を出した。

小毛は口をつぐんだ。

暫くして全員がリビングに集まった。

壁際の書棚にあるのは殆どが政治関係の本で、灰色のクロスカバーは『レーニン全集』、茶色のが『スターリン全集』。もう一つの小さい書棚にはさまざまな本が入っていた。航空技術関係の資料、ドックや軍艦、軍港の埠頭や喫水線、海流や気象関係のものなど、さまざまな種類の本がありロシア語版が多く、文芸書も少しある。

棚の上にはＰ４型魚雷艇の模型が置いてあった。

「これ、前に兄貴が作ったんや」と滬生が自慢する。

小毛はすぐ傍まで行って聞き始めた。

「Ｐ４型は中国海軍の主力でソ連製の船や。スピードは速いけど、レーダー積んでへんのが残念やな。陸にあるレーダーの指示に頼ってるから、すぐに目標を見失うんや」

「それって軍事機密やろ」と阿宝。

「ソ連から三十六隻輸入して、後にも先にも一回だけらしいけど、一九五八年に〝台生《たいせい》〟っていう台湾の四千トンの輸送船を撃沈したんはこの船と同じ種類なんやて。木でできた魚雷艇もあったらしいわ」

「蘇州河で綿花を輸送するはしけは金属でできてるけどな」と小毛。

「蕪湖《ぶこ》の造船所で作ってて広州の軍隊に組み込まれた船でな。ソ連が特許持ってる02型や」

さほど興味がわかない阿宝はその場を離れた。

小毛は滬生に別の部屋へ案内された。サンルームの隅に『人民日報』と『紅旗』がうずたかく積み上げられ、小さなテーブルには軍艦の竜骨《キール》が置いてある。

「これは兄貴が作ったロイヤル・オーク号ていう戦艦や。軍隊に入る前に半分だけ作ってたんや」

「お兄ちゃん、プロみたいやな」

「オレはあんまりわかってへんけど、オレの模型グループの先生はおじいちゃんの代から江南造船所の親方やったんや」

小毛はキールを撫でている。

「こういうリヴェンジ級のはスピードがあんまり出えへんかったんや。この船も最後にはU47ていうドイツの潜水艦に魚雷三発で撃沈されて八百人が死んだんや」と滬生。

「敗けたヤツやのに、なんでそんなもん作りたいて思うたんやろなぁ」

「沈没船のシリーズを作りたがるヤツもおるんや。兄貴もその一人や」

小毛が口をつぐんだ。

「兄貴、運が悪いんや。ちょっと前、女兵士と付き合うてたんやけどおじゃんになって、仮病使うて上海に戻って来たんや。怒った親父にえらい殴られてなぁ」と滬生は小声になった。

小毛はまだ黙っている。

「よかったら時々作りに来いや」と滬生はブリッジの真ん中あたりを指差した。

小毛は黙ったままだった。

二人がリビングに戻ると、蓓蒂がラジオの子供番組を聴いていた。

姝華は書棚にもたれて本をパラパラめくっている。グラトコフの『セメント』、ドボルヴォルスキーの『グレーのコートを着た三人』、ニコラーエヴァの『MTS所長と主任農業技師の物語』など、ソ連の小説が書棚の傍に立った小毛の目に入ってきた。アルツィバーシェフの『サーニン』の頁をめくっていた姝華は、小毛が近づいたので思わず後ずさりする。

「あっち行って！」

「退廃て何のこと？」

「あっち行ってって言うてるやん。小毛みたいな子供に何がわかんの」と姝華は頬を赤らめている。

「オレ、何でもわかる」

「この本はちょっと変わった本やの。そやけど小毛は小さすぎるから、言うたげへん」

「どんなことが書いてあんの？」

暫く考えていた姝華は恥ずかしそうにしている。「そうやなぁ」

「何モゴモゴ言うてんの。見せて」

「一九〇五年のことやわ。この人は性欲第一ってどういうことかを書いたんよ。わかる？」と姝華が本を閉じた。

「性欲て何？」

「政治、例えば立憲政治に不満のある人がいるとしたら、それは肉体が満たされてへんからやって、この人は言うてるんよ」と厳粛な姝華。

「肉体？　どういうことなん？」と小毛。

それ以上話せなくなった姝華は、こらえきれずにむこうを向いた。「いつか言うたげる。小毛がわかるようになったらな」

つまらない。しゃがんだ小毛はなにげなく書棚の一番下から中国語訳『愛の科学』を引き抜いた。一ページ目をめくると、女性の性器が載っている。銅版画で桃のような正面図、毛までが一本ずつ念入りに描いてある。説明もびっしり。

そのとき、商務印書館から発行された大きな『中露辞典』が足元にバサッと落ちてきた。小毛は跳び上がった。
「小毛、見たらアカン。早う片付けなさい。わかった？」と姝華が小声で言った。

六章

一

陶陶は以前、市場に出店していたが、その後タバコ〝醒宝《せいほう》〟専門の小売りや卸売り、カニの露店商、小さな旅館開業と、さまざまな事業に手を出した。

九十年代、鱸《すずき》の刺身に人気のある時期があった。折しも実の姉のように慕う女性に養魚場の主を紹介してもらったおかげで羽振りもよかった。しかし好景気は長く続かない。

生の鱸には肝臓ジストマや肺ジストマがいるということで、生食禁止令が出されたのだ。そうなると、いくら客が注文したくても、レストラン側は蒸し物、あんかけ、トマトソース味という料理しか出せなくなり、鱸の価値は急落してしまった。

折悪しく、海鮮料理に人気が出てきたのに乗じて、海産物を扱う福建や広東の男たちが続々と上海に進出し、レストランの水産物を一手に引き受けてしまった。水槽システムをまるごと請け負い、養殖も手慣れたもの。牽制された陶陶は自由な行動ができなくなる。

幸いカニは空輸できるため、全国的に売れ行きがよくなっていた。香港、台湾、北方全ての地域相手に商売ができたので繁盛していた。

陶陶は本来のカニ売りに戻って会社を起こし、電話営業で顧客を摑んだ。そして顧客が得意先に贈答品を贈る時、その品名や得意先のリストを回してもらい、その品物を代わりに送りながらマージンを取って稼ぐのである。

当時、大口の商売をするには、上級機関の許可証が必要で、莫大な付け届けが頼みの綱だった。つまり商売とは、上級機関に許可証を求めて駆けずり回ることだと言えたくらいだ。

時節や得意先の記念日などを勘案した贈答品では流行りの品物が二つあった。それはきれいな水で育ったカニと日本の松下製レーザーディスクプレーヤー。例えば「カニ三十籠、レーザーディスクプレーヤー二十台、レーザーディスク〇セット」と目録に書いてあるわけだ。プレーヤーは三十台のこともある。

目録による贈答品を扱ったおかげで、陶陶はあらゆる面で玄人はだしになっていく。

ディスクやプレーヤーは生き物でないが、カニは生き物。遥か北京まで運ぶ途中、十籠分が死んだりすると、何もかもがおじゃんになってしまう。お金だけでなく、贈った側のメンツや体面までなくし、ひどいときは命取りにもなるわけで、これほど気をつかうことはない。またカニに関する知識や技術も問われるうえ、カニを見る目もないといけない。値段の交渉もスムーズに行わねばならない。カニを囲う漁具のヤナにしても、多くの人間が陶陶を頼みにしていた。

カニのヤナのことで誰かにあてにされ、贈答品の目録を送ってきた社長からもあてにされ、電気製品会社の社長からもあてにされてディスクのことを頼まれる。プレーヤーと共に送るディスクがヤミ業者の手元にあるため、手に入れるのも一筋縄ではいかないのだ。その上、本来のカニ売りの仕事もある。陶陶は一人でてんてこ舞いをしていた。

そんなわけで、ここ数年、カニが出回る秋から冬にかけて、芳妹はベッドに入っても平和そのもの。夫があまりにも忙しいから、と陶陶の体調さえ考えているようだった。

ある年の秋、芳妹は陶陶の付き添いとして成都路まで来ていた。闇ディスク屋の孟氏《モーン》の部屋まで商品を見に行くためだ。それは曲がり角をいくつも曲がった奥めいた所にあった。

孟氏は音響関係の店で働いており、昼間は店で接客をし、夜は自分の家に客を連れて来てビデオを選ばせるという、二股かけた暮らしをしていた。

二人が孟氏の部屋に入ると、すでに女性客が腰かけてお茶を飲んでいた。

一階はリビングを中庭まで広げた大部屋で、東側の壁全体がディスクの抽斗になっている。木製の可動式はしごが掛けてあり、そこらじゅうディスクだらけだ。

部屋に女物がないのに気付いた陶陶は、孟氏が独り身だと判断した。芳妹が甘ったるい声を出す。

「孟さぁん、うちの旦那ですぅ」

孟氏は黙ったまま大きな抽斗をいくつか開けると、頷いた。

「普通の商品やったらこんなもんです。どうぞご覧ください」

抽斗の所へ行き、中を見た陶陶は目まいがした。四方が三十センチ以上もあるジャケット入りのディスクがびっしり並んでいる。大きなジャケットに入っているうえ重いので、三、四枚取り出すともう持ちきれない。

「孟さんとこの棚はえらい大きいし、多すぎるわ。ちょっとこっち来て」と芳妹。

「お二人ともとりあえずご覧になってください。仕入れ先は間違いありませんので。今日はどれくらいお求めでしょうか」

「二十枚くらいです。トップのお役人に贈るんです。うちの人、自分でも観たいって言うてます」

「この街の人は買《こ》うても自分で観ることはめったにありませんけどね」

陶陶は黙って聞いている。

「別に人様のことをどうこう言うつもりはないんですけどね。お上はうちみたいな個人店を認めてませんし、ディスク一枚、なんぼ安ぅ見積もっても三、四百元はしますよ。御身分をようお考えになったほうが……」

「おいっ！　オレが買うか買わんか、アンタに関係ないやろっ！　オマエ、何様やと思てんねん」と陶陶。

　孟氏は息をのんだ。

　そこへさっきの女が近づいてきて名刺を差し出した。「こんばんは。私もディスクを拝見しに参りましたのよ。ご一緒させていただいてよろしいかしら。私、ちょっと目がききますのよ」

　陶陶は名刺を受け取った。――上海海静天安実業有限会社副社長　潘静《パンジーン》――。

　孟氏が陶陶に近寄りセブンスターを一本差し出した。「すいません。今日は荷物が二口来たんですけど、船から降ろしたとたん差し押さえられて、気分悪かったもんで」

　芳妹が媚びた笑みを見せる。「この人、そんなことで怒る人と違いますから。孟さんはちゃんと客のこと考えてくれたはりますもんね」

「いやもうなんとも思うてませんから。ほんまにディスクのことはわからんもんで」と陶陶。

「孟さんはやり手ですわ。これだけ揃えたはるんですから」と芳妹。

「いやいや。今はどんな社長もどんなトップもこういうのがお好みでしょう。なんぼ仕入れてもきりがありません」

「うちは横で待ってるしかありませんし、孟さん、潘さん、よろしくお願いします」と芳妹。

「えぇえぇ。奥さま、今回はどういった方にお贈りになるのかしら」

芳妹はすぐには答えられない。

「お相手にどれくらいの教養があるか、男性か女性か、大物のトップか個人事業主か、そんなことがわかってないといけませんのよ」と潘。

陶陶も黙っている。

「ここのディスク、私がわかるのでも四、五百枚は下らないと思いますわ。基本的には三つに分かれています。一つは文芸もの、もう一つはアクション、もう一つはアダルトもので、アダルトのなんかけっこう凝ってますよ。イタリアのティント・ブラス監督のとか、日本のSMとか。制服ものも観てるだけで気分悪くなるようなものがありますわ。本物のナイフとかピストルも出てきますし、ほんとにストレートです。それに例えば私が今申しましたような三種類のディスクは、香港台湾ものか、アメリカものか、ヨーロッパものか、きちんと分けてお考えにならないといけませんわよ」

その場の雰囲気が次第にほぐれていき、四人は談笑し始めた。

映画を選び終わり、その帰り道のこと。芳妹がいきなり街灯の下で立ちどまり、睨みつけてきた。

「また悪い病気が出てたみたいやな。さっき潘さんのことずうっと見てたやろ。上から下までじろじろ見て。夜、承知しいひんから」

「ほんまはあの場で言うつもりやったんやけどな。お前、こんないかがわしい路地抜けた所に詳しいんやな。あの孟ていうヤツ、パッと見ただけでわかる。ろくでもないヤツや」

「……」

「孟のヤツに会うたとたん、えらい甘ったれた声出しやがって。この尻軽女が」

こうして潘と知り合いになった陶陶は次第にもの静かで無口な男になっていった。あの時、レーザーディスクのことを話していた潘静は、周りがどんなに騒いでいても上品そのもの。そんな姿が陶陶の胸に深く刻まれた。〝潘静〟……そうだ。〝静〟だ。

以前、映画が上映される前にはスクリーンに〝静〟の文字が浮かび上がっていた。きちんとした楷書か手書きで、月や柳の枝が添えてある。

観客はその字の意味がわかるのだとばかり、静かになったものだ。〝静〟という字の点と線を見て、いよいよ映画が始まるのだと、期待に胸を膨らませた。映写機の調子が悪かったり、機械が摩耗していたりすると、〝静〟の字が震えたり、月にゴマがパラパラとばら撒かれたようになることがある。しかしみんな落ち着いたもの。〝静〟の字が出たのだ、もうすぐ始まる、もうすぐ観られるのだ。静かにしよう。

今、潘静のおかげで陶陶は、昔、子供だけの貸し切り映画を観た時と同じ気持ちになっていた。〝静〟の字を見ると自分も静かにするという、まるで条件反射のような気持ちは、芳妹に言えはしないが。潘静のことを思うと、全てが静かになるのを感じた。

ところでこの街の女には普段から大切にしている常套手段があった。それは可愛いわがまま、甘え上手、頭のきれの良さ、この三つだ。いや、本当はまだある。細やかで、現実的。気骨や心意気もあり計算高い。

陶陶はそんな全てを承知していろんな女と付き合ってきたわけで、女たちのそういう態度にも慣れていたはずだ。それなのに相手が潘静となると、今までのように、いい加減にあしらうわけにはいかなくなっていた。

翌年、また秋がきた。潘静が電話でカニ業界の様子を聞いてきたのだが、半月後、また電話があった。

「話し始めたらややこしいんですけどね。七十年代までは、北の人は普通、川のカニを食べませんでした。青島や大連の人は海のカニを食べてました。川にも小さいカニがいて、田舎の牛飼いの子供らは、そいつらを捕まえては火に放り込んで焼いてましたけど、たいして身はないんですよ」と陶陶。

潘静は笑いながら聞いている。

「カニもレーザーディスクも理屈は同じです。相手の経歴がわかってないといけません。若い頃に北へ行って役人になった大物にも江南出身の人がたくさんいます。そんな人には、カニの等級ではいい加減なことができません。北方の幹部とか香港台湾の社長でも蘇州とか上海出身とかやったら念入りに選ばなあきません。きれいな水で育った、お腹が白うて産毛が金色のをね。付け届けは何のためにするのか。それは相手に自分のことをしっかり覚えてもらうためです。……カニ、特にカニミソは江南のがダントツです。きれいな蟹工船で、とれたてをそのまま缶詰に加工するんです。獲ったカニはすぐにお腹をこじ開けて、カニミソを取り出したら大きいバケツに放り込んでいきます。カニの身は八つに分けて缶詰にします。素早いもんですよ。……もし相手が外人でしたら、カニより輸入の霜降り肉かサーロインの方がいいでしょうけど。……正真正銘の北方人やったら、普通のカニで大丈夫。東北とか四川とか、それに貴州とか甘粛の人もです。……カニのことを書いた本とかカニを食べるときに使う蘇州製の食器、それに鎮江の酢や生姜をつけといたら大丈夫。細かいこともちょっとした賑やかしと思って、面倒くさがらんとやります。中国人っていうのは義理人情しか大事にしませんからね。知らん人には仏頂面《ぶっちょうづら》していても友達には相好くずしてニコニコ。法律や決まりなんか義理人情には勝てへんもんです。それで何もかもOKなんです」

「ほんとによく御存じね」

「具体的な細かいことは私がやりますから」

「陶陶さんってほんとに親切なのね。うれしいわ」

「いやいや。それに潘さんからは、びた一文も儲けようなんて思ってませんから」

「あら、どうして」

「やらせてもらいたいだけですよ」

潘静が次の言葉を口に出すことができなくなったところで、陶陶は電話をきった。

その後、潘静はしょっちゅう電話を寄越すようになり、しまいには……。

「陶陶さん、カニのことでお話しするのはこれくらいにしませんか。一度お会いしましょうよ」

「いや、私、最近ほんとに忙しいので、また今度にしましょう」

そう言いつつ、本当は陶陶は躊躇っていた。二人で会うシーンが何度も目の前に浮かぶ。しかし肝心なところで尻込みしてしまう。

一ヶ月後、潘静は強い口調で電話を寄越した。

「陶陶さんが一番のお友達です。明日なんとかして会ってください。お会いしないとどうしても気持ちが収まらないんです」

潘静の会社は中山公園の近くにある。その日、二人は愚園路にあるレストラン〝幽谷〟で夕食をとった。

電話では平常心を失っていた潘静だが、陶陶に会うといつもどおりの笑顔に戻っている。灯りの下にいると、レーザーディスクを買いに行った時に見た、あの部屋で茶を飲んでいた姿と変わらなかった。

自称、河北出身で上海に来て数年になるとのこと。会社のトップは潘静の同級生。いま流行りの、女の親友というやつで、かなりのバックがいるようだ。潘静は経営の一部を任されており、夫と子供は石家荘（河北省）に住んでいる。マンションを二軒買うつもりではいるが、夫を上海に来させるかどうかはまだ考えあぐねていた。

陶陶は黙って聞いている。

潘静は結婚に関する考えなどを話したが、陶陶は慎重な態度をとった。潘静に比べると、昔付き合っていた女のほうが随分気楽で家庭的な雰囲気があったような気がしていた。

食事を終えて歩き始めたが、傍にある長寧映画館の前で潘静が立ちどまった。

「コーヒーでも飲みましょう」

二階にはカフェや小さいダンスホールがあり、三階は招待所になっている。

二階へ行くと色とりどりの照明が瞬いていた。廊下に面して小さいダンスホールがあり、暗い灯りが点っている。スローテンポのときは四、五組のカップルが暗闇で輪になり、動きが感じられないくらいの軽いステップを踏んでいるだけ。ソロのサックスが弱くむせび泣くような音を出していた。

向こうのドアから入るとそこはボックス席の明るい部屋。

並んでコーヒーを飲みお菓子をつまんだ。音楽がかすかに聞こえてくる。リラックスしている陶陶。傍には潘静がいる。今、多くを語る必要はない。音楽のおかげだろう。

いつのまにか九時半になっていた。そのとき突然、外で大声がした。ドンという音とともにドアが開き、髪を振り乱した従業員が飛び込んできた。

「はやくはやくっ！　急いでください！　火事です！　すぐ逃げてくださいっ！」

全身に冷や汗が吹き出した陶陶は潘静を引き寄せ出口に突進した。煙がドッと吹き込んでくる。バンドマンが命からがら駆け出して行く。その後から片足だけハイヒールをひっかけたダンス客がつま先立って跳ぶようについて行く。ホールはすでに火の海だ。

心臓がのど元まで飛び出す。潘静を引き寄せた。「はやくっ！」

潘静は陶陶に必死でつかまっている。

廊下の三分の一に煙が立ち込め階段も見えない。

腰をかがめて少し歩いた所で、前の女性客がハイヒールを脱ぎ捨てドアを開けた。陶陶も潘静をひっぱり後に続く。ところがそこにあるのは上り階段だけ。ドアが開いたはずみで煙がどっと押し寄せた。必死になって三階に上がると、そこは宿泊所の廊下。炎が階段から押し寄せてきて、三階は大混乱。慌てふためき方向を見失った宿泊客やダンス客が、叫び声をあげて廊下を這いずりまわっている。

今夜はかなりの人間が焼け出されるだろう。傍にいる潘静は髪を振り乱し見る影もない。バッグをぶら下げて陶陶につかまり、悲惨な目つきをしている。

そのとき煙の中から当直のじいさんが出て来た。鍵をジャラジャラぶら下げた板を持ち、落ち着きはらって言う。

「みんな慌てなさんな。非常階段がありますから」

じいさんが腰を伸ばして先へと進む。その後を猫背になり腰を落とした男と女がゾロゾロと付いて行く。

廊下の突き当たりまで来ると、確かに鉄のドアがある。閂《かんぬき》がひかれ錠前もかかっている。じいさんが手にした板には二十も三十も鍵がぶら下がっており、根気よくひとつひとつ試し始めた。みんなじりじりしている。

地方から来た客が、ワックスかけに使う旧式の金属製モップを持ち上げた。

「おじいさん、よけててくださいっ。私が壊しますからっ」

何回かやってみたが歯が立たず、自分が転んだだけ。もはやこれまでか。

瀬戸際に立ち、陶陶は思い知った。映画なんてうそっぱちだ。こういう場面にでくわすと、血の気が失せ気力もなくし、死んだカニ同然になるのだ。

じいさんは鍵を取っ替え引っ替えして、開けようとしている。

煙が後ろから攻めてきた。傍にいるハイヒール女が突然陶陶の腕にしがみついてきた。泣きながら甘えた声をだして助けを求めている。

感覚が麻痺してきた。両目を閉じ、静かに死を受け入れるつもりでいた。両側から二人の女に抱きつかれている。こういうのを色っぽい最期だというのかもしれない。

煙が辺り一面に立ち込めてきた。突然、ガシャンという音とともに門が開けられ、非常階段のドアが大きく開けられた。

誰もが命がけだ。数珠《じゅず》繋ぎになって下へ逃げ出す。一階の通路は愚園路につながっている。そのとき、消防車の大きなサイレンが鳴り響き、パトカーも到着した。

潘静とハイヒール女が両側からしっかりと陶陶の腕につかまっている。陶陶は真っ赤な顔をして口をもごもごさせていた。左右に女を抱きかかえ、動転し慌てふためきながら道路を渡る。喘ぎ、そして震えが止まらない。

通りかかった人々は、火事と消火活動、それに消防車と病院から来た救急車しか目に入っておらず、九死に一生を得て逃げ出してきたこの三人に注意を払う人はなかった。

陶陶にしがみついていた女二人は暫く消防隊の消火活動を見ていたが、はたと気づき手を放した。ハイヒール女が涙声を出した。

「荷物がまだ三階にあるんだけど、どうしよう。あの男、同僚なんだけどさ。能無しのバカ男。踊ってるときは甘いことばっかり言って体じゅう触りまくってたくせに、火事だって聞いたとたん、自分だけ先にとんずらよ。ホントにもう。これで私も男がわかったみたい。男なんてろくなヤツいないんだ」

そう言うとその場にうずくまり大声で泣き出した。北の方の女というものは体を露出した服を着ていることが多い。今、上がったり下りたり必死で逃げまわったものだから、もう裸同然だ。潘静が見ていられなくなり覆ってやった。「とりあえず立って。こんなことになっちゃったんだから、慌てないで。さぁ立って。ホラ」

陶陶まで標準語になっている。「ねぇきみ、生きて逃げ出せたんだから、何よりだよ」

忘れられないことはたいてい夜に起きる。多くの女と出会ったのが夜だった。レーザーディスクの部屋で潘静に出会ったのも夜。潘静と食事をし、降ってわいた火事に出くわしたのも夜。三階へ逃げハイヒール女にしがみつかれたのも夜。そして今も夜。

「ねぇ、お兄さん。私、言い方が悪かったみたい。お兄さんって世界一いい男ね」とハイヒール女。

潘静はニコニコしている。

「あの男と上海に来て、お兄さんやお姉さんに会えなかったら、こんな私なんか、もう終わってるところだったわ。あのまま焼け死んで、火葬場のお世話にもならずに済んで、それでおしまい」

陶陶は黙って聞いている。

「お兄さんお姉さん、連絡先を教えてもらえないかしら。せっかくのご縁なんだから」

お姉さんと呼ばれた潘静は気恥ずかしくなった。二人は一刻も早くこの女と別れ、このとんでもない場所を去るつもりだったが、かくも感動的な言葉を聞かされ、もう暫く付き合うことにした。

潘静が名刺を渡した。三人で道路を渡り、消防隊の上役らしき人物を見つけて様子を訊いた。

「火は消えたんですけど、出火の原因を調べなアカンのです。あの場にいた人は何かご存じでしたら情報提供をお願いします」

「目を閉じてダンスしてたんだけど、ものすごい金切り声が聞こえてきて煙のにおいがしてきました。火はもうホールに入ってきていました」

陶陶と潘静もハイヒール女と同じような事を話した。

「暫く現場は立ち入り禁止です。宿泊所にあった、みなさんの持ち物は焼けてしまいました。水もかぶってますから、何もかも現場が片付いてからになります」

女は頷いた。ちょうどその時、男が一人駆けつけてきて女に抱き着いた。おそらく例の同僚だろう。

陶陶と潘静はその場を離れ、愚園路沿いに東へ歩いた。

「陶陶さん、いい人ね」

「いや、カギを開けてくれたあのじいさんこそほんとにいい人です」

「あのおじいさん、確かにいい人には違いないけど、私を引き寄せたりしてくれなかったわ」

「僕は肝をつぶしてただけですよ」

「一番困ってるときにずっと私の手を放さないで連れて来てくれたんだもの」と潘静は陶陶の肩にもたれた。

「いや、最低やるべき事ですよ」

「いい人なんだから、家まで送ってくださるでしょ」と優しい声を出す潘静。

時計を見るともう深夜一時になっていた。タクシーを呼ぶと、潘静は陶陶にぴったり寄り添ったまま乗り込んだ。

陶陶はぼんやりとした頭で考えていた。昔馴染みの集まりがあると芳妹に言ったのが昼過ぎ、それから潘静と食事をしてコーヒーを飲み、大慌てで両脇に女を抱えて逃げ回っているうちに、もうこんなにも親密な関係になっている。さまざまな事がほんの数時間に凝縮されていた。心が乱れる。傍では安堵した潘静が満足そうにしていた。世の中とはこういうものだ。潘静のように何事もなかったという顔をしている者もいれば、自分のように取り乱している者もいる。

車が香花橋のマンションの入り口に着いた。

「僕はこのまま車で戻ります。部屋まではお送りしませんから」

潘静は目を開けると、ハンドバッグから封筒を取り出し、それを逆さまにして中のカギを取り出した。陶陶に顔をくっつけて言う。

「ここの三十九棟の十一階A号室です。いつでもいらしてくださいね」

陶陶の手に鍵を押し込むと、はらはらと涙を流す。車のドアを閉めると、振り向きもせずマンションに飛び込んだ。

溜息とともに家に入ると、芳妹が寝返りをうった。

「今まで飲んでたん？」

何やらムニャムニャ言うと、また向こうむきになり夢の中に入っていった。落ち着かない。シャワーのあとで茶を飲み、新聞を読みテレビを観た。三時すぎからずっとそんな事をして、街が朝日に映える頃ようやくうとうとし、起きたら十時だった。

会社の事務所に着き暫くぼんやりしていたが、それからあちこちに電話をかけ、昼は〝太平洋百貨店〟へ日本料理の定食を食べに行き、午後は取引先へ送り状を受け取りに行った。

多くの人が集まる広い所でも小さい事務所の廊下でも、どこにいても身の危険を感じ、非常階段や出口の場所に気を付け、階段も見ておくようになった。

仕事を終えて家に帰ってもそわそわしている。

夕食をとると、子供は宿題、芳妹は家事。

新聞をパラパラめくっていた陶陶の目にニュースが飛び込んできた。〝昨夜、中山公園のバーで火災発生。死傷者なし〟。

まる一日押さえていた気持ちがようやく吐き出せるのだ。新聞のその見出しを指でつついた。

「載ってる！　もう新聞に載ってる！」

「何が？」

「昨日の夜、ここにいたんや。必死で逃げたんや。オレがもし焼け死んだら、うちの年寄り子供はどうなる？」

芳妹は手を拭いて新聞を読んだ。寝室へ陶陶を引っぱって行きドアを閉めた。

「陶陶、あんた中山公園までお酒飲みに行ってたん？　おかしいやんか。西蔵路の八仙橋のへんに行くって言うてたやん。ちょっと！　座って。ちゃんと聞いとかなアカンわ。ほんまに誰と飲んでたんよ。男？　女？　夜中に帰ってきたから、聞こうと思うてたんやけど、お見通しやろ。言いなさい。正直に言いなさいよっ」

陶陶は内心悲鳴を上げていた。潘静の話す姿が目に浮かぶ。テレサ・テンのような優しさ……。

抱きしめた潘静に慰めの言葉をかけてもらう、そんな事ばかりが頭に浮かんだ。火事を目の当たりにして満身創痍、死んだカニになってしまったのだろうか。

二

日曜の午後、康と会う約束をした梅瑞は準備に追われている。髪をセットしマニキュアも塗った。新しいストッキングを履き、指輪やネックレスも換えた。大きな鏡の前でああでもないこうでもないと選び、淡いグレーの網タイツに穿き換える。アン・サマーズのレースのガーター、胸が大きく開いた黒いタンクトップにグレーのスーツ。ファンデーションをつけ真珠のピアスを添えた。

茶房〝唐韻〟の二階へ行くと康がすでに待っていた。

上着のボタンをはずした梅瑞は座り方もさまになっている。

康が穏やかに口火を切った。

「元気そうやけど、ちょっと痩せたかな」

梅瑞はしなやかに答える。

「ほんとにいろいろもめ事があって痩せてしまいました。旦那ともめて母ともめて、オシャレする暇なんかぜーんぜん。慌てて引っぱり出して適当に着て、とんで来ました」

「ご主人とお子さんは？」

「今も虹口の北四川路に住んでます。部屋は広いんですけど、私は母の所に戻りました」

「夫婦喧嘩なんか、どこにでもある事ですよ」

「何もかも、バタバタ慌てて結婚したからですわ。私は人とは違う過去があるんです」

康が口をつぐんだ。

「何もかも仲間に噂されて、恥さらしやって言われてます」

「大丈夫です。僕は口がかたいですから、人にもらしたりはしません」

「私、前に二人の人と恋愛関係があったんです。滬生と宝社長です」

康は黙って聞いている。

「付き合うてくれって同時に言われてました。でも向こうは向こうでうまいこと考えてたみたいです。後になってわかったんですけど、滬生は二股かけてて、私の他にも付き合うてる人がいたんです。こっちに言い寄って来た、その舌の根も乾かへんうちにあっちにも。白萍ていう人ですけど。そんな事ってあると思いますか」

「滬生は結局、白萍と結婚したんですね」

「結婚して半年ちょっとやったかしら。フンッ！　嫁さんは外国へ逃げ出して、帰ってこんようになってしまいました。どうも滬生はあっちのほうに問題があるみたいです」

「宝さんのほうは？」

「いうたら悪いですけど、あの人は心に問題があるんやないかと思います。しつこいくらい連絡してくるんですけど、私は全然相手にしませんでした。でもそのうち、ちょっとだけ真面目に考えました。でも肝心なときになってシラを切るんです。おかしいでしょ。そんな男っていますか？　しまいに怖い気がしてきたから、思いきって引いたんです」

康は黙って聞いている。

「その頃、友達が北四川路の男を紹介してくれたんです。それで会うてみたら、シャツの襟は汚れてるし貧乏揺すりするし。それでも家を持ってました。ため息もんでしたけど、私、ほんまに落ち込んでたから、それで急いで結婚したんです。でもやっぱり後でわかりました。私は何かする度、失敗に終わるんです」

康はまだ黙っている。

「こんなご時世です。私が好きになるのは、独身やけどとんでもない人か、人はエエんやけどもう結婚してる人。私みたいに一回結婚した女が男の人と付き合うたりしたら、どうせまたころころ男を換えるつもりやろうとか、クーデターでも起こそうとしてるんやろうって相手は思うみたいです。でもほんまはあの男と別れたとしても絶対に再婚したいとは思いません」

「先の事はなんとも言えませんしねぇ」

「私も新婚の頃は純粋で若かったんです。何の経験もないし、何にもわかってませんでした。あとでわかったんですけど、おかしいんです。夜な夜な……」

梅瑞は一口茶を飲むと黙り込んだ。

「夜になったら旦那さん、博打にでも行くんですか。いや、ダンスかな」

梅瑞は黙ったままだ。

康も茶をすすって言う。「笑い話を思い出しました。うちの叔母が新婚の頃のことです。叔父が毎晩家を出て行くんです。講談を聞きに行くって言うてたらしいんですけど、ほんまはダンスに行ってたみたいで、叔母はいい事を思いついたんです」

梅瑞の顔がほころんだ。

「叔母は……」

「うちの人、ダンスはしませんけど」と梅瑞。

「白い靴用意して真っ白に磨いて、叔父に履いて行かせたんです。もしダンスに行ったんやったら女に踏まれた跡が残るから、言い逃れできませんでしょう」

「あてになりませんわ。女の方が、男の履き替え用の靴を持って行ってるかもしれませんでしょ。ダンスが上手な人やったら足を踏むこともないし、気のきく女で白い革靴用のクリームとかブラシなんか持って行ってるかもしれませんわ。そうしたら跡形なんか残りませんわ」と梅瑞が笑う。

康も笑顔になった。

「昔の人はダンスひとつとってもそんな機転がききませんから、効き目はあったんでしょう」

梅瑞がまた茶を一口飲んだ。

「大事なことを言うたら康さんは口挟んで来て茶化すんやから。叔母さんやとか革靴とかダンスとか。わざとでしょ」

「いや、ふっと思い出しただけですよ」

「もう言うのも恥ずかしいです」そう言ったきり梅瑞は口を閉ざしてしまった。

「梅瑞さんは結婚して、夜になったら……」と康がきっかけを作ると、梅瑞は恥ずかしそうに話し始めた。

「〝夜〟やないですか。あの事で、とんでもない事がわかったんです。よう言いますでしょ。見掛け倒しの役立たずとか、軟弱男とか。あの人、爆竹鳴らすみたいにはじめはすごい勢いのくせに、すぐ終わってしまう。こんな言い方したら、あっちに問題があるのにどうやって子供なんかできたんやって康さん思わはりますでしょ。正直に言いますわ。結婚して何ヶ月かたって、あの人の為にお医者さん呼んでお薬処方してもろうたんです」

「初耳ですね」

「この街には不思議な事がいろいろあります。こんなふうに薬を出してもらうのは優しい女のすることとやっていうのが世間の常識です。そのお医者さんは子宝観音さまみたいなもんです」

「男の医者を観音さんて言うんですか」

「観音さまは中性でしょう。男でも女でもいいんです」

康が口を閉ざした。

「一回分の薬が千九百元もするんですけど、うちの人、お薬のんだら、あっちの方がほんまに物凄いことになりました。いつもおまけ付きで一日に何回も。二週間の間、私はもう体が痺れてしもうて力が出ませんでした。毎日毎日、フルコースで手を替え品を替え、もうむちゃくちゃ。それで子供もできたんです。結婚して何年か経ちますけど、その二週間だけはほんまの女でした」

　康はまだ黙っている。

「それからうちの人、入院したんです。手足が冷えて、毎日咳が出たんです」

「おしまいですねぇ。『紅楼夢』の世界ですね。鏡に映った人とでもやるっていう、アレ」

　梅瑞は声を抑えた。

「来てもろうたんはどうせそこらを渡り歩いてる漢方医やろうって疑われました。私のこと、疫病神やって言うんです。そんなん冤罪です。女にそういう欲求があるのはほんまに当たり前のことです。なんで自分のことは棚に上げて、お医者さんのことばっかり悪う言うんでしょう。あぁもう、私が悪かったんです。結婚する前は何も知らんと純粋すぎたから、結婚して苦労するんです」

「それでご主人、今は？」

「長期の病休とって、子供の面倒みたりしてます」

「その医者、それから何年くらい放り込まれたんですか」

「え？」

「最低でも十年は入れられたでしょう」

「まさか、そんなこと。今でもなかなか予約できませんし、あっちからもこっちからも呼ばれてます。しょっちゅう他所へ診察に行って、なんぼ表彰されたかわかりません。女の気持ち、一番わかってくれてる人です」

「そんな薬は男にしてみたら、昔、京劇（『胡蝶の夢』などの演目で以下の内容が上演されてきた）でやってた〝荘子〟（戦国時代の思想家。道家の代表者で『荘子』〔そうじ〕の著者とされる）のアレみたいなもんですね。荘子は死んだふりしてるだけやけど、新しい旦那の病気を治そうとした嫁さんに、脳みそえぐり取られたっていうあの話。脳みそが薬になるとかいうことでしたよね。黄泉《よみ》の世界でしゃれこうべ、夢の世界で蝶々か……。相手が生きてようが死んでようが、女の方はお構いなし。ほんまに恐ろしい」

「どういうことですか」

「男はあるだけの力を出さなアカンのです。戦場で持ち場に着いて最後の最後まで突撃して行って、それで殉職しておしまい」

梅瑞が腰をくねらせる。

「康さんはほんまに自分勝手ですね」

「女の人ていうのは無邪気で愚かなもんですねぇ。腕利きのペテン師はみんな男ですわ」

「そやから離婚しようと思うんです。母も離婚するみたいです」

康が茶をすすった。「お母さんはお元気ですか」

「父に離婚してもエエって言われてから、今度は私に喧嘩ふっかけてくるようになりました。昨日も恨み言を言われました。なんでそんなに急いで人の荷物の整理して、荷造りまでするんやって。おかあちゃんは香港に行って二度と上海には戻って来いひんやろから手伝うてるだけやのに、何が悪いんやて言うてやりました。そしたら泣き出したんです。ほんまは私もつらいんです。こっちこそ泣けてきました。家が欲しいんやったらそれでエエ、自分は香港に行って若旦那と結婚するからこっちの家は全然必要ないとまで言うんです」

梅瑞も茶をすすると、手鏡を取りだして見た。

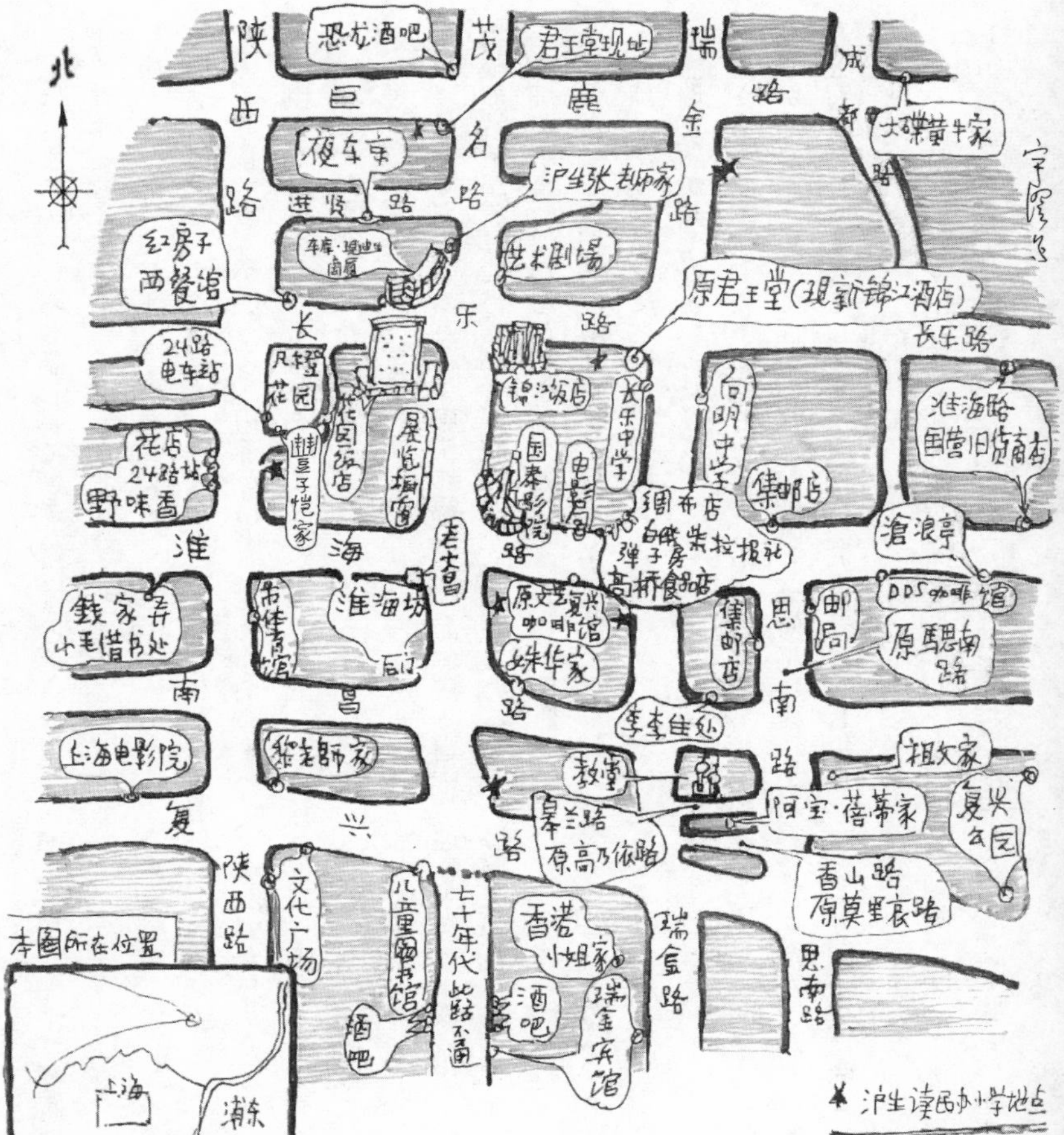

口伝えの思い出をもとに描いた1960年から2000年にかけての盧湾区の一部。租界地区の道路名などを含む。2011年、盧湾区は黄浦区に合併され、歴史に名を残すのみとなった。

「私は今までいろいろお話ししてきましたけど、自分でもびっくりしてます。普通やったら言えへんような事をなんで何もかも言うてしまうんやろて」

康がまた黙ってしまう。

梅瑞は体をまっすぐ伸ばす。「ほんまは私なんかもう離婚したも同然です。一人で暮らすのは孤独です。もしエエ人がいたら、相手が結婚してようがいまいが、なんでもわかってあげられます。相手に面倒もかけるつもりも全然ありません。お互い暇なときに会うだけでエエんです」

康は黙ったままだった。


数ヶ月後のある朝のこと。康が無錫から上海に戻る道中、運転手がカーラジオをつけると、身の上相談の番組が流れていた。女が恋の遍歴を話している。声が梅瑞そっくりだ。

桑畑が脳裏に浮かんだ。さほど遠くではない。優雅で上品なカップルの姿が見える。ロマンチックな二人だ。そう、あの頃は確かに自分もそうだった。しかし次第に暗闇が覆い、風にあおられた二人の姿はあたりの景色にとけこんでしまった。

梅瑞と話がしたいと思った。

確かに、妻も同じように話し好きで、温和な女だ。大学では〝もっちり団子〟として有名だった。粘りがあり柔らかくて程よい甘さ。結婚して何年も経つが、右と言えば右、左と言えば左、自分の言うとおりにしてくれるし、肩の凝らない女だ。しかし毎日〝もっちり団子〟に向き合っていると味覚が鈍ってくる。

そんな時、梅瑞と出会ったのは蘇州名物を知ったようなもの。例えば〝ヒラ（ニシン科の魚）の黄金まぶし〟。自分は単純な人間だと、梅瑞自身がいくら謙遜したところで、深い味わいが感じられるのは当然のこと。〝黄金まぶし〟は骨が多く身が少ないとはいえ、最高の旨味が層をなし、全体にまぶされたエビの卵とびっしり詰まった小骨が複雑な味わいを醸しだしている。それが梅瑞の気質や考え方にそっくりなのだ。泣くのも笑うのも巧みで、なんでもござれ。見た目の可愛さと内に秘めた激しさは、噛めば噛むほど味わいが増す。

康夫人と梅瑞、それは蘇州にある〝黄天源〟のもっちり団子と〝采芝斎〟秘伝のヒラの黄金まぶしのPK戦、互角の勝負だ。どちらにも魅力があり、どちらかに軍配を上げることなどできるものではない。

梅瑞に電話をかけた。

「わぁ康さん、今、お電話しようと思うてたとこです」

「最近どうですか？　周り、賑やかですね」

「もうほんまに忙しいもんで。今、不動産屋と契約してるとこです。やらなアカン事がほんまにいっぱいで」

「家、買うたんですね」

「2DKです」

「誰かに貸すんですか？　それとも……」

「自分が住むことにしました」

康は前にいる運転手に目をやり声を低くした。

「こないだ言うてた事も片付いて、それで引っ越しするんですね」

「まぁそんなとこです。でも私自身ほんまは相変わらずです。言いましたでしょ。女ていうもんは自分のことをちゃんとやらなアカンのです。小さい部屋を買いましたけど、改装がうまいことといったら引っ越しするつもりです」

康は黙っている。

「それから業者に頼んでジャグジーを買うんです」

「大変ですね」

「もう決めたんです。今、ちょっと言いにくいんですけど」

康がまた黙ってしまう。

「大事な秘密を男の人に話してしもうて、ちょっと後悔してます」

康はまだ何も言わない。

「その人、上品でいろんな経験があるんです。きっとこれからも私に会いたいと思うてくれはるやろし、気にしてくれはるはずです」と穏やかな声。

康は笑顔で聞いている。梅瑞は電話をきった。

その後、康はまた電話で聞かされた。母親が離婚し、すぐにでも香港へ行って若旦那と一緒になろうとしているとのこと。三日後、また電話があった。

「康さん、母はほんまに行ってしまいました。もう上海には戻ってきそうにありません。帰ってくるとしても基本的にはホテル住まいです。私、ほんまに泣けてしようがありません」

康は黙って聞くだけだった。

「あの日、部屋に入ったら言われたんです」

――「一人暮らしの老いぼれ女が古くさい路地を出たり入ったり、もううんざりや。うちが出て行って、お前も環境を変えたいんやったら、新聞路のこの家はすぐにでも手放して、延安中路の一階の部屋でも買うたらエエわ。ガスもトイレもあって、ご近所さんも少ないし静かやしな。うちの貯金からちょっとは出したるわ。お前が穏やかに暮らしていけるんやったら、うちも願《ねご》うたり叶《かの》うたりや」

「うちの部屋、お母ちゃんが上海に帰ってきた時に泊まったらエエし」

母親は微笑むだけで、黙って衣装ケースやタンスをひっくり返して大忙し。その日だけで必要のない物がかなり整理できた。

部屋じゅうに大小さまざまなカバンが散らかし放題になっている。中国風綿入れ、錦織の綿入れ、ボレロ、サテンの綿入れ、コーデュロイのズボン、コットンパンツ、リバーシブルのシャツ、合い物のラシャのコート、フランネルのショートコートも出てきた。ダブルのコートは昔から路地にある仕立屋であつらえたもの。上等なサージの長ズボン、化繊のリバーシブルシャツもある。それを梅瑞は黙ってひっくり返して見ている。

「全部ゴミや。ごみ箱行きや！」と母親。

何枚も積み上げられた古い服の入った包みを開けた梅瑞の目に留まったのは、チェックのシャツにサッカー地のスカートだった。つい思い出に浸ってしまう。

「何見てんのや。早《は》よ捨てなさい」

きれいに畳んだシーツや掛け布団の表布が大きな包みにいくつもある。それを見た母親がまた言う。

「今は布団カバーかけるからシーツも表布も絶対に使わへん」

何枚も積み上げられた古い服をひっくり返してみると、毛糸のセーター、アクリルやカシミヤのタートルネックのセーターが出てきた。

「こんなもん、全部ゴミ箱行きや」と母親はえらい剣幕だ。

ケースを開けてみると、ブラウス、リバーシブルのシャツ、プリーツスカート、浙江の湖州ちりめんできたフリルのスカートが入っている。赤いちりめんのワンピースもある。文革の時に江青《こうせい》（毛沢東の四番目の妻。文革を主導）が流行らせたデザインだという。

「そんなもん全部捨てるんや」

黙っているしかない梅瑞だった。

スカートは母親が大切にしていたものばかりだった。当時、ダンスがまた流行り始めてきており、母親は自分からすすんでダンス用のスカートを作ったりしていた。ジョーゼットやベルベットの生地にスパンコールを手縫いでつけていたくらいだ。金銀の糸でステッチがされている。それがもう何の未練もないとはおかしなものだ。

「ほんまに野暮ったいし、見てるだけで腹立ってくる」

五十年代のレーニン服（ベルト付きの短いジャケット。ソ連の指導者レーニンがよく着ていた服に似ていたことから命名。人民中国成立から文化大革命まで、中国共産党の主導により女性の服装の主流になった）が揃いで入っているケースもあった。路地の小さい工場で働いていた頃の吊りズボン、仕事用のブルーの帽子、腕カバーがきれいに畳んで入れてある。

「開けたらアカン！　ほんまについてへんわ。ひどいもんや。こんなゴミ、見てるだけで恨みつらみが沸き上がってくる。せっかくの青春が台無しや」

黙って聞いている梅瑞は、何かに手をつける度に当たり散らされた。

「全部捨てなさい。捨ててしまいなさい。居民委員会にあげなさい。貧乏な村に寄付してもエエわ」

部屋の隅に足洗い用の盥《たらい》があった。なんとそこには昔流行った靴が山ほど入っているではないか。オランダ風アンクルブーツ、先の方にベルトのついた靴、しゅうまい靴、パンプスなどなど。〝ランタン〟というメーカーでヒールは中くらい、そんなダンス用の革靴は、皮なめしの職人にベルトを縫いつけてもらったもの。そういう靴はくるくるまわっても脱げないらしい。

そんな靴を見ているうちに昔のことを思い出し、また一人物思いにふけった。自分が大人になり、母親も年を取ったのだ……。

　母親が急に盥を蹴った。

「こんなもん何になるんや。ろくでもない世の中や。おかげでこっちはさんざんな目に遭《お》うてきたわ。結局あの頃はチンピラみたいな暮らししてただけや」

　それでも梅瑞は黙って楠の箱を開けている。中に入っているのは全て旗袍ではないか。母親は結婚した頃、単衣《ひとえ》やら袷《あわせ》のウールの旗袍を持っていた。淡いブルー、淡いピンク、淡いモスグリーンなど、色合いは地味だが、光沢ある緞子で織り方もさまざま。どれも腰回りがキュッと締まり、デザインもさまざまだ。ボタンも、布でくるんでフリルの飾りを付けたもの、隠しボタン、飾りのように共布で作ったものなどいろいろな種類がある。パッと見ただけでは大したこともなさそうだが、本当は実に色っぽく美しい。

「お母ちゃん、うち旗袍欲しいんやけど」

　母親は少し落ち着いてきたようだ。

「どれもこれも気にいったし」

「こんなもん着られへんわ。こんなん欲しがってどうすんねん」

「記念に置いときたい」

「箱の底のほうにシャークスキン織の旗袍が入ってるわ」

　レーヨンのもので、緑、黄色、ピンク、ライトブルーなどさまざまな色がある。しかし一番いいのは真っ白のもの。当時、男は白いスーツ、女は白い旗袍を作るのが流行っていた。

　梅瑞がまたひっくり返してみると、〝老介福《ろうかいふく》〟や〝富麗《ふれい》〟など、有名な店の生地が入っていた。本物のシルクシフォンやギャバジンだ。

昔の生地屋は本当に賑やかだった。店内は黒山の人だかり。頭の上に針金が何本も渡してあり、店員が伝票を書いて客の渡した現金を挟み、シャーッとその針金を滑らせる。帳場のカウンターまで行くと、今度はハンコを押してまたシャーッと送り返されてくる。高い腰掛けに座ったじいさんが朝から晩まで叫んでいた。「どちらさんもスリに気ぃつけてくださいよぉ。手から財布離さんようにぃ。スリに気ぃつけてくださぁい」そんな店で買った生地だった。

「こんなエエ生地はお前が再婚する時の旗袍にしたらエエわ」と母親。

「再婚なんかするわけないわ」と梅瑞。

母親はその生地を見て言った。「昔は西洋風の生地で旗袍作るのが流行ってたけど、今のはどうや。どれもこれも中国風の大柄模様で野暮くさい。貧乏ったらしい田舎娘がレストランのドアガールみたいな格好して、牡丹か紅梅の花柄や。旗袍着たらいっぱしの気分になって、全身ピチピチに締め上げてよる。どんなデブでもきらきら光った緞子の服をピチピチに締め上げるもんやから、縛った肉の醤油煮か湖州ちまきや。自分では艶っぽさの競争してると思うてるんやろけど、この街の人間が見たら大笑いや」

梅瑞は何も言えなくなった。

「本音言うたら、この街は共産党政権になる前と変わってへん。西洋風の生地がまたよう売れてるみたいや。どっちにしてもこの部屋にある物なんかもうどれもこれも二度と見たいとは思わへん。きれいさっぱりおしまいにしたらエエんや」

暫くして梅瑞が母親に訊いた。

「香港に行ってもまた上海に帰って来ることあるやろ?」

「ちょっとやそっとでは帰ってきいひん。家もお金もどうでもエエ。人を好きになる気持ちだけでエエんや。お前が離婚したら教えてな」

聞いているだけで涙が溢れ出す梅瑞だった。

「泣かんでエエ。女はそういう気持ちだけでエエんや。間違いのない、エエ男がいたら決心したらエエんや。エエ婿さん見つけといたるし、香港で結婚したらエエわ。楽しぃ暮らしたらエエやないか」

「再婚なんか考えてへんわ。結婚したせいでさんざんな目に遭うてきたし、どうなるかはもう目に見えてるし」

梅瑞の身の上話を聞かされた康は笑顔を見せることもあったが、だんだんどうしようもない思いになり、黙っていた。どの家も似たりよったりだ。母親もいろんな事があって腹をたてていたのだろう。ダンスホール通いしていた年配の女によくある話だ。ファッションにも気をつかっていたことだろう。そして今目の前にいる梅瑞もいつか再婚するかもしれないではないか……。それにしても梅瑞の母親という人はすごい気性の人だ。

柒《なな》章

壹《いち》

ばあやがシュロの団扇で扇いでいる。

「〝涼しい風が吹いてくるぅ、兄ちゃん、作文書いてるよぉ、じょうずに書けへんかったらなぁ、このおいぼれに聞きに来いぃ〟」

「ばあや、夜、なんで泣いてたん?」と蓓蒂。

ばあやは答えない。

「アタシ、この頃泣いてへんのに、ばあやはなんでいつまでも泣いてたん?」

「夜に棺桶の夢見たんや。棺桶用の木ぃを見たらわかったんや。こらアカンって。近いうちにとんでもない事が起こるって」

蓓蒂は聞きいっている。

「前やったら、夢で棺桶見たらその中に金《きん》が入ってたもんや。いつもピカピカ光ってたんやけどなぁ。ゆうべは空っぽやった。真っ暗けや。ばあやのばあちゃんは一人ぼっちで寂しい死に方してなぁ。お魚みたいにすっぽんぽん、一文なしになっとったんじゃ」

「お魚？」

「そうなんじゃ。そやから冬至になる前にどうしても紹興へお墓参りに帰らなアカン。どうしても帰らなアカンのや」

蓓蒂はばあやの幅広の金の指輪を撫でた。

「棺桶にどれくらい金が入ってたん？」

「そらもう、ほんまにたんとや」

「どれくらいなん？」と今度は阿宝が訊く。

「昔、そのばあちゃんは南京の天子さまのお屋敷から逃げたとき、金をいっぱい持ってたんや」

蓓蒂は信じない。「うそや」

「金なんか持ってたからさっさと逃げることができひんかってなぁ」

「それって昔のお金の馬蹄銀になってたん？　ただの金のかたまり？」と、また阿宝が訊く。

「ばあちゃんは天子さまのお屋敷でお仕えしてたんじゃ。三年半ほどな。もうお屋敷じゅう金だらけ。そんな金の世界から逃げてきた女やから逃げては泣いて、逃げては泣いて」

「金はどこに隠してたん？」と蓓蒂。

「木綿のシャツ着て木綿のズボン穿いてたやろ。ぶかぶかやし、すねとかお腹とかお尻とか、あっちこっちに巻きつけといたんや。女の尻《おいど》なんかちょっとぐらい膨らんでもどうもない。ズボンの上から木綿の薄めのスカートでも巻いといたらバレんからな。ひょっとして乳あても持ってたとしたら、お乳が両方ともぶくぶくに膨れ上がるまで詰め込んでたかもしれんな」

阿宝は黙って聞いていた。

「それでもな。西施（春秋時代、越の美女）みたいな綺麗な人でもそうやけど、昔の女は胸を締め付けてぺたんこにして綺麗に見せてたから、金なんか詰め込んでたら太って見えるし、何か隠してるのがすぐにバレてたやろな」とばあや。

「そのおばあちゃんはダイヤモンドとかサファイアも持って行ったん？」と蓓蕾。

「キラキラ光ったサファイアは官位が四品の帽子の飾りやけど、そんなもん珍しいこともなんともない。二品の偉いさんになっても緑のたれ衣《ぎぬ》かかった駕籠《かご》で担いでもらうぐらいしかできひん。それに比べたら金はほんまに値打ちあったんや。ダイヤモンドかて外人は好きみたいやけど、中国人はガラスを切るのに使うだけや」

「アタシはなんで棺桶の夢が見られへんのやろ」

「人間は悲しいときに夢でご先祖さまに会えるんや」

「え？」

「亡《の》うなった日、ばあちゃんが寝かされとった部屋は真っ白の幕がかけてあって、白い喪服着た人がいっぱいお別れに来てくれててな。だいたい棺桶に入れ終わったなっていう時、急にばあちゃんの目から金の糸がハラハラ流れ出たんじゃ」

「それ、もう何遍も聞いたわ。そんなん信じられへん」

「目から金が出てきたから、じいちゃんは不吉な予感がして、部屋にかかってる幕をめくり上げたんや。それから棺桶に近付いて言うてた。〝ばあさんや、ちょっと待っとれよ。もうすぐ釘打つけんども、こっち打つぞぉあっち打つぞぉってみんなが調子つけて言うたら、うまいこと避《よ》けるんやぞぉ〟ってな。そしたらばあちゃんの目からまたポロポロ金がこぼれてきて、お隣さんとかは手でそれを受けようとして、わいわいひしめいてなぁ。じいちゃんはびっくりしてつまずいてひっくり返って、そのままぽっくり」

「太平天国にお仕えしてた女の人はどれぐらい金を持ってたんやろ」と阿宝が聞く。

「天子さまのお屋敷は何もかも金でできてたんや。わかるか？」とばあや。

「何遍も聞いたわ。痰ツボも金やし、ご飯食べるときのれんげも金やて」と蓓蒂。

「他にもまだあるん？」と阿宝。

「上から下まで金や。わかるか？　お屋敷にある机も腰かけも寝床も戸も窓も便器もハエ叩きも金で作ってある。女の人の股引《パッチ》も金の糸で織ってある。想像してみ」

「そんなんありえへん」と蓓蒂。

「馬車も駕籠も何もかも黄金や」

阿宝が吹きだした。

ばあやは気にせずに続ける。「蹄《ひづめ》にはめてある金具も普通は鉄やけど、お屋敷のは金でできてるし、金の釘が打ってある。馬車がシャランシャランって音たてて走るんや。お陽ぃさん出てきたら、金の馬車に八頭の馬から、四八三十二本の脚《しわ》についてる金が光り輝くんや。優しい音出してな。なんでかって言うたら、金は柔らかいからや」

「ムチャクチャ言うてるわ。そんなん、ありえへん」と蓓蒂は信じない。

ばあやが団扇を揺らす。「今はもう誰にもわからんやろな。天子さまがどれだけかっこよかったか」

蓓蒂も負けてはいない。「金の馬車なんか世界に二つしかないわ。エリザベートとルートヴィヒ二世しか乗れへんもん」

「そんなもん、どうしたっていうんや。太平天国は金の世界や。八十六人で担ぐ金の駕籠ってわかるか。駕籠の中に机置いてお酒が飲めるし、中には金の灯り、金のロウソク立て、金の洗面器、金のお碗、金のお箸、金のつっかけがあるんや。部屋の間仕切りは金のついたて、金の寝床に金のおまる。金で着飾った召使いの子供が金の盥《たらい》を持っとる。盥に黄色い緞子が入れてあって、それで天子さまのお尻拭きに使《つこ》うてもらうんや」

「洪秀全は一回も外に出て行かへんかったやろ。せいぜい女官が宮殿のお庭で引っぱる金の車に乗るぐらいやん。天子さまとお妃さんの乗る駕籠をかつぐ七十二本の棒がいつも置いてあって、お屋敷のおまるも洗面器も盥も確かに金でできてたんや」と阿宝が言う。

「そんなん、ありえへんわ」と蓓蒂。

「お父ちゃんが言うてたんやけど。東王の楊秀清《ようしゅうせい》が浙江へ話し合いに行ったときもたくさんの人に囲まれてすごいもんやったらしいわ。四十六人で担ぐぐらい大きい駕籠や。暑い日は特別な駕籠を用意するんや。日陰もできて気持ちエエらしいわ。足もとには金魚入れたガラスの金魚鉢があってハスの花も浮かんでたらしいな」と阿宝。

「そんな事聞いたことないけどなぁ」とばあやは疑わしそうにしている。

「本に書いてあったんやて」

「天子さましか金の駕籠は持ってへん。あのお屋敷はほんまに見栄えがようてなぁ」

ばあやはチッチッチッと称賛の舌を鳴らした。

「ドラ鳴らしたり、いろんな楽器を演奏する人だけでもどれくらいいたやろ。お役人が三千人、馬の世話人が三百人、金官は金の見張り番で、玉官《ぎょくかん》は宝石の見張り番や。太平天国のお国ができた記念日には催しがあってな。お役人らがいっぱい練り歩くんや。天子さまが金でお化粧して、金色のうわばみを刺繍したよそ行きの服着て、玉飾りのついた腰ひもつけて、宮殿を出てお祝いにお出ましや。みんなのお手本になる働き者やって褒められた者に手ぇ振ってくれはったもんやから、みんな大泣きしたもんじゃ。天子さま万歳って言うて、それからは園遊会や。金のドラたたく露払いが三十人ずつ二列になってなぁ。金の兜に金の鎧つけた人が金箔散らして、〝静かに〟て色とりどりに書いた幟持って『脇へー寄れー』って言うんや。虎とか龍を金で書いた旗をヒラヒラさせて、駕籠の前も後ろも大きい金の扇子広げた人がいるんやぞ。赤い緞子に金箔ちりばめた〝紅日照《こうじつしょう》〟ていう大きい傘さしてな。天子さまの駕籠を担ぐ人だけでもどれぐらいいたやろ」とまた得意そうにチッチッチッと舌を鳴らす。

「金のことは喋り出したらきりがないわ。もうやめよう」と阿宝。

「ほんでばあやはさっきなんで泣いてたん？」

「あぁもう、何遍言うたらわかるんや。ばあちゃんが夢枕に立ったんや。棺桶がつぶされてしもうて、ばあちゃんはもうすっぽんぽんのお魚になってたんや」

貳《に》

年末に故郷へ墓参りに帰ろうとしていたばあやの計画はのびのびになってしまった。社会主義教育運動（一九六二年冬―一九六六年春、文化大革命の前ぶれ。当時実権を握っていた劉少奇などの実権派に対する、毛沢東の反撃）に参加していた蓓蒂の両親を実権派に通報した者がいたからだ。それが十一月のことだった。

父親が自分で作った鉱石ラジオで敵の放送をキャッチし、〝ボイス・オブ・アメリカ〟やモスクワ放送局による上海語の番組を聞いているというのだ。

クレムリン宮殿の鐘の音がしばらく流れ、ソ連のアナウンサーが上海訛りで話していたものだ。

「こちらモスクワ放送局、モスクワ放送局、ただ今、夜の十時二十分。解説員ワシーリエフがお送りします。ただ今から、上海のみなさまに夜のニュースをお送りします。モスクワ放送局。ニュースの時間です」

とんでもない事が起こってしまった。蓓蒂の母親は会議に駆けつけた。夫の悪事を暴露しに来たものと党幹部らは思ったが、自分の夫は無実だと訴えるだけである。とうとう二人とも帰れなくなり、蓓蒂の相手をしてくれるのはばあやだけになってしまった。

「ばあやが田舎に帰ってしもうたら、アタシどうしたらエエん？」

「ばあやがそんな事するはずないやろ」と阿宝がなだめる。

「ほんま？」

「何を慌ててんねん。ばあやが行ってしまうはずないやろ」

蓓蒂は黙って阿宝に頭を撫でられている。

ほどなく一九六六年の正月を迎え、正月気分の抜け切らないある日のこと。

「ばあや、昨日アタシ夢みたんや。ばあやみたいなおばあちゃんがお魚になってたん」

「ほんまか」

「お魚は口をパクパクして、水がピチャピチャいうてるだけやった」

ばあやは慌てて蓓蒂の口を押さえた。

「もう言うたらアカン！」

蓓蒂はびっくり。

「ばあやも昨日、蓓蒂が魚になる夢見たんや。ほんまにびっくりや。話ができすぎてる」

「あはは。魚が一番怠け者や。何も言わんでエエし、ピアノも全然弾かんでエエし、水を飲んでたらエエんやもんな」と阿宝。

「阿宝ちゃん！　ほんまなんやから。ばあやがお魚になって、アタシは体じゅうキンキラの金魚になって、あっちこっち泳ぎ回ってんの、夢で見たんや」と蓓蒂。

「何アホな事言うとるんや。ムチャクチャやな。女の子は魚になんかなったらアカン」とばあや。

「お魚になったんやもん」

「もうそんな事言うたらアカン。ばあやはわかってるんや。今年はようないことの起こる年や。とんでもないことが起こる。今、何年やった？」

「六六年やけど」と阿宝。

「お父ちゃんもお母ちゃんもたぶん帰ってきいひんわ」と蓓蒂。

「縁起でもない！」とばあや。

「帰ってくるやろか。ばあや、どう思う？」

「わしゃ、もう今は田舎に帰りたいて思うだけや。墓参りしといたら、ばあちゃんが見守ってくれるんや。あの世で可愛い蓓蒂のことも守ってくれる。上海に戻ってからも何年かは生きられるし」

「二人ともお魚になって水の中にスルッて入ったんや。お口開けた〝お魚ばあや〟がキラキラ光ってて、アタシそっちに泳いで行ったんやもん」

「聞いてるうちに、ほんまの事みたいに思えてきたなぁ。ほんまに魚になれたら世の中平和になるのになぁ」とばあや。

三人がそんな事を話しているうちに、辺りは暗くなっていた。

「ピアノの上にもお魚がいるの見たんや」と蓓蒂。

阿宝は灯りをつけて見てみた。

「クレメンティ、ソナチネ三十六番第一楽章の十一小節目やわ。高いドの次に一オクターブ高いドを弾いたときにな。上を見たらお魚が泳いできたから、もう一回弾いてみてん。ハープシコードみたいな音出して、スタッカートは手をポンポンって弾ませて軽い音出さなアカンねん。その時、頭上げて見てみたら、楽譜の横にほんまにお魚がいてん。キラキラしっぽ振って、あっち行ったりこっち行ったりして泳いでた。目ぇこすってみたら、お魚泳ぐのやめてん。おととい、ピン留めで印つけといたんや。わかるか？　ここや。ここ、ここ！」

　阿宝はピアノをよく見てみた。

　ピアノ自体は古い物で、上パネルのところにキズが何本かついている。

　ばあやもピアノの傍まで行ってみた。「どんな模様つけたんや」

　阿宝がそこを撫でる。

「古いピアノは跡がけっこう残ってるもんや。ワックスの跡とか、キズみたいなんとか、ひっかき傷とか、もともとあったんやろ」

「お魚がここでとまったから、アタシ、それ以上弾けへんようになったんや。十小節弾いたら絶対お魚出てくんねん」

「集中してへんからそうなるんやろ」と阿宝。

「ピアノの音がしたらお魚出て来《く》んねんもん」

　ばあやが蓓蒂を引き寄せ、お下げを撫でた。

「お正月になったし何もかも新しいなるからって、蓓蒂まで急にけったいなこと言うようになってしもうたらアカンなぁ。こらぁ、何かようない事が起こりそうや」

「蓓蒂はまだ小さいし怖がりやしなぁ。ばあやが何日も田舎に帰ってしもたらアカンやろなぁ」と阿宝は心配顔をする。

蓓蒂は泣いてばあやにもたれかかった。

「よしよし」

「冬休みになったら、ばあやと蓓蒂が紹興へ行くのに付いて行ったろか」と阿宝。

泣きやんだ蓓蒂は笑顔になった。「うん」

「そうやな。ほんまにそれがエエな。上海のお坊ちゃんとお嬢ちゃんがついて来てくれたら、このワシもカッコつくぞ」

「上海から紹興までずっと汽車でもエエし、十六鋪から船に乗ってもエエしな」

「アタシ、船に乗りたい」

二人はばあやを見ている。辺りはもう暗くなり、見渡す限り灰色。霰《あられ》の降る音に混じり、ガラス窓のきしむ音が聞こえてくる。

蓓蒂がばあやに抱きついた。寒かったのだろう。

ばあやは目を閉じている。決心したかのように、夢を見ているかのように。

時間がとまっている。

ばあやがひょいと身をよじった。「田舎に帰ること考えたら興奮して落ち着かんな。阿宝は男の子やし、こんな小さい蓓蒂連れて歩くのに男の子がいてくれたら、やっぱり安心や」

参

年寄りと子供たち、三人だけの道行きだった。阿宝と蓓蒂がばあやを助けて大小さまざまな荷物を持ち、北駅にたどり着いたのはまだ夜も明けきらぬ早朝だった。三人が汽車に乗り込み座席を取るや、汽車は出発した。

前日に阿宝は、十斤分（五キロ）の全国共通食糧切符と現金十元を母親から貰っている。

「三人分の汽車賃とか途中で何か買うて食べる時のお金、ばあやも払おうとするやろけど、阿宝がちゃんとやらなアカンのよ。これで何か買うてみんなで食べるんよ」

「わかった」

汽車に乗った蓓蒂はもの珍しそうにしていたが、船にも乗りたがった。

「船にも乗らなアカンからな」

ばあやの言葉どおり、紹興の柯橋《かきょう》に着いた三人は汽車から〝足漕ぎ船〟に乗り換え、ばあやの故郷の平舎へ向かった。

阿宝が船に乗り込んだ時、船がゆらゆら揺れるのを見た船頭は、ばあやだけが同郷人、阿宝と蓓蒂は〝山の人〟だということを一目で見抜いた。

「船に上手に乗れへん人のことをここらの人は〝山の人〟て言うんじゃ」とばあやが笑う。

「……」

「ほんまに小さい船やろ。こういう足漕ぎ船は、片足入れたらまず船べりにその足引っ掛けてバランスとって、それからゆっくり船に乗るんや。岸に着いたらな、ええか、覚えとくんやぞ。今度は片足を地面について、どうもないと思うたら反対の足を船べりにしっかり引っ掛けて、それからゆっくり岸に上がるんや」

阿宝も蓓蒂もおとなしく聞いている。

三人が船にしゃがむと、パシャンと水を叩く音を合図に船は進み始めた。

「こんなオンボロ船、昔やったら目ぇ見えへん女の子が乗るぐらいでな。お祝い事のある家に行って弾き語りするんや。女二人に男一人でな。琵琶《びわ》弾いたり〝花調《かちょう》〟っていうのを唄《うと》うたりするんや」

「どんな歌？」と阿宝。

「どんなんでも唄えるわ。唄うぞ」

蓓蒂が力いっぱいばあやを引っぱった。

「もう、ばあやっ！」

話をやめた三人を乗せ、川面に浮かぶ木の葉のように進む船。聞こえてくるのは櫂《かい》の音だけ。澄んだ川と綺麗な山々が、ひんやりした曇り空に映えていた。

縦横無尽に流れる、青く澄みきった川を細長い小船が進む。冷たい風が吹きすさび、ばあやは落ち着かなくなってきた。

「何年も帰ってへんから、もう全然わからへんわ。紹興弁も喋れんわ」

「どうもないって」と阿宝。

暫くすると霰が舞い始めたので船頭が苫《とま》をかけた。阿宝は尻の下を冷たい水が流れているのを感じていた。

楓《かえで》の葉が落ち、荻も枯れている。遠くに山の起伏がかすかに見えていた。

「なぁ、船頭さんよ。あれ会稽山《かいけいさん》じゃろ」

「そうじゃ。だいぶ向こうやけどな」

「わしの里は平舎の向こうや。山あいの村知っとるけ」

「梅塢《ばいう》のことやな」

「そうじゃ」

「今はもう誰も住みよらん」

ばあやは何も言えなくなってしまう。

漸く船が平舎に着いた。岸に上がると、野良仕事を終えた百姓たちがこちらに向かって来るのが見えた。

そのなかにいた農婦に言われた。

「あんな山あいにある梅塢、ほんまに誰も住んどらんわ」

「何じゃてっ？」

「あんな貧乏な村、もうとっくにみんな引っ越ししてしもうたわ。みんな逃げてしもうて、雑草しか残っとらん。牛の放牧に行く者もめったにおらんわ」

ばあやは慌てて、叔父の名前を出してみた。

「その人やったらとうに亡くなっとるわ。川で溺れ死にしよった」

「今、この人何て言うたん」と阿宝。

「川に跳び込んだんや。あ——」と泣きだすばあや。

蓓蒂は驚いて目をみはっている。

「この辺に招待所ありませんか？　旅館ですけど」と阿宝が尋ねた。

「こんな田舎に旅館なんかあるわけないやないけ」

首を振る農婦に大きな家へと案内された。ひどいあばら家だが、阿宝は五元出した。

「おばさん、晩ご飯ありますか」

金を見た途端、農婦は目を輝かせた。しかし泣きながらもばあやが金を取り返した。

「部屋代とメシ代で五元もするもんか。一元で十分じゃ」

阿宝が一元渡すと農婦はそれでもうれしそうに受け取り、傍にいた亭主の手に押し込むと、夕食の準備にとりかかった。

暫くして食事の用意ができた。干したからし菜の漬物、発酵させた乾し豆腐、塩漬けの青菜、薄いお粥が一人一杯ずつだ。

蓓蒂は見ただけで、あとは鞄に入れたビスケットを食べている。阿宝も二口ほど食べただけで、それ以上箸をつける気にはならなかった。

「言うこと聞くんやぞ。ここは田舎なんや。こういうもん、食べられるのはワシだけやなぁ。小さい頃からずっと食うてたし」とばあや。

机の下では鶏と犬がうろうろしている。

家の周りは賑やかだ。老若男女がこぞってお碗を持って出入りし、食べてはお喋りをしている。

小さい女の子が蓓蒂を見つめて動こうとしない。蓓蒂は一人一枚ずつビスケットを分けてやった。

「蓓蒂、自分も食うんやぞ」とばあや。

「今は暮らし向きもだいぶようなってな。何年か前までは一日働いたかて穀物一斤にもならんやったけんど」と農婦。

「五年前には、十里もある〝万古春〟っていう造り酒屋で朝っぱらから並んだもんじゃ。メシ代わりの酒粕を取り合いしてな。夜中にはもう出かけるんじゃけんど、毎日毎日喧嘩して頭から血ぃ流す者もおるぐらいじゃった」と夫が口を挟む。

「酒粕なんか豚の餌や。あんなもん、何がうまいねん」とばあや。

みんな口ぐちに話をしては飯を掻き込み、こっちを見ている。

食事が終わり机を片付けた農婦が、ゆっくり休むようにと、三人を脇部屋へ案内してくれた。居合わせた村の衆までが食器を持って後に続く。

部屋には古風で大きいベッドがあったが、掛けられたカーテンはどこもかしこも繕ってある。

「とりあえずここに寝てもらおか。他のことはまた後でな」と農婦。

ばあやはベッドの縁に腰かけるとため息をついた。

「あぁ……もうこんな所、泊まれるわけないやろ。明日の朝墓参りしたら上海に帰るからな」

「はぁ。そやけどあの辺のお墓は全部整理されてしもうとるけど」

「何やて？　うちの墓は？　黄家の墓じゃ」

「もうないわな」

みんな帰ろうとしていたが、墓のことを話しているのを聞きつけて口を挟む農婦がいた。

「ほんまに一つも残っとらんし。全部掘りかえしてしもうたぞ」

「何やてぇ？　そんな事あってたまるもんか。黄家の墓に入ってたんは何もかも金なんや。誰が掘りかえしたんじゃ」

周りでバカにしたような笑いが沸き起こった。

「それが、土地ならしの運動でやってしもうてなぁ。……昔は偉い人やったら墓もお棺も立派なもんやったじゃろ。亡《の》うなった人を木のお棺に入れたら、そのお棺をもう一回石のお棺に入れて二重にしよった。あの運動の頃なぁ、墓掘ってその石のお棺砕いて道に敷き詰めたりしたんじゃ。五八年に収穫を増やすようにお上から言われた時もじゃ。肥料が足りんやったから、どの墓も掘りかえしてなぁ。出て来た骨焼いて灰にして肥料にしたくらいじゃ。黄さんとこの墓は二日ぐらい掘ったらきれいになくなったぞ」とどこかの男が口を挟んだ。

「金のお宝は？」とばあや。

「そんなもんあるわけないやろ。ボロボロになった木のお棺しかなかったわ」

へなへなと床に座り込み、泣き出すばあや。

「何泣いてんねん。ほんまに骨がちょっとあっただけや」

「うちのばあちゃんとじいちゃんの墓は風水がエエし、どっちも一番上等なクスノキの棺桶やったんじゃ」

　また周囲で嘲りの笑いが起こる。

「水晶の棺桶やてか。アハハ」

　ばあやはのたうちまわって大泣きしている。

「風水羅盤で方角見てエエ所に決めたのに、その墓穴も石の蠟燭も石の祭壇も、あつらえの煉瓦で作ったご先祖さまのお墓も何もかも……。ワシが不孝者やったからじゃ。いっぱい収穫してエエ暮らししようと思うたら、ワシら孫も子も三年は墓を守らなアカンかったんじゃ。そやのにワシは上海なんかに出てしもうて。どうりで夢に出てきたばあちゃん、すっぽんぽんやったんや。魚なんかになってしもうて、つらかったやろなぁ」

　蓓蒂と阿宝がばあやを引き寄せた。「ばあや、立って」

「あぁ大事なお宝の金が……。ろくな死に方せんわ。金なんか奪い合うて」

　ちょうどそのとき、浅黒い痩せぎすのばあさんが入ってきた。

「なあ、ワシ、誰やと思う?」

　ばあやは泣きながらちらっと見た。

「あんた、上海くんだりに行って何年になる?　ワシや。本家のねえちゃんや」

　ばあやは急に泣きやみ、座りなおした。

　阿宝はばあやを支えてやり、ベッドの縁に座らせた。

「ばあや、ばあや」と蓓蒂も呼び続けている。

痩せぎすのばあさんがばあやの背中をトントン叩いてやっている。ばあやは痩せぎすを見つめ、暫く喘いでいたかとおもうと、一声叫んだ。

「姉ちゃんやないか」

周りから声が沸きあがる。

「おぅ、よかったなぁ」

「よかったよかった」

「上海のお人がこんな田舎に来てくれてるのに、えらい悪い事してしもうたなぁ」と痩せぎす。

「ねえちゃんも溺れ死にしてしもうたもんやと思うてたわ」とばあや。

「ワシは運がエエんや。川に飛び込んでも必死の思いで岸に這い上がったんや」と痩せぎす。

「まさか、黄家の者は姉ちゃん一人しか生き残ってへんのか」

「上海に行ったお前も生きとるやないけ。それにこんな可愛い孫が二人もおるがな」

「いやいや、とんでもない。奉公先のお子じゃ」

「ワシは梅塢から逃げ出して六年になる。望秦《ぼうしん》っていう所まで逃げて、そこで暮らしとるんやけど、今、偶然通りかかってな」

ばあやが口をつぐむ。

「望秦はそんな遠いことないし、今から船で行ってみんか？」

ばあやは手を振った。「いや、やめとこう。もうどこも行きとうなくなった」

そう言うと荷物の前にかがみ込み、乾麺を取り出した。痩せぎすがそれを受け取る。

ばあやはまだ包みを開けている。「まだまだエエもんがいろいろあるんや」

野次馬が取り囲む。中には様々な物が詰まっていた。〝寧生《ねいせい》〟〝百　響《ひゃっきょう》〟〝満地紅《まんちこう》〟と呼ばれる大小さまざまな爆竹。冥土で使う紙のお金。これもさまざまな種類があり、銀紙で折った昔のお金、紙幣として印刷された札束、お金に見立てた黄色い紙。さらに大小さまざまな線香や蠟燭。マッチも入っている。

「うちの父ちゃんと母ちゃん、それにばあちゃんとじいちゃんの墓は……黄家の土饅頭《どまんじゅう》はまだあるんか」

「全部田んぼになってしもうた」

「せっかく持って来たけんど、何もかもないんやったら、こんなもん何の役にも立たんわ」

「燃やして供養したらエエ。明日の朝、どこか空き地でも探そう」

墓もないのに供養しようと言っているのを聞いて吹き出す者がいた。

「燃やしてお経唱えて拝もう。そしたらご先祖様に届くからな」

「お骨もないのに、こんなもん燃やしたかて亡《の》うなった者に紙のお金が届くわけがないやろ」と作り笑顔のばあや。

「……」

「棺桶に入ってた金、全部掘り出したんやろ。ばあちゃんの金の宝物は？」

大笑いが渦巻いた。

「ワシかて金があったって信じてたけどな」

もう大爆笑だ。

「昔ばあちゃんを埋葬した時、どれだけ豪勢にやったことか。夜になったら蠟燭やら灯りやら点したなぁ。〝耀光《ようこう》〟とか〝不夜《ふや》〟っていうヤツや。お棺に幕垂らして、頭のところがピンと立った〝白《はく》披《ひ》〟っていう喪服着て、お香焚く用意して、〝幽流星《ゆうりゅうせい》〟って書いた、魂呼び戻す幟も立てたやろ。お棺に掛けた幕をじいちゃんがめくったら、ばあちゃんの顔が急に金色に光ったなぁ。髪の毛もピカピカ光って金の糸みたいやった。それでも金なんかどこにも見つからんやった」と痩せぎす。

「金はずっと底の方に入れてあったから、家のもん以外には見えんのや。ばあちゃんは南京の天子様の所から……」

蓓蒂がばあやを力いっぱい押した。

「まぁなんとでも言えるわな」

「わかった。とんでもない事が起こってたんやな。黄家のお墓は掘り返されてたんやな」

「黄さんとこのお墓はもう田んぼになって四年になりますわ」と傍にいた農婦が言った。

その夫が後を続けた。「エエお棺が出てきたから、生産大隊で相談して、みんなで分けてなぁ。机やら小さい船を作ったんじゃ」

「お棺掘り出したら中から掛け布団も二つ出て来て、誰かがさっさと持って帰ってしもうたわ。ちょっとお陽ぃさんに干して、一つは寝床に敷いたりして冬を越してよったんやろ」と農婦。

みんな好き勝手にあれこれ取り沙汰している。

ばあやは涙を拭いた。「お前ら田舎のお楽しみ会やっとるんか！　たんと集まって何時までやるつもりじゃ」

その言葉を機に村人たちは次々と去って行った。

痩せぎすは溜息をつくと年寄りと子供たちの傍に床を敷き、そのままそこに泊まることにした。

一晩中、誰も口をきかなかった。

翌日、夜明けとともに、ばあやは阿宝と蓓蒂を連れ、帰途の船に乗り込んだ。また足漕ぎ船だ。

痩せぎすが地酒用の米を農婦から十斤借りて、阿宝に持たせてくれた。

「上海くんだりで働くんやったら、のんびりやらなアカンぞ」痩せぎすがばあやに言い含めた。

ばあやは黙って聞いている。

船頭が両足で櫂を踏むギーという音とともに船は進み始めた。

痩せぎすが大声で泣き出したが、ばあやは岸の方を見やるだけ。涙は一滴もこぼれない。

三人は船で柯橋まで行き、そこからは逃げ出すように汽車へ乗り込み上海に戻った。

ばあやは感慨深く窓外をじっと見ている。

「芝居の話そっくりじゃ。ほんまにつらい。ワシががめつすぎただけなんじゃ。墓参りの船に祠《ほこら》を作らなアカンとか言うけど、そんな事できるわけない。何もかもどっかに消えてしもうた。菖蒲《しょうぶ》の花も咲いとらんやった。あの花が咲いたら珍しいことが起こるっちゅうのにな。山陰とか会稽みたいな村のこと誰も気にせんのと一緒や。ワシのご先祖様のことなんか誰も気にせんようになってしもうて、もう無茶苦茶や」

阿宝は黙っている。

「景色だけはちょっとも変わっとらん。会稽山も田んぼも桑畑もな。緑やら川は目にエエし、緑のきれいな山かて体にエエ。それだけは昔とおんなじやけど、家の前まで行ったらけったいな臭いがしてる。みんなずず黒い顔して痩せてた。うちのばあちゃんが昔、南京から逃げ出したときとおんなじや」とばあや。

「また始まった」と蓓蒂。

「ばあちゃんが逃げ出したときは、毎日ハスの葉っぱからとった緑色の水で顔を拭いてたんや。蠟塗ったみたいに顔が気持ち悪いぐらい青うなるまでな。それから体にうんこさん塗りたくるんや」

「何でやの」と蓓蒂。

「女はぶさいくで体も臭いぐらいのほうが平和なんや。綺麗やったら悪い考え起こすヤツがいて危ないからやろ。ちょっかい出したり色目使《つこ》うたりすんのはまだマシな方や。女のズボンおろして空き地に連れ込んで、金貨持ってへんか探ったりするヤツもおるんや」

「ちょっかい出すってどういうこと？　色目って何？」と蓓蒂。

「昔、うちのばあちゃんが南京から……」と、ばあやは蓓蒂の言ったことを気に留めずに続ける。

蓓蒂がばあやを揺すった。「ばあやぁ、頭痒い」

ばあやは蓓蒂を引き寄せ見てみた。「虱《しらみ》がわいてるんやな。あぁ、やっぱりや。今年は年まわりがようない。何か悪いことが起こりよる」

「もうやめて」と阿宝。

ようやくばあやは口を閉じた。

無駄足だったのだろうか。ほうほうの体《てい》で上海に戻った三人だった。


一ヶ月後、蓓蒂の両親が釈放されて戻ってきた。

ばあやは大喜び。翌日、市場から戻ると入り口の花壇のところにひょいと腰をかけた。

ちょうど外に出ようとしていた阿宝は、ばあやにつかまった。

「阿宝、おりこうさんにするんやぞ」とばあやは声を押さえて言う。

黙ったまま阿宝は、蓓蒂の弾くピアノの音を背中に聞きながら外に出た。

ばあやは阿宝のそばに寄り、小声で言う。

「ばあやはな、もうおらんようになるんじゃ。ほんまやからな。阿宝が蓓蒂の面倒見てやらなアカンのやぞ」

「ばあや、どこ行くん?」

阿宝はばあやにただならぬものを感じていた。
二、三歩歩いてふり向くと、ばあやは花壇にある池の傍にぼんやり座っていた。見た目にはどうということもない。足元には買い物かごが置いてあるだけだ。
部屋から出て来た蓓蒂が花壇の中に入って行った、そのときだった。ばあやが突然動かなくなり、フワッと倒れ込んだのである。

阿宝が飛んで行って支えてやる。蓓蒂も駆けつけ叫んだ。

「ばあや!　ばあやっ!」

阿宝はキラリと光りながら目の前をかすめて行くものを見た。チャポンという水の音も聞こえた。

蓓蒂がまた「ばあや!」と叫ぶ。

阿宝が揺すってみたが、ばあやは項垂《うなだ》れたまま、じっとしている。

池は買い物かごより高い位置にあった。しかし何かがキラリと光り、チャポンという音がした。

ばあやはまだ項垂れたまま、身じろぎもしない。買い物かごにはフナが三匹入っていて、その一匹がチャポンという音とともに池に飛び込んだのだ。蓓蒂が大声で叫んでいる。

「ばあやぁ!　ばあやぁ!」

しかしばあやは微動だにせず、目を閉じたまま。

救急車を呼び病院へ走った。

心の準備をしておくようにと、蓓蒂の父親が医者に言われている。

蓓蒂を部屋へ連れて帰った母親は、ばあやが紹興へ持って行っていた包みを開けてみた。中には死に装束と履物が入っている。底の赤い履物にはハスの葉やハスの花、花托《かたく》、それに蝶々やトンボが刺繍してあった。

蓓蒂の父親が大急ぎで斜橋の斎場（上海市内南東、黄浦江の西にある斎場。下巻三八七頁地図に見える）に連絡を取った。

「来月から上海では土葬ができんようになります。手前どもにはあと一つしかお棺が残っておりません。ご入り用でしたら、早めにお求めくださいませ。勉強させていただきまして、五十元でございます。これからは火葬しかできんようになりますんで、こんな機会はもうございません」

父親は手付を支払うと、納棺してからの数日は斎場に安置しておくという約束を交わし、午後には霊園〝聯義《れんぎ》山荘《さんそう》〟へ駆けつけ、墓地を見ておいた。

夜、痰の吸引器をつけられたばあやは意識不明のままだった。

あくる朝、目を覚ました蓓蒂と阿宝が池を見に行くと、金魚の池にフナが一匹泳いでいた。

「ばあや」と蓓蒂が声をかけるとフナが動く。

蓓蒂が水に手を入れても魚は身じろぎもしない。お腹の下まで手を伸ばしても動かなかったが、暫くすると泳ぎ始めた。

「ばあや、楽しい？」

蓓蒂が聞くと魚はクルッと円を描いた。

阿宝は黙って見ている。

翌日、池の周りは魚の鱗だらけになっていた。黒いのはフナ、金色のは金魚の鱗だ。太陽に照らされ、辺り一面が輝いている。池にいたはずの金魚もフナも姿を消していた。

「金網のカバーをかけ忘れたから、きっと野良猫にでもやられたんやろう」と掃除婦が言う。

「野良ちゃんは王子さまやし、味方やもん」という蓓蒂の言葉に掃除婦が吹き出した。

「ばあやは泳いで行ってしもうたんや。夜中の十二時に時計がボーンボーンて鳴ったとき、お月さんに照らされて野良ちゃんが金魚とフナをくわえて、黄浦江の日暉港《にっきこう》まで連れて行って川に入れてあげたんや」と蓓蒂。

阿宝は寒気がした。蓓蒂の様子にただならぬものを感じたのだ。

「蓓蒂、猫は魚見たら、ガブッてくわえてグルグル振りまわして、それから食べてしまうもんやろ。猫が魚を食べへんて、そんなおかしいことがあるわけないわ。そんな遠い所までくわえて行くはずもないし」

「アホやなぁ。野良ちゃんは王子さまが化けてて、金魚とフナはお姫さまとばあやなんやもん。そんなこともわからへんの？」

阿宝は返す言葉をなくしていた。

蓓蒂は宝石のように目を輝かせている。

夕方になり二人が病院へ行くと、ばあやはふいに目を覚まし、死に装束を脱ぎ捨てると何もかも丁寧に畳んだ。

「田舎の女が街に出て、仏様を拝もうと、何回も日を決めては失敗で、十七、十八日まで延びてしまう。窓を開けたら東の空が白んでる。青い上着身につけて、うわっぱりは淡い青。さした紅《べに》は真っ赤っか。おしろいなんか真っ白け。宝石みたいな髪飾り、ジャラジャラつけてもほんまは合金、安物や。扇子飾りに塗りたくった安物の松脂《まつやに》、見かけだけは蜜蠟《みつろう》や。田舎の女は何をさしてもどんくさい。……あぁワシもこいつとおんなじや」

蓓蒂の父親がばあやの言葉に驚いている。

「ワシ、もうどうもないわ。アッアッの揚げパン食いたいなぁ」

風前の灯、最後の願いなんだと察した阿宝は揚げパンを買いに行こうと、大急ぎで飛び出した。しかしこの街でしかも夜のこと。揚げパンなど手に入るわけがない。しおしおと引き返すと、ばあやは元気になり笑顔を取り戻しているではないか。体調もよさそうだ。

一週間後、ばあやは退院した。

とまぁ、そんなこんなで、蓓蒂の父親は棺桶も墓地もキャンセルすることになったのであった。

八　章

一

ある秋の日。常熟行きのことで、李李は汪から電話を受けた。

「そうですねぇ。どうしましょう。気晴らしにみなさんをお招きしたいのはやまやまなんですけど、私、ここのところほんとに忙しいんです」と李李がしぶる。

「もう待ってられませんわ」

「もうちょっと考えさせてください。汪さんはお変わりありませんか？」

「昔やってたアメリカ映画の『七年目の浮気』（一九五五年）みたいなもんです。倦怠期みたい」

「幸せな人もいるし不幸せな者もいます。私は結婚したいと思ってもお相手が見つかりませんし」と李李は笑う。

「今回の常熟行き、旦那は連れて行かへんことにしました」

「ほら、あの康さんご夫婦はほんとに仲がよろしいでしょ。いつでも一緒ですもんね」

「今、私は自由が欲しいんです。気楽にやりたいし。昨日もエステに行って言われましたわ。皺がまた増えたって」

「お商売の為ですよ。そんな事信じてるんですか。わかりました。考えてみます。行けそうでしたら、早めにご連絡します」

汪は電話をきった。

暫くぼんやりしていた李李は阿宝に電話をかけた。

「最近、ほんとにいやになってるんです。常熟の徐さんにずっと付き纏われてましてね。一日に三回以上電話があるんですよ」

「〝至真園〟にお客さん連れて来てもらうのも楽やないんですねぇ」

「そうなんです。ほんとにしつこいんです。わかりますでしょ」

「あはは。徐さんやったら、まだいいほうですよ。ちょっと年はいってますけどね」

「はじめは上品な人だと思ってました。いろいろ力になってくださいましたし、お知り合いをたくさん連れてお食事にお見えでした。常熟に連れて行ってやるってずっと仰ってました。どれだけ友達を連れて来てもいいって。それが最近は夜中に電話してきてムチャクチャばっかり」

阿宝は笑って聞いている。

「この街に来たらいつもどおり宴会開いて、それも大勢呼んで。お酒飲む度に酔っぱらって、酔ったら大風呂敷広げて。常熟のおうちはもうまるごと、この私、李李の財産だって言い方されるんですよ。前の奥さんもそのお子さん二人も、まるごと私のものだっていうふうな言い方で。おかしな話でしょう。バカみたいでしょう」

「そんなこと、大したことないでしょう。じいさんが女の人を好きになっただけです。土下座されたり八百八十八本〝バラ〟をプレゼントされたりしてへんだけでもマシですよ」

「真剣にご相談してますのに、阿宝さんったら冗談ばっかり。それにその花、私が好きじゃないこと、よくご存知なのに」

「男としては徐さんの気持ちがわからんでもありません」

李李は溜息をつく。

「私が好きな人はすぐそこにいるのに」

阿宝はどう返せばいいかわからなかった。

「まだわからないふりして。ほんとに憎い人」

阿宝は黙っている。

「だから私は常熟に行きたくないんです。それなのにさっき汪さんが電話してきて、どうしても行きたいって。それも旦那さんは連れて行かないで自分一人出かけて楽しむつもりだって」

「常熟まで行ってのんびりするていうことは、飛んで火に入る夏の虫ですな。自分で墓穴掘るようなもんです。徐さんに付き纏うチャンスを与えてますね。上出来、上出来」

「徐さんって結婚してる女でもいいんでしょうか。好きになるんでしょうか」と李李はゆっくり言う。

「それはわかりませんけど、汪さんも綺麗やし、セクシーですしね」

「阿宝さんが女のことを褒めるってほんとに珍しいわ」と李李はやるせない笑みを浮かべる。

「僕らみたいな年の男から見たら、汪さんもまだまだいけますよ」

「あぁもうわかりました。別に妬いてるわけじゃないですけど」

「徐さんの秘書の蘇安《スウアン》さんはちょっと年くうてるけど、昔……」

李李が遮った。「徐さんのプライバシーに関わることはあんまり言わないようにしましょう」

阿宝が口をつぐんだ。

「今回、もし私が女友達をたくさん誘って一緒に行ったら、人が増えてお相手も増えますでしょ。そしたら徐さんがバカなこと考えても相手にしなかったらいいことです。阿宝さんは、私に付いて来てくださる、ということでどうでしょう」

「何ですて？　せっかく人が綺麗どころにカニを食べてもらおうとしてるのに、男が割り込んで何になります？」

「阿宝さんが約束してくださるんだったら、私、行きます。私のためだと思ってお願いします」

「矛先を変えて混乱させといて、自分はうまい汁を吸うとでもいうことでしょうか」

「相手にならないっていう事です」と李李が笑う。

「ははは。それならそれでいいですけど、でもこれだけは言うときますよ。もし徐さんがほんまに誰かに付き纏うっていう事があっても妬いたらあきませんからね」

「何バカな事を。そんな事あるわけないでしょう」

二

十一月第一土曜の朝八時半、人民広場に集まり、常熟から迎えに来た車で行くことになった。車はイタリアのイヴェコである。天気がよかったので、阿宝は徒歩で向かっている。太陽の温もりと裏腹に風は冷たかった。色づいた木の葉のせいで、全てが物悲しく見える。

車の前にいる李李、汪、章、呉、そして北方出身の女性秦《チン》の姿が遠くに見えた。色とりどりに着飾った、たおやかな女たちがお喋りに花を咲かせている。阿宝はふと思い出していた。

〝山河綿邈《めんばく》なるも、粉黛新《ふんたいあら》たなるが若《ごと》し〟（山河ははるか昔からあるのに、まるで化粧をした女性が日々新たに綺麗であるように美しい。明代、袁宏道の散文「霊岩」）

小毛が下手な字で書写していた詞も思い出し、思わず顔がほころんだ。

〝山外《さんがい》も又た 山青し。天南海北何《いず》くに極まるかを知らんや、年年是《こ》れ、匹馬孤征す。看尽くす 好花の子を生《な》すを、暗《ひそ》かに驚く新しき筍の林に抽《ちゅう》するを〟（山の向こうに連なる山々も青々としている。この天地の南北のいったいどこが涯なのか、毎年毎年自分は馬に乗ってひとり旅を続けている。美しい花に実ができるのを何度見てきたことだろう。春になって土から出てきた筍がもう林から伸び出ているのにひそかに驚いた。宋代、利登の詞「風入松」）

全員が乗り込むと車は常熟へ向けて出発した。

汪に〝党の代表、洪常青《ホーンチャーンチーン》さん〟と敬意をこめて呼びかけられたが、阿宝は笑うだけ。

「さあさあ、党のお偉方のお着きですよ。この中の誰が〝貧乏農家の娘の呉瓊花《ウウチオーンホア》〟でしょうね。女連隊長は誰でしょう」と汪。

「文革前の革命映画の配役ですか。これはおもしろい。それやったら、常熟の徐さんがさしずめ悪徳地主の〝南覇天《ナンバアティエン》〟ですね」と阿宝。

「それはややこしいことになりますわ。運転手さんは〝白馬を牽《ひ》いた龐《パーン》さん〟でしょうか」と李李が笑う。

「常熟の徐さんの所は豪邸なんですね。南覇天の〝椰林寨《やりんさい》〟（架空の地名。今は海南島に観光地として存在）なんかと一緒にするのは失礼なことでした」と阿宝。

運転手が爆笑している。

「人として生きていくのは革命と同じようなもんでしょ。そんなこともご存じないんですか。昔でしたら行動を起こすっていうのは、地主みたいな悪いやつをやっつけたりビラをまいたりすることでした。それが今はどうでしょう。女はもう大きい刀も鉄砲も担ぎません。白粉《おしろい》塗って紅ひいて、しゃなりしゃなり科《しな》を作って歩いて、お喋りしては笑顔をふりまくだけ。完全に堕落してます」と汪。

「それは言い過ぎでしょう。母親のお腹から生まれてくるのも革命なんやって、革命理論の本に載ってます。何もかも革命を経験してるっていう事です。体は革命の元手です。本を読んだり、字を書いたり、誰かにご馳走したり、生きてるっていう事は何もかも革命なんですよ。どこかへ出かけて行って何かするのも革命の任務を遂行することになるんです」と阿宝。

「アホなこと言うのはそれくらいにしてください。とりあえず〝常青さん〟に指示を出してもらいましょうか。女性幹部と女戦士を選んでください。〝常青さん〟の決めた事ですから、誰が選ばれてもどんな仕事を与えられても喧嘩したり騒いだりせんといてくださいよ。選り好みなしね」と汪。

阿宝は黙っていたが、がやがやとみんなが話しだし、早く決めるよう阿宝に迫った。

「ん――そうですねぇ。今思うたら、この映画は悲劇の一種です。誰もが哀れな運命です。常青も最後には焼け死んでしまいます。ほんまに苦しかったことでしょう」

「全部組織の指示どおりにしましょう。どうぞ指名してください」と李李。

「どうしてもぼくが決めなアカンのですか」

「はい」と汪。

少し考えて阿宝が言った。

「うーん。そうですねぇ……。そしたら李李さんが呉瓊花というとこでしょうか。汪さんは連隊長。それから綺麗どころのお三人は娘子軍《じょうしぐん》（女兵士）の兵士ABC。それでよろしいか」

車内はいっとき静かになったが、すぐに騒ぎが始まった。

「私はえらい苦労するんですねぇ。はじめは女中奉公で、毎日旦那さんの顔を拭いてあげてお風呂にも入れてあげて、それでもムチで叩かれたうえに縛られて殴られて。ほんまにもうひどいわ。謀反起こしたいわ」と李李。

「看板女優やったら、ちょっとぐらいつらい事があっても、そのおかげで有名になって顔もたつっていうもんでしょう。私なんか連隊長ですよ。意味ないわ。ほんまに納得できませんわ。私、もうえらい老け役になってしもうて。性格もそんなきついでしょうか」と汪が冷たく言う。

聞いていた阿宝が助け船を出そうとしたところに、章が話しだした。

「上の人には下の者の苦労がわからへんのです。底辺の女になるのが難しいとしたら、それは運命に左右されるからでしょう。簡単になれるとしたら、その人が自分からなろうとするからと違いますか。私みたいな端役は大した役割があるわけでもありません。まともな名前もありません。〝ABC〟みたいな呼び方でも役割があるほうがまだましです。あっちこっち駆けずり回るだけで、どうでもエエ役まわりです。麻雀の捨て牌みたいなもんです。鉄砲撃って走りまわって、使い捨てのぼろ雑巾みたいなもんです」

「ほら、いわんことやない。わかってたんですよ。僕が何か言うたら絶対ろくな事にならんのやから」

李李が吹き出した。

上品な秦は北の育ちだが上海訛りで話した。「女が芝居やるとなったら、絶対につらいことを舐めつくさなアカンのですよ。そうやなかったら観てくれる人なんかいませんし」

今度は呉が口を挟む。

「俳優の鞏俐《ゴーンリィ》（一九六五―。アメリカ映画『SAYURI』では京都の芸者役）が一番の苦労人ですよ。人の涙を誘うために女の苦労を嘗め尽くしてます。夜中に起こされて、旦那にやられっぱなし。それにつねられて咬みつかれて叩かれて。泣きわめいて二階から必死で下りてきて、全身あざだらけなんですって」

そんなことは大したことではないという口調で章も言う。

「鞏俐みたいな顔は田舎女くらいが似合《にお》うてるんです。ほんまに苦労が顔ににじみ出てて、それも様になってて、たっぷり泣かせてくれる人っていうたら上官雲珠《シャーングアンユィンジュ》（一九二〇—一九六八）しかいません。目にも髪の毛一本一本にも苦労がにじみ出てます。それでいて味わいがあるんですよねぇ。苦しそうなだけやのうて甘えた感じもあって、誰かて自分のものにしとうなるでしょう。年配の男性が好みそうなタイプですわ」

「それは違いますでしょう。越劇の皇后役の袁雪芬《ユエンシュエフェン》（一九二二—二〇一二）のほうがええでしょう」と呉。

「女の人は望みが高すぎて、満足するていうことがないですね。若《わこ》うて綺麗でいたい、つらい目にあうのはいやってね。それやったらたぶん、古いアメリカ映画の『世紀の女王』（一九四四年）みたいにやっとくしかありませんねぇ。あれ、ラブコメディでしたよね。食べて遊んで歌うてダンスして」と阿宝。

「もうやめましょう。女が有頂天になったらなるほど、状況が変わったときにつらい思いをすることになるもんです。どうしようもないぐらいつらい気持ちになるんです」と李李。

　運転手も話に入ってきた。

「徐さんのお部屋には昔の映写機が二つあります。古い映画もたくさんありますよ。悲劇のもね」

大騒ぎしているうちに、車は常熟郊外にある徐の屋敷に着いた。もう十一時をまわっている。目の前にあるのは江南独特の古い屋敷。奥に中庭が三つあり、青瓦に白壁だ。手前には池、向こうにはこの時期でもまだ青々とした木々の茂る山が見えていた。

出迎えた徐は六十過ぎの中肉中背、本場の上海言葉を話す。傍にいるのは浙江出身の友人、丁《ディーン》さんと四十前後の秘書、蘇安だ。

先に車から下りた阿宝に徐が近づき、握手の手を差し出した。続いて李李が下りると、徐はうやうやしく握手をし軽く耳打ちした。李李は脇へよけ、傍にいた阿宝を紹介する。

一同がぞろぞろと屋敷に入ったところで、丁が屋敷の説明を始めた。

「私、徐さんとは懇意にさせていただいております。このお屋敷はもともと大地主の財産でした。先祖は官職の等級が二品の高官でして、もとは奥にもまだ屋敷がありましたし、門の所には旗竿とか石の獅子もありましたけど、人民公社の時代に取り壊しになりました。……徐さんがこちらをお求めになりましてから何回も改修して、〝四水帰堂《しすいきどう》〟（伝統的家屋の一種）といたしましては、ほんまにようできたお屋敷になりましてね。古い柱とか梁《はり》の木材を探してきて、花とか木も植えましたし、表門にある目隠しの壁はこういうお屋敷の本場、安徽《アンキ》から運ばせたものでございます。入ってすぐに中庭がございまして、その周りのお部屋は上も下も五つずつございます。広間の北側の壁には横書きの書画、その両側には対聯が掛けてございます。お机には、南京時計の嵌め込まれました衝立《ついたて》風の置物、玉《ぎょく》でできた如意《にょい》——仏具のあれですね——が置いてございます。机の横には国の窯《かま》で作らせた花瓶が一対、それに八仙卓、マホガニーの机と腰掛けもございます。……左右のお部屋は間口が四メートルで奥行きは棟木九本分ございます。小さめの客間には西洋風のソファがございますし、長机のある会議室もございます。本格的なマッサージルーム、徐さんがご自身で用意されましたボイラー、日本風の深い湯船、サウナ、マッサージ機もございます。……二階にはお客さま用のお部屋が五つ、三十年代上海の中産階級の雰囲気にしてございます。洗面台、化粧台、それに低めのベッド、揺り椅子、アヘン専用のベッド、昔の扇風機も暦も揃えてございます。……奥のお庭にも池がございまして、魚が泳いでおります。遊技室にはビリヤードやら卓球台がございます。将棋やトランプのできるお部屋もオーディオルームもダンスルームも、それにクロークルームもございます」

丁の説明を聞きながら一行は奥へと進んだ。

一番奥、東の塀際に設《しつら》えられた舞台は、屋根の先がピンとはね上がった六角形。西側の通路には屋根があり、籐椅子やお茶を飲むテーブルが至る所に並んでいた。

広間の真ん中に掛けられた書画と対聯、ドイツの柱時計、山水画の描かれた骨董品の屏風、国の窯で焼かせた粉彩《ふんさい》の花瓶、どれをとっても目の保養にうってつけだ。真ん中に置かれた食事用の丸テーブルを囲むようにして並べられた椅子〝官帽椅《かんぼうい》〟も古風なものだった。

左右の建物には日本風の部屋と西洋風の食堂があり、二階が主人の部屋。裏はそのまま広い台所につながっている。

通路には灰色の煉瓦が敷き詰められている。隅には花が植えてあり、盆栽もあしらわれていた。広間、飾りつき扉の傍、透かし彫りの窓の下、通路の曲がり角など、至る所に細長い机が並べてあり大小さまざまな青磁器が飾られている。

阿宝が緑青《ろくしょう》の吹いた器を触っている。

「それは杯でございます。最近、五つ星以上のホテルでしたら、みすぼらしい花瓶がよう飾ってございますでしょう。底をテーブルに貼りつけたあんな代物《しろもん》ですら触ることはできません。それでもここではこんな珍しい杯でもお好きなように手にとってご覧いただけますので」と徐。

「こちらは何も心配いりませんからね」と阿宝。

「女中と庭師と警備員四人を二組に分けて長期で雇ってございます。上海から友人が来ましたら、この辺の有名なコックを呼ぶんです。逆にこの辺の友人がここに参りましたら、洋食のコックに来てもらうように、上海へ相談しに参ります。何もかも蘇安がやってくれますもんで」と徐。

蘇安は笑顔を絶やさなかった。

「蘇安さんは女主人みたいなもんですね」と李李。

「部下の務めでございます」

「どこもかしこも大事なコレクションが置いてありますね」と阿宝。

「いやいや、丁さんのをお借りしてるだけなんです」

「骨董品は確かにたくさんあります。西北地域の倉庫に腐るほどございますから」と丁が笑う。

「骨董品になってここでじっとしてたいわ。それでもう十分」と、汪は感慨深げである。

　蘇安は黙って微笑むだけだ。

「綺麗どころのみなさん五人とも魔法で骨董品に変えてみたいもんですなぁ。みなさん、用意はよろしいか。ソーレーッ！」徐が広間にいる女たちを指差し、息を吹きかける真似をした。

　昔の小説には、道士が魔術を使うと煙が部屋に立ち込めて奇跡が起こるという話がよく出てくるが、今、そんな奇跡は起こらない。魔法を使ったはずの徐の指の向こうには長机に置かれた青銅器が五つあるだけだった。

「銅の花瓶が五つありますけど、どういう意味ですか」と李李。

「こちらは花瓶ではございません。〝尊《そん》〟と申しまして酒を入れる壺でございます」と丁が説明した。

　一同揃ってしげしげと眺めた。静かに並んだ銅の〝尊〟は、背が高いものや低いもの、太めのや細めのがあり、綺麗に緑青がふいていた。

「こういうのもよろしいでしょう」と徐。

「はぁ」と汪。

「丁さん、笑わんといてくれるかな。ほんまは私、こいつらは、昔、綺麗な女の人が魔法で変えられたんやないかって、前から思うてるんです」と徐。

「徐さんは冗談がお上手ですなぁ。大昔の銅の〝尊〟なんか、女の人と関係あるわけないでしょう」と丁。

「丁さんがそう言うてくれはったからよかったけど、そうやなかったら一晩ここに寝るのも怖かったわ。明日の朝、起きてみたら体が動かんようになって、机の上でじっとして、一生、人に見られて撫でられて」と李李。

「あはは。そういうことやったら、一つ減らして四つということにしときましょうか。それやったらよろしいでしょう」と徐。

章と呉がゆっくり手を振った。

「イヤですよ。そんなん、辛抱できませんわ」

汪は俯き加減になっている。「徐さんは冗談仰ってるのに、みんなその意味がわかってへんみたい。花瓶にされても何も悪いことないわ。香港の女優のチェリー・チェン（一九六〇―）も花瓶みたいなもんでしょう。同じ香港のロザムンド・クワン（一九六二―）とかミッシェル・リー（一九七〇―）もそうでしょう。銅でも磁器でも、女としてそこまでしてもろうたらありがたいもんです」

笑い声に包まれた。

徐は汪の〝花瓶論〟に驚きながらも褒めるのを忘れなかった。「ほんまにおもしろいこと仰いますねぇ。どうも、汪さんのことがほんまにわかる男はそうたくさんはおらんようですなぁ」

李李は黙っていたが、汪が恥ずかしそうに言った。

「徐さんにおわかりいただけたらそれで十分です」蘇安は黙って聞いているが――。

食事の用意ができたと使用人が知らせに来た。一同揃って食堂に入っていく。

上座に座った徐が李李を隣に座らせようとした。しかし李李が汪に譲った為、二人で譲り合うことになる。

「両側におかけになったらよろしいやないですか」という丁の言葉で汪がさっと席についた。

李李も仕方なく座り、阿宝を隣に引き寄せた。その向こうが章だ。

「これでは男と女のバランスがよくないわ。男の人が三人で女が六人ですから、丁さんは汪さんのお隣にどうぞ。それから、蘇さん、呉さん、秦さんの順番で」と李李が丁に言う。

蘇安はどうしても末席に座ると固辞し、それでどうにか全員が落ち着いた。

使用人の女が冷菜を八品、温かい料理を八品運んで来た。若鶏の包み焼き、照り焼きチキン、太刀魚の団子、カニの炒め揚げ、エビと魚のあんかけ、青魚《アオウオ》（コイ科の淡水魚）のスープなどから湯気が立つ。

徐が茶を持ち上げた。

「綺麗どころのみなさま方、ほんまにようお集まりくださいました」

「〝お茶屋さん〟で飲んでるみたいにご機嫌ですね」と李李。

「いえいえ、李李さんには電話でさんざん言われたんです。お酒はナシということで、特に〝コイン〟があきません」と徐。

「コインって？」と汪。

「白酒《バイチュウ》です」丁が説明する。

「そうお約束をしませんと、李李さんにお越しいただけませんので、しょうがなかったんです。ほんまに無茶な話ですよ。上海の〝至真園〟では酒浸りになれますけど、ここではお茶だけです」と徐。

「お酒ナシでは私どももお商売になりませんから」と李李。

「何でも李李さんの仰るとおりにいたします。酒もナシということで。ただ……」

徐の言葉を李李が遮る。「こちらでお酒なんか飲んだりしたら、どうなることか……」

「ここは上品な所ですね。博物館みたい」と章。

「ここのお料理にはお茶が合いますわ」と呉。

さらに蘇安が続けた。「ご紹介しましょう。このあんかけは民国時代からのこの辺の名物料理です。筍の先のほうを桂剝きにして、魚とかエビを包みます。そこに脂身を入れて、蒸籠《せいろう》で蒸します。サイコロ状に切った筍、菜っ葉の茎、ハムも入っております」

「おいしそう！」と汪。

それを聞いた徐は、回転テーブルを回すとそのあんかけ料理を汪の前で止めた。「最近はみなさんラードとか脂身があんまりお好みやありませんよね。コックも量を加減してます。でもほんまのこと言いますとね。女の人は色白がええっていいますけど、豚の脂はそのためにすごくええんですよ」

すると今度は汪。「そんなこと聞いたことありませんわ。びっくりです」

「漢方医をやってる友人は、年くうてますけど先祖代々きれいな肌の持ち主です。漢方薬何種類かに黒毛豚の脂を入れて丸薬にして、三回ぐらい飲んでみてください。ランコムの化粧品なんかよりよっぽど効き目がありますよ」と徐。

「私はもともと色白なんです。新錦江《しんきんこう》ホテルへ泳ぎに行ったときなんか、更衣室でみんなが私のこと言うてました。白人やろなって」と汪が微笑んだ。

李李は黙って聞いている。

「汪さんにそんな事言われたら、誰もこの料理が食べられんようになりますなぁ。食べたら、自分の肌が綺麗やないのを認めるようなもんですからね」

徐のその言葉が一同の笑いを誘った。

「徐さん、なんで私のことばっかり見たはるんですか。綺麗な人ばっかりやのに、みんな気ぃ悪ぅしますよ」と汪が媚びるような目つきをした。

李李がつま先で阿宝をつつきながら、作り笑顔で言った。

「何をそんなに謙遜したはるんですか。汪さんはお綺麗ですよ。ほんまに」

カニが出て来た。

汪が椅子にもたれて言う。「頂けませんわ。やっとの思いで一人で出てきたんやし、老酒《ラオチュウ》でも飲んで大騒ぎできるもんやと思うてましたわ。お茶しか飲めへんとは思いもしませんでした。それどころか、ランコムとか豚の脂入りの丸薬までお話に出てきて。もう油でベタベタです」

「すいません。でもカニはいけますよ。カニ一杯くらいやったらよろしいでしょう」と言いつつ、徐が殻を割って汪の前に置いてやった。

蘇安は口を開かない。

「徐さんもどうぞ」と李李。

みんなわき目もふらず黙々とカニの脚を取り、ハサミを折り、ずっと口を動かしている。

蘇安が笑いながら言った。「みなさん、あててください。カニって一番栄養があるのはどこでしょうか？」

「そら、卵のいっぱい入った蟹味噌でしょう」と阿宝。

「阿宝さんはメスばっかり食べてるわ。太って卵がぎっしり詰まってるヤツ」と李李。

「李李さんはオスしか召し上がってませんね。なんでですか」と徐。

「何ですって？」と秦。

「宝さんはメスがお好きみたいですね。お腹にびっしりとミソが入ってますから。オスのほうは精子だけですからね」と呉。

「アホなこと言うて」と李李。

「異性を求めるわけですね。自分にないものを求める」と徐。

章は笑いがこみ上げた。

「栄養ていうんでしたら、やっぱりハサミでしょう。挟まれたりしたらとんでもないことになります。力がものすごい」と丁。

「違います」と蘇安。

「目とか口とかハラワタやないでしょう」と章。

「違います。ではお教えしましょう。足の先です。誰も食べへんつま先です。カニ一杯に細いつま先が八つしかありません。そのつま先に黒い糸みたいな肉があります。カニの魂です。高麗《こうらい》人参みたいな高級品で〝カニ人参〟って言います」

意外な言葉にみんな驚き、汪も聞き入っている。

蘇安が続ける。「本物のカニはガラスでも上れます。つま先にある筋肉八つの力だけで上るんです」

汪は黙っていたが、みんなは蘇安のお手本を見ながらハサミの先の一番細い部分を引きちぎり、軽くかんで手で折った。すると黒い糸のような肉が出て来た。

「すごい！　〝カニ人参〟が食べられた」と阿宝。

章、呉、李李も嚙んでは剝く。汪だけが黙ったままだ。

「汪さん、食欲ないみたいですね。お茶でもどうぞ」

「蘇安さん、ありがとうございます。でもけっこうです」

蘇安は返す言葉が見つからない。

「……老酒、飲みたいわ」

つま先の肉をほじくり出したばかりの徐は、突然そう言った汪に目をやった。

「やっぱりカニを召し上がってください。ハイ、お茶をどうぞ」と丁。

体をゆらゆらさせて甘えた声を出す汪。「どうしても老酒とか〝コイン〟が飲みたいんですぅ」

酒の話になったので、徐が助けを求めるように李李を見た。

「しょうがないですねぇ。でもちょっとだけですよ。深酒したらあきませんよ」としぶしぶ答える李李。

「うまい老酒があります。長い間、甕《かめ》で仕込んだ酒で、こくのあるエエ味ですよ」と徐。

汪が徐を見て、ゆっくり言う。「〝コイン〟のほうがええわ」

徐が不思議そうに言う。「それはすごいですな。上海の女の人にはワインのスプライト割りが一番の人気らしいんですけどね」

「そんなん野暮ったいわ。私は一年に二回、広州の貿易フェアに行ってますけど、外人はよう言うてます。最近中国人はそういう酒をよう飲むけど、ほんまにムチャクチャや、酒の味が台無しやって」と汪。

「いや、すごいもんですな。こうやって汪さんみたいな方とお知り合いになれて、ほんまに嬉しいです。そういうの、好きですねぇ。これからは汪さんにいろいろお導き頂きたいもんです。世渡りの仕方なんかね」と徐。

李李は黙って聞いている。

「徐さん、好きやとかそんなこと、女に向かってそう簡単には言うたらあきませんよ」と汪。

徐が喜びに目を輝かせた。「気に入った！　おーい、白酒出してくれ」

使用人が白酒を開ける。

「とんでもない事になりそう」と李李。

「李李さんもどうぞ。一緒にいただきましょう」と汪。

李李は手を横に振った。

使用人がグラスを持ってきたが、みんな遠慮して譲り合う。暫くして阿宝が受け取ろうとすると、テーブルの下で足を踏まれた。呉も顔を赤らめて手を振り断っている。

結局、徐、丁、汪の三人が酒を飲むことになり、他の者はまたカニを剝き始めた。

「汪さんが酒をお求めになったわけですから、ここらの決まりどおり、まず三杯飲んでいただきましょうか」と徐。

「そうですね。汪さんは滅多にこんな好きなようにはできませんもんね。最低でも三杯は飲んでもらいませんと」と李李。

「これでも女ですから。そんな言い方せんといてください」と汪。

「まず両隣の方に敬意を表して飲んで頂きませんとね。最低でも一人について一杯はどうしても」と李李。

「はい」

飲み始めた男二人と女一人が行ったり来たり。存分に楽しんでいるようだ。

暫くすると、負けた方が飲むというミツバチゲームをやろうと丁が言い出した。汪もどうやら打ち解けてきたようだ。三人が歌う。最後にジャンケンをして負けた方が飲む遊びだ。

ミツバチ一匹飛んできた
お花畑に飛んできた
飛んで　飛んで　飛んで――。

李李が阿宝にこっそり耳打ちする。「こんなこと、想像してた?」

阿宝は返事をしない。

李李が徐のグラスを奪った。「私がいただきます。徐さんは酔っちゃダメ」

章も言う。「〝常青〟の阿宝さんももう歯が立ちませんわね」

そこへ呉も加わる。「木に縛られて、火を点けられて死ぬのを待ってるだけで、まな板の鯉ですもん。スローガンを叫ぶのが関の山。〝連隊長〟の汪さんが、〝南覇天〟の徐さんとやり合うのをご覧になってるだけでね」

阿宝も黙っていられない。「〝南覇天〟は知り合いに土匪《どひ》がいます。肩にも味方の猿を乗せてるような野性的なヤツでね」

「だから〝連隊長〟は任務が重いんです。どんな危ない仕事でも自分からすすんでやらなきゃいけないんです」と李李。

徐がふり向いた。「〝連隊長〟とか〝猿〟とか、何のことですか」

秦はナプキンで顔を覆って笑いをこらえるのに必死だ。自分が地主の南覇天、丁が土匪に喩《たと》えられていることを知らない徐の姿が可笑しくてたまらないのだ。

汪だけは耳を貸そうとしない。とろんとした目つきながらも、芙蓉の花のように艶《つや》っぽく生き生きと輝いた表情をしている。興奮しているのか。

ミツバチゲームを何度かやると、汪は座っていられなくなり、丁の肩にもたれかかった。丁が肩を引くと今度は徐にしなだれかかる。

「汪さん、みんなを代表して徐さんへのお礼として、三々九度風に腕を組んで飲んではどうでしょうか」と阿宝が持ちかけた。

「いいですねぇ」と丁。

拍手が響く中、蘇安はやはり黙っている。

李李がまた阿宝の足を踏んで合図した。

汪は精神統一するかのように目を閉じていたが、ゆっくり動き始めた。腰をくねらせ、優雅に、柔らかい物腰で立ち上がる。

徐もにこにこして立ち上がった。

汪は頬から首まで真っ赤になり、うつろな目をしている。ハイヒールを履いていたので腰がふらつき、徐に支えられた。二人は腕を絡めたままだ。酒がポタポタと垂れている。頬を寄せ、グラスに口をつけると一気に飲みほした。

拍手がわき起こる。黙ったままの蘇安が不機嫌な顔をしているのに、阿宝は気付いた。

「丁さんご機嫌悪いみたいですね。丁さんもどうですか」と章。

「それがいいわ」と李李。

「汪さん、どうされますか？」とグラスを手にした丁が言う。

「その前に、お聞きしてよろしいでしょうか。丁さん、私っていうこの〝花瓶〟と、丁さんが大切にされてる銅の花瓶とどこが違いますでしょうか」と汪は笑いながら訊く。

「汪さんの方がお綺麗に決まってるやないですか」

「違うわ。昔から言いますでしょ。〝鬼も十八、番茶も出花〟って。三十過ぎの私なんか何が綺麗なもんですか。ちょっと色白で身のこなしがしなやかなだけですわ。ここでは李李さんが一番お若いし、一番お綺麗ですよ」と汪は言っているが、呂律《ろれつ》が回っていない。

「いやいや、おんなじくらいお綺麗です」と丁。

「エエ加減な事言うてごまかしたらアカンわ。真面目に言うてください」と汪が丁の肩を叩く。

「ほんまにどっちが綺麗とかは言えませんよ」と丁。

「いえいえ、簡単なことですわ。銅の花瓶は硬いけど、私なんかフニャフニャです」

徐は大笑いしている。

丁も笑っている。

「徐さん、この〝花瓶のつる〟押してみてください。柔らかいでしょう」と汪が腕を伸ばす。

「恥ずかしがらんと押してみてください。ほら」と汪。

丁が笑顔で汪の腕を押してみた。

「はいはい、もうこれくらいにしましょう。ヒューズがとんでしまってましたね。でももうなんとか繋がりましたね。ビリビリ来た感じかな」と徐。

李李が阿宝の方をちらっと見た。

「銅の花瓶は上から下まで冷たいでしょう。でも私は頭の先から足の先まで温かいんですよ。丁さんは減点！　とりあえず罰として飲んでもらいましょう」と汪。

「もういいでしょう。罰でしたら私がお受けしましょう。いやぁもう降参です。さぁそれではもう一杯、よろしいか」と徐が遮る。

蘇安は口を開かない。

しかし汪は聞こえていないふりをして小声でつぶやいている。「〝ミツバチ一匹飛んできた……お花畑に飛んできた……飛んで飛んで飛んで……〟」

今度は李李が割り込んだ。「立って。腕組んで飲んだら？」

「何ですて？」と汪。

「とりあえず飲んだら？」

しかし汪は目をむいてまわりを見ると、全身を強《こわ》ばらせ、テーブルをおもいきり叩いた。

「アホなことを！」

跳ねたグラスをあっけにとられて見ている李李。

「李李、わたしに命令するやなんて、どういうつもり？　何様のつもりよ」

李李は静かに返す。「はぁ……」

「たかだかレストランやってるていうくらいで何様なんよ」と汪。

「どういう事ですか」と李李。

「いらん事ばっかり言うて。飲んだらええんでしょ。飲んだら。人のこと監視して、どういうつもり？　誰のおかげでここまでやってこられたと思うてんのよ」と汪。

李李も血相を変えて立ち上がり、爆発寸前。それを阿宝が慌てて押さえた。

徐はほろ酔い加減で思慮なくニヤニヤするだけ。

おもむろに丁が立ち上がる。「はいはい、もうそれまでにしましょう。汪さん、私が罰にお酒を頂きましょう。みなさん、よろしいでしょうか。私が間違っておりました。罰として一杯頂戴いたします」

汪の仏頂面には不自然な赤みがさし、動作は緩慢。

ずっと黙ったまま向かい側にいた蘇安が、しらけた座を取り成すようにニコニコしながらゆっくりと汪の傍にやって来た。しなやかな態度で細い声を出し耳打ちする。蘇安に慰められた汪はうつろな目つきになった。

蘇安は丁のグラスを取ると、汪の分と合わせて二杯分、なみなみと注いだ。

「さぁさぁ、お二人ともいろんな思いがあって、それでちょっと言い過ぎただけですよね。いつもは仲良くていらっしゃいますし、私もよくして頂いております。さぁ頂きましょう。それもこれもご縁ということで、記念にいたしましょう。お酒の一杯や二杯くらい大したことございませんわ」

汪が頬を緩めた。動作は鈍く手元もあやしかったが、しかしカチンという音とともに蘇安とグラスを合わせると、一息に飲みほした。

蘇安が席に着く。

席に着いて暫くはぼんやりしていた汪。ところが、突然頭をテーブルに打ち付け意識を失ってしまった。

一同驚きの声をあげた。蘇安がゆっくり近づき、世話をするよう使用人に言いつける。徐が慌ててそれを遮り、汪を支えたまま蘇安を責める。

「とりあえず汪さんを二階の部屋までお連れして、あとの事はそれからにしよう。さっきまでなんともなかったのに、この一杯を飲んだだけで。それもこれも縁やてか。こんなになってしもうて」

「あの一杯を飲んで頂きませんでしたら、えらい見ものになってしまいましたでしょ。みなさんは面白いと思われたかもしれませんけど」

蘇安は落ち着いてはっきりした声でそう言い残し、部屋を出た。一同、気まずそうに立ち上がり蘇安の後に続く。

徐と使用人が汪を支えて二階に上がり、他の者は次々と庭に出た。

黙って案内する蘇安に従って狭い通路を抜けると奥の中庭に出た。二階の客室は一人一部屋。部屋の割り振りも滞りなく終わり、ひと息ついてから午後三時、下でお茶を飲む約束をして別れる。

阿宝が部屋に入って暫くすると丁が訪ねてきた。

「蘇安さんてすごいですね」と阿宝。

「いろんな事を見てきてますから。お酒一杯で場が収まること、知ってるんです」

笑顔の二人は心地よい鳥のさえずりを耳に感じつつ、茶を飲み紫煙をくゆらせた。

「丁さんのコレクションはもう長いんですか」

「はじめは商売のためでした。陝西とか甘粛一帯に手を広げてましてね。あの頃は墓を掘ってそういうのを見つけてくるヤツがたくさんおりまして、そいつらがしょっちゅう家まで持って来てくれてました。言い値も安いですしね。そんなわけで一つ一つ揃えていって、集めてるうちにおもしろうなってきて調子に乗ってたんですけど、結局疲れてしまいました」

「そんなチャンス、なかなかありませんからね」

「今日、宝さんにお会いして思いついたんですけど、ちょっとお力添え頂けませんでしょうか」

「はいはい、大丈夫ですよ。何なりとお申し付けください」

「五十年代のことですけど、上海に金持ちで青銅器を集めてるヤツがいたんですけどね。ほんまに私によう似ていました」

「どんな人ですか」

「できるだけ人とは会わへんようにして、門も閉ざしたまま。特に政府関係の者には用心深いんです。あの頃、上海博物館に青銅器の専門家がいましてね。何回もその金持ちの家を訪ねて行って話まではしたんですけど、どうしても肝心のコレクションは見られませんでした」

「その人、馬承源《マァチョーンエエン》さんでしょう。今はあそこの館長になってる、青銅器の権威です」

「たぶん。私は浙江の出身です。文革の頃、上海の事がいろいろ噂になってました。博物館に変わりもんがいて、古臭い骨董品みたいな人間やけど、バタくさいけったいなものの言い方するとか」

「博物館にはいろんな物があります。でももし文革が長引いて、古い思想とか文化とか、それに昔からの風習とか習慣っていう〝四つの悪〟を叩き続けてたら、きっと何もかも壊されて奪われて、なくなってしもうてたでしょうね」

「その話はやめときましょう。あの頃〝あのお方〟は皇帝みたいなもんでしたから、今さら封建制度に反対してもね。まぁそんな話はここまでにしましょう」

阿宝は少し考えてから言った。

「さっき馬承源さんのことを持ち出されたのはどういうわけでしょうか」

「あの頃、博物館でも批判闘争の集会がありました。馬承源さんもプラカードを首から掛けられて俯せにねじ伏せられてました。そのとき誰かが走ってきて言うたんです」

――「馬さん、馬さん、青銅器をようけ持ってるお金持ちから電話です。自分はもうあかん、じきに組織のやつらが自分の所に家捜《やさが》しに来る、馬さんは博物館にお勤めらしいから、今すぐ自分が集めた青銅器を運ぶようにトラックを手配してくださいって、そんな事言うてます」

この電話のおかげで、その金持ちは家じゅうの物をその日のうちに博物館に回しておくことができたのだという。

「ちょっと違う話も聞いてますよ。それもやっぱり批判闘争のときです。馬さんはねじ伏せられてました。頭が下でお尻が上の、あの格好です。急に青銅器のことで知らせがあって、その知らせを聞いた途端、体をのけぞらせてゲラゲラ大笑いして、頭がやられたみたいやったそうで、みんなもうびっくりしたそうです」と阿宝。

「気持ち、わかります。欲しいてたまらんかった宝物に足が生えて自分から博物館に来たんですからね。どれだけ嬉しかったことでしょうね。コレクターが味わうそんな気持ちは、蜂蜜よりもっと甘かったはずです」

「コレクターの心っていうのは、厳密にいうたら健康ではありませんね。他の人がいい物を持ってるのを見たら、もう恋煩いみたいになってしまいます。ご飯も喉を通りませんし、じっと座ってることもできません。手に入れるまであの手この手を考えます。それで暫くは大喜びしてますけど、また次の物を探しに行く。えらいご苦労なことです」

「コレクターはまさか変態やないでしょうね」

「独占欲が強すぎるんですよ。新しい物にばっかり目がいって、古い物がすぐいやになる。それがコレクターですわ」と阿宝。

「コレクター……ね。いや、それだけやないような気がします。新しいほうが笑うて、古いほうが泣きをみる、それって女の人みたいですね。手に入れたら暫くは嬉しそうにしてるけど、また他所へ探しに行ってしまう。綺麗な女の人を見たら明けても暮れてもその人の事ばっかり。やっとの思いで手に入れて暫くはまた嬉しそうにしてるけど、また他所へ探しに行ってしまう。見つけたら、ちょっとの間抱きおうて、それでまた綺麗な人を探しに出て行ってしまう。見つけたら声かけて、暫く楽しんだらまた探しに行って、その繰り返しですわ」

「そのまま夜明けまでそうやって言い続けるおつもりですね」

「コレクターはそんなチンピラみたいなもんやとでも？　いやいや、あの人らほど人の気持ちを大事にする人はいませんよ。ほんまに大事にする。アハハ」

「たぶんそうでしょうね。僕は昔、フランスの切手を手放したことがあるんですけど、今思うと、惜しいことしたもんです」

「そのとおりです。それに骨董品を集めるのは世界平和につながりますけど、女の人を集めると世界中が大混乱になります。骨董品は人のためになります。生き物ではありませんから、絶対に声も出しません。でも女の人は生き物ですから、一人手に入れたら、ひょっとすると百倍になって災難が襲ってくるかもしれません」

聞いていた阿宝がふき出した。

「実はこの私《わたくし》めが、昔から青銅器を集めてる人間です。でも人に言いふらしたりはしませんでした。博物館とは普段は行き来もしませんでしたしね。博物館のほうかて、うんともすんとも言うてきませんでした。新聞には出たことがありますけど」と丁は声を押さえて言った。

「上海の大手の新聞でしょうか。それともどこか他所の小さい新聞でしょうか」

「昔の事はもうやめましょう。私、近々青銅器の写真集を出すつもりなんです。業界からは注目されるでしょうね。馬さんにコレクションの写真をご覧頂いて、序文と書名を書いて頂きたいと思うてます。宝さん、なんとかなりそうでしたら、どんな条件でもお受けしますのでお願いできませんでしょうか」

「まぁ大丈夫でしょう」

それからはたわいない話が続いた。

約束の三時になり「お茶をどうぞ」と呼ぶ蘇安の声が庭から聞こえてきた。二人は裏庭へ下り回廊にある籐椅子に腰かけた。

女たちが蘇安に案内されてやって来た。李李は水玉模様のワンピースに着替えている。章と呉は程よく流行を取り入れた装い、秦は普段着にヘアカーラーを巻いたまま部屋履きのスリッパを履いている。まるで自分の家にいるような雰囲気だった。そんな女たちが次々と席につく。

「徐さんは？」李李が周りを見て言う。

蘇安は答えもしない。

「汪さんはもう大丈夫でしょうね」と丁。

「社長は汪さんにお伴して上で休んでおります。まだ何も音沙汰がありません」と少し間をおいて蘇安が答えた。

李李が時計を見るそばで、みんな黙っている。

庭の東壁に設えられた小さな舞台には、弾き語りで有名な男女二人が端座《たんざ》している。

男は袖のゆったりした、昔ながらの長い中国服。女の方は丸襟、朱色に梅の花柄、細身の旗袍姿。腰が美しくくびれている。二人は上品に静かに遠くを見つめ、声の調子を整えると、琵琶と三弦を奏で始めた。

男が蘇州言葉で語る。

「上海《サンヘ》からようお越し。……春の風に鳥の声、秋の風にセミの音、入道雲から降る雨、極寒に映える月（南朝梁の鍾嶸［しょうこう］が著した『詩品』の序文）と申します。今日はお日柄もよろしいようで。向こうの庭にございます池を見はったことやと思います。金魚が泳いでましたやろ。ハスは枯れても綺麗なもんでございます。昔の歌に、こんな言葉がございます。……魚は戯《たわむ》る蓮の東、魚は戯る蓮の西、魚は戯る蓮の南、魚は戯る蓮の北……（楽府と呼ばれる漢代の歌謡の一つ。これは蓮の実をとるときの恋歌「江南」）。蘇州の街で刺繡をしたはるおねぇさん、みんな知ったはりました。魚がハスの葉っぱと遊んでるのは、好きな人に会えるのを待ってるんやて……」

三弦がまた鳴り響く。こんな小さい庭ではスピーカーも必要がない。まくらは、「貂蟬《ちょうせん》（『三国志演義』に登場する架空の美女）月を拝む」だった。

女が甘い声で歌う。呉（江蘇省一帯の古称）のお国訛《なま》り、それは鶯《うぐいす》のさえずりを思わせる美しい声だった。

蟾光《せんこう》は水の如く花墻《かしょう》を浸し
香霧　凝雲　幽篁《ゆうこう》を籠《こ》む
庭静か　夜闌《たけなわ》なれど　明るきこと昼に似《に》
万喧《ばんけん》　沈寂　景は凄涼《せいりょう》たり
一嬋娟《せんけん》
王嬙《しょう》に擬《ぎ》す
黛娥《たいが》　顰蹙《ひんしゅく》して　泪《なみだ》　眶《まぶた》に盈《み》ち
梧桐《ごどう》の秋雨　蒼苔《そうたい》滑《なめ》らかなり
淙淙《そうそう》たる池水　清商を咽《むせ》ぶ

月の光が水のように垣根に降り注ぎ
香ぐわしい霧と濃い雲がひっそりとした竹やぶを包み込んでいる
静かな庭は真夜中だというのに昼のような明るさ
物音もなく静まり返った寂しい景色
美しい娘が一人
まるで王昭君のよう

眉を顰《ひそ》め涙をためたその姿
アオギリに降り注ぐ秋の雨　青々とした苔もしっとり濡れている
サラサラと流れる池の水にまた秋風が吹きつけて寂しげな音をたてている

温もりある夕日が差し込む庭は静謐そのもの。白壁の向こうから聞こえるのは、秋風に揺れる葉ずれの音と賑やかなスズメのさえずり。彼方から鶏の鳴き声と犬の遠吠えがかすかに聞こえてくる。そんな遠くの音が聞こえてくるのは、ここがあまりにも静かだったから。

玖《きゅう》　章

壹《いち》

真新しい軍服のズボンを穿いた滬生は、長楽中学校の正門の所で同級生二人に話しかけられた。二人は滬生の軍服に気づいたようだ。

その時、淮海路の方でふいに騒ぎが起こった。三人がとんで行くと、他所から来た学生たちが〝政治運動〟を淮海路で起こしたところだった。古い思想、文化、昔からの風習、習慣という〝四つの悪〟を叩き潰そうというものだ。文房具店〝泰山《たいざん》〟の方から押し寄せ、瑞金路のシルク店〝大方《だいほう》〟を通りすぎ、西に移動している。三人はすぐ後に続いた。前から聞こえてくるのは叫び声だけだ。

「止まれ止まれーっ。逃げるなーっ」

群れになり、食料品店〝高橋《こうきょう》〟から市映画局の看板の前を通り過ぎると、立ち止まって誰かを取り囲んだ。

滬生がもぐり込んで行くと、頭を抱えてしゃがみこんだ女の髪の毛とズボンが切られている。普通のハサミで、パーマのかかった長めの髪がチョキチョキ。なされるがままだ。

女は声も出せずに髪の毛をしっかり押さえていたが、指からはみ出した髪がチョキンとやられる。

今度はズボンが切られ、引き裂かれそうになっている。ズボンが切られると女は両手で下半身を押さえる。また髪がチョキチョキ。慌てて頭を抱えると、今度はまたズボンがチョキン、ビリビリッ。

ついに女が泣き叫んだ。「お母ちゃぁん、助けてえっ」

「何を喚いてる。オールバックなんかにしやがって。こんなピチピチのズボンも尖った革靴も全部切ってしまえ。ズボンの幅は、男は六寸半、女は六寸の決まりだ。それを超えたら切る」

周りで誰かが呟いた。「チンピラめ。このチンポコドスケベが」

高校生らしきヤツが立ち上がる。「今ほざいたのは誰だ？　エエッ？　腕がなるぞ」

中学生と高校生が何人も立ち上がり警戒の目を光らせている。誰もがおし黙ったままだ。

中年男が拍手して控えめに言った。「すごいなぁ。ほんまにすごいわぁ。その調子やぁ。ピチピチすぎて尻の形が丸わかりや。もっと切らんとアカンわ」

立っていた一人がズボンを見てまたしゃがみこむ。もっと切らないといけないようだ。

また中年男が言う。

「やれやれ、ビリビリにしてしまえ。もっと派手にやれぇ――」

波打つ群衆。聞こえてくるのは、ズボンが太ももの上まで引き裂かれるビリビリッという音だけだった。

居合わせた者は声を揃えて叫ぶ。もちろん滬生と同級生二人もそれに倣った。

「いいぞーっ」

女がむせび泣く。寄ってたかって力の限りズボンを引き裂く。ビリッ。ビリビリーッ。泣き叫ぶ女。

「お母ちゃぁん、お父ちゃぁん」

そのとき、高校生が立ち上がり、あの中年男をポンポンと叩いた。「おい、職場はどこだ」

男は躊躇っている。

「何ていう名前だ。階級は？　大きい声で言え」

男は俯いてニヤニヤと媚を売っている。

別の学生が立ち上がった。

「言わんつもりだな。ムチを食らいたいか」

「階級を言うたらエエんですね。小さい店を経営しとりますです。はい」

「チンピラとか、チンポコとか、ドスケベとはどういうことだ」

男は慌てて手を振った。「私めがそんな事申し上げるわけがございません。ずっと拍手しておりました。もっとやれってずっと言うとりました。古い悪いもんを懲らしめたり、行動起こさなアカンてずっと思うとります」

高校生がかん高い声を出す。「小さい店の経営者っていうことは搾取階級じゃないか。さぁ、壁に向かって立て。わかったか」

男はカチカチに固まっている。

ピシッ。革の鞭が太ももにあてられた。

「早くっ、まっすぐ立て。壁に向かってちゃんと立て」

男は姿勢を正した。

高校生が道路の方を見て言う。「三輪車あるか」

滬生が道の端のほうへ行き、呼んだ。「おーい、三輪のおじさん、こっちぃ来てくれ」

三輪車が来た。荷台には女物の革靴が片方だけ残っている。つま先と高いヒールがボロボロになって取れかけていた。

「あぁほんまにもう、えげつないなぁ。見やんせ。今日はこれで四回目や」と車夫が嘆く。

みんな脇へよけた。

さっきの女が地べたからよろよろ立ち上がり、片手で髪を押さえ、もう一方の手で太ももを押さえ、車によじ登った。「衡山路《こうざんろ》まで」

そのとき同級生の一人がふいに道路の向こう側にいる女を指差し大声で叫んだ。「おぉい、ちょっと待てぇ」

女は振り向くと、驚いて踵《きびす》を返し、菓子舗〝老大昌《ろうだいしょう》〟の方へ一目散に逃げだした。

同級生二人が大声で叫ぶ。

「そこのおケツピチピチ女、待てって言うてるやろ。早《はよ》ぅ止まらんか」

滬生も叫んだ。「待てーっ」

高校生たちは道路の向こうの女を見ると、合図一つで狂ったように追いかけた。

あの中年男だけがその場に取り残され、市映画局の壁に貼りついたまま立ちすくんでいる。

滬生と二人はそのまま陝西南路の交差点まで一緒に行き、野次馬根性を十分に発揮して戻ってきた。

「ほんまにエエ刺激になったなぁ」と滬生。

「オレ、秘密の情報手に入れたんや。香港の女なんやけどな。この頃ずっとピチピチの黒ズボン穿いてよる。今までは短めの旗袍ばっかり着てたんやけど、さすがにこのご時世やからズボンに変えたんやな。その旗袍やけど、やっぱり尻の所なんかピチピチでな。黒っぽいさらさらの生地やったら、全身ぴかぴか光って胸なんかでっかい電球みたいやったぞ」と傍にいた同級生。

「そら、やってしもうたほうがエエな」ともう一人が同調する。

「何やて？」と滬生が聞き返した。

「滬生、行ってみよう」

滬生は答えない。

「滬生のその新しい軍服ズボンのお陰でみんなも元気出たんやないか」

「オレ、用事あるし、また今度にするわ」

「何を怖がってんねん」

「みんなと一緒にやろうと思うたら、最低でも紅衛兵の腕章つけてなアカンやろ」

「淮海路にいたやつら、腕章なんかつけてたか？　行こう」

「う――ん、やっぱりやめとくわ。今度にしよう」

しかし滬生は瑞金路を南へと足早に引っぱって行かれた。

「その香港女、前は〝大世界のグラス〟やったんや」

「何やて？」と滬生。

「〝大世界〟の二階にある、不良のたまり場の喫茶店な。あそこ、表向きはお茶飲むとこやけど、ほんまは怪しいことやってよるんや。緑茶とか紅茶をちょっとだけ一緒に飲んで、それからは隣の部屋へ行って貸切にしてすっ裸になってよるらしい」

滬生は黙っている。

「しばらくして香港へ紛れ込んで行って、胸に空気入れる注射したんや。居民委員会の人らも言うてたわ。あの年であそこまでパンパンに胸膨らんでるわけないって」

「そうなんか」と滬生。

「路地でみんな、よう大声出して言うてよるわ。おーいグラスさぁん、注射で膨らんだボインちゃぁんって。そしたら香港女、すぐに窓を開けて汚い水まきよるんや。ほんで追いかけて行って、どつい
たりボロクソに言うたりするんや」

三人は瑞金路にある新しい路地に入った。何軒かが家捜しされている。

同級生に言われた。「堂々としてなアカンぞ。約束やぞ。三人で行かなアカンしな」

三人で十九番地まで行き、一人が裏のドアを開けて入った。外にある石の階段を若い娘が下りてくる。

「豆腐の燻製みたいな四角い顔して、何してんの」

「香港女に下りてきてもらいたい。路地まで来てもらおうか」

娘は驚いた。「お母ちゃんに何の用事なんよ」

「紅永《こうえい》闘争本部の命令や。これから香港女を制裁する。とりあえず呼んでこい。早う出てこんか」

娘は呆気にとられている。

上の階からガラス戸の開く音が聞こえ、いかにも身を落としたという体《てい》でぼさぼさの髪をした香港女が、か細く言うのが聞こえた。「誰やねん」

三人は二階に上がりガラス戸を開けた。香港女は真っ赤な唇にスフのネグリジェ姿。刺繍入りのスリッパを履き、ビャクダンの扇子を手にして、長椅子に座っている。部屋の中はいい匂いがしている。暖炉の上には細身の旗袍を着た、若い頃の写真が立てかけてある。両頬のエクボが可愛らしい。

「おい香港女、今日来たのは紅永闘争本部の命令で……」

その言葉を女が遮った。

「豆腐の燻製ちゃん、もうわかったから。それで何の用事なんよ」

「洋服ダンスもタンスも、全部服を出せっ！　しょうもない服着やがって」

「何でや」

「ハサミあるか。この若い革命戦士の目の前で、自分の手で全部ズタズタに切れ」

「全部切れって？　そんなことして、うちに裸になれっていうんか。お断りや」

「それならこっちも遠慮せんぞ。これから家捜しする」

　香港女は顔色を変えた。

「ふんっ。若い頃はインド人おまわりも外人もようけ見てきたんや。ゆすりたかりのチンピラも、喋って歌う大道芸人も、よその家のお祝いで歌うたうガキらも、シャブ中《ちゅう》もペテン師もな。どんなヤツでも相手できるんや。怖いもんナシなんや。こっちがどんな法律違反したっていうんや」

　同級生の一人が滬生を前に押しやりながら言う。

「アホな事ぬかすな。ゲス女っ。生まれてきただけで違法なんやっ。今日こそ絶対に白状せえっ。どんないやらしい事をやってきたか、自分からさらけ出せ」

「なんでそんな事言わなアカンねん。何も恥ずかしい事なんかしてへんっ。反革命でもないわっ」

「そうか。認めへんつもりやな」

「服は自分でお金出して作ったんや。盗んだんでも奪《うば》うたんでもないわ。なんで切らなアカンねんっ」

「ゴタゴタぬかしやがって。路地の角の仕立屋で上から下まで体触られながら採寸してもろうて、体くねくねさせて、気持ち悪い笑い方して、何着作った？　言え！」

　女は答えない。

「あの仕立屋はもう連行した。ミシンもアイロンも何もかも没収した。わかったか」

女は何も言わない。

「認めんつもりやな。滬生、洋服ダンス開けてくれ」

女は呆気にとられていたが、ふいに目を剝くと飛んで行き、その同級生の首を摑んで揺すった。

「このガキが。チンピラめ。路地の貧乏たれのくせに、年上のうちをバカにする気か。誰も怖いことなんかないわ。ヤクザの黄金栄《こうきんえい》（秘密結社のボス。一八六八―一九五三）にも会《お》うたことあるんやからな。遊び人も、スーツ着たチンピラもナンパ野郎も、ようけ見てきたんや。今日はこのアホたれのチンピラの首絞めたるわ」

そいつは両手で女の手を振り払おうともがき、青ざめた顔をしている。滬生ともう一人で慌てて引き離した。そこへさっきの娘がとんでくる。

「お母ちゃんっ、はよ手ぇ放してぇさ。放してって。ちょっと。えらい事になるやんか」

女が手を弛めると、そいつはふらふらと後ろに下がり、ほっとして首筋を撫でた。こうしてなんとかその場は収まった。

同級生はニンマリすると、傍にあったマホガニーの丸椅子を持ち上げ、力の限りガラス戸に投げつけた。ガッシャーンという音とともに枠までが折れてしまう。

そいつはガラスを踏みつけドアの外に飛び出すと、路地に向かって叫んだ。

「早う誰か来てくれーっ！　十九番地に反革命分子が出たぞーっ！　みんな早う制裁しに来てくれーっ！　〝大世界〟のチンピラ女を生け捕りにしてくれーっ！」

付近の何軒かで家捜ししている集団がいた。表と裏の入り口に長椅子と小さい腰掛けを並べ、労働者の男女が座っている。昼食を早めにとったので、暇を持て余していた。叫び声を聞きつけた男たちが全員、十九番地の二階に駆け上がる。同級生が事情を説明し、滬生を階下へ引っぱって行った。部屋はすぐさま大騒ぎになったが、暫くすると静まり返った。

「誰か女の子来てくれー」上から顔を出した者がそう言うのと同時に男たちが全員下りてきた。しばらくすると、サスペンダー付きズボンを穿いた女二人が香港女を引きずり下ろしてきた。路地の真ん中まで押して行って立たせると、膝をクッと曲げ作業用の革靴で蹴りを入れた。

ハイネック、縁取り付き、ちりめんの短い旗袍を着た香港女は髪の毛を振り乱している。体にフィットしすぎていたためにスリットの部分から腰までが引き裂かれ、胸のボタンもはずれている。

下半身は細い糸を使った薄いサージの黒いズボン。当時、女物のズボンはボタンが横に付いていたのだが、スリットが腰まで裂けていたうえ、ボタンも一つしかとめていなかったので、肌が露わだ。ペン先のようにとがったダンス靴を履き、首にはナイロン靴下が十足あまりひっかけられている。路地の人だかりはますますひどいものになってきた。二階からコルセットやブラジャーがビュンビュン飛んでくる。それを誰かが拾って女の頭に掛けたが、掛けても掛けても滑り落ちていく。ちょうど正午のことだ。大通りの端で焼き飯や麺を食べていた露店の客もお碗を持って見物にきた。まだ墨の匂いがする書きたてのプレートを提げて来た労働者が、それを香港女の首に引っ掛けた。

――ヤクザ者黄金栄の情婦　ゲスなチンピラ女　董丹桂《とうたんけい》――

「〝大世界〟では三回大きい手入れをした。三回目にはゴキブリ一万三千匹を掃きだした。これで四回目だ。チンピラ女を摑まえたぞーっ」

太陽が憎々しげにあたりを照らす中、拍手がわき起こる。群衆が脇へよける。娘が項垂れて出て来ると、手にしていたハサミを滬生に手渡し引き下がった。

滬生はうずくまると、さっき見た〝淮海路方式〟で香港女のズボンの裾にハサミを入れて引き裂いた。ズボンが少し破れると、同級生の一人がとびついて力の限り更に裂く。上まで引き裂いたら二つにちぎる。切っては引き裂き、切っては引き裂き……何度も繰り返した。太ももにはボロ布がひらひらぶら下がっているだけ。そばに転がっているブラジャー二つも切り刻んだ。

拍手喝采。

労働者が滬生を引き寄せた。「他の諸君にはこのまま真剣に批判闘争を続けてもらおう。革命の意識が高いこのお三方には四番地へ食事にお越しいただこう」

三人が家捜し中の四番地の裏口へ行くと、荷台付き三輪車に職場の食堂から調達してきた琺瑯《ほうろう》のお碗、スペアリブの醬油煮、ササゲの炒め物、ベーコンと冬瓜のスープが並べてあった。

三人はお碗を手にすると料理にかぶりついた。

「お前ら二人に会えて、エエ勉強になったわ。本気でやるってどういう事か。面と向こうてやってしまう事なんや。普通の人間はあそこまでやられたら抵抗できひんからな」

二人は黙っている。

「〝豆腐の燻製〟くん、やってくれるやないか」

二人は黙々と食べている。

「オレなんか先頭で突っ込んでたとしたら、たぶん途中で逃げ出してたやろな」

辺りは静かになっていた。みんなはまた野次馬根性で向こうの路地へ駆けつけていた。大勢で野次を飛ばす声が聞こえてくる。

一人が箸を置いた。「ほんまはオレ、もう何年も滅入《めい》ってたんや。一番我慢できひんかったんは貧乏たれのチンピラて言われることやった。聞かせてもらおうやないか。みんな平等やないんか。くたばり損ないのあの女め。前オレのことをボロクソに言いよった時は言わせとくしかなかったけど、この期に及んでまだあんなこと言いやがって、あれで椅子でも投げんかったら男と違うやろ」

貳《に》

復興中路の上海シネマでは『ベルリン陥落』が上映されていた。学生チケットは五分《ぶ》。七月といえば暑さの真っ盛り。阿宝は映画を観ている間中ずっと、背もたれの裏側に挿してある団扇で扇ぎ続けていた。

廃墟になったベルリンにソ連の赤旗がひるがえるラストシーン。館内の灯りがまだ点いてもいないのに、みんなもう椅子を上げて立ち上がっている。そこらじゅうで団扇が飛びかい、二階の前列からは下の階へ飛んでいる。

――爆撃されたベルリンの空に残骸が舞い上がる――。

場内アナウンスが聞こえてきた。

「最高指令！　増産、節約！　国の財産を守りましょう。何人《なんぴと》たりとも団扇を投げてはなりません。聞いていますか。投げてはいけません」

それでも団扇は飛びかっている。

――赤旗がひるがえり、ベルリンの東、南、北から三つの軍隊が合流する――。

阿宝は立ち上がり映画館を出た。

スズカケノキの木陰が涼しい。映画館の喧騒から逃れてきたというのに、今度はセミの声が耳につく。ふらっと見に行くと、大通りから入ってすぐの路地まで、かなりの学生や労働者が出入りするようになっていた。情勢は目まぐるしく変化して家捜しが市全体に及び、淮海路にある食品店〝万興〟

のショーウィンドーでは家探しで没収した食料品の展示が始まっていた。

イタリア産ミネラルウォーター、洋酒、シャンペンなどがぎっしり詰まった段ボール箱には蜘蛛の巣がはり、歴史の埃がかぶさっている。堆《うずたか》く積み上げられた缶詰はライギョの塩漬け、ハム、サーディン、七面鳥。グリーンピースやキュウリのロシア風ピクルス、イタリアのオリーブなどなど。劣化して缶が膨らんでいる物もあれば、ラベルが剝がれ錆も出ている物もある。ショーウィンドーの向こうには大きく朱書きした紙が貼られていた。

〝ブルジョアの堕落した生活様式　白日の下に曝される！〟

廃品回収場、とりわけ淮海路にある二十四番トロリー停留所付近の回収場には雑誌や写真集が堆く積まれていた。中国語のも外国語のもある。スプリングがばらばらになったベッドまでが雑然と積み上げられ、太陽に照らされて目障りなこと、この上ない。

阿宝は足取り重く思南路の祖父の家へ行った。銅鑼《どら》や太鼓の音がうねりとなって鳴り響いている。どこもかしこも鳴っては止み、止んでは鳴り……。

その一帯は家捜しする集団がとりわけ多く、そこらじゅうの玄関に見知らぬ者がたむろしていた。祖父の家では、三階にある窓から大きなマホガニーのタンスがゆっくりと下へおろされている。工場から起重機専門の親方が派遣され、滑車、ロープ、ズック布、トラックの踏み板まで用意していた。荷台付き三輪車が二台、食事運びを請け負っている。三輪車には赤旗が翻り、冷たい飲み物の入った樽や蒸しパンの蒸籠《せいろう》、琺瑯のお碗が並べてあった。

工場の労働者たちが昼夜見張りをしており、もう三日目になる。

門まで来た阿宝は女工に聞かれた。「またか！　何しに来た！」

「嬢嬢《おば》ちゃんに会いに」

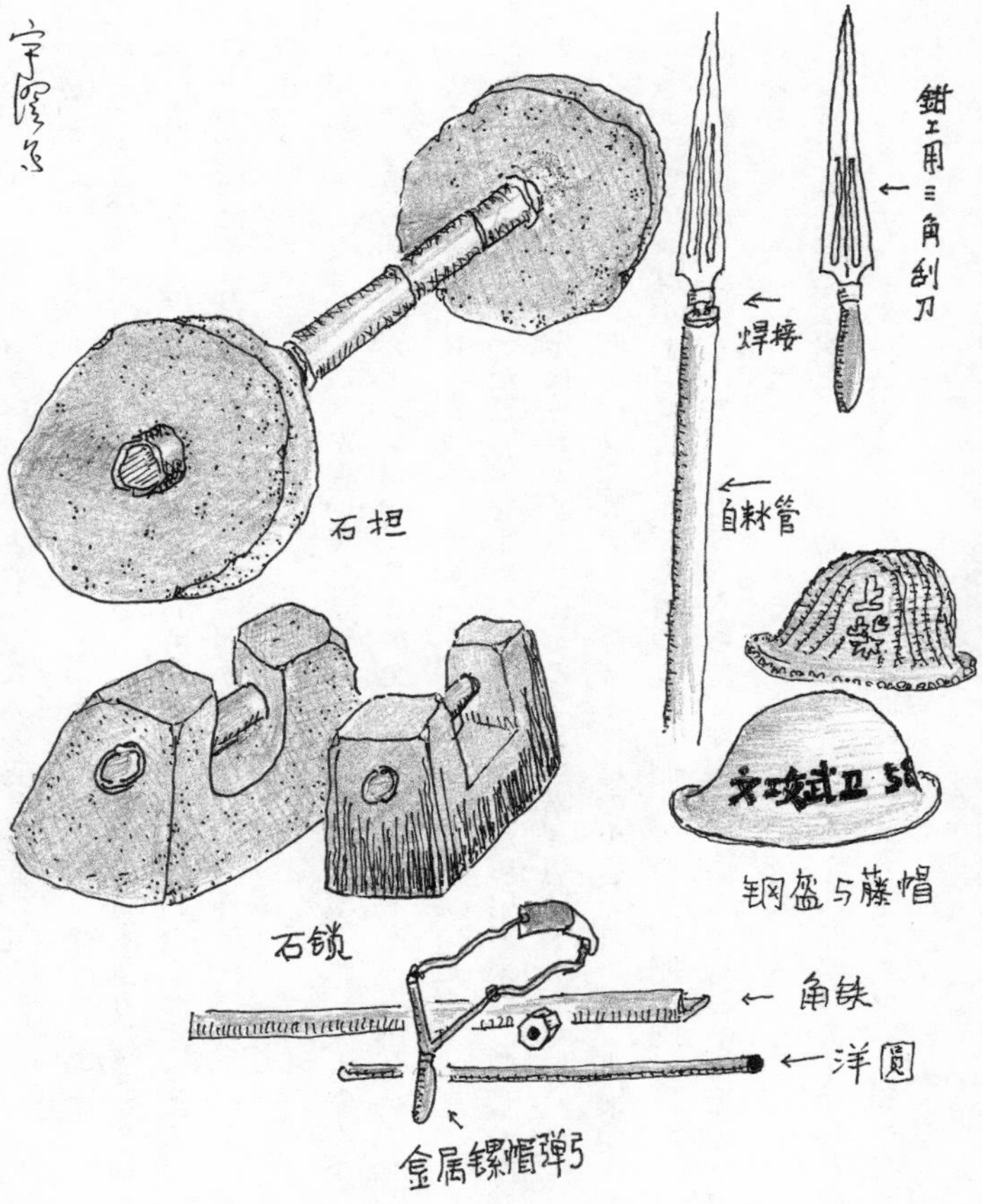

通常兵器以外に加えられる物の内訳。バッジ類、紙製三角帽、麻縄、『語録』、腕章、銅バックルの革ベルト、解放軍用緑の軍用ブーツ、長めの軍靴《ぐんか》、軍隊用カバン、水筒、インク、筆、刷毛、糊の容器、竹梯子、鳴り物、旗、スピーカー、拡声器、ガリ版印刷の道具原紙、鉄筆、謄写ヤスリ、卓上印刷機など。絵心ある者はこういった物を題材にすべきだろう。

横から男が言う。「こっち来い」

上から下までボディチェックをされて庭に入ると、映画で見たベルリンと同じ光景が目に飛び込んできた。

モチノキ、ツゲ、木犀が根こそぎ倒され、煉瓦敷きの石畳も掘り返されて煉瓦はボロボロに砕かれている。どさくさに紛れて煉瓦の下にお宝を隠すことがないようにするためだ。小部屋の前には古仕込みの紹興酒の甕が転がっている。口の部分がこなごなに砕かれ、辺り一面に流れ出した酒の匂いが鼻をつく。

がらんとした客間。絨毯が巻いて立てかけられ、暖炉は壊され、床も壁の下にあった幅木も剝がされ、窓の敷居部分やカーテンボックスまで全て壊されている。一人掛けソファは三つとも上向きにひっくり返され、裏布に穴があき、中のバネが腸のように出ていた。

ハンマーと先の尖った鉄の棒を手にした男が地下室から出て来た。顔じゅう埃だらけ、肩には石灰をかぶっている。阿宝には目もくれず、そのまま二階へ駆け上がって行った。

その他の調度品、例えばソ連製テレビ、チーク材の小さい机一対、真鍮の大きいスタンド、ラジオ付きの大きいレコードプレーヤー、紫檀のガラス棚、骨董品の棚、脚に梅が彫られた小さい机など、何もかもがなくなっている。その日のうちに、淮海路にある国営の中古品店へ運ばれ、即刻処分されたらしい。

食堂の入り口には埃だらけの缶詰が詰め込まれた段ボール箱が積み上げられていた。缶入りカレーペースト、ポルトガル製のアンチョビーソース、トマトソース、マニラ製の良質の葉巻、洋酒も数十本入っている。

ドアに近付くと、中でひしめくおびただしい数の人間が目に入った。大きい食器棚、椅子、小さいテーブルはもう運び出されたあとで、五、六人の労働者が堆く積まれたケースを整理している。膝丈の青い上着を羽織った中年男がいる。労働者の一人がそいつに聞いた。

「師匠、これ、何ていうんですか？」

「銀の皿か。それは〝落珠《らくじゅ》〟」

「通《つう》でいらっしゃる」

「骨董品屋に古着屋やろ、それに銀行とか宝石屋、そんな店の内輪の事やったら、うちの工場全体見渡してもこのわしが第一人者やろな。基礎から始めて何年も冷や飯食うてきたからな」

「さすが何でもようご存じで」

「〝隆鑫《リュウキン》〟っていう会社知ってるか。そこの工場の偉いさんは大金持ちのすごい人物でな。徐滙区にある洋館の屋敷から、一本に三種類の酒が入った瓶が出て来てな。五十年以上も経つフランスの名酒や。わしも初めて見た。瓶の中が口から底までガラスで三つに仕切ってあって、赤白青の三種類の酒が別々に入ってるんや。分けて注いでもエエし、混ぜて飲んでもエエ」と中年男が小声で言う。

「お味は？」

「そらもう絶品や」

労働者は中年男の読み上げる言葉を書き始めた。

「ドイツ製の古い金庫は基本的にはもう調べたから、残りはと……〝英国ポンド〟……金貨やぞ……〝重量並びに純金の金含有率基準により算出、重量二銭二分五厘、価値一千とんで四十八元〟〝東洋〟……何のことやてか？　日本や。日本の金貨や……〝重量二銭六分五厘、価値三百七十二元〟……フランスの金貨は〝フラン〟って書くんやぞ。一個の重さは、ええっと〝重量一銭七分五厘、価値一千元〟……ドイツの金貨は〝マルク〟やぞ……〝重量一銭六分五厘、価値四百十元〟……書けたか。

……〝ケース類総計四十一個〟……三階にそういう箱ばっかりおいた部屋があったやろ。あそこのは……〝楠の長持、二個ずつ四種類、計八個〟……ここのが……〝中国風革のトランク大四小四、計八個〟……他にはと……〝西洋風革のトランク〟……大小どれだけあるかいな。一《ひぃ》、二《ふぅ》、三《みぃ》、四《よう》……全部でとりあえず〝二十三個〟にしとけ。書いたか？　よしっ……〝籐のケース八個、角飾り付きブリキのケース二個、うち七箱分は中身処分済み〟。ハッキリ書いとけよ」

阿宝が壁際の大きいテーブルを見ると、そこにはいぶし銀の食器が積み上げてあった。銀のスープ碗が大小、お碗に箸などの食器類、れんげ等が十人分一セットとしてゆうに二セット分はある。

師匠風の男と労働者があちこち動き回り、それらを読み上げては記入していく。

「〝金不離〟に〝銀不離〟か。これは〝金銀細工のブローチ大小二十三〟。銀の〝条脱〟は腕輪や。〝銀の腕輪大小八〟って書いとけ。それから〝横雲〟か。いつも〝銀の簪《かんざし》〟て言うてるやつや。これは〝二包み計十四〟。次は〝落珠〟やな。これは〝銀の皿、十寸及び十四寸各半ダース、計十二〟。番《つがい》のオシドリの形した〝錯落〟か。これは〝銀の徳利四〟〝銀の急須三〟、いつも〝呑口〟とか〝偏《へん》提《てぃ》〟て言うてるやつや。それと〝銀のコーヒーポット二〟、〝銀の氷入れ一〟、〝銀の瓶大小二セット〟、〝銀七宝の飾り物の塔二〟」

二人は作業を続ける。

「置物は……、〝銀の弥勒菩薩《みろくぼさつ》一尊〟〝銀の観音菩薩一尊〟〝銀の鳳凰の置物一対〟〝銀の飾り付き玉石細工の花一対〟〝銀の香炉一対〟、香炉は〝宝鴨《ほうおう》〟とも言うんやぞ。〝西洋風銀の燭台一対〟〝中国風銀の蠟燭立て高低各々二対〟〝銀のランプ一〟、これはみんなが〝聚虬高《しゅきゅうこう》〟て言うてるやつやな。それから〝アヘン用銀の灯り一〟〝銀の痰ツボ一対〟〝銀枠の手鏡三面〟〝銀の柄《え》の櫛大小四〟〝銀に宝石をはめ込んだ宝石箱六〟〝銀の盾〟。年寄りの誕生日プレゼントや。とりあえず三個って書いとけ」

辺りを見渡した阿宝は、窓辺のテーブルに敷かれた大きなインドシルク一面に並べられた金《きん》製品や宝石に目を留めた。誰も見向きはしない。庭からハエが飛んできた。ハエは金の腕輪や四十本以上もある金の延べ棒にとまっては金色に光り、翡翠《ひすい》の指輪にとまっては緑色に光っている。向こうの隅には書画の掛け軸が乱暴に積み上げられ、その横にあるのは梅瓶《ばいへい》と呼ばれる花瓶や耳付き花瓶、白磁の蓋つき甕、水晶の瓶、カットグラスの酒器だった。

ぼんやり佇んでいた阿宝はふいに耳をつねられた。痛っ！

「何してる」と労働者。

「え？」

「何見てる」

黙っていると、ダイニングの方から年配の労働者が出て来た。

「こいつ、皋蘭路に住んどる孫ですわ」

両脇とズボンを調べられそうになったが、阿宝はとっさに身をかわした。

「生意気なマネすんなっ！　靴も脱げっ！」

阿宝が靴を脱ぐと、男は靴の中敷きを引っぱりだして確かめた。次はズボンの腰の部分と後ろ襟を丁寧につまんでみて確かめていたが、その間、阿宝は何も抵抗しなかった。

「中に入って何するつもりや」

「嬢嬢《おば》ちゃんに会うんやけど」

「前は民営小学校の先生してて、それから区役所の事務員になったヤツやな。何か文句あるんか」

阿宝は答えない。

「今回は何もかも調べなアカンのや」

阿宝は黙っているしかない。

「皐蘭路のお前の家も家捜しされたやろ」

阿宝はうなずいた。

「態度をハッキリさせなアカンぞ。わかったか。ブルジョアとはきっぱり線を引くんやぞ。問題があったら暴くんやぞ。わかったか」

阿宝はまたうなずくだけ。

「二階に行って顔見たらすぐに下りてくるんやぞ。五分だけやからな」

阿宝は約束し階段を上がったが、階段の踏み板も全てめくられている。二階の南向きの広い部屋は床に寝床が敷かれ、父親の兄弟二家族九人がゴザに座り、黙って項垂れていた。

祖父は首にプラカードが掛けられ、隅の方にひざまづいている。阿宝は部屋に飛び込み、祖父を起こしてやった。

「何してるっ」と入り口にいた男。

祖父は動かずに言った。「心配すんな。どうもない」

外へ引きずり出され、連れて行かれた小部屋で阿宝の目に飛び込んで来たのは、髪の毛を振り乱し一人ひざまづいている孃孃の姿だった。孃孃の前には小さい革のトランクが広げてあり、中には国民党の軍服と白い紙が入っている。紙には〝一九四六年民国三十五年　国民代表大会選挙民証とは？

柳徳文《リオウドオウエン》とは？〟と筆で大きく書いてあった。

「孃孃ちゃん」

おばは微動だにしない。

「柳徳文て誰やの」

おばは泣きながら言う。「もう十回以上言うてんのに。これはおじちゃんの友達のトランクや。その人が五〇年に香港へ行く前に預かったんやけど、そんな軍服と選民証が入ってることなんか、絶対知らんかったし」

すると女が言った。「まだ認めんのか」

「人のトランクは中を見たらアカンと思うたから」

「このくそったれがっ。クズッ！　くたばり損ないっ！　柳徳文ていったい誰なんや。言え。今日思い出さんかったら、今日言わんかったら、ずっとそのままやからな。くそっ」

玄関に戻り、なされるがまま、あちこちチェックされた阿宝はトボトボと家路についた。

思南路の祖父の家は変わり果てた姿になり、祖父と嬢嬢は項垂れてひざまづいていた――目にしたばかりの光景が眼に浮かぶ。

阿宝はある映画のシーンを思い出した。赤い蠟燭に照らされ、南洋の大富豪を接待する悪徳地主〝南覇天〟。二枚目役の紅軍代表、洪常青は山高帽をかぶり、生成りの麻の洋服を着て富豪に扮し、傲慢でも卑屈でもない振る舞いで、銀貨を献上する。二人が語り合う絶妙な光景――『紅色娘子軍』（一九六〇年）だ。

ところがその後、ボサボサ頭の洪常青は服も乱れ、ついには南覇天に焼き殺される。追っ手がかかり、ぬれネズミとなった南覇天もとうとう紅軍に捕まり、後ろ手に縛り上げられる。

哀愁を帯びたその物語や演技に感動しない者はいないとまで言われていた。しかし今、阿宝だけは堪《た》えきれない思いになっていた。その映画と、つい今しがた目の当たりにした祖父の家がオーバーラップしていたのである。

思南路の家捜しは終わったが、ヤツラはもう一度皐蘭路の自分の家にやって来るに違いない。父親の職場にはとっくに来ていたし、母親の職場もやられそうな気配だ。

階下に住む蓓蒂の両親はすでに監禁され、部屋も二度家捜しされている。その間、ばあやと蓓蒂は声ひとつ出さなかった。部屋の中は荒れ放題。ピアノが持って行かれるのも時間の問題だった。

そういえば昨日、ばあやにヒソヒソ声で言われたのを阿宝は思い出した。


――「阿宝、はよ逃げや。まぁ大したことにはならへんやろけど」

「どこへ逃げたらエエやろ」

蓓蒂はピアノの椅子に腰かけたまま身じろぎもしない。あたり一面に物が散乱している。

「淑婉ねえちゃんは楊浦区の高郎橋に逃げるつもりなんやて。馬頭ちゃんの部屋に隠れるんやて。アタシも逃げたい」

「淑婉の家は二回やられて、家族は下のガレージに移ってるし、もう逃げへんやろ」と阿宝。

「そんなことないって」

「馬頭がブルジョアをかくまうわけないやろ。絶対ありえへん。ホームパーティのこと、もう白状してしもうたんやから、今さら何逃げげんねん」と阿宝は笑う。

「よかったら淑婉と先に紹興へ行っといたらどうや」とばあや。

「ピアノはどうするんや。ピアノは脚が四本あるけど、歩けへんやろ」と阿宝。

「馬頭ちゃんが言うてたもん。ピアノはもうこれからは、背中の所の高いのも低いのもグランドピアノもきっとなくなるって。中国には笛とか胡弓《こきゅう》とか、それにシンバルとか太鼓とか当たり鉦《がね》があるんやし、普段は琵琶弾いたり、竹の鳴り物ならして、鉢とお箸があったら、ジャンジャン鳴らせるやろ。

それで〝共産党に救われたぁ〟っていう歌（陝西の流行歌『翻身道情』）でも歌《うと》うといたらそれで十分なんやって」

阿宝は何も言わない。

「淮海路の古道具屋にもうピアノが目一杯積んであったぞ」とばあや。

「もしピアノ持って行こうとするようなヤツがいたら、やっつけてしもたらエエって馬頭ちゃん言うてたわ」

阿宝は黙ったままだ。

「馬頭ちゃんは怖いものナシやもん」

「プロレタリアートなんやから当たり前や」と阿宝。

「馬頭ちゃんってなぁ、同じ組の友達と一緒に、徐滙区の洋館を何軒も家捜ししたんやて」

阿宝はまだ黙って聞いている。

「気にいらん人がいたら、今はやってしもうたらエエんやって」

「あいつはそれができるからな」

「馬頭ちゃんが言うてたわ。数えたらキリないくらいようけのグループが、自分らはプロレタリアート階級やって言うてるんやて。そやけど、ほんまはその人ら同士もしょっちゅう内輪もめしてて、頭から血が出るくらいのケガしてるんやて。お互い相手を認めへんのやて。プロレタリアート同士でも闘わなアカンのやて。階級が違う相手やったら余計やって」

「エエ加減なことばっかり言うたらアカン」と阿宝。

思わず蓓蒂が口をつぐんだ。

そんなことを思い出していた阿宝はいつの間にか、重い足取りながらも皋蘭路の交差点に来ていた。

蓓蒂と馬頭がこっちに向かってくるのが遠目に見えている。

昨日、不安そうにしていた蓓蒂はもう機嫌を直しているようだ。白いブラウスに青いスカート。爽やかで可愛かった。

のんびりした表情の馬頭を見て、ためらいがちに言っている。「淑婉ねえちゃんに会いに行きたいんやけど……エエかな」

「蓓蒂、さっき言うたやろ。とりあえず冷たい物でも飲みに行こう。淮海路の〝万興〟でエエやろ。あそこやったらお菓子もジュースも売ってるし」

蓓蒂は項垂れ、無言でスカートをもてあそんでいたが、暫くして馬頭に付いて行ってしまった。

参

天窓から吹き込む夜風が太鼓と鉦の音をかすかに運んでくる。

「海徳さんの船が大達埠頭に着いたから、銀鳳、あかちゃん連れて迎えに行ってるわ」と言ったのは小毛の母親。

父親は杯を置いた。「文革始めようっていう主席さまの鶴の一声（一九六六年「五・一六通知」）で、汽船会社の偉いさんも飛び上がってしもうたんやな。ビクビクしながら大慌てでおとなしぃ帰ってきたんやな」

「お酒飲んでるときは主席さまのことを言うたらアカン。飲んでからにして」と母親。

父親は黙った。

夜十時過ぎになり、裏の戸が開く音とともに銀鳳が帰ってきた。階段を上がる海徳の足音と「静かにしてや」という銀鳳の声がする。

鍵のあく音がして、床の隙間から下の光の筋が差し込んできた。荷物を置く音と子供のむずかる声。海徳が荷物を置くや銀鳳を抱きしめようとし、抱かれていた子供が銀鳳の胸に顔を押しつけられた……きっとそうに違いない。

子供が大泣きするのではないかと小毛は心配したが、子供はおとなしくしていた。

海徳が着替えているのだろうか。太くて低い海徳の声が、ただウォンウォンという響きとなって聞こえてくる。

湯を汲み、顔を拭き、あれこれ物を運んでいるようだ。

スリッパが床に落ちる音。

「静かにしてぇさ。何いらいらしてんの。乱暴なんやから」と銀鳳。

しばらくしてまた銀鳳の声。「電気消して」

階下から光の差し込んでいた床が暗くなった。

普段、服を着替えたり行水したりするとき、銀鳳は必ず灯りを消す。昼間でもカーテンを引くと、たとえ誰かが上の階で床板の隙間からのぞき見していたとしても人影はぼんやりとしか見えないくらい、部屋は暗くなる。

月明かりがさしていた。人の声も物音もはっきりとはしないが、二人のかすかな息遣いだけは聞こえてくる。古い家にひびが入る時のようなとでもいうのだろうか、さまざまな音が交錯し、はっきりとは判別できなかったが。

一階の床屋も二階のオヤジの部屋もとっくに静まりかえっている。

二十四番トロリーのパンタグラフが電線にあたる、シャーという音が聞こえてくる。終電だ。

喉がすっきりしないのか、銀鳳が咳払いしている。

荷台付き三輪車が路地を行く。荷台に積み上げられた足場用の竹がガチャガチャ音をたてていたが、それが行ってしまうと何もかもが静止し、しんと静まりかえった。

小毛はいつしか意識が薄れ、深い眠りについていた。

翌朝、小毛の母親はいつものようにたんすの前に立って、手を合わせ祈りを捧げている。

父親は出勤の用意をしていた。

領袖の肖像を見上げ、母親も出勤の準備をし始めた。

「また工場に『語録』の対聯がぎょうさん張り出してあったわ」と父親。

「うちの工場もや。宣伝で壁にスローガン貼りに来たガキらが上ったり下りたり、えらい忙しそうにしてたわ」

「対聯の右側には〝堅く決意し、犠牲をおそれず〟、左側は〝万難を排し、勝利を勝ち取ろう〟や」

「もう一回言うてみて」

父親が繰り返す。

「左側がちょっと違うの、はっきりしてるわ」

「どうしたらエエんや」

「〝万難を排し、さぁ勝利を勝ち取ろう〟にしなアカンわ。主席さまのほんまの言葉やったらこうなってるはずや。ちょっとでも間違うたらアカンわ。誰が貼ったんやろ」

「オレや」

「あぁほんまにもう。バレたらややこしい事になるやんか」

「……」

「これはえらい事や。あぁほんまにもう。物書く事に労働者ふぜいが頭突っ込んで、何してんの」

父親は黙ったまま大急ぎで服を着た。

母親はアルミの弁当箱を手にして振り向くと小毛に言う。

「はよ起きなさい。学校が休みでも起きなアカンやろ。ほんまにもう次から次へ心配事ばっかりや」

「もう起きてるし」と小毛。

両親が階下へと急いだ。

なんとか起き上がりタオルと歯ブラシを手にして階下へ下りた小毛は、買い物帰りの銀鳳に出くわした。

二階のオヤジも下りて来て銀鳳を見ている。海徳も下りて来て小毛に笑顔を見せた。

「海徳さん、お帰り」と小毛。

海徳は歯磨きチューブを取りだし、小毛の歯ブラシにつけてやった。

「日本の歯磨きや。使うてみ」

二人で歯を磨き顔を拭く。

「暇やったらうちに来いよ」

「うん」

小毛はその日、朝から葉家宅にある師匠の家へ行った。

拳法の師匠は夜勤明けなのに相変わらず威勢がよい。

蘇州河の畔。建国が程よい広さにスペースを作り、練習用の錠前形の石二つ、バーベル形の石一つを並べた。

「ちゃんと拳法やってるか、小毛」

「まぁまぁです」

「でかい体でのうても基礎がしっかりしてたらエエんやからな。こいつは栄根《ローンゲン》、こっちは小毛や」

栄根は会釈すると錠前形の石を指差した。「エエ石ですねぇ」

「どこから持ってきたんですか」と小毛が訊く。

「工場で枠を作っといて、ここでセメントを流し込むんや。目方が合うてたらそれでエエ。バーベルは百キロちょい。鍵形のは十五キロのと二十キロちょいのが一つずつや」と師匠。

栄根が言う。「ちゃんと練習したら、げんこつの上に人を立たせたり肩で馬が走れるぐらい、強うてしっかりした技が身につくんですね」

小毛が鍵形の石を持ち上げようとした。

「まだ無理や。手ぇ怪我するだけや」

「師匠、一回投げて、みんなに見せてください」

師匠はタバコを吐き捨てると足でもみ消した。そして鍵形の石を持ち上げると、足を広げて腰を沈め、股の間から反動で力の限り振り上げた。石が頭の上を通り越すと、手を捻り指の力を抜いて放り出す。二つの石はそれぞれ回転しながら舞い上がる。石が落ちる勢いに合わせて両手で受け止め、また振り上げ放り出す。今度は手を捻らず離すだけ。二つの石が平行に舞い上がり、揃って空《くう》を飛ぶ。落ちる勢いに合わせ両手を揃えてぶら下げると二つの石を受け止め、地面にまっすぐ置いた。

「年とってるうえに長いことやってへんから、腕がなまっとる」

「いえ、すごいです」と建国。

「ぼくもやってみます」と栄根。

栄根は片手技だ。石が一つ舞い上がり、その重力で落ちてくるとき腕を上げて受け止め、石に貼りつくようにした腕を石の勢いに合わせて下ろす。まるで石が腕に載っているようだ。ほんの一瞬止まったかとおもうと、今度は手を振りすばやく石の持ち手を握りしめ、また放り投げる。石はまた回転し、止まり、受け止められ、また放り投げられる。じつにおもしろい技だ。

「よぅし、エエ感じや。あの時のこと、覚えてるぞ。仕事の合間に教えてやったよな。一回教えただけやのに臨時手当差し押さえやがって。それでも栄根がちゃんと技を覚えてくれてたとは思いもせんかったな」

「師匠に手ほどきしていただいて、あとは自分で練習して一年半になります」と栄根。

「建国、聞いたか。どんな事も自覚してちゃんと心がけてなアカンのや」

「はい。でも小毛はエエ体格してるし、先に練習させてやってください」

「あのなぁ栄根、建国と小毛は年の割に力が強いけど、学校で毎日誰かにいじめられてるらしいんや。思いもよらんかった」

「オレの弟分をいじめるとはな。今の情勢から見たら、ほんまに大胆不敵なヤツらや」と栄根。

小毛は黙っている。

「これからはオレが懲らしめてやる。クラスで何かあったら全部オレに言うんやぞ」と栄根が胸をはる。

「ありがとうございます」

師匠と弟子が四人で話しながら練習する。すぐそばが土手。蘇州河はそこでくねくねと湾曲し、行きかうはしけ船の汽笛がひっきりなしに鳴っている。長寿路一帯の町内放送が南風にかすかに運ばれて来ていた。標準語で歌を教えている。

「みなさん、それではご一緒にどうぞ。いちにのさん、ハイッ！――革命はぁ暴動だぁ、一つのぉ階級がぁ、別の階級打ち倒すぅ、激しい行動なんだぁ――ハイッ！――革命はぁ……」（毛沢東の言葉。一九二七年三月「湖南省

（農民運動視察報告」より）


突然誰かが拍手した。

「かっこエエわぁ。ほんまにすごい力や。虎も降参するわ」

四人が振り返ると、自転車にまたがった女工が縁石に足をかけて支えにしている。三十過ぎ。大きな目にふっくらした唇。短い髪が川を撫でる風に吹かれている。青い半袖シャツに作業ズボン姿だった。

やって来たのは金妹《ジンメイ》。以前は師匠と同じ工場で見習い工として働いていたが、のちに周家橋《しゅうかきょう》にある紡績機械の工場に移っている。新婚三ヶ月のとき職場の事故で夫を亡くしたという苦労人だ。金妹は自転車をとめて汗を拭いた。

「長いこと来てへんわ」

「早番か」

「今日はお休み。師匠は夜勤あけやろ」

「そうや」

「こんにちは」

挨拶した小毛の肩を金妹がポンポンと叩く。

「それから弟子の栄根と建国や」と師匠。

金妹が会釈した。

「悪いけど、あんたら自転車の後ろの荷物持って来てくれへんか」

小毛、建国、栄根の三人が荷台の紐をゆるめた。括《くく》りつけてあったキャンバス地の包みを持ってみて、その重さに驚いている。包みを開けてみると鉄亜鈴が二つ入っているではないか。

「上手いもんやな」と師匠。

「お恥ずかしいです。作り始めてもう一年経ってしまいました。工場で〝内職〟してたんです。いつもこっそり誰にも見つからんように」と金妹。

「こっそりってそんな言い方、人聞き悪いぞ。コラ」

師匠が金妹の丸いお尻に狙いを定めてちょいとつまむ。

金妹がその手を押し返す。

「何しはんの！　奥さん、仕事で留守なんやな！」

師匠は何も言えない。

建国と栄根は鉄亜鈴が気にいったようだ。

「ちゃんとした亜鈴やったら鋳型を使うて作らなアカンけど、うちは削り盤作るのが仕事やから、こんなん二つ作るぐらい、ちょろいもんやし」

「ずく鉄はもろいからな。タングステンのナイフで削ったら豆腐みたいに切れるやろな」と師匠。

「ただ材料が手に入りにくうて。チャンス待って、それもうまいことといかなアカンし。しかも仕事場にうち一人が居残りする日でないとアカンしなぁ」

小毛は亜鈴を見た。六角形の角ばった球、縁がくっきりしている。

「すぐ錆びるからな。栄根ちゃん、覚えときや。赤と黒のペンキ塗るんや。何回か塗ったらエエわ」

「金妹はようやってくれる。ほんまは適当に言うてみただけなんやけどな」

「師匠に教えてもろうた事は何でもちゃんと覚えてます」

揃って師匠の部屋に入った。

「とりあえず湯冷ましでも飲むか。今日はゆっくりしていってくれよ」

金妹はうなずき、師匠の腕に触れた。

「体鍛えてばっかりで、何のおつもりですか」

「政治運動が起こってからは、好きなやり方で仕事できるようになったから、体鍛える人も増えるやろ」

そう言うと、師匠は小毛たちに目配せした。

建国と栄根が小毛を引き寄せる。「ねえさん、ゆっくりしてください。オレら帰ります」

金妹は顔だけ師匠の方に残し、出て行く素ぶりをする。

「なんでうちだけ居残りなん。こんな若い子の前で何やの。うちも帰るし」

そうは言ったものの帰る気配はなかった。

師匠が三人にうなずくと、三人は部屋を出た。栄根は川の北側にある東新村《とうしんそん》のバラックに、建国は曹家渡《そうかと》に向かう。

「ほな、また」

「ほな」

「またな」


小毛が路地に戻ると、床屋の王さんの姿が目に入った。セットドライヤーを片付けている。

「またニクロム線でもアカンようになったんか?」

「〝四つの悪いもんを懲らしめる〟っていう運動わかるやろ。パーマが禁止になったんや」

「そらエエことやん。一番エエ床屋もいよいよ店じまいか」

「ほんまに店閉めることになったら、わしゃおまんまの食い上げじゃ。お前んとこ、メシ集《たか》りに行くぞ」

小毛は口元を緩めただけで、二階に上がった。銀鳳の部屋は戸が開けっ放し。テーブルに並んでいるのはおかずが三種類にスープ。ご馳走だ。

「小毛、一緒に食べよう」

銀鳳に誘われたが小毛は手を振り断った。

「来いや。何遠慮してんねん」と海徳が立ち上がる。

小毛が中に入りどうにかこうにか腰掛けに座ると、海徳が上海ビールをコップに半分ほどついでくれた。しかしすぐ銀鳳に瓶を取り上げられる。

「小毛は飲んだらアカン」

「コップ半分やないか」と海徳。

小毛がコップを受け取った。

「オレはいったん海に出たら半年以上は帰らへん。お隣さんらのおかげでやっていけるんや」

「面倒みてんのはおふくろや。オレやない」

「小毛かて前に映画のチケット買うてくれたやんか。忘れたんか」と銀鳳。

「毎日海に浮かんでたら頭はからっぽや」と海徳。

「銀鳳ねえちゃんはご飯食べる度に、一人分余分に食器を並べて海徳にいちゃんが帰ってくんの待ってたわ」

銀鳳は顔を赤らめた。「そんな事ないわ」

小毛が口をつぐむ。

海徳が銀鳳の手の甲をつねった。「オレに会いとうてたまらんかったやろ」

「小毛、盗み見してたんやな」

「部屋の前通ったら見えたんや」

「嫁さんていうもんは、どんと構えてなアカン。あれこれ考えて、何心配してんねん」

銀鳳は俯いて黙っている。

「嫁はんが旦那に会いたいて思うのは当たり前の事や」

銀鳳は黙ったままだ。

「オレは船乗りなんかになるつもりなかったんや。文化大革命がもっと広まったらエエのに。そしたらどの船もみんな運休や。波止場もみんな休みになったらエエんや」

「またそんなむちゃくちゃ言うて。そんな事あるわけないやん」

「船は錨をおろしたままで、オレは事務所で仕事や。そしたら毎晩嫁はん抱けるやないか」

銀鳳が隣のオヤジの方を指差した。「シーッ」

「またや。あれもこれも気にして、ほんまに肝っ玉小さいんやから」

銀鳳はほんのり顔を赤らめた。「アホな事言うて」

海徳は銀鳳を見ている。「いつも心配顔してるけど何を心配してるんや。プロレタリアートが何もかも引っぱってるんやから喜べや」

「またアホな事言うてる。うちが楽しぃないわけないやろ。心配事なんかあるわけないやん」

「いつも眉に皺寄せて黙って考え事してるやないか」

銀鳳が海徳をポンと叩いた。

「にいちゃんが海に出たら、いつもねえちゃん心配してるんやから」と小毛。

海徳は黙った。

銀鳳はビールを少し飲んだだけで胸元まで赤くなっている。

「にいちゃん、どっちにしても海にはおもしろい事いっぱいあるんやろ」

「荒っぽい毛むくじゃらのサルみたいな船員が甲板にようけおるだけや。甘ったるいおもろい事なんかあるもんか。つらい事しかないわ。風が吹いて波があるだけや。……日本の内海みたいな所でも流れが八ノット（時速十五キロ弱）もあってな。進みにくいんや。沖縄の瀬底《せそこ》島（本部半島西）の海峡とか、明石海峡とか関門《かんもん》海峡は古い船やったら全速力で走っても港に入るのはむりや」

「オレの友達、ずっと船の模型作ってるんやけど」

「遠洋の貨物船のことやったら何でも知ってるぞ」

「オレもいつか船乗りになれるかな」

「何をしょうもない事言うてんの」と銀鳳が口をはさんだ。

「海の男っていうもんは牢屋に閉じ込められたようなもんや。半年か一年に一回判決があるんや。どういう事か教えたろか。上海に帰ってきたら毎日毎日嫁はんは汗びっしょり、こっちは腰も背中も痛い所だらけになるまで付き合わされるんや」と海徳。

「アホ！」

「オレは溜息しか出んわ。ほんまに人に言えるような事なんかないわ。甲板にいたら、目の前にあるのは水だけや。男ばっかりで酒飲んで大騒ぎしてるか、恋人とか嫁はんに会いたいって思うぐらいや」と海徳。

「フン、なんやの」と銀鳳。

「裁判にかけられるよりはマシかな。オレは枕元に嫁はんの写真貼ってもエエんやぞ」

「それ以上言うたらアカン。アカンって」

「男が女に会いたいて思うんや。そんなん当たり前やろ」

「言うたらアカン」

「みんな女の写真貼ってるんや。一人もんはスターの写真や。前は『青春の歌』の謝芳《シェファーン》（一九三五─）が人気やったけど、最近は『飛び込み選手』（一九六四年）ていう映画のポスター貼ってるわ」

「そんな映画、観たことないわ」

「水着の女の子ばっかりやから、胸かて太ももかて丸見えや」

　小毛は黙って聞いている。

「外国の写真集は太ももの写真が一番多いんやぞ。でも政治委員の検査通らなアカンけどな」

「解放前の写真集やったら、この頃、廃品回収場にけっこうあるわ」と小毛。

「よその国にはいっぱいあるんや。日本にタイに西ドイツにオランダ、こんな国には裸みたいな女の写真集がゴミの中になんぼでもあるんや。政治委員がしょっちゅう調べに来てて、見つかるたんびに反省文を書かされてよるけどな」と海徳。

「そら調べなアカンわ。男の人はほんまにいやらしい事ばっかり考えてるんやから」

「ほんまはな、政治委員も写真集没収したらドア閉めて一人でこっそり見てよるんやぞ。まさか政治委員のズボンの中身が人参とか腸詰めやとはいわんやろ」と海徳が笑う。

「やめて。もう言うたらアカン」

「オレは所帯持ちやから、嫁はんの写真貼ってエエんや。政治委員かて何も言う事ないやろ」

「もう言うたらアカン」

「小毛、どう思う？　オレ、銀鳳に一枚でも二枚でもエエし写真撮らそうと思うんやけどな。船に持って行って、目の保養するんや。そんなん当たり前やろ。そやのに銀鳳はアカンって言うんや」

「写真屋さんに行って撮るんやったらかまへんわ」と銀鳳が遮った。

「わかったわかった。もうやめよう」

銀鳳は隣の方を見て小声で言った。

「小毛、どう思う？　この人、スケベな仕事仲間連れてきて、うちがベッドで横になってるとこをわざわざ撮ってもろうて引き伸ばししようと思うてるんよ」

「……」

「オレはカメラのことがわからへんから、仲間に助けてもらおうと思うただけや。べつに新聞に載せるわけでもないのに、アカンのか」

「ねえちゃん、なんで撮らしてあげへんの？　写真館の窓に写真ようけ貼ってあるけど、あんなんどれもねえちゃんにはかなわんやん」

銀鳳は隣との壁を見て声を押さえた。

「小毛はほんまに真面目やわ。海徳はうちを裸にしたいんや。ブラジャーとちっこいパンツだけで脚丸出しにさせようと思うてるんや。枕元に飾って、いやらしい雰囲気出そうと思うてるんやから。いやらしいやろ。ほんまにいやらしいわ。そんな写真撮れると思うか」

小毛は何も言わないことにした。

「嫁はん本人がそこまでいやがるんやったら、やっぱりやめとこうか」海徳は肩をすくめて諦めた。

十章

一

陶陶が潘静の部屋の鍵をキーホルダーに付けたとき、鍵はジャランと音をたてて大小さまざまな鍵と並んだだけだった。取り立ててどうという事もない。ただ、古い鍵は見慣れているが、いくら並べ替えても新しい鍵は目について仕方なかった。

鍵が一つ増えるのは便利といえば便利なのかもしれない。しかし災難が十も二十も、いや百も待ち受けているのではないかと、心配は尽きなかった。

今までいろんな女と付き合ってきた。普通、部屋の鍵は、玄関マットや植木鉢の下、牛乳箱に置いてあった。新聞紙に包み、ドアの傍に置いてある自転車のサドルに押し込んであったこともある。後になってわかったが、そんなやり方を思いつく女は、間違いなく細やかな心配りのできるヤツだった。しかしその場限りの関係でもあった。

鍵との関係は持ち主の女との関係そのものだと言える。キーホルダーに付けていない鍵で開けるときは普通ではない感覚が味わえる。その場限りの行い、そして孤独ともいえる感覚。さらに軽率ではないかというやましさ、そして解放感がある。誰にも会わず部屋に入れるおかげでホッとしたりもする。

玄関を入った所にあるラックや腰掛け、バスケットに鍵を置く。何の物音も誰の声も聞こえない。勝手に取り、また勝手に戻しておくのだから、さほど親密さが感じられるわけでもない。持ち主ともその場限りになるのは当然だ。

鍵に触れているのは、普通はせいぜい三十秒くらいのこと。鍵には体温がないため、冬場などいっそう冷たく感じる。だから鍵をクルッと回しドアを開けると、すぐに返してしまうのだった。

ところがコイツは四六時中キーホルダーにぶら下がっている。今まで経験したことがないため、鍵自体の重みとともに気持ちの上でも重みが感じられる。

鍵と持ち主の関係もよくわかっていた。鍵、イコール持ち主なのだ。

この鍵が他の誰かのキーホルダーに入るなら話は違う。しかし自分のキーホルダーなのだ。それに鍵の数が増えると、ぶつかる音もひどくなる。ことは複雑で面倒になる。

さらにキーホルダーが決定的な影響を及ぼす。金属製のキーホルダーは頑丈すぎるため、飛行機事故にでも遭って上空から落ちたりしない限り、ホルダーが壊れて鍵が散乱することもないだろう。

そんなことを考えながら陶陶はホルダーから鍵をはずすとズボンのポケットに入れ直した。

ある日のこと、潘静から電話があった。しかし用があったため、あたふたと返事をしてしまった。

「また今度にしましょう」

潘静もその時は諦めたが、午後になりまた電話を寄越した。声を押さえている。陶陶のまぶたには潘静の笑顔が浮かんだ。

「今夜いらして」

陶陶は黙っていた。

「お会いしたいの」

蚊のなくような声だ。きっと事務室に誰かいて具合が悪いのだろう。

「またにしましょう」

電話がきれた。

間違いなく忙しい一日だった。日暮れになっても呉江路へ占い師の鍾《ジョーン》を訪ねて行ったりしていた。以前、仕事の話を紹介してくれたことがあったので、お礼の品物を家まで届けるよう芳妹にさんざん言われていたのだ。

陶陶は手さぐりして封筒を取りだし、テーブルに置いた。

「ほんの気持ちです。少なくてお恥ずかしいですけど、どうぞお納め下さい」

鍾は何も言わない。

テーブルの下には飼い犬がいる。真っ白の犬だ。何度も陶陶の脚に抱きつこうとしたが、陶陶は脚を揃えて身構えた。

「大先生、何も仰いませんけど、もしお体の調子がよくないようでしたら、向かいの病院の救急で今すぐにでも診てもらいましょう」と陶陶。

鍾の妻が茶を淹れてくれた。

「お前はちょっと席をはずしてくれるか。話があるんでな」

妻は二階へ戻った。

「問題があるのはわしやない」

「僕にどんな問題があるんですか」

「こないだ奥さんに聞いたんやけどな。あんたはものを言わんようになってきて、静かすぎるらしいな」

「どういうことですか」

――「大先生、うちの人、この頃滅入ってるみたいで、いつも考え事してる感じなんですけど」と芳妹。

「最近付き合い始めた人ができたんに違いない」

「そら、商売してるんやから毎日いろんな人に会います」

「最近知り合うた女がいるんやないか」

「外にエエ人がいるっていうことでしょうか」

「それはわからんけど、陶陶さんは今年そういう年のめぐり合わせで、しかもあんまり運がようない。何事も予測するのは難しいっていうやろ。ご飯食べるときは喉に詰めんようにして、歩くときもつまずかんようにする。それぐらい、何するのも気ぃつけなアカン。酒飲んだら楽しいかもしれんけど、それはヒ素を蜜に入れるようなもんや。うまそうやけどそんなもん食うたらとんでもないことになる。男は大事な所をちゃんとしもうとかなアカン。嫁はんのあんたが気ぃつけんとまずい事になる」

妻との会話を再現する錘を陶陶が遮った。

「すんませんけど、大先生、そんなしょうもない事あんまり吹き込まんといてくださいよ。僕も嫁はんもほんまはそんな話一つも信用してませんから」

「メシはなんぼかき込んでもかまわん。じゃが、なんぼ言いたいことがあっても、それをみなまで言うたらあきません」

「もしほんまに僕に何かあるとしても嫁はんには言わんといてもらいたいんですわ」

「私が何か言いましたかな。大事な事はひと言も喋ってませんから」

「……」

「奥さん、ようここに来はりますよ。私と話したいからです。それでですよ」

「大先生のお話を伺うようにって僕にもよう言うてます。けど、そんな暇ありませんし、それにどうせつまらん話ばっかりやし」

鍾はメガネをかけると陶陶を見た。

「お顔の色があんまりようありませんな」

「僕は黄色人種です。標準的な色の顔です」

「運勢というもんは生まれた日やら時間でもう決まってます。女性関係が多いみたいですな。これはもうどうしようもありません」

「それはもう何回も聞きました。女関係が片手の数はあったとか、エエのも悪いのもおるとか。でもこんなつまらん話ばっかりして面白いですか」

「毛さまはみんなの領袖さま。威厳があってお話も堂に入ってます。ひとこと仰っただけで一万語の値打ちがあります。じゃが、私なんか何言うてもそれはただのひと言の値打ちしかございません。水増しもしとりません」

「アンタのアホな話を真に受けて、あいつは部屋じゅうに植木鉢を並べてよります。トイレの入り口に一鉢、窓の所にも一鉢、入り口には鏡を置いて、何もかもアンタの言うたとおりにね。お客さんが座るはずの西側の小さいソファに自分が座って、お客さんには南側の大きなソファに座ってもろうてます。しきたりとして普通やったらアカンような、そんな事まで何もかもアンタに言われたとおりにしてます。おかげさんで、商売はうまいこといってますけど」

鍾が声を押さえた。「最近、陶陶さんは瀬戸際に立たされたはりましたな。それもエエ女とねぇ。火の中で〝花〟に出会うて、その〝花〟は益々きれいな赤、燃えるような真っ赤になったんですな」

陶陶は冷や汗をかいた。

白い犬が陶陶の足の甲に乗り、すねに抱きついてしっぽを振る。しかし陶陶に蹴られ、両脚を揃えてチョコンとお座りをした。

「やっぱり避けなあきませんな。先ず散髪に行きなさい。髪の毛が多すぎます。頭の上に黒い雲が垂れ込めてます」

「この辺で失礼します。さいなら」

「もし外に〝花〟が咲いてるんでしたら、引き下がったほうがよろしいな」

「わかりました」

陶陶は呉江路をあとにした。胸くそが悪い。

部屋に戻ると芳妹の声が飛んで来た。「潘静さんから電話があったわ」

「あぁ」

「仕事、紹介してくれるんやて」

「……」

芳妹は陶陶をじっと見ている。

「外で会うて話そうと思うて何回も電話したのに、全然電話してきてくれへんて言うてたわ」

「そうか」

「あんたは何をそんな忙しいしてるんやとか、こんな時間やのにまだ帰ってへんのかって聞かれたわ。話が長うなるし、うちの旦那はうちに何かやってくれとか思うてへん、不満だらけやろけどって言うたら、鼻で笑うて電話切ったわ」

陶陶は何も言わない。

「商売の話やって聞いて、それも女のお客さんからの電話やのに、なんで嬉しそうな顔しいひんの。何考えてんの」

「さっき鍾のじじいのとこに行ってきたけど、しょうもない話ばっかり聞かされた。ほんまにむかつくヤツや」

「図星やから、機嫌悪いんやな」

「ふん、全部でたらめのつまらん事や。むかつく」

芳妹が陶陶の顔を撫でた。

「しんどいんやったら、お医者さんに診てもろうたら」

「あいつの所に行ってみてわかったんや。鍾のじじい、喋りすぎであごがはずれとる。あいつこそ先に救急で診てもらわなアカン」

「わかったわ。体が第一や。ごはんにしよう」

陶陶が箸をとった。

「夜は早めに寝てや。ちゃんとやらせてもらうわ」と芳妹。

「何やて?」

芳妹は声を低くした。「こないだ鍾先生がテレビで言うてたわ。男の人には秘密のツボがあって、えらい敏感らしいわ。うちはエエ奥さんやし、もう覚えたから丁寧にマッサージしたげる」

陶陶は持っていた箸をテーブルに叩きつけた。

「ペテン師め、あっちこっちに顔出しやがって。テレビ局にまでメシのネタ探しに行きやがって。世間をかき乱してばっかりのゴロツキや。今すぐ牢屋にぶち込んで無期懲役にしたらなアカン」

十　章

翌日の午後、陶陶は潘静と茶坊〝香芯《こうしん》〟で会う約束をした。

髪の毛をセットしてきた潘静は陶陶の姿を見ると穏やかな目になった。

二人掛けの籐の椅子。並んで座るのが憚《はばか》られたので奥の席を空けてわざと通路側に陶陶が座ると、奥へ詰めるように潘静に言われた。しかし動かなかった。潘静はしかたなく向かいに座り手袋を置いた。

「ゆうべ来てくださるものと思ってましたのに」

「私は小商いの身。出勤や退勤の時間なんてありませんからね。この足で駆けずり回るだけです」

「一晩中よく寝られませんでした。おかしなものですわね。夜中にうとうとしかけたら、物音がしたんです。あなたが来られたものと思って、寝たふりをしました。そうっと入ってきたあなたに後ろから抱きかかえられるような気がしたんです。でも暫くしたら何も音がしなくなりました。どれだけ失望したことか。時計を見たらまだ三時十五分でした」

「確かに、私は何もしていません」

潘静ははにかんでいる。

「ありえない事だとわかってはいました。夜中の三時ですもんね。奥さんが傍におられますし、出て来られるわけありませんわよね」

陶陶は黙って聞いた。

「やっぱり明日にしましょう。奥さんに〝お休み〟をもらって、江蘇《こうそ》の方へ商品を見に行くとでも仰って、私の所にお泊まりになったらいいわ」

陶陶は黙っている。

「傍にいて頂きたいんです」と潘静は媚びるように言った。

陶陶は黙ったまま、ズボンのポケットに手を突っ込み、中にある鍵を握りしめた。鍵にはギザギザが四つ付いている。三つは大きくとがっていて一つが小さい。痛みを感じるまで、そのギザギザを指でいじっていた。

「世間の常識でしたら、今の僕は気楽なはずです。でもどうしてもあの火事が頭から離れなくて……」

「ほんと?」

「僕がもしもよその土地、例えば石家荘の人間で、一人で上海に来ているのでしたら、少しは適当にやれるのかもしれません」

「私はそんなにいい加減な女ではありません。上海に来て何年にもなりますけど、今まで男の人と軽薄なことはしませんでしたし、気持ちが揺れたこともありません」

陶陶は何も答えない。

潘静が陶陶の手に触れた。「でもあの火事で心も燃え始めたんです」

陶陶は鍾のことを思い出していた。

「傍にいてくださらないと安心できないんです」

「僕はね、あれから一日じゅう非常口とか避難用の階段の事ばかり考えて、頭がおかしくなってます」

「私だって怖いんです。だからこそこんな事を言わずにはいられないんです。ゆうべはちょっと衝動的になって、お宅までお電話してしまいました。すみません」

陶陶はまだ口を開けない。

「奥様、表向きは丁寧でしたけど、本当はあれこれお聞きになったんですよ。最近、奥様とは大丈夫なんでしょうか」

「まあね」

「そうでもないように思うんですけど。正直にお話しします。私、石家荘にいた時、ボーイフレンドがいたことがあるんです。その人が電話してきたとき、夫が電話を受けてしまって、私がいるかいないかだけ答えたらいいのに、あれこれ聞いたんです。いつまでも電話をきらないもんだから、ボーイフレンドは困ってしまって。そういうふうに問い詰めたせいで、彼に夫婦関係がよくないことがばれてしまって」

陶陶がまた口をつぐむ。

「奥さん、きっとあなたにプレッシャーかけてきますわ。うちの夫がずっとそうですもの。私が何を着て出て行くか見てますしね。仕事から帰ったら、さあ抱いてやろうなんて言いながら、ほんとは私の首の所の匂いをかいでるんですよ。私、つける香水が決まってるんです」

「ご主人は何をなさってるんですか。いつも家におられるんでしょうか」

「教師です。私、家に帰っても香水の匂いがほんのりと残ってるんです。いつだってそうです。いつだったか、昼から石家荘でスパの開店セレモニーがあって女友達が連れて行ってくれたんです。そこで急にゲストにされてお風呂に入ったんです。帰ったとき夫がぴったりくっついて来て、キスしたかと思ったら、急に騒ぎ始めたんです。私が昼からホテルで逢引きしてたんじゃないかって疑うんです」

「えらく鼻が利くんですね」

「ちゃんとしたお仕事でお風呂に入ったんですけどね。普段、ボーイフレンドとホテルでどんなにいいことしたとしても首の所だけは洗っちゃいけないんです。検査に備えて」

「仕事が終わったら香水付ければ、それでいいじゃないですか」

「そんなことしたらもっとひどい目にあいます。そんなにひどい関係になってしまって、面白いわけないでしょう。大ゲンカして、それで私はこっちに来たんです。でも上海に着いて一ヶ月も経たないのに、夫ももうあの手この手使ってこっちに来たんです。あの頃、私は女友達とホテルのツインルームに長期滞在してました。洗面所には髭剃りなんかなかったんですけど、それを見て今度は私たちが同性愛じゃないかって疑うんです。……このくそったれ、やっちまうからな、こんな与太者だってはじめからわかってたら、とっくに片付けてたのに、とっとと消えちまえって、その女友達がものすごい剣幕で言ってくれて、それでやっと追い払えたんですけどね」

「それで、何が仰りたいんですか」

潘静はうつむいた。「ゆうべ奥さんは何回もお聞きになったんですよ。ということは全く信頼なさってないってことでしょう。レーザーディスクの孟さんのお宅でお会いしたとき、私は気が付いてたんです。お二人は全然お似合いじゃないって。芳妹さんって、あちらがお強そうなのはわかったんですけど」

「あぁ」

「陶陶さんは全然お楽しみじゃないみたいね。ずっと我慢していらっしゃるんでしょ」

「やめておきましょう」

「人って誰かのために生きていてはだめですわ。魂と体は一つにはなりにくいものですわね。楽しみってどこにあるんでしょう」

「そういう難しいお話は聞きたくありませんね。私は平凡な人間です。人並みの生活がしたいだけです」

潘静は何も言わない。

そこまで話したとき、陶陶は鍵を握っていた手に汗をかいていた。

「潘静さん、あなたはほんとにいい女性です。こないだからよく考えてみてるんですけど、残念ですが僕らは同じタイプの人間ではなさそうです。お友達としてしか無理ですね」

「私は上海の女の人とは違いますから、ものをずけずけいいます。でもそれがどうしたって仰るの」

「これ以上深いお付き合いはできそうにありませんね。あなたの部屋の鍵を受け取った日に思いました。自分は普通の女の人としかお付き合いできないって」

潘静は吹き出した。「私、特別な女ですか。もし陶陶さんがご自分に恋でもされてるのでしたら、私には何も言えませんけど」

「石家荘のボーイフレンドとは？」

潘静が微笑む。「あら、やきもちなのね。よかった。詩を作ってみたんですよ。〝秋月　涼しきこと水の如く　秋扇　慢慢として揺れ　秋菊　花開く　冤家《えんか》　我が秋病又《ま》た発しぬ（秋になると冷たい水と同じように涼しくなるもの　今私は役に立たない秋の扇と同じで振り向きもされない　世間ではもう菊の花が咲く季節になってしまった　恋人よ　私は又いつもの秋と同じように物憂い気持ちになっている）〟。あの人とだって思いもかけない偶然の出会いだったんです。私はそんなことでもなかったら人を好きになったりはしませんから」

「そのスパも火事になったとか？」

「私が靴を新調したところだったんですけどね。つまずいて転んで気を失ったんです。靴の踵が折れて倒れてるのに、みんな見て見ぬふり」

「そこにその男性が現れた」

「どうしておわかりになるの」

「助けてくれたんですね」

「そのまま私を抱きかかえてくれたんです。あなたがあのとき私を助けようとして抱きかかえてくださったのと同じようにね。それで仲良くなったんです」

陶陶はいくらか楽な気分になり、勇気を奮い起こし、汗でじっとりした鍵を取り出すとテーブルに置いた。潘静は呆気にとられている。

「潘静さん、いろいろとよくしてくださってありがとうございました。石家荘のボーイフレンドが早く会いに来られたらいいですね。彼も上海で働けるようになればいいですね。もしこれからもお役に立てることがありましたら、何なりとお申し付けください。何でも仰ってくださいよ」

二

梅瑞は康の後について部屋に入った。改装工事が終わり、テーブルやソファはもう届いている。南側には小さい中庭がついていて、バルコニーにはガーデンチェアが二つ。花も並んでいた。寝室に入る二人。ダブルベッドやドレッサーなど、全てのものが揃っていた。

「カーテンがついたら一人でここに住むわ」

「ずっと前のお客さんなんですけどね。婚約者の女性に条件出したんです。結婚しても週末だけの夫婦でいようって。平日はお互い一人で暮らすわけです。相手の女もそれでいいって二つ返事で答えたそうです。二人が結婚してから、訊いてみたんですけどね。週末だけの夫婦はどうやって。そしたらその人、遠い目をして言うてました。そんな事あるわけないやろ、なんで一人で暮らさなアカンのや、頭がおかしいわけでもないのに、ってね。……笑ってしまいました。その人も最後には認めてましたけど、嫁さんに一緒に住もうってだだこねられたんです。一人で暮らしてたら絶対に何か起こる、週末だけの夫婦なんかでいられるわけがないって。それで男の方も根負けして自分の家を売ったらしいんです。ほんまは自由の身でいたかったでしょうけどね」

「気持ちが通い合うた夫婦やったら一緒に住むのはあたりまえです。でも私は北四川路のあの男にひどい目に遭うてきて、もう限界。それで避難するんです。でも考えてみてください。ほんまにここに引っ越してきたら夜は一人ぼっち、天井しか見えへんのですよ」

「アハハ」

揃って寝室を出た。

「はじめは離婚したら引っ越してくるつもりやったんですけど、状況が変わったんです」

「こないだは電話でもう離婚したて仰ってましたよね」

「いいえ、あの若旦那に電話でずっと言われてるんです。離婚せんといてくれって。母が離婚したときも反対、結婚するのも二の足を踏んでました。離婚したらもうおしまい、結婚してもおしまいやと思うてるみたいなんです。精神状態が普通でなくなるって」

「結婚にも離婚にも反対なんですか」

「どれだけ反対されても私は離婚します」

康が長いほうのソファに座ると、梅瑞は手紙と写真を取り出し康のそばに腰を下ろした。

「これ、見てください」

――梅瑞へ　今月十八日、おかあちゃんは若旦那と結婚しました。私はちゃんと式を挙げたかったけど、おじいちゃんが節約家だから、簡単にしておきました。写真を見てください。いい感じでしょ。延安路の家の内装は終わりましたか。お元気で。母より

写真には宴席の様子が写っていた。梅瑞の母親は赤い薄絹のツーピース姿。素晴らしい腰つきだった。昔撮ったダンスの写真では厚化粧だったが、香港に着いてからはナチュラルメイクになったせいで却《かえ》って若く見える。傍にいる若旦那は満面に笑みをたたえ、祖父も相好を崩している。さらに二人の部屋のが一枚、ベランダ越しの景色がもう一枚あり、青空をバックに高層ビルが重なり合う香港を写していた。

「結婚の費用は全部おじいちゃんに出してもろうてるんですよ」

――「お母ちゃん、結婚の費用なんか、若旦那が出すもんやろ」と梅瑞は聞いた。

「あの人の貯金は全部商売に使うたから手元不如意や。おじいちゃんに頼らへんかったら家も買えへん。そやから写真かてほんまの記念写真は上海に戻ってから撮るつもりや。上海は安いからな」

「えぇっ？　上海に帰ってくるつもりなん？」

「あの人、西北地域で商売してて最近うまいこといき始めてるから、来月二人で上海へ帰るつもりや。そのついでに写真撮ってお披露目もするんや」

「そうなん⁉」

「何をそんなにびっくりしてるんや。状況はころころ変わるもんや。あの人かてチャンスを待ってたんや。大陸に事業を広げたがってるし、そういうのを〝機を見てしかるべく計らう〟って言うんや」

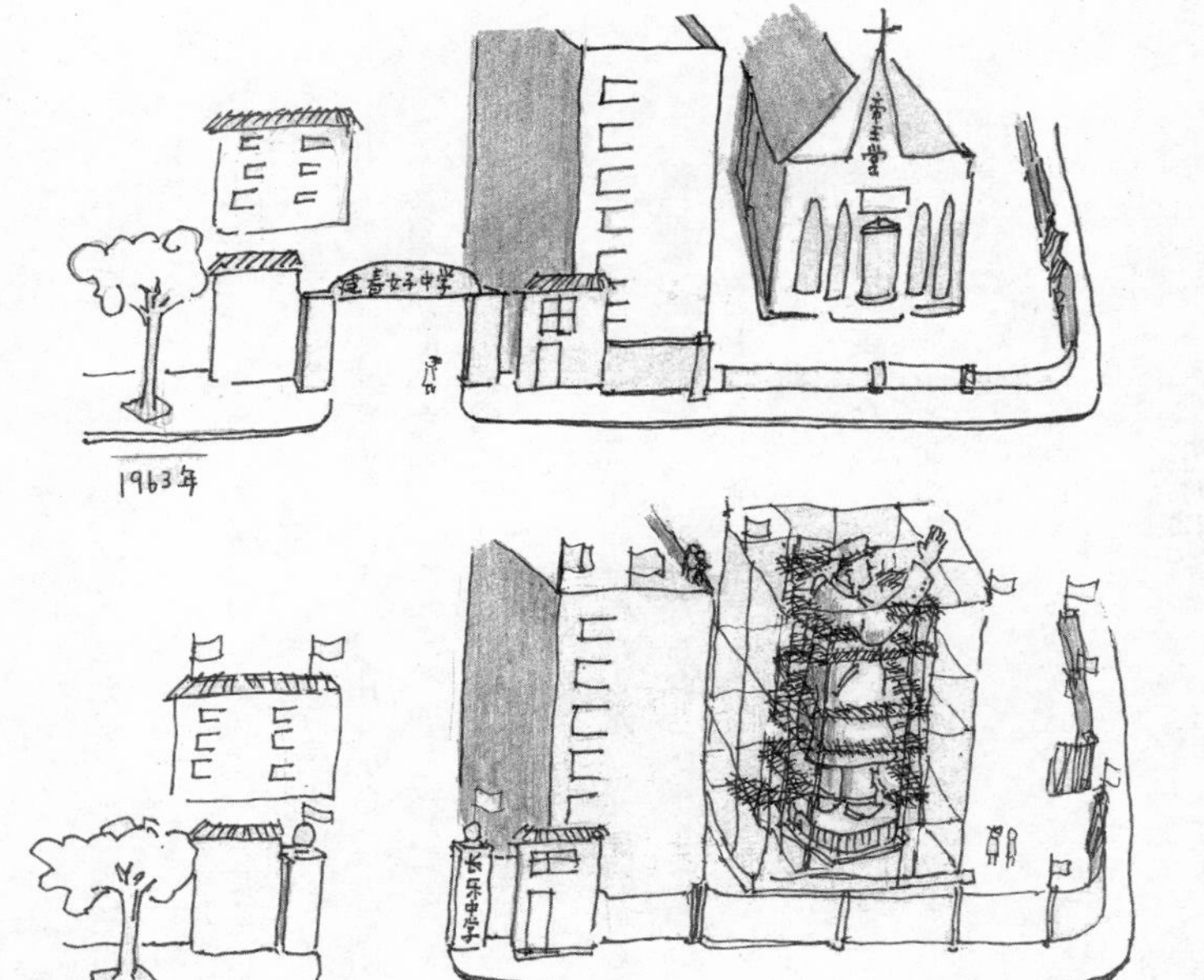

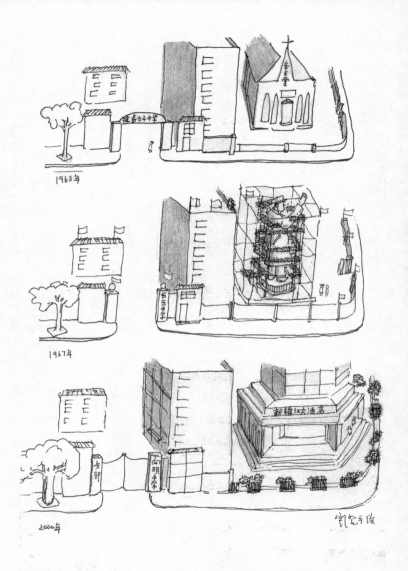

この街の移り変わり、その習作。四十年の劇的変遷を立派なカメラの代わりに絵筆で残しておく。

二人で見ていた写真を梅瑞が封筒に入れた。康が寄り添い梅瑞の手をとる。梅瑞は少し体を震わせたが、ゆっくりその手を抜いた。

ひっそりとした部屋、庭には太陽の光。情熱的な康。だが、梅瑞は次第に平常心を取り戻し、冷静になっていた。

「後になってわかったんです。母はあの人に出会うてから私に冷とうなってきてました。昨日の電話では、最近あの人から電話があったか聞かれました。何回かあったって答えたら、今度からは電話に出たらアカンて言うんです。理由を聞いても、出えへんかったらそれでエエの一点張り。腹たつ事でもあるんか聞いたら、もうエエ、切るわって言うてそのまま電話を切ってしまいました」

康は黙って梅瑞に寄り添っている。封筒が落ちた。梅瑞は虚ろな目つきになり、体を小刻みに震わせている。

ひっそりとした部屋、庭には太陽の光。風がそよそよと吹いてきて、鉢植えの葉を揺すっている。康に抱き寄せられた梅瑞はなされるがままだった。体がとけてしまいそうだ。しかしゆっくり身をかわして立ち上がる。康も手を引っこめた。

「康さん、いけません」と梅瑞がほほ笑む。

康は何も言わない。

「この頃、なんとなくむしゃくしゃするんです」

康はまだ黙っている。

「若旦那も香港からしょっちゅう電話してきてます。気持ちを落ち着けてとか、離婚なんかするなとか言われてます」

ソファにもたれた康は黙って話を聞いている。

「私、おかしいと思うんです。離婚は私自身のことやのに、離婚せんほうがエエって指図するんです。来月上海に帰るつもりでもう銅鑼湾《どうらわん》に着いてて、服も下着も、とにかくたくさん買うてくれてるらしいんです」

「下着も？」

「下着も服もです」

「サイズは？」

「わざわざ電話で聞いてくるんです。服のことがお母ちゃんにバレてからはしょっちゅう喧嘩してるみたいです。私、愚痴を言いました。なんで母に買わへんのかて。そしたら、同じように買うてる、数もブランドも殆ど一緒やて言われました。私はもう何も言いませんでした。そしたら今度は、やっぱり帰ってからは自分のことを〝若旦那〟って呼んでもらいたいて言うんです。おじさんっていう言い方は自分が老けたみたいやって言うんです。西北開発のプロジェクトは絶対うまいことといくし先行きは心配ないから、やっぱり今の仕事辞めて自分と一緒にやらへんか、手伝うてもらいたいんやって言われました。それでそう約束しました。若旦那て呼んでもエエし、もうそんな事はどうでもエエんです。でも私に下着を買うのは軽薄な感じがするし、私自身が落ち着かへんとは言うときました」

康は黙ってガラス戸の前まで行った。

庭じゅうに太陽が差し込んでいる。

梅瑞が近づく。風に揺れる花が見えていた。

肩を並べる二人。康が梅瑞を引き寄せる。梅瑞はやわらかい身のこなしでそっと寄り添った。

康を見上げ、その肩に顔をのせたまま微動だにしない。

中庭にさわやかな風が吹き、太陽がまぶしかった。

梅瑞は康に抱き寄せられたまま深呼吸をし、そっと唇をあてたが――。

「すいません。やっぱり今はだめです。アカンのです」

そっと身をひき、ゆっくり康から離れた梅瑞。

康が手を緩めると梅瑞はまたほんの少し距離をとった。どちらもが言葉を失い、気まずい空気が漂った。

「気ぃ悪うせんといてください」と梅瑞。

「いやいや」

「この頃、気分がようないんです。北四川路のあの嫁ぎ先にはもう嫌気がさして、ずっと一人で暮らしたいて思うてました。この部屋のことがうまいこといってからもいろんなことが次々気になって、不眠症にならへんか心配です」

「あれもこれもアカンアカンアカン……ですな」

「……」

太陽が差し込む庭。風で花が揺れている。

康が話を変える。「私の友人であっちこっちのマンションに部屋を六つも持ってるやつがいます。嫁さんがずっと不眠症なんですけど、新しい部屋に移ったとたん、そうなってしもうたらしいんです。なんとなく機械音がするような気がして、目を開けたまま朝になるのをずっと待ってるそうです。……市内でも浦東でも、新しい部屋がどれだけ静かでも、嫁さんの目には毒があるように見えて、五年の間、毎晩嫁さんは一人で開封路の古い部屋に帰るしかない。路地にある家の、中二階へ寝に帰るんです。台所もトイレも共同ですよ。……晩ごはんを食べたら嫁さんはいつも家政婦に言いつけます。朝はどんなおかずを買うて何を作るか。夜八時半になったら、運転手が嫁さんを閘北の開封路まで送って行きます。中二階の部屋には一人用の寝床が敷いてあって、古い家具がむちゃくちゃに積み上げてあります。隣には出稼ぎの人間が住んでるし、部屋にはゴキブリやらワラジムシやらナメクジもいますけど、その嫁さんは満足して朝まで寝ます。……朝六時半、運転手が時間ぴったりに路地の入り口まで迎えに来て、新しい部屋まで送ります。部屋に入ったら旦那を起こして、西洋風のテーブルで一緒に朝ごはんを食べます。……そんな生活を今まで続けてるんですけど、最近になって、開封路の家が取り壊されることになって、友人は焦ってるんです。嫁さんがどうしようもなくなるって」

梅瑞はやるせない笑みをうかべた。

「奥さんがどうしようもなくなるって、そんなんきっと表向きだけです。わかります？」

「え？」

「旦那さん、表向きは自分の奥さんのことを貧乏性やとか貧乏たらしい奴やっていうことにしてるんですよ。それか、ほんまはその奥さんがわざとそういう風に見せかけてるだけやないでしょうか。そうやないとしたら、〝夜〟のほうがうまいこといってへんとか……」

「あはは」

「そうでもないんやったら、一緒にいたら息がつまるとか。そのお友達、よそにエエ女でもいるか、家政婦さんとエエ事してるか。奥さんの方も新しい家が落ち着かへんていうのはただの口実で、古い部屋の隣にエエ人がいるとか」

「いろんな事がありますからな」

「ひょっとしたらそのお友達の言うてることは全部出鱈目《でたらめ》かもしれません」

康が口を閉ざした。

「人の話は表向きだけやていう事がようあるんです。おわかりでしょう」

康は黙ったままだった。

まばゆい太陽が庭を照らし、花がそよいでいる。

康は、梅瑞とはもうそれで終わりにしようと決めていた。

しかし一ヶ月後、梅瑞から電話があり、今までどおり親しげに事細かに報告してきた。母親と若旦那はもう上海に来ているらしい。

「もう降参するしかないんです。二人が上海に来るちょっと前のことです。用事が済んで事務所に帰ってきたら、汪さんに言われたんです」

――「梅瑞さん、お帰りなさい。ついさっき香港から電話があって、香港の新婚さん夫婦があさって上海にお見えになるそうです。記念写真を撮って、次の日にお披露目するって仰ってました」

「えーっ？　お母ちゃんていうたら、ほんまにいらん事喋るんやから」

「たぶんまたお電話があると思います」

「……」

私は日程もはっきりわかってるのに、なんで会社にまで電話してきて、見も知らん汪さんにあれこれ喋るんやろ。お母ちゃん、ほんまに年取ったんやわ――。

「お母さんを責めたらダメですよ。私のほうからお聞きしただけですから。どれだけ年とってもやっぱり新婚なんですし、ロマンチックなお気持ちなんですよ。お嫁さんとお婿さんは南京路の金門ホテルを予約されたそうです」

「ほんまにお喋りやわ。ルームナンバーは言うてた？」

「うふふ。あれくらいの世代の人は自慢話がお好きやから、何でも人に言わんといられへんのですよ。昔やったら上流階級の人が結婚するときは、国際ホテルか、そうやなかったらイタリア風の金門ホテルでやったもんですしね」

汪が黙り込む。

三十分ほど経ち、予想どおり母親から電話があった。

「ほんまに年取ったらどんどんアホになっていくわ。汪さんにもお披露目に来てもらいたいって言うの忘れてた。あんたの友達みんなに来てもろたらええし、それも多いほどエエわ。旦那と娘も連れてくるか？」

「うん。もう切ってもエエやろ」

そばにいた汪が思わず声をかけた。

「お母さん、何かご予定でも変わったんですか」

「……。ちょっと出かけてきます」

お披露目の日の夕方、仕事を終えた梅瑞が金門ホテルに駆けつけると、ボディの長いリンカーンが遠くから見えていた。若旦那が下りてきて後ろのドアを開けると、お偉方らしき客が三人下りて来た。パリッとしたスーツに身を包んだ若旦那は満面に笑みを浮かべ、客とともに上の階のロビーに向かう。梅瑞も後についた。

レストランに着くと、大きいテーブルが三つあり、もう客が大勢いて、母親が梅瑞に手を振っていた。若旦那も振り向き梅瑞の方を見たが、ニコッと微笑んだだけで、その後は接待に追われていた。

梅瑞は黙ったまま母親と並んで座った。夜のパーティのゲストは、基本的には若旦那に関係ある人物ばかりだった。外資系会社の社長、遠方から来たと思《おぼ》しきお偉方、銀行の支配人、社長連中。台湾人に日本籍の中国人に香港人。男も女も大騒ぎしている。

　母親は黒い絹のビロードの旗袍だ。真珠のネックレスを着け、ヘアスタイルもふんわりセットされている。賑やかに酒を飲み、実にそつのない姿だった。

　食事が終わると、食べ残しと名刺があたり一面に散乱していた。他の事に気を取られ、金門ホテルの高級スープ〝仏跳墻《ぶっちょうしょう》（福建料理。あまりにも良い香りが漂うため、修行僧が塀を飛び越えて飛んでくるという命名）〟さえ誰も手をつけていない。

　梅瑞はようやく理解できた。若旦那は遠方に生産ラインを引くための仲介役をずっとしており、それもかなり大規模なものらしい。お開きになっても場所を変えて、居残り客を接待していた。

　梅瑞は母親とともに部屋に戻った。南京路はキラキラ輝いていたが、窓を閉めると部屋の中は静謐そのもの。

「このホテルに来たら、時間が逆戻りしたみたいや。昔、このホテルに入れる人っていうたら、お金持ちとか偉いさんばっかりで、有名人がわんさか来てたんや。うちが若かった頃は若旦那と何回もここに来たことがあるけど、おじいちゃんに会うためだけやった」

　昔は〝華僑ホテル〟と呼ばれ、一階で特別な商品や輸入物が買えた。一般市民は入れない。外国人や華僑、または高級幹部しか買えない高級な物を売っており、特別なお金も必要だった。

　八六年に顧客とそこで会う約束をしていた若旦那もそんな男を見かけたらしい。おそらく外国から帰ってすぐだったのだろう。上海の、貧乏そうな親戚を大勢連れてその特別な売り場へ行き、米ドルの分厚い札束を出し、カウンターにポーンと置いたという。「マルボロ八カートン、いくらかな。まぁ適当に取っといてくれ」従業員は驚き、目を見張った。そんな輩がいるだろうか。

　当時、若旦那はしょっちゅう香港と上海を往復していたので、一目で見抜いていた。その上海人はせいぜい二年か三年外国にいただけ、前に自分もそんな風に見せつけられたから、今度は自分も人に見せびらかしたかったのだろう。大したことない者に限ってそういうものだ——。

若旦那の姉は昔外国で家政婦として働いていたことがある。初めて上海に帰ってきたとき、暫くそのホテルに泊まることになったが、全く外に出ることがなかった。慈禧《じき》太后（西太后の別名）のように、親戚や友人が会いに来てくれるのを静かに待つだけだった。ホテルの外には長期レンタルした車が停めてあり、それも全く動かさず南京路にまるまる三日間も停めたまま。

「若旦那の黒ナンバーの車もチャーターしてるん？」と梅瑞が訊く。

「いや、買《こ》うたんや。それに、もう上海の会社も社名登録したし事務所も借りたし」

梅瑞は黙っている。

「どうにかこうにか、あの人と結婚できたからこれでスカッとしたわ。あの生産ラインのプロジェクトがうまいことといったら、もっとエエ気分や」

「何を腹たててんの」

「おじいちゃんがうちの結婚をええように見てくれてへんかったからや。若旦那はほんまにエエ人で、真面目に仕事もできる人やって見せつけてやりたいんや。うちはおじいちゃんみたいにのうのうと香港の人間になることはできひん。平和な顔して上海の女になるのも無理やけどな」

「それでおじいちゃんはエエって言うてくれたん？」

「おじいちゃんは全然安心してくれてへん。またうちのいつもの病気が出て、じっとしてられへんだけやろとか、できたら傍にいて老後の面倒をみてもらいたいとか言うてたわ。おじいちゃんのそんな気持ちがわかったから、もう上海に帰らへんかったら気持ちが晴れへんって思うたんや。ウエディングドレスも用意できて写真屋さんにも頼んであるし、ちょっとは格好つけとうなるのが普通やろ。それからな、もしおじいちゃんから電話があっても絶対に何にも言うたらアカンしな」

「お披露目したら新婚旅行はどこへ行くん」

「会社もやる事いっぱいあるし、財布も心許ないからやめとくわ。頼みがあるんやけど。これからは若旦那とあんまり行き来せんといてもらいたいんや」

「なんで？」

「覚えといてくれたらそれでエエわ。もうひとつ頼みがあるんやけど、エエやろか」

梅瑞はあいた口がふさがらなかった。

「事務所も借りたし車も買うたし、当分の間、節約しなアカンねん。いつまでも長いことホテル住まいするのは賢うないやろ。改装したお前の新しい部屋に半年ぐらい住ませてもらえへんやろか。たったの半年、長うても一年やしエエやろ」

「あの時はもう頭がくらくらしてきました。康さん、どう思わはりますか。こんなおかしな事、あると思わはりますか」

康は話を聞いている間、何度も電話を持ち替えていた。返す言葉が浮かばない。

拾壹章《じゅういち》

壹《いち》

阿宝一家が引っ越しする前夜。思いがけず、叔母が訪れた。赤い菱の実が半分ほど入った籠を提げている。

家の中は荒れ放題、姉夫婦はものも言わず荷物の整理をしている。叔母はショックのあまり家捜しに来ていたヤツらにあらゆる罵倒の言葉を吐き、大喧嘩をし始めた。

「くたばれーっ。黄浦江に飛び込んで死んでまえ」

母親はヤツらに泣きつき始めた。

当番で監督に当たっているヤツははじめ叔母のことを家政婦かと思ったが、頭がおかしいのだと決め込み、どうせ明日引っ越すのだからと相手にもしなかった。

叔母は涙をぬぐい阿宝の肩を撫でた。「叔母ちゃんが来たから、もう心配いらんしな」

翌朝、阿宝一家とともに叔母もトラックへ乗り込み、北西にある曹楊《そうよう》労働者新村に移動した。

阿宝は蓓蒂とばあやに手を振る。

セミしぐれの中、すぐそこにロシア正教のニコライ聖堂があり、その屋根が見えていた。上に聳《そび》える玉葱頭、その下にも玉葱頭。上海は少し歩くと同じ間をあけて教会がある、と蓓蒂が言っていたのを阿宝は思い出す。蓓蒂の知っている〝上海〟とは淮海路と復興路くらいのものだが。

無数に並ぶ低く黒っぽい民家を通り過ぎ、蘇州河や聳え立つ煙突、浅黒い顔をした道行く人の傍を過ぎると中山北路。そこまで来ると、香料工場の匂いが鼻をつき、酸化鉄を原料にした顔料工場の真っ赤な埃が舞い始める。広大な田畑、農家、柳、キュウリの棚、ナス畑、モロコシが周囲に植えられた枝豆畑、掘り返され荒れはてた墓……。北へ向けてひた走るトラックから見える、そんな全てが〝上海〟の本当の姿なのだ。

漸く整然とした家並みが見えてきた。曹楊新村に着いたのだ。この街の人々に〝二万戸〟と呼ばれる有名な景色だった。五十年代にソ連の専門家が設計したもので、市内に合計二万軒ほどある。煉瓦と木材を組み合わせた二階建ての建物。西洋瓦に木の窓や戸、二階は杉の木を使った床、一階はコンクリートの地面。内壁は下地の土と草をしっくいがうっすらと覆っている。

二階建ての一棟には上下ともに五部屋ずつあり、合計十世帯が住んでいる。炊事場とトイレは共用だ。

蘇州河の傍のぬかるみにある滾地龍《こんちりゅう》（草やむしろで覆っただけの、テントのような小屋）や潭子湾あたりのバラックに住む赤貧階級にとって、〝二万戸〟は風雨を遮ってくれるありがたい存在だった。

阿宝たちの新しい住処は一階の四号室、十五平米の小さな部屋だ。廊下は一号室から五号室の五軒で共有。あたりを這う雑草の蔓が窓の外に見え、部屋の中はほこりと蜘蛛の巣だらけだった。

一家はトランクや行李《こうり》を運び込んだ。父親はまず表のドアのそばに、拾ってきたレンガで釘を打ちつけ、分厚い段ボールに書かれた自分の〝罪状書〟を引っ掛けた。そこには帽子を脱いだ最近の写真が貼られ、きちんとした楷書でこう書いてある。

まず〝およそ反動的な輩というものは、誰かがやらなければ打ち倒すことができない〟という毛語録で始まる。——罪人は〇年〇月上海を抜け出し解放区（人民共和国成立前、国民政府支配下で共産党が確保していた地域）に紛れ込み、〇年〇月解放区を抜け出し上海に紛れ込む。自ら反動的新聞社編集部の記者となり、革命事業を破壊、人民共和国成立後も罪を認めていない。その罪、万死に値す。

居民委員会の幹部が総出で来ていた。

女性幹部が罪状書の写しを取り出して宣言する。「労働者階級が暮らす地域に反革命分子一家が引っ越してきた。これは住民諸君にとって重大な試練だ。大いに発奮して行動するように。革命家の権利を行使し、罪人が朝晩掃除しているかを見張ること。十六番地から十八番地までの掃除だ。さらに本人は罪状書を丁寧に扱い、決して汚してはいけない。罪状書は毎朝七時に外へかけ十八時に取り込むこと」

父親は命令通りにする約束をした。

女性幹部が日誌をめくる。「人民共和国になったのにまだ妾がいるのか」

父親は阿宝の叔母を指した。「こいつは家内の妹で、引っ越しの手伝いをしてくれてるだけでございます」

女性幹部はペンを出すと、黙って日誌に書き込んだ。

戸と窓の所に見物人が押し寄せ、窓の縁に座った子供が三人、一切合財を目に焼き付けようとしている。

一家四人は衆人環視の中で、部屋の整理を始め、まず大小のベッドと棚の位置を決めた。

二号室の女が母親に話しかけた。言葉からして蘇北出身のようだ。「あんた、一番大事なもん、忘れとるやんけ」

母親は黙っている。

「石炭コンロ（構造や使用方法は日本の石炭ストーブに近い。ドラム缶を小さくしたような形で、燃料は豆炭や練炭）や」

母親は驚いた。「そんなもん使いますの」

「そうや。石油コンロ（日本の石油ストーブに似ているが、暖房用ではなく調理用）でもかまへん。さっきあんたとこの物《もん》、一応見てみたけど、石炭コンロがないなぁ。自分で作るにしても灯油の入れ物もないし」

母親は途方にくれた。

三号室の奥さんが言った。やはり蘇北出身だ。「うっとこの石炭コンロ使うたらエエわ。麵かてすぐ湯がけるし」

今度は二号室だ。「いや、やっぱりうちのん使うたらエエわ。これが一番大事なんや。安いのでエエしな。胴の部分を買《こ》うて来て、灯油缶に入れて自分で作ってもエエわ」

母親が繰り返し礼を言うと、今度は三号室が口を挟む。「石炭通帳（日本の米穀通帳のようなもの）作るの、忘れたらアカンしな。買《こ》うた日にちとか量を書いてもらうんやし、あれがなかったら石炭買えへんし」

「ありがとうございます」

五号室の女は黙って見ているだけだった。スリムな体型、愛想よく礼儀正しい。

叔母が母を慰めている。「お姉ちゃん、心配せんといて。私は石炭も熾《おこ》せるし、石油コンロかて使えるわ。前、虹口に住んでた頃は石油コンロで毎日過ごしてたんやし、へっちゃらや」

母親はすぐには言葉が出なかった。

〝二万戸〟はどこもかしこも人だらけ。廊下、炊事場、トイレ、部屋の前、窓の外、毎日毎日朝から晩まで人の声が絶えない。大人の声に子供の声が響き渡っている。
カランコロンという下駄の音、喧嘩する声、子供を叩く音、旦那をどやしつける声、ラジオの音、胡弓や笛の音、淮劇、京劇、このあたりの地方劇、咳き込む音、カーッと痰を吐く音、米を計って炊く音、料理の音、流しいっぱいにさばきたての豚の肺を一匹分丸ごと放り込む音、それをトントン叩く音。アルミの鍋蓋をかぶせる音、鉄鍋が当たる音、餃子の具を切る音、痰つぼを運ぶ音、足洗い用盥の水を捨てる音、バケツを提げる音、床を拭く音。便所の戸を閉める音もひっきりなしにバタン、バタン、バタン。

水道代は頭割り、電気代は使っているソケットの数で決まる。真空管四個のラジオは十五ワットの電球、真空管五個のラジオは二十ワットの電球として計算する。

父親は毎日決まった時刻に掃き掃除をしてから、職場へ駆けつける。その上、罪状書を毎日出したり入れたり。帰りが遅いときは阿宝が父親の代わりに取り込んでおく。

母親がお風呂に入るときは、テーブルを脇によけ、叔母がベッドの下から木の盥を引っぱり出して炊事場から湯と水を汲んできてやる。そんなとき部屋のドアを閉めるのはどの家も同じこと。男なら上半身裸に短パン姿で炊事場の外に立つ。石鹼と水さえあれば家の外でこと足りる。終われば便所に入って服を着替えればいい。

黄昏時《たそがれ》になると、どの家も木のベンチを出して来て外に並べる。家の前も裏も人が溢れかえり、ベンチは食卓代わりにもなっている。食事が終わると女たちが食器を片付け、家じゅうの服を洗濯する。それが終わると寝椅子を出して戸板を置き、こぞって外で涼を取りながら夜を過ごす。

「ここは条件あんまりようないけど広いやん。それに街の人と田舎の人、一長一短でほんまは大して変わらへんもんやしなぁ」と叔母が慰めた。

阿宝は黙っている。

「南京路とか天津路なんか市内のど真ん中にあるけど、部屋用便器の馬桶《マァトーン》しかないような条件悪い家、探す気になったらなんぼでもあるやろ」

「うん」

「阿宝、友達はたくさん作らなアカンしな。見たやろ。二階の十号室の小珍《シアオジェン》ちゃん、こっちばっかり見てたやんか」

「叔母ちゃん、もうエエわ」

叔母の顔がほころんだ。

夕食をすませると家々に灯がともる。阿宝は家並みの向こう側へ行ってみた。以前の暮らしを懐かしむ気持ちは微塵もない。

向こうに目をやるとそこに見えるのはあぜ道と柳の木。昼間は木の下にカマキリがいて雑草が生えていた。蝶々も飛び交っていた。それが今は真っ暗で何も見えない。

目を閉じてみた。風のおかげで涼しい。木の葉とヨモギの香りがする。乾し豆腐のニンニク炒めや豚の腸を煮込む匂い、工場から漂ってくる化学薬品の臭いが混ざっている。

家に戻ったのが遅かったので、どの建物も静かになっていた。みんなドアを開けたまま夜を過ごしている。蒸し暑く真っ暗な廊下まで、蚊取り線香や虫除けに燻《いぶ》されたヨモギの匂いが漂っている。

二号室には二段ベッドが二つ。膝から下が、ベッドに差し込む月明かりに照らされている。そんな姿が目に飛び込んできた。

阿宝の部屋の入り口には上半分だけ目隠しのカーテンが掛けてある。父親は床に直接布団を敷いて横になり、母親も叔母ももう夢の中。

家族がこんなにもぎゅう詰めで寝ているのがそのようだった。そしてそんな暮らしだからこそ、阿宝は叔母には本当に感謝していた。

引っ越し当日、叔母は阿宝と母親を雑貨屋へ連れて行ってくれた上、石炭コンロ、炭バサミ、足洗い用の盥、バケツ、団扇、低い腰掛け四つ、そういった物を買ってくれたのだ。

「腰掛けは二つでエエわ」と母親。

「外で晩御飯食べる時二つでは足りひんわ」と叔母が返した。

「ちょっとちょっと、そんな慣れへん事、ようせんわ」

「外で食べたほうが風が吹いて涼しいんやから」

母親が口をつぐんだ。

「お隣さんとおんなじようにしなアカンって」

「外に座って足広げてお碗持ってお粥さん食べんのか。そんな事ようせんわ」

「苦労が足りひんなぁ。勉強が足りひんわ」

「あほ」

「私かて前はお金持ちのお嬢さんって言われてたわ。そやけど早うから苦労して、義理人情っていうもんがわかるようになったんやから」

「結局、男で失敗したけどな」

「そうや。お姉ちゃんかて前は幸せやったやろ。エエ家に住んでたし、旦那もエエ人や。そやけど今はどうや。やっぱり何もかもがうまいことといくっていうのは無理やん」

母親はまた黙ってしまう。

「安心してや。何かあったら私がなんとかするし」

「家は狭いし、やっぱり早いとこ家に帰りや」

叔母は顔を強張らせた。「えぇ？　あのくそおまわりなんか、もう離婚したんやから。私が帰ってしもうたら、誰が石炭コンロ熾すんよ。一週間交代で掃除当番が回ってくるやろ。トイレなんかほんまにひどい臭いや。一号室の山東者《もん》なんか、毎日ニラとニンニクと玉葱食べてるから、うんこさん臭《くそ》うて目ぇ開けてられへん。誰も掃除なんかできひんやろ」

「そんな事言うもんやない」

「トイレかて全部で四つあるやん。セメントの溝があって蓋が四つかぶせてあるけど、下の人間は二つ分掃除しなアカン。蓋全部外して水かけてこすってお陽さんに干さなアカン。ソ連人のろくでなしがこんなもん作りよって、臭いし重いし。私が帰ってしもうたら誰がやんの」

「そんな事言うたらアカンって」

「二階のヤツら、わざわざ一階用の便所でうんこさんしよる。ほんまに勝手なヤツらや、プロレタリアートっていうもんは」

「シーッ」

「下痢を周りに飛び散らすし、溝は生理で汚れた紙とかとぐろ巻いたうんこさんが盛り上がってて、竹箒ぐらいではどうしようもないし。ほんまに気持ち悪いしイヤやわ」

母親はため息をついた。

「ほんまに帰りとうないんやったら、まぁまた考えたらエエわ」

日曜日、伯父が曹楊新村にやってきた。

それまで住んでいた思南路の祖父の屋敷から追い出され、着のみ着のまま逃げ出した三家族はバラバラに住むことになった。

伯父一家は提籃橋にある石庫門住宅（章壹）の表の部屋に引っ越した。嬢嬢《おば》は例のトランク事件のせいで、職場から圧力がかかり、泣く泣く離婚。祖父と二人で閘北の鴻興路沿いの部屋で暮らすことになった。一番下の叔父一家三人は閘北の青雲路にある家の中二階に住むことになった。祖父が受け取っていた預金の利息がつかなくなり、伯父は毎月二十九元三角の収入だけになった。年季明けの見習い工レベルだ。家族が多いから生活は厳しい。

嬢嬢と叔父の給料は一銭も減らなかった上、家族も少ないのでなんとかやっていけそうだ。

伯父は窓にもたれて水を飲んでいる。阿宝の両親は共産党政権になってから今日までの二十年間、伯父とは旧正月に思南路の祖父の家へ行く時に会うだけだった。たいした行き来もなかったし、現に今も口を閉ざしたままだ。

「どう見てもここが一番エエな。窓から自然の景色が見えるし、共同でもトイレかてあるし」と伯父。

「いやいや、悪い事もあるんですよ」と母親。

伯父は自分の弟を指して言った。

「人と比べたらほんまに腹がたってしょうがないわ。お前の給料はどれだけ減ってるとしても七十元近《ちこ》ぅあるやろ。嫁はんかて職場からもらう給料、八十元以上あるやろ。オレなんか比べもんにならんわ」

「兄さん、今日は何か用事があって来たんやろ」

「お前は弟のくせに、なんか言うたらとげとげしい言い方するな。わからんのか。オレら二人ともほんまはどっちも真面目に勉強せんかったよなぁ。そやし結局エエ事なんか何もない」

父親は口をつぐむ。

伯父は声をひそめた。「はじめからわかってたら、十六鋪の埠頭にでも行って肉体労働やってたわ。俺もお前もプロレタリアート階級になってたのになぁ。なんで気ぃ付かんかったんやろ」

父親はやるせない笑みをうかべた。

「オレ、ずっと若旦那みたいにやってきたやろ。何もかも親父が仕切ってて、働きもせんとあっちこっちふらふらしてるだけのただの遊び人やった。酒飲んで、『萬有文庫』で歴史とか文学作品とか外国の物も読んだ気になって、アメリカ映画観て、琵琶の語りにうつつ抜かして」

父親は何も言わない。

「お前もはじめはあんまり真面目に勉強せんかったたな。プロパガンダに影響されて〝組織〟に入ったけど、苦労しただけで何の教訓も身についとらん」

父親は黙っている。

「英語を真面目に勉強してたら、会社でも興して、うまいことといったら、春と秋の決算期にはなんぼか儲かってたやろな」

「どういう事なん？」と阿宝が口を挟んだ。

「損したか得したかって計算するんや。兄弟二人でイギリスとかアメリカに行って、はじめのうちはただの外回りの仕事でもやって、そのうちコンプラドール、外資企業の仲介やけど、そんなんにでもなれたやろな。そしたら今みたいなこんな事にはならんかったやろうし」

父親が低い声で言った。「出て行ってくれ。今すぐ出て行ってくれるか」

「けったいなヤツやな。災難に遭うたようなもんなんやから。何怒ってるんや」

「お義兄《にい》さんはめったに来てくれはらへんのやし、もうやめて」と母親。

「昼ごはん一緒にどうですか。もうそんな事はほどほどにして」と叔母。

「お義兄さん、シャツ脱がはったら？　中は暑いし」

「あのなぁ、この服は脱げへんのや。恥ずかしいんや」

「ベルトで何遍もしばかれて傷が残ってるんやろ」と父親。

伯父がボタンをはずした。

「今まで政治運動に関わってたけど、どつかれるだけやったらまだエエほうや。そやけど、正直に書けって毎日責められるんやぞ。金《きん》はどこに隠したんやってな。そんなもんあるかい！　食うもんも食わんとボロばっかり着てるけど、身内やし、もう見られてもエエわ」

伯父が服を脱ぐ。古い下着のシャツを着ている。確かに目も当てられないくらいボロボロだった。魚捕りの網のようだ。みんな何も言えなくなった。

「物買うのもほんまにラクやない。ルンペンみたいに毎日漬物とかモヤシしか食えん。そんな節約してもまだ足りんから、ご近所さんの便器洗いして稼がなアカンのや」

誰も口を開かない。

叔母がお惣菜を買ってきた。テーブルをベッドの前まで出し食事の用意が始まる。

五人で席につく。買ってきたチャーシューとソーセージ、家で作ったフナとネギの焼物、骨付き肉の甘酢あんかけ、なた豆の炒め物。干しエビと海苔入り卵スープもある。

テーブルに並んだ料理を見て椅子の下にへなへなと倒れこんだ伯父を阿宝が起こしてやった。

「昔、監獄にいたときでもこんな腹減らしたヤツめったにおらんかった」と父親。

伯父は咳き込んでいる。「いつもの病気や。腹が減ったら胃が痛うなる」

「罰《ばち》があたったんやわ。お金持ちのぼんぼんともあろう者がここまで貧乏になってしもうて。はよう食べて」と叔母。

「あんた、金があり余ってるんやな。なんでこんなようけこしらえるんや。兄貴なんか大した客でもないのに、こんなはりきって」と父親。

「お義兄さんが大きい義兄さんにご馳走しはる事ってめったにありませんやろ。メンツがかかってますやん。どんと来いですわ。私は女中みたいなもんやし、労働者です。みなさんには私が買うた物を堂々と召し上がっていただきます」

「もう静かによばれましょう」と母親。

「料理多すぎたら腹こわすぞ」と、父親はまだそんな事を言っている。

みんなが黙り込んだ、その時のこと。ふと見ると、伯父がテーブルにしがみついてガツガツかきこんでいるではないか。なんということだ。よそってもらったご飯をわき目もふらずに食べ、チャーシューもソーセージもみんなの分まで殆ど食べ、それでもまだ自分のお碗に入れている。耳も聞こえなくなったかのように食い気だけ。必死でモグモグ、好きなだけ噛んでは呑み込み……。

「先にスープ飲んでからゆっくり呑み込んで、落ち着いて食べなアカンわ。大きいお義兄さんが来はるってはじめからわかってたら豚ももでも買うて煮込んどいたのに、悪い事しましたわ。ほんまにすんません」

五人とも黙ったまま、あまりの贅沢にひやひやしながら食べた。周りの目が気になって仕方ない。

よく食べて伯父は落ち着いてきたようだ。

「考えてもみろや。昔、この街の高級料理屋は全部行ったよなぁ。昼メシでも晩メシでもそれに夜食とか昼にやってるフルコースの洋食でもな。〝新雅〟の軽い物やったらハマグリの蒸し焼きとかエスカルゴの蒸し焼きや。〝老正興〟やったらナマコのエビ卵醤油煮、青魚の尾ビレを醤油で煮こんだんもエエし、ハギョのスープに豚足料理、〝大鴻運〟やったら酒漬けの鶏とかエビ、どれもこれも確かにうまい。そやけど、あんな物ばっかり食べてたらほんまにうまいとは思えんようになる。人間の腹ていうもんはほんまにアカン。あんな物は食べるだけ損や。こうやってみんなと食べるメシとは比べもんにならん」

「大きい義兄さん、人生エエ事ばっかりやありませんし、溺れる者は藁をも摑むって言いますしね」

母親が何か言おうとしたちょうどその時、戸を叩く音がして居民委員会の女幹部がぞろぞろ入ってきた。

立ち上がった父親に伯父も倣った。

幹部がテーブルを見回している。

「うぅん。ようけ料理が並んでるな。今日は何のお祝いや。国民党の成立記念日か」

「お義兄さんが来てるんです」と母親が答えた。

女は手帳を広げ伯父に言った。

「名前は？」

伯父は答えない。

「提籃橋に引っ越したはずのブルジョア階級が会いに来たんか」

伯父が頷く。

「えらい遠いとこから何持ってきたんや」

「いや、手ぶらです」

別の幹部が言う。

「手提げも持ってへんのか」

「はぁ」

「手ぶらで来たってか。金とか銀をこっそり持って来るぐらい簡単な事や。ズボンに挟んだり脚にくくり付けたりして、何も隠してへんような顔してトロリーにでも乗れるんやからな」

伯父は苦笑した。

「お偉方のみなさん、昔の計り方でいうたら一斤ある金の延べ棒はもちろん、もうちょっと軽いのも、金の粉も、魚の糞とか卵ぐらい小さいのも、目に見えんぐらいの埃みたいなんも、何もかも没収されて御上に差し出しましたんで」

「貧乏人の振りするんやない」

「全部ほんまです」

「そんな次々聞かれたらご飯もゆっくり食べられませんし」と叔母。

「コラッ、口挟むな」

「私ら、普通にご飯食べてるだけです。どんな罪になるって言わはるんですか」

「このよそ者が。田舎もんが人を頼って上海くんだりまで来て、何で帰らんのや」

叔母が怒って立ち上がった。

「姉さん夫婦の手伝いです。何も悪い事なんかしてません。警察呼んでもろうてもかまいません。そうそう、うちの旦那は警官です。同僚の張さんも李さんも他にもようけ知ってます。電話したらすぐに来てくれます。呼びましょか」

女幹部は圧倒されて呆気にとられている。

「ほんまに腹が立つ。人の命に関わるぐらいひどい事しといて償いもせんと」と叔母がいきまいた。

もう一人の幹部が口を挟んだ。「ちょっと、言葉づかいに気ぃつけなさい」

叔母が突然幹部たちの前ですごんでみせた。

「こっちは怖いもんなしや。家捜しを怖がってるとでも思うてんの。やんなさい。調べたらエエわ。やったらどうなんよっ」

阿宝と母親が叔母を制止しようとした。

傍にいた伯父がふいにベルトを弛めた。ズボンがずり落ちる。

「お役人さんら、好きなように調べたらよろしい。どこに金なんか入れてるっていうんや」

女たちは痩せこけた脚と黄ばんだ穴あきパンツを目にし、顔をそむけて俯いている。その一人が言った。

「このスケベ男が。早よズボン上げなさいっ。いやらしいっ」

貳《に》

拉徳アパートに入った小毛はじっくり部屋を見まわしている。

「滬生、さすがは革命家の軍人さんの家やなぁ。平和で落ち着いてる」

「革命家としての警戒心を高めなアカンって親父が言うてた」

「最近この上から飛び下りた人、ようけいるやろなぁ」

滬生が笑いながら言う。「こないだ親父が言うてたわ。共産党政権になってから何年も飛び下りがものすごい数あったらしいわ。あの頃の市長さんは朝起きてお茶飲んだら秘書に聞いたんやて。〝落下傘部隊〟はゆうべどれくらい飛んだんやって」

小毛は苦笑いするしかない。

「あの頃は毎日飛び下りがあったらしいわ。今の河浜ビルなんか毎日や。わざわざ自分からみんなとおさらばするってなぁ……」と滬生。

　小毛はつらそうに首を振る。

「このビル、今はまだ平和なほうや。一番ひどかったんは中学校の隣にあった教会や。長楽路と瑞金路の交差点にあったやつ。急につぶされてしもうたけど」と滬生。

「おれの路地かて〝四つの悪質分子〟と毎日やりおうてるわ。甫さん夫婦とか逃げ出してきた地主相手にな」

「おい、聞かせてもらおうか。今こんな情勢やし、阿宝とか蓓蒂にもようない事が起こってるんやないやろか。ブルジョアの親父さんと線を引くとかして政治的立場をはっきりさせなアカンのと違うやろか」

「友達がつらい思いしてるんやし、様子見に行ってやりたいなぁ」

　滬生はどう返していいかわからない。

　ベランダに出た。

「滬生、大妹妹のこと覚えてるか？」

「そら覚えてるわ。ゴム跳びが好きやったな。目が大きぃて」

　小毛は声を抑えた。

「あいつ、おとといオレの顔みるなり泣き出したんや。あいつんとこのおばちゃん、昔、一年半ほど職人頭で〝ナンバーワン〟やったけど違う紡績工場に移って、それから小さい店の仕立職人と結婚して専業主婦になって、また普通の労働者になったんやて。そやから職人頭になってた事だけは隠してたんやけど、政治運動が起こってそこらで太鼓とか銅鑼がドンドンジャンジャン鳴るの聞いたら、大慌てでベッドの下にもぐり込むんやて。夜中までそのままや。這い出してきた時は糞《くそ》まみれで、しょんべんでズボンもボトボトになって、体じゅう臭《くそ》うてたまらんらしいわ」

「ざまぁみろや」

「オレ、泣かんように言うたんや。職人頭になってた事だけは口が裂けても絶対に言うたらアカンとも言うたんやけどな。あのおばちゃん、もともと頭やられてるやろ。体も悪いしボケもきてる。臭いズボンと尻を毎日洗うことになっても言うたらアカンやろ」

「誰かて聞かんわけにはいかんやろな。人間のくずのくせに、なんで自分から白状せえへんねんって」

「〝聞かんわけにはいかん〟って壁新聞の口調やな」

滬生は苦笑いしている。

「自首したら大目に見てもらえて、逆ろうたらひどい目に遭うって言うやろ。そやけど自首なんかできると思うか。無理やろ。隣の路地にある雑貨屋のオヤジさん自首したけど、結局どうなったと思う？　殴られて半殺しの目に遭《お》うて、次の月になったら労働改造で安徽省の白茅嶺っていう所の監獄に送られたんやぞ」

「何でや」

「そんなん分かり切ってるやろ。その店の隣のおばちゃんがいつも水道を独り占めしたり、ずるい事ばっかりしててな。それでオヤジさん、曹家渡にとんで行って、道教の坊主に何とかしてくれって頼んだんや。その坊主、そらもうすごいヤツでな。だいたい言葉が普通と違うて、線香とか蠟燭のことは〝熏天〟て言うし、笛吹くのは〝摸洞〟や。魚は〝五面現鱗〟って言うんや」

「さっぱりわからん」

「オヤジが行ったとき、〝賬官〟が来たって思うたんや。〝支払いをする〟っていう事なんやけど、要は〝ええカモが来た〟っていう事や。オヤジが隣の奥さんの事言うたら、そんな〝流宮〟をやっちまうのなんか簡単やって言うたらしい。どういうことか聞いたら、業界用語で〝流宮〟ていうのは女のことやって言うんやて。それからお守りを九枚描いて、オヤジに細かい事を教えてやったらしいわ」

――「奥さんがパンツ干すときに、なんとかしてその股の所に一枚貼りなされ。一枚貼ったら三日ほっといて、三三《さざん》が九でと。そやそや、九や九や。九回貼ったら奥さんの性格も丸ぅ甘ったるぅなるぞ。寧波《ねいは》で正月に食べる餅菓子ありまっしゃろ。砂糖が倍くらい入ったん。あれみたいに歯にくっつくぐらいねっとり優しい人になって、何でもこっちの思うつぼや。誘惑したりエエ事しようと思うたら、目くばせするだけで何でも言う事きくようになるんやからな」

お守りを九枚とも貼ると、効果てき面。隣の奥さんは本当に大人しくなったのだ。ある日、オヤジの店へオリーブの砂糖漬けを買いに行った。

「こっち来い」

「何すんの」

「来いや」

「どういうことなん」

オヤジが目くばせした。

「奥のベッドに行こう。入れや」

「何で？」

「何ででもない」

「アホか」

「体がいつもと違うやろ」

「えぇ？」

「体がヘニャーッとしてきたやろ」

「何の事や」

「下の方がむずむずしてきたやろ」

女の方は驚きのあまり目をむいた。

「奥の部屋に行こう。わかるやろ」

「ドスケベ！」

「何やと！　このあばずれが！」

「もう一遍言うてみぃ」

オヤジが口をつぐむ。


——


「隣の奥さんはそのまま出て行ったんやけど、政治運動が起こって、曹家渡のあの坊主が捕まって、オヤジもびくびくして二日たって、それから三日目に居民委員会に自首して、汚らしい事をさらけ出したんや。運の悪いことに奥さんの旦那は三代続いた人力車夫やった」

「人力車て三代も続くぐらいあったかなぁ」と滬生が訊く。

「三輪車時代のも含めたらあるやろ。どっちにしてもその旦那ていうのが乱暴なヤツで、すっ飛んで来たかとおもうたら、嫁さんのことバシバシッて殴りつけてな。雑貨屋に飛び込んで、並んでた飴の瓶を叩き割って、骨が折れそうなぐらいオヤジの腕を殴りつけよった。それから罪状書書いて批判大会開いたんや。芝居見物に来た路地のヤッら、わんさかおったわ」

「そのオヤジ、痴漢の現行犯やな。それはそうと、誰かて聞きとうなるやろ。大妹妹のおふくろさんのこと、なんで誰も引っぱり出さへんのやろ。昔さんざん労働者階級を監視して押さえつけてたヤッやのに」

「それは違う。あの〝ナンバーワン〟は遠い親戚に紡績工場の女工さんがいるぐらいやから、階級はエエんや。それにえらい親切な人で、田舎の子を上海に出てきて働けるように紹介してあげたこともあるらしいぞ。おふくろが言うてたわ。ストライキやろうってしょっちゅうみんなにはっぱかけたりもしてたんやて。今でいうたら作業班の班長みたいなもんや。女の人がもらう優良労働者の称号も貰《もろ》うたらしいわ」

「いや、そういう考え方は反動的やな。アカンやろ」

「そうかなぁ。口八丁手八丁で、仕事もよう頑張っててエエ腕してたみたいやし」

「『星星之火』ていう映画（小さな火花の意味。一九五九年）観たか。あの中のナンバーワンは日本の奴らの共犯や。労働者はほんまにひどい目に遭わされた」

「いや、映画は映画や。解放前でも労働者の暮らしはほんまはマシやった。おれのおふくろは綿糸工場で働いてて、給料もけっこうあったぞ。毎月〝老宝凰《ろうほうこう》〟へ金の指輪買いに行ってたくらいや」

「へぇ」

「解放前、おふくろがどれくらい金の指輪買《こ》うたと思う？　ハンカチで包んであったんやけど少な目に見積もっても四十か五十はあった。大自鳴鐘の所にある〝老宝凰〟ていう宝石屋や。あそこは市内の西の方にある製糸工場の女工相手の商売してたな。自分とこで作って売るんや。幅広のとか面が四角いのとかハート形のでな。三人の金職人が店で大忙しや。年越しとか祝日には指輪にお祝いの赤い紙を貼るだけでも全然追いつかへんから、毎晩徹夜やったんやて」

「やめろやめろ。反動的すぎるやないか。お前、気ぃつけなアカンぞ。それ以上アホなこと言うたらアカン」

「おれの親父、前は英電《えいでん》（英商上海電車有限公司）の切符売りしてたけど給料がけっこうあってなぁ。電車に乗って切符売って、毎日うまい汁吸うてたんや。例えばな、娯楽場の〝大世界〟ってあるやろ。あそこに紛れ込んで女さがしするんやて。結局、毎月女遊びやら博打やらですっからかんやったけど。それでも結婚する時、おふくろに言われたんやて。イエスさまの前では誰かて借りがある、生まれた時から借りがあるんやから、まともな人間になろうと思うんやったら借りを返さなアカン、罪滅ぼししなアカン、毎日お祈りしなアカンってな。それから親父も落ち着いてきて、だんだんまともな人間になったらしいわ」

「アホな事言うなよ。宗教は毒やぞ」

「そうなんや。そやからおかあちゃんもキリスト教やめて主席さまを信じるようになったんや。オレも拳法の稽古する時に言われたわ。誰かにいじめられても仕返ししたらアカン、人を恨んだらアカンって。主席さまも言うたはるんやって。一里歩けって誰かに言われたら二里半お付き合いしなアカンってな」

「やっぱりキリスト教みたいやな」

「親父がまともな人間になったんは、ほんまに宗教を信じたからなんや」

「気ぃつけろよ。古い事を持ち上げるようなそんなアホな話、外では歯ぁくいしばって、ひと言も洩らしたらアカンぞ」

「それはわかってる。外に出たらうそばっかり言わなアカンのや。まともな人間の決まりなんか、そんなもんや。これはおれが出した『参考消息』っていう新聞に載ってたことにしといてくれ」

「今度来るときはやっぱり先に手紙くれよ。電話でもええわ。呼び出してくれるし。出かけてたらアカンしな」

「無駄足になってもエエわ。姝華ねえちゃんに会いに行ったらエエし」


一時間ほどして二人は拉徳アパートを離れ、南昌アパートを訪れた。姝華がエレベーターの所で手紙の封を切っているのが目に入った。

「阿宝から手紙が来たわ」

三人は顔を寄せ合って手紙を読んだ。

――姝華、こんにちは。この手紙を読んでくれる頃、僕はもう普陀区の曹楊新村に引っ越ししてます。部屋の割当通知も届いたし、トラックは明日の朝、出発します。できたら下の部屋の蓓蒂の様子をちょいちょい見に行ってください。あんまりいい状態ではありません。

悲劇の人生に終わった陳白露《チェンバイルゥ》（劇作家、曹禺の作品『日の出』の主人公）のことを前によく話してもらいましたが、今、僕も同じ気持ちです。陳白露の最期の言葉みたいですけど……夜が明けてきた。でも太陽は僕たちのものではないのかもしれない。もう眠ってしまいたい。……ではお元気で。

阿宝より

小毛が沈黙を破った。

「最後のほう、陳白露みたいに自殺するつもりやないか」

「聞きとうなるな。世の中がこんな状態で、阿宝はどうするつもりやろ。ブルジョアの親と徹底的に一線を引くつもりなんやろか。グルになって汚い事するつもりなんやろか」

「滬生、『壁新聞』の口調なんかあんまりマネせんときや」と姝華。

三人はアパートを出て思南路へ行ってみた。

阿宝の祖父の屋敷には〝革命〟の終わった証《あかし》である紅旗が寂しげに翻っていた。戸も窓も開けっぱなしだ。中では床板をはがしたり壁に穴を開けたりする輩がバタバタと動きまわっている。

「プロレタリアートが家捜しするとき、一番大事にするのは、マホガニーの家具とか金やら銀みたいな金目《かねめ》の物なんやて。部屋の中まで入って家捜ししてるわ。空の果てまでも追いかけて行って徹底的にほじくり返して捜すんやて」と姝華。

「学生がやる時はどうなんや」と滬生。

姝華が答える。「中学生も高校生も大学生も家に入ったら持って来た虫メガネで〝文字〟に気ぃつけてるわ。時代とか人名とか、ハンコも絵も、絵とかお習字の作品に押してある名前とかも。一ページずつ丁寧にめくって、引用してある文とか、線引いてある所とか、本の余白に書いてある字とか、本に挟んである紙とか、ペンとか鉛筆で付けてある印《しるし》とか、そんなんも全部見てるんよ。古い手紙なんか念入りに調べてるはずやわ。あやしい部分とか隠語みたいなんがないかが大事なんよ。古い新聞とか古い雑誌は中国語のも外国語のも、全部でどれだけあるか、いつの分が欠けてるか、どんな文章が切り抜きしてあるか、そういうの、全部調べる値打ちあるんや。一番関心があるのは日記とアルバムや。写真なんか全部抜き出して裏に何が書いてあるか見てる。とにかく字とか記号とか写真をすっごい丁寧に見てるんよ」

「学生が家捜しするときは普通、本を盗むもんやろ。持って帰って読んで次々みんなに回す。でも労働者がやるときはいろんな物をくすねるんやな。どんなちょっとでもエエんや。持ち主にしたらトランクとかカバンくらいなくなっても大したことないやろし」と小毛が続けた。

滬生は黙ってしまう。

「没収した戦利品の展覧会を工場でやってるぞ。本なんか一冊もないけど、資産家が後々のためにこっそり隠してた帳簿なんかいっぱいあるぞ」

「金銀のお宝に、彫刻で飾ったベッド、浙江の東陽特産の透かし彫りベッド、それに四枚屏風、アヘン用ベッド、お湯入れた洗面器載せる台、絹の旗袍とか男物の昔の上着、チンチラの毛皮を裏につけた昔風の長い服、そんな物がそこら中に並んでるわ」と姝華が言う。

「労働者は真珠とか宝石が好きやしな。金の延べ棒も銀の食器もな。目がヒリヒリするくらい目ぇ剝いて見てよる。ずっと怒鳴りちらしてスローガン叫んだりしてるけど、ほんまは悔しいなってきて恨みつらみが溢れそうになってよる」と小毛。

やっと滬生が口を開いた。「アホな事言うなよ。そういう展覧会は階級教育の場なんやぞ」

「工場で働いてる人ってもとは農民やろ。街へ出稼ぎに来て働いてるうちに、農村の土地改革の時のチャンスを逃してしまうとは思いも寄らんかったやろな。あの時地主とか富農の分の指先くらいも分けてもらえへんかったんよ。中国風のベッドで気持ちよう寝たりマホガニーの八仙卓でご飯食べたり、みんながやってたそんな事ができひんかったんよ。その頃の事、同じ村の仲間が尾ひれつけて言うの聞かされて、腹立ったやろな。それが今やっとの思いで人の家の家捜しに出くわしたのに、自分はずらずら並んで展覧会見てるだけや。恨みがましい気持ちになる人がたくさんいるの、当たり前やん。ここまでブルジョアのヤツらを懲らしめたのになんで革命の成果をすぐに分けてくれへんのか、矛盾だらけやないかってな。昔は土地改革でみんなが土地とか貰えたのに、今自分らはなんですぐに貰えへんのか、なんでここまで政策が違うんやって。なんでこんな不公平なんやって」と姝華。

「暗い話ばっかりやな……」と滬生が沈んだ声を出す。

「畑仕事でいつもやってるのは掘り返すことやろ。先祖代々、蘆《あし》の根っこやら荸薺《ビィチィ》（第伍章）やら掘って、里芋も山芋もニンジンも大根も何もかも掘り返してきたやろ。そやから今度は部屋の中でもずっと掘り続けるんよ。ブルジョアを追い出して家がすっからかんになったら、畑に見えて来て、丁寧にもっともっと掘り返さなエエ収穫ができひんみたいに思えて、とことん掘り返すんよ。うちのお父ちゃんは区の組合の幹部やし、そういう事よう知ってるわ」と姝華が続ける。

「信じられへん」と滬生。

「どんな階級の人間でも欲の深さはおんなじやわ」

「宋の時代も明の時代も一緒やしな」と小毛。

姝華はよく知っている。「上海が共産党政権になってすぐの組合の活動家はいろんな事を上に報告したり告げ口したりしてたらしいわ。労働者の中には余分な財産ができたら勝手に仲間内で分けてるヤツがいるってな。農業やってるおじさんが労働者のサロンに入ってみたら、足元の絨毯なんか自分とこの掛け布団よりずっと柔らこうて気持ちよさそうやったんやて。中滬《ちゅうこ》製鉄工場なんか、労働者のくせに勉強会開くの拒否してたんやて。食堂には食べ残しのハンバーグがそこらじゅうに転がってるし、毎月果物代の支給があるし、ビールかて一日四本も五本も飲んでたんやて。服かて最低でもギャバジンかカーキ色の綾織で、みんなスーツも持ってたらしいわ。たくさん集まって〝飲む打つ買う〟や。九人が妾囲うてて十何人かは性病に罹《かか》ってたんやて」

「何やて？」と小毛。

「工場で毎月どれくらい医療費かかってると思う？」

「そんなん、ほんまに一握りの事やろ。トップの暗い面ばっかり言うてるけど、それってどういうつもりや」と滬生。

　今度は小毛だ。「家捜しなんか、正月みたいなもんやって親父が言うてたわ。工場のヤツらみんなやりたがってるけど問題だらけや。拳の師匠の工場でも展覧会やってたけどな。彫刻のあるベッドとかシルクの掛け布団やろ。それに刺繍した枕とかウールの絨毯とか、南京路にある布団屋のなんかより目ん玉飛び出るくらいええ物や。それが最後にとんでもない事が起こったんや」

「大した事やないやろ。展覧会から革のトランクとか枕でも盗まれたん違うん？」と姝華。

「いや、女をいただいたんや」

　小毛の言葉に姝華は顔を赤らめた。

「夜中に当直の男がベッドの所で音がするのを聞いたんや。刺繍したカーテンがひいてあって、中は奥行きもけっこうあって真っ暗でな。ベッドにもぐりこんでみたら、夜勤の女が窓から入ってきとって、シルクの掛け布団に入って寝言言うておまけに歯ぎしりまでしよる。そいつ、ちょっと上手い事言うて女をものにしよったんや」

「小毛、やめなさい」と姝華が手を振った。

「それから？」と滬生。

「それからな……」

「小毛っ」と姝華。

「労働者の風上にも置けんヤツや」と滬生。

「あくる日の朝、トップがようけ人連れて、展覧会の見学に来たんや。みんなで並んでベッドの前まで来て、解説員が解説用の棒で掛け布団を指して解説しようとした途端、女が目ぇ覚ましたんや」

──女が寝返りをうって目を開けた。

「何すんねん！」

「ワァッ」

「何すんねん！」

「このくたばりぞこない！　早う起きろっ」

女は何も言えない。

「なぁんや！　よう見たら第四工場で糸巻きやってる〝ゴムマリちゃん〟やないか。命知らず！　糸巻きみたいな大事な仕事ほったらかして、誰が代わりにやってるんや」とトップがどなる。

「腰が痛うてたまらんから、やめたんや！」

「早よ起きんか。恥知らず。聞こえへんのか」

「イヤや！　気持ちエエしこのまま寝とくんや！」

「無茶なヤツや。ここ、どこやと思うてんねん！」

「高級ベッドや！」

「展覧会がわからんのか！」

「なんで展覧会みたいな事すんの！　今、すごい経験してるんやから。ほんまは掘立小屋に住んでて板のベッドに寝てて、背中の下はカチカチの板や。今日寝とかへんかったらこんな事もうできひんやろ」

「起きろ起きろ！　太ももまで見えてるやないか」

女が足の先を動かして布団をめくった。女が穿いているのはパジャマのズボン。玉の縁取りが付いた白い幅広ズボンは浙江湖州産のシルクでできた刺繍入りだ。そんな家捜しの戦利品をこれ見よがしに、みんなに見せつけた。

「ブルジョアの妾やったらこんなん着て寝られるのに、自分はなんでアカンのや。そんなん労働者階級は立つ瀬がないやないか！」


「……とまぁ、そんなわけや」と小毛。

「もうエエわ。もうおしまい。これ以上言うたらアカン。ほんまにいらん事ばっかり言うて」と妹華。

黙ったままの滬生の隣で小毛は顔をほころばせていた。

三人で皐蘭路の阿宝の家まで来た。蓓蒂の家のドアはかたく閉ざされている。妹華が呼びかけた。「蓓蒂！　蓓蒂ちゃーん！」

返事がない。二階へ行ってみると、阿宝たちの部屋は荒れ放題。やはりもう引っ越したのだ。労働者たちが何人かで床板をはがしている。

「えらいようけ家具が置いてあるなぁ。曹楊新村の部屋はきっと狭いんや」と妹華。

「勝手に入って何してるっ」と労働者が言う。

一瞬三人は口を閉ざしたが、滬生がすぐに言い返した。

「そっちこそ勝手に何ほじくり返してるんや」

「お前には関係ない」

「オレは紅衛兵永遠戦闘司令部の者や」と滬生。

「何で紅衛兵の腕章着けとらんのや」と労働者がじろじろ見る。

「腕章を換えるのはようある事や。司令部で幅広のに作り換えてくれてる。夜にはもらえる」と小毛。

「あっち行け。わかったか」と労働者。

「やらなアカン事がある」と滬生。

「ここはもう接収されてる」

「このくそったれがーっ」と小毛。

「このガキ、もうちょっとマシな喋り方せんかっ」

小毛はやり合おうとしたが、滬生に引っぱられるようにして階下へ下りた。

姝華が溜息をつく。

「男の子と一緒に出かけんの、ほんまにイヤやわ。何喚いてんの」

三人は小さな庭にある池の傍に座った。池にいた金魚の代わりに、壊れた腰かけと痰ツボが放り込まれていた。

「純粋な人間は何かやりたいって思うてもいっつも地獄に落とされるんや。昔の人が〝いましめ〟っていう文で言うてたわ。〝おろかなる僧の禅をかたれる、窓の下に狗《いぬ》のたたかへる（袁宏道『瓶史』）〟」と姝華。

「何の事？」と滬生。

「今は屋根裏部屋に潜り込んで、戸も窓も閉めきって夢でも見てたい気持ちやわ」

「そんな事して、屋根裏で窓閉めてお陽さんが照ってきたらムンムンしてきて頭くらくらするやん」と小毛。

「わからへんのやったら、もうエエわ」

「そういう事、あんまり言わんほうがエエやろな。行こう」と滬生が辺りを憚った。

小毛が立ち上がった。

「今、オレらぐらいの歳のヤツ、北京へ経験交流にようけ行ってるやろ。オレも気晴らしに行きたいなぁ」

参

授業もなくなり革命騒ぎ。滬生の両親は空軍学校で行われている造反活動（一九三九年に毛沢東が言った「既成のものや権力に反するのにはそれなりの理由がある」という言葉を紅衛兵が文革のスローガンにして、さまざまな破壊活動を繰り広げた。軍隊も加わっていた）に参加し躍起になっていた。北京へ行くと何週間も帰って来ない。姝華の親は窓際族になり、雑役でもやらされているのか、批判大会でもやっているのか、朝出て行くと夜遅くまで戻らない。

滬生はどんな組織にも属さないノンポリ。時々姝華にくっついてあちこち歩き回るくらいだ。瑞金路と長楽路の交差点にはもともと君王堂《くんおうどう》と呼ばれる教会があった。取り壊しの日、滬生と姝華はそれを見物していたのだが、ある日二人がまたそこを通りかかると、空き地になった一角に突然四階建てくらいの高さの足場が組まれていた。急場しのぎの絵画彫刻用アトリエにするらしい。

荒れ放題になった長楽中学校に入り、四階建ての屋上に出て隣の足場の方を眺めた。中はきれいに整理され、十メートル近くある全身真っ白な主席の像が立っている。竹の足場に上った作業員がたち働き、まるでロケット発射台のような光景だ。

「五月に北京の精華大学で主席様の像を造ったやろ。そしたら上海の大学が全部それに応えたやろ」

と滬生。

「……」

「『東方紅報』っていうビラ読んだか」

「えぇ？」

「この女の人、どうしてこんな変な格好してるの？　髪型とか着物、四人とも結婚式の格好とか昔の格好してるけど」と若い子に訊かれた。確かに戦後の姿ではない。しかしこのような奇妙な女性を描くことで、日本を貶めるような噂をして満足していた人の気持ちを代弁したつもりだ。

「ビラに書いてあったぞ。復旦大学は〝三つの数字〟を基準にして自分らで石像を造ったんや。党の〝五・一六通知〟の日付に合わせて高さ五メートル十六センチの台座作って、それから共産党の記念日が七月一日やからそれに合わせて石像を高さ七メートル十センチにしたんや。高さが全部で十二メートル二十六センチになるやろ。それってちょうど主席様の誕生日の十二月二十六日と同じ数字なんや。すごいなぁ」

「同済《どうせい》大学の偉い先生が言うてたらしいんやけど、偉大な物は巨大な物とは違うし、巨大な物は偉大やとは限らへんのやて」

「えらい反動的なヤツやな」

「同済大学は夕焼けみたいな色の花崗岩で像を造ったし、復旦大学も自分らで造ったんよ。復旦大学の蔡祖泉《さいそせん》ていう先生、彫刻のことは何も知らんらしいけど、学生連れて西にある青浦《せいほ》の淀山湖《てんざんこ》（上海市西部、青浦区にある上海最大の湖）までエエ粘土を掘りに行ったんやて」

滬生はその〝アトリエ〟を見ながら言う。

「これ、結局は大学生に主席様を崇《あが》めるように見せようと思うて造ったんやろか。小学生のためやろか」

「ひょっとしたら他所《よそ》の人のためかもしれんわ。こういうの、数えたらいっぱいあるやろなぁ」

滬生は何も返せない。

「君王堂に綺麗な色の人形があったん覚えてるわ。刺繍した長い絹の服着た聖者やった。二列も並んでたのにもったいないわ」

「教会をつぶすのは義和団《ぎわだん》事件のときに女部隊がやったんと同じや。義和団の謀反やったら拍手して応援するぞ」

「二列もあった塑像《そぞう》を壊してこんなもん一つだけ造ってる」

滬生が目を剝いた。「何やて？」

姝華が黙ってしまう。

滬生は声をひそめた。「姝華、それとこれは別やろ」

姝華は口を閉ざしたままだ。

「自分の考えがあってもそれを口に出したらアカン」

「私が何言うたって言うの？」

滬生は何も返せない。

二人は黙って階下へ下りると、ゆっくり校門を出た。

「こんなとこ、もう二度と来いひん」と姝華。

「怒ったんか」

姝華は何も言わない。

瑞金路を隔てて、長楽中学校の向かいに向明《こうめい》中学校の校門がある。

滬生が口を開こうとしたそのとき、四十一番トロリーが走ってきた。突然、道端にいた中年の男がバスの前に飛び出した。ドン！ トロリーが急ブレーキで停まった。血しぶきが飛び散る。まもなく辺りは黒山の人だかりで、大騒ぎになった。あれこれ取り沙汰する声が滬生の耳に入ってきたが、飛び込んだ男が向明中学の先生なのか、それとも長楽中学の先生なのか、肝腎なところがはっきり聞こえない。

わき目もふらず南へ突き進む姝華に引っぱって行かれた。

「姝華！ コレ何や！」

姝華が立ちどまる。道端沿いの側溝にかぶせてある鉄製すのこの隙間に転がっているのは、赤く濡れた、小さな丸い玉。もう一度よく見てみた。人間の眼球ではないか。それも片方だけ。白目と黒目、どす黒い血の付いた筋肉に白い体液がへばり付き血がしたたっている。

姝華はつまずきながらスズカケノキの下へ行き蹲《うずくま》った。吐き気がしているようだ。とんで行って姝華を支えてやった。

ブルブル震えながらどうにか立ち上がった姝華は、淮海路の交差点へゆっくり歩き、気持ちが落ち着くまで壁にもたれていた。

二人は項垂れたままゆっくり東へ向かい、思南路へ曲がった。

聳え立つ大木、まばらに行き交う人の間にスズカケノキの葉がひらひら舞っている。道路沿いに並ぶ無数の洋館はもう翻る紅旗も見えず、ドラの音も聞こえない。阿宝の祖父の家からもなくなっていた。一時期のような沸き立つ騒ぎはもう過ぎ去ったようだった。

五、六軒の家族が引っ越してきたのか、どの窓からも物干し竿が突き出ている洋館があった。

二人は道端に座り込んでいたが、姝華が切り出した。

「滬生、人と人の違いって、人とサルの違いより大きいなぁ」

滬生は黙っている。

「ロラン夫人（フランス革命ジロンド派の中心人物）が死刑で亡くなる前に言うてるやん。――自由よ、汝の名のもとでいかに多くの罪が犯されたことか――」

「聞かんわけにはいかんな。姝華は前から本を暗記するの好きやけど、そんなん覚えておもろいんか」

「秋になったら人も葉っぱみたいに吹き飛ばされてしまう」

「一年とおして木陰のある道やったら、確かにここが一番やなぁ。フランスアオギリって、いつも言うてるスズカケノキやけど、アジアで一番大きいのがこの街にあるの知ってるか」

妹華は答えない。

「中山公園の西に太いでっかいのがあるんや。フランスアオギリっていうてもほんまはもともとイタリアの種類らしいな」

妹華は黙ったままだ。

「租界があった頃、この道はマスネ通りて言われてたけど、なんでやと思う」

「ジュール・マスネていうフランスの作曲家を記念して付けられた名前やって聞いたことあるわ」

「ジュール？　オレ、ジュール・ヴェルヌしか知らんわ。『海底二万マイル』書いたやつ」

「マスネの曲は人の悲しみを楽しそうな曲に見せかけてるだけで、ほんまは全部絶望の曲なんよ」

「妹華、絶望したらアカン」

「ここ、ほんまに特別な所やわ。向かいの皋蘭路は租界のときコルネイユ通りって呼んでたやろ。その名前のもとになったコルネイユっていう人、ずっとバランスとれた仕事してたんよ。喜劇も悲劇も同じだけの量書いてた。ちょうど今、楽しんでる人と悲しんでる人が半々なんと同じや。その向こうに香山路があるやん。昔のモリエール通り。コルネイユ通りのすぐ隣や。昔、モリエールとコルネイユはほんまに友達やったんよ。そやけど、モリエールは喜劇しか書かへんかったんや。軽はずみで快楽求めるだけの。考えてみたらそのとおりやわ。百年後、フランスの皇帝がギロチンにかけられたとき、みんな大喜びしたんよ。すぐそこの文化広場（当時は政治集会や政治教育の場）がものすごい人だかりになって、みんなで裁判してがんじがらめに人を縛り上げるのと似てる。模範的な喜劇や」

「ほらまた始まった」

姝華が口をつぐんだ。

「道の名前はカッコようなかったらアカンやろ。北京路とか南京路とか、山東路とか山西路みたいにな」

「騒ぎがひどかった頃、どの道も名前変えなアカンかったやん。紅衛路とか反帝路とか文革路とか要武路とか。ふん、ご立派な名前つけたもんやわ」

「アハハ」

「フランス風の名前、この辺の道路に二十個以上あったな。格羅西《グルーシー》、霞飛《ジョッフル》、西愛鹹思《シェイエス》、福履理《フリューリ》、白仲賽《ボワスゾン》って。でもほんまにエエ名前はこの辺の三つだけやわ。思南路と皋蘭路と香山路だけ」

「小毛が書き写してる詞牌のほうがエエわ」

「え?」

「〝清平楽《せいへいがく》〟とか〝蝶恋花《ちょうれんが》〟や」

「……」

「小毛は姝華に会うてから、こっそり恋愛もんの詞牌を書き写すようになったんやぞ。それもようけあるわ。中身のない、しょうもないもんやけどな。例えばな、〝倦尋芳《けんじんほう》〟〝恋繡衾《れんしゅうきん》〟〝琴調相思引《きんちょうそうしいん》〟〝双双燕《そうそうえん》〟や」と滬生が声を低くする。

姝華は頬を紅潮させて立ち上がった。

「もう帰るわ」

「わかったわかった。もう言わへんし」

姝華は滬生の後を黙って歩いた。

皐蘭路へ角を曲がった二人は驚いた。阿宝の家の前にトラックが停まっているのだ。

「アイツ帰ってきたんやろか」と滬生。

「蓓蒂が引っ越しするんやわ」

近くまで行ってみて、誰かが引っ越して来たのだとわかった。トラックには老若男女が乗っている。荷物と布団も積んであった。

運転手が住宅管理局の役人に掛け合っていた時、蓓蒂とばあやはものも言わず壁際に立っていた。

「住民の引っ越しは住宅割当表どおりにやらなアカン。役所のハンコがない書類は認められん」

役人がそう言うと、運転手は役人に摑みかかった。

「住宅管理局とか役所のハンコとか、それがどうしてん。今この街がどんな事になってるか、わからんのか！」

「わからん」

「最高指令が出てるやろ。家の奪い合いやれっていうことや」

「エエ根性してるな。そんな事、主席さまが仰ったか」

「今すぐ電話して聞いてみろや。よそはどこも家の取り合いが始まってて、新しい家も古い家ももう全部なくなってしもうてる」とトラックの上で男が言う。

職員が駆けつけ、役人に耳打ちした。

「ほんまに奪い合いになってます。西の操車場の辺に六階建てのアパートができたんですけど、五軒ぐらいやられてます。空き家になってる一階の十軒近い店まで人がいます」

役人はどうにか平静を保った。

「ここは市の中心や。よそとは違う。そういう事は許されん」

トラックの上から女が言う。「三ちゃん、やってしもて。何をしょうもない事、グダグダ言うてやがんの」

役人が跳びあがった。「大胆不敵なやつめ。ワシに手出しするようなヤツは容赦せん。やってみろ。すぐにでもトラック二台分くらい仲間を手配できるんやからな。オレも造反隊や。造反してもエェんやからな」

役人はそう言うと同僚に耳打ちした。「すぐに誰か呼んでくれ。さっさとせい！」

同僚は踵を返して駆けだした。

役人が椅子を引きずって来てトラックの前に座りこむ。運転手と家族は言葉を失った。

門のそばにいたばあやは顔色がよくない。蓓蒂は髪の毛をふりみだしたまま黙っている。何度か妹華のそばに駆けていこうとしたが、ばあやに引き戻され、離してもらえなかった。

時間は刻一刻と過ぎていく。行ったり来たりしていた運転手は車から下りてきた男たちと頭をくっつけ、小声で何やら相談している。

トラックのあおりが下ろされた。男と女が大勢で家の中へ駆け込むのは時間の問題だろうと、滬生は思った。

ところが荷物を下ろしてもいないのにトラックのエンジンがかかった（L字の繋がったクランク棒を車体前部にセットして回転させる、旧式のエンジン始動。運転手は外で操作しているため、エンジン始動後、車に飛び乗る）。その途端、役人は立ち上がって椅子をひく。

「このボケが。覚えとけよ。今度ケリつけたるからな。家ぐらいなんぼでもあるんやからな！」

そんな捨て台詞を吐いた運転手はステップに飛び乗り、車にもぐり込んだ。

車が動きだすと、積んであった痰ツボ、洗面器、鍋、バケツがガチャガチャ音をたてる。

トラックの上から女が怒鳴る。

「ろくでなしのチンピラーっ。いらん事ばっかりしやがって。ガタガタいらん事言いやがって」

トラックは大通りを突き抜け、飛ぶように走り去る。

滬生はほっとして、ばあやと蓓蒂に近付き声をかけた。

「まぁよかったわ」と姝華。

「何がエエんや。覚悟しとけよ。今は家の奪い合いがほんまにひどいんやからな」と役人。

滬生が蓓蒂とばあやを慰めた。「ほんまにひどい目に遭うたなぁ」

姝華も言う。「蓓蒂ちゃん、大丈夫？」

「蓓蒂、自分で言わなアカンやろ」ばあやに言われたが、蓓蒂は押し黙ったまま。

四人で部屋に入ると、そこらじゅうゴミだらけ。

「蓓蒂連れてあの経験大交流っちゅうもんに行ってて、帰ってきたとこなんや」とばあや。

「小学生がこんなばあさんと二人で経験交流に行ったんか。ばあやは子供の頃纏足《てんそく》してたから、足も小さいのに」と、滬生が苦笑いする。

「滬生ちゃん！　アタシら行きも帰りも汽車に乗ったんやけど、切符なんか買うてへんねん」

「こっちは避難民みたいなもんじゃからな」とばあや。

「アタシの行く所《とこ》行く所、ばあや付いて来るんやもん。いやになったわ」

「わしゃ責任あるからな。馬頭ていうガキがずっと蓓蒂と喋ろうとしてたやろ。腹たつ。あの日、馬頭が北京へ行こうって、蓓蒂のこと、かどわかしよってな。しかも中学生が寄ってたかってや。そやけど蓓蒂はまだ子供じゃろ。わしゃ絶対にエエとは言わんかった。そしたら蓓蒂は大騒ぎして北駅にとんで行って、ずっと馬頭とかいうガキのこと探してるんや。北駅なんか、ものすごい人で、みんな避難民みたいやったぞ。あんなんで蓓蒂が馬頭のこと、見つけられるわけなかろう」

「人いっぱいやのに、ばあやはアタシのこと引っぱろうとするんや。でもみんなにぐいぐい押されて、しまいに汽車のドアが開いたら後ろから押されて、ばあやと中に飛び込んでしもうたんや。座ったとたんもう満員やったわ」

「人の上に人が乗って、蓓蒂がおしっこしたいって言うてもできるような所《とこ》見つからんしな」

蓓蒂がばあやを睨みつけた。ばあやは思い出す。

——夜中になって汽車は出発した。翌日、南京の浦口《ほこう》に着いたとき、ばあやは自分の祖母のことを思い出して涙した。

長江は巨大なフェリーに汽車ごと乗せて渡らねばならない。一回に乗せられるのは何輛分だっただろう。何れにしてもさほど多くはない。少しずつ車輛を乗せて長江を渡るのを乗客はそのまま中でゆっくり待つ。そんな調子だから、長江を渡るにはとんでもない時間がかかった。

ようやく長江を渡りきり、空腹を抱えた二人は汽車から下りるとバスで南京の街へ向かった。

「ばあや、アタシ紅衛兵さんの接待所に行きたい。タダでご飯が食べられるって馬頭ちゃん言うてたもん」

馬頭に会えると思い込んでいた蓓蒂は大騒ぎする。

歩いているうちに〝本区経験大交流支援事務所〟と書いてある扉を見つけた。大勢が出入りしている。

入ってみると、書き物をしている役人の周りを取り囲むようにして、紅衛兵の腕章をつけた若者が十人以上いた。

「お役人さま、紅衛兵の接待所ではメシにありつけませんでした。一日メシ食うとらんので腹ペコです」

「オレは二日も飲まず食わずです」

「騒ぐな。一人一人話さんか。南京のどこに泊まっとる。どの町内会の接待所や」

一人の答えを聞き、役人は天井を見て何やら考えてから、サラサラッと何かを書きつけた。

「これでよしっ。この紙を持って行け。接待所から三軒西が四十九番地や。その路地を挟んだ隣にある〝奮闘《ふんとう》〟ていう飯屋へ行け。そこでこの紙見せたら、おやき六つに麵二杯出してくれる。これからは何かあったら接待所が解決してくれるからな」

「っしゃぁーっ！」

「ありがとうございまーすっ」

若者は大喜びで人をかき分け出て行った。それを見ていたばあやは焦り始め、蓓蒂を引っぱるようにして潜り込む。人をぐいぐい押しのけて突き進んだ。

「すんません！　お役人さま！　ここにもまだお腹空かせた紅衛兵がおりますです。年寄りと子供でございます。上海から参りました。おやきと麵二杯分けたってくださいまし。贅沢は申しません。野菜麵みたいな物でかまいませんので、さっきみたいなん書いたってくださいまし。なんとか一枚書いたってくださいまし。お願いでございます」

「このクソババア！　頭おかしいんか！　ええ年寄りのくせに、食いもんやら飲みもん、平気で騙し取るつもりか」と割り込む若造がいた。

その言葉とともに追い出された二人は、仕方なくそこらじゅうを歩きまわることになった。

「蓓蒂や、泣かんでエエしな」

幸いにも、全国共通、四斤分の食料切符を蓓蒂が持っていたため、おやき二個にレンコン粥、麵にありつき、二人で分けて食べたのだ。

南京の街並みが見えてきた。感涙にむせぶばあやは天王府《てんおうふ》（太平天国の王宮）へ挨拶に行くつもりだが、蓓蒂が頑として言うことを聞かない。

「北京へ行きたい。馬頭ちゃんに会えるもん」

「そんな事できるもんか」


そして今、ばあやは主張する。どいつもこいつもお宝の値打ちがわかっていない。薬になる大事な霊芝《れいし》をただのキノコだと思っている。南京の天王府が北京ごときに負けるわけがない。外側は〝太陽《たいよう》城《じょう》〟と言われていたのだ。北京の天安門にどれくらい金《きん》があるかは知らないが、南京の天王府は大昔から金でできていたのだ。空も地面も何もかも金でできた世界なのだ。

滬生が口を挟む。

「洪秀全が広西で旗揚げして南京まで攻め込んだ時、自分を一番偉い〝天王〟と呼ばせて、みんなには王ていう名字使うの禁止したやろ。本にでも王ていう字があったらけものへん付けて〝狂〟っていう字に変えさせたりもした。みんなの物を奪い取ったり、人殺したりして、おかげで金が山盛りになってたんやて」

「天王府はとっくに焼かれてしもうて国民党の総統府とかいうもんができたんやてな。あぁあぁ、ほんまにもう罰当たりな事や。ほんまに頭くらくらする。ほんまになんちゅう世の中じゃ。〝太陽城〟には五十メートルくらいの高さの天朝門《てんちょうもん》があって城壁は十メートルくらいでなぁ。内側の〝金龍《きんりゅう》城《じょう》〟には金でできた聖天門《せいてんもん》と金の御殿があるんじゃ。大天王さまの、龍の彫り物がある金の玉座見つけたら、ちゃんと地べたに頭付けてご挨拶せんといかん」

「もうエエわ。ばあや、もうやめて」と蓓蒂が言う。

「そんな話、ほんまやろか」と姝華。

「天子さまの御殿の横に金でできた大きい龍とトラ、獅子と犬が置いてあるんや。何もかも金なんじゃ」

「頭の中、金の事ばっかりや」と蓓蒂。

「金が好きなんは当たり前やないか。なんぼ仙人が長生きできるっていうても元気な若い子には敵《かな》わんじゃろ。それとおんなじや。どんなお宝かて、すぐに使える金には敵わんのや」

蓓蒂は耳を押さえた。「もう言わんといて」

「接待所なんか、一銭のカネも出してくれんかった。銅銭かてお焼きかてくれへん。それどころかワシらを追い出しやがって。ほんまに憎ったらしい。金でも持っとったらなぁ。避難じゃいうてもジタバタせんでもよかったんや」

「お金なんか持ってメシ買いに行ったら、きっと訴えられたやろな」と滬生。

「ばあや、もう二度とそんな事言うたらアカンしな。頭地べたに付けて挨拶するとか、そんな事、知らん人には絶対に言うたらアカン。南京とか北京とか金とか、聖天門も天安門もな。ひどい目に遭うわ」と姝華も言う。

「わしゃもう長うないからエエけど、蓓蒂のことが心配じゃ」

みんなが黙ると、ばあやがまた言った。

「蓓蒂のピアノ、絶対に守ってやるって馬頭が言うとったけど、そんなエエ加減な話あるもんか」

「馬頭ちゃんと約束したんやもん。ピアノは楊樹浦に預けといてくれるって。労働者の人らのいる高郎橋や。そやけどばあやがどうしてもそれはアカンって言うねん。そんなんおかしいやろ」

「そんな夢みたいな事ありえへんわ。今はひどいご時世やから、ピアノなんか、何人かいたら盗めるし、取り合いかてできるんよ」と姝華が言う。

ばあやは口を閉ざした。

姝華がため息をつく。

「人の悲しむ顔見るのが楽しみなんやわ。やっぱり悲劇半分、喜劇半分や」

滬生は何も言えなかった。

十二章

一

家に戻った陶陶の目に飛び込んで来たのは、一人涙する芳妹の姿だった。

「またいやな事でもあったんか」

「潘静が来たわ」

内心ビクッとしたが、それでも落ち着きはらって返した。

「なんでや」

「身ぃ引け、離婚してくれって言われた」

「しょうもない事ばっかり言うて」

「はっきり言われたわ。あんたとはもう別れられへんのやって。男と女は気持ちが一番大事で、体は二の次やって」

「おかしな事言うもんやな。そんな女、いると思うか」

「笑えるわ」

――「あんた、潘静とかいうたな。けったいな人や。頭おかしいんやろ。うちの人が一番こだわってんのは〝体〟や。ハッキリ訊くけど、あんたはあの時、静かなん？　大騒ぎすんの？　泣くん？　大声出すん？　人と違うことできんの？　どんな事すんの？　そんな事がわからんうちは、陶陶かて急に離婚してまた結婚するとか、簡単に言うわけないわ。お笑いや」

「プライベートな事だから他人のおたくには関係ないわ」

ここで余裕を見せたのは芳妹だった。

「ふん、恥知らず！　ただの一方通行やわ」

「いえいえ、両思いです」

「人の気持ちなんかわかるもんか。気持ちなんかどうでもエエんや。旦那が他所へ行ってこっそりエエ事やらかしたりせんように縛る力がうちにはあるんや。今の世の中、人の気持ちほどあてにならんもんはないし、そんなもんがあったからって、お腹がふくれるわけでもない。男と女の愛情がどうしてん！　階級が同じ者同士の気持ちがどうしてん！　そんなもん、ものの数に入らへん。そいつがやる事見たらわかるんや」

潘静は余裕のある笑顔で聞いている。

「できるもんやったら、今すぐうちの人とやってみたらエエわ。一回でも、二回でもな」

そんな事を言っているうちに、頭に血がのぼってわけがわからなくなり、自分の立場さえわからなくなった芳妹だった。

「陶陶と十回以上、それもクタクタになるまでできるんやったら、うちはなんぼでも相手したるわ」

「そんな事があったんか。それにしてもふた言目にはヤルとかヤランとか、いやらしい話ばっかりやないか」

「女同士なんやから遠慮はいらんわ。女とそういう関係になりたいって思わへん男はホモや」

陶陶は返す言葉がない。

「あの潘ていうヤツ、確かにうちより教養もあるし、エエお尻でエエ胸してるわ」

「エエ加減にしてくれ。人が火事に遭うて肝つぶして、それで心で結ばれてるって言うんやから、それだけであの女が真面目な女やてわかるやろ」

「ふん。その真面目な女が大きい爆弾やわ。爆発して屋根に大穴あけられたわ」

「おまえなぁ、もうちょっと辛抱して喋れよ。そんなケンカ腰、みっともないぞ」

「うちはずっと笑うてたわ。あの女もやけど。でもあの女が出て行って一人で考えてたら、辛《つろ》うてたまらんようになってきたんよ。占いの先生の言わはるとおりや。桃の赤い花が真っ盛りなんやて。もうどうしたらエエかわからへん」

「錘みたいなあんなペテン師の言う事なんか、真に受けたらアカン。人を煽ってけしかけとるだけや」

「ほんまに先生の言うとおりやったんやわ。なんでちゃんと言われたとおりにせえへんかったんやろ」

「もうええ。何もかもオレが悪かったんや。スマン。許してくれ」

「これからは決まりを作るわ。あんた、あの女に関係ある事は全部うちに報告すること」

「わかった」

「考えたら悔しいてたまらんわ。男ってなんでこんな腹がたつもんなんやろ。鍵でも買いたいわ。日本で売ってるんやて。男にかける鍵。朝かけて夜には開けるの」

「そんな鍵売ってるんやったら、それをあける万能キーも売ってるやろな。それに男に鍵かけて大事な所が病気にでもなったら、結局嫁はんに跳ね返ってくるんやぞ」

その言葉にさっきまで泣いていた芳妹は笑顔を取り戻し、陶陶をポンと叩いた。

「いやらしいなぁ」

翌日、潘静からの電話を受けた陶陶は詫びの言葉を繰り返し聞かされたが、標準語で返した。

「いや、もういいですよ。わかってますから」

「少しくらい慰めてくださってもいいんじゃないかしら」

「僕もそうしたいんですけど」

「私のほうこそ」と潘静は優しい声を出す。

「今は聞きたくありませんね。本当に。申し訳ないですけど」

潘が口をつぐむ。

陶陶は語気を和らげ、気候の話に切り替えた。

潘静はどうでもよくなり、二言三言答えただけで電話を切った。陶陶が手にした受話器からはツーツーという音が聞こえてきた。

なんとか免れた。陶陶は疲労困憊し、心で何度も叫んだ。

あぁ神さま——。

二

陶陶は、金曜の夜食事会があることを芳妹に報告した。

「お酒はあんまり飲まへんこと。それから、早めに帰ること」

陶陶は約束した。

会のことは滬生が知らせてくれたもので、陶陶の以前からの知り合い、玲子がご馳走してくれるらしい。玲子が離婚するのに力を貸し、弁護士の滬生を紹介した時に繋がりができたのだ。日本に長く滞在し、つい最近上海に戻った玲子は、市内の中心地、進賢路にある小さな食事処を譲り受けている。店の名前は〝夜の東京〟。

間口一間、中には低めの段差があり、奥へ行くと、今でいうロフト風になっている。そういう店は多くはなかった。日本でよく見かけるようにテレビが上の方にある。テーブルは六つか七つ。テーブルごとに三、四人くらいで話ができるようになっており、客が増えるとテーブルを広げて六人が座れる。さらに増えると丸テーブルを出してきたりして、狭いながらも少しでも多く客を入れようと工夫していた。

その夜、〝夜の東京〟には大きな丸テーブルが二つ出されていた。同席しているのは、阿宝、蘇州の范社長、それに兪女史。蘇州の〝蹌踉亭〟でともに夜を明かした人物は滬生もはっきり覚えている。他に范社長のお抱えドライバー、玲子、陶陶。新しい顔ぶれとしては葛《ゴォ》先生、菱紅《リーンホーン》、中二階の奥さん、麗麗《リィリィ》、華亭路で露天の服飾店を営む小琴《シアオチン》、それに若い広東人男性がいた。

全員が席につくと葛先生が切り出した。

「男七人に女性が六人。両手に花で座らなあきませんな」

「今までさんざんいい思いされてきたのに、まだ足りませんか」と中二階が言った。

滬生は小琴を見ている。

「こちらの綺麗どころは……」と陶陶。

「滬生さん、こんばんは。白萍さんはお元気ですか？」と小琴。

「はぁ」

「陶陶さん、小琴です。前に滬生さんはよう華亭路の店にお見えでした。白萍さんに服を買うてドイツに送っておられました」

「みなさんお静かに。ご紹介しましょう。こちらは中二階の奥さんで、私のご近所仲間。昔は路地の花。流行の先端をいっておられて、お洋服は全部ご自分でお作りです。ボーイフレンドもたくさん」と玲子。

「そうそう。七四年のことでしたかな。パンタロンが流行り始めて、デニムの生地で作っておられましたな。フロントボタンは露店の靴屋で頭の丸いメタル釘を打ってもろうて、既製品のズボンみたいにしてましたやろ。靴屋はそんなボタンの裏の始末も上手にしてくれましたしな」と葛が思い出す。

「それから香港風のファッションに人気が出てきましたけど、ご主人には上海風のズボンを作っておられました。葛先生には上海風のリバーシブルの上着でしたね。きっちりしたいい感じで」と玲子。

「それってアタシが作った服のこと？　アタシ自身のこと？」と中二階。

「もちろん服のほうですよ」

「……」

「路地の女はみんなこの人に妬《や》いてます。この人にはかないませんから」と玲子。

「もうちょっと手短に頼みます」と葛先生。

「はいはい。こちらは葛先生。親子三代お商売をしておられます。六十年代には国家から資産に付けられる定額利息を受け取って暮らしておられて、八十年代には外国のご親戚から送られてくる外貨を受け取って暮らしておられました。今はお一人で洋館にお住まいで、毎日コーヒー片手に新聞を読んでおられますから、世界中の大きな出来事はなんでもご存じです。こちらは上海美人の菱紅ちゃん。私が日本で知り合うた仲良しです。前のご主人は日本人のお坊さん」と玲子。

「昔のことはあんまり言わんといてください」

「こちらは麗麗さん。小学校時代の同級生です。ご両親は後ろ盾のある、北京のお役人です。それから小琴ちゃんともうひとかた、こちらは広東から来られてます。この二人は夫婦でも恋人同士でもありません。華亭路の服屋さん仲間です」

小琴は笑顔を絶やさない。

「小琴のこと、仏さんみたいにただ優しいだけの人やと思うたらあきませんよ。かなりのやり手です。日本で新しいデザインが出て東京から上海に送ったら、この娘《こ》がすぐに下請けの裁縫業者に持って行って、六日後にはもう店に並んでるんですから」

「買《こ》うたことあります」と滬生。

小琴はニコニコしているだけ。

「中二階の奥さんとはおもしろい呼び方ですね」と阿宝。

「きっと『中二階の若奥さん』ていう、昔の上海のことを書いた小説を思い出されてるんでしょう。前はエロ本って言われてましたけど、私は三回読みました。あのぅ、失礼ですけど、そちらは……」と中二階が笑顔で訊いた。

「阿宝です」

「その本、もう重版が出てるらしいです」と中二階。

「昔はエロ本の元祖、でも今は珍しいこともなんともありませんね」と阿宝。

「菱紅ちゃんはこれからどうするつもり？　二十七歳っていうたらもういいお年ですもんね」と玲子。

「二十四よ」と菱紅。

「ボーイフレンドご紹介するんでしたら、考えときますよ」と中二階。

「私、急いでませんから。親戚のおばが言うてました。もうちょっと待ったほうがええって。とりあえずお妾さんにでもなっといて、結婚するかは何年かしてから考えたほうがエエって」と菱紅。

摘まんだイカの炒め煮を兪が箸の先で振った。「何ですて？」

「とりあえず自由にしといて、何年か世間を見てこいていう事みたいです」と菱紅。

「どんな世間を見るっていうんでしょうな」と范も口を挟む。

「とりあえず香港か台湾か日本の男の人と知り合いになるのが世間を見るっていうことですわ」

「そのおばさんは外国向けのサービス会社にでもお勤めですか。それとも……」と阿宝。

「普通の外資系の会社員ですわ。日本人のお妾さんになって二年ちょっとです」と菱紅がのんびり言うと、みんな口を閉ざしたが、玲子がすぐに返した。

「そういうの、普通です。菱紅ちゃんは条件いいし、日本語も上手やし、日本語でお経唱えられるんですよ。日本人のお坊さんと一緒でしたから」

「また昔のこと蒸し返して……」と菱紅。

「中国も日本もお坊さんは同じでしょ」と玲子。

「日本のお寺は普通、個人がやってて世襲です。息子がいたら跡継ぎがいるわけですから安心です。ゆくゆくは住職になってくれますしね」と菱紅が説明する。

「へぇ」と小琴。

「でも子供まで毎日お経あげなアカンのがいやでした。私自身も将来が不安ですし。考えてみたら罪作りな事です。前世できっとそういう世界にいたんです。そやからあんな結婚してしもうたんです」と菱紅。

阿宝が范の方を見た時、兪が口を挟んだ。

「范さんは口には出さんへんけど手は早いってご自分のことを仰ってますよね。確かに、黙っていつのまにか大儲けされてますし」

「私は黙って人の話を聞きながら酒を飲みます。黙って聞いて黙って飲む。紹興酒ならボトル一本でもね」と范が返す。

「黙ってるけど、やる事が早いんやったら葛先生ですわ」と中二階。

「どういう事?」訊いたのは麗麗。

「日本にいたことのあるこの上海美人、お二人ともお若いでしょ。こういう人にお会いになったら、お尻がすうっと軽うなってしまうんです。それに年配の人ほどパッと燃え上がるって言いますし」と中二階。

「くだらん」と葛先生。

そこへ菱紅が激しい口調で反論する。

「葛先生は真面目な方です。口に出さんと行動が素早いのは中年のおばさんの方です。その気になったら黙っててもわっと燃えて、下手したらミシンみたいな機械でも路地二つ分の人間でも燃やしてしまうくらいです」

中二階が口をつぐむ。

「だんだん話がそっちのほうに行ってしまいましたねぇ。黙ってるけど手出すのが早い男が、昔の日本にいました。『伊勢物語』の〝染河《そめかわ》〟っていう話に出てきます。すだれの向こうに若い娘が二人いるのを見て短歌を作ったんです。〝染河を　渡らむ人の　いかでかは　色になるてふ　ことのなからむ〟すだれの内にいた女も返しました。〝名にしおはば　あだにぞあるべき　たはれ島　浪のぬれぎぬ　着るといふなり〟」と葛。

玲子が手を振った。「何の事かわかりませんわ」

それを聞いて葛が話を変える。「昔、四馬路（福州路の旧称）の遊郭にいたランクの高い遊女は唄なんかの試験にも受かって〝書寓《しょぐう》〟って呼ばれてて、そういう人は店に出入りする時、蘇州の靴しか履きませんでした。刺繍がしてあって上品なやつです。でも今はどうでしょう。サンダルひっかけたりして、ほんまに非常識もええとこです。トイレでベルト交換するレズビアンもいる。ベルトを二人の関係のしるしにするんですな。二人の遊女が一人の男を相手にするっていうのもあります。世間では毎日ポルノ取り締まりをしてますのにな。それでもまだまだどうしようもないイタチごっこです」

中二階は黙って聞いている。すると今度は范が話し始めた。

「先月、広州に行ったんですけど、確かにひどいエロでしたねぇ。得意先の人が紅月《こうげつ》ホテルの予約をしてくれたんですけどね。広州の友人から電話があった時、そのホテルの名前を言っただけでふき出してました。たぶん広州の人なら全員わかるでしょう。……同僚と飛行機を下りてホテルについてみて、私自身も笑ってしまいました。ロビーなんかナイトクラブみたいなもんです。夜九時すぎになったら、エレベーターの両サイドに何十人も女の子が並んでて、階段の傍にも女の子がずらっと立ってるんです。コテコテの化粧して、肉の衝立です。……フロントの傍に歓楽街風のスペースがあって真ん中辺にカウンターがあります。ファッションショーの舞台みたいにT字形になってるんですよ。その三方向に高い椅子があって、客はそのカウンターの周りに腰かけるんです。ステージにはポールがあります。そこで下着のファッションショーをやるんですよ。女の子がグラスのすぐそばまでまっすぐ歩いて来ます。でもおかしいんです。観客はばあさん連中と中高生くらいの男の子だけなんですよ。女の子が入れ代わり立ち代わりステージに上がって、太ももがニョキニョキ。いっぱい食わされたのがわかったんで、エレベーターに乗って自分の階の廊下に着いたら、また女の子が五人も六人も待ち受けてました。部屋に入ったらチャイムと電話が一晩中ずっと鳴り続けてます。女の子がひっきりなしに電話したりノックしたりするんですよ。……似たようなシーンが『中二階の女』にも出てきますけど、それどころじゃないんです。普通のホテルでしたら、ちょっと電話があるか、外から声かけてくるかで終わりですけど、あそこは違います。夜中の二時三時四時に、明るくなってからも五時六時七時に女の子がノックしてくるんです。ちょっと隙間を開けてやったらドジョウみたいにもぐり込もうとします。無理やり入ってきて、電話貸してくれとか言うんです。ストレートに言うこともありますよ。社長さん、枕換えましょうかって」

「どういう意味?」と小琴。

「隠語やわ。枕換えてくれってフロントに電話したら、女の子を頼むことになるんよ」と玲子。

「あくる朝、同僚と朝ごはんを食べてましたら……」と范。

「ちょっと待ってください。夜通しそんな事やってたんでしょ。それでお話が終わってしまうのはエエ加減すぎますわ。ゆっくり話してもらわなあきません。その夜は穏やかやったはずがありません」と玲子。

「飛んで火に入る夏の虫ですわね」と兪。

「私がそんな事考えるわけないでしょう。広州の友人が一晩中ひっきりなしに電話してきてました。ニヤニヤしてるのが目に浮かびましたね。『エエ感じか?　体に気ぃつけろよ』なんて言うんです。ほんとに煩わしかったです。いかがわしい四馬路とか〝会楽里〟に迷い込んだようなもんで、寿命が縮まる思いでした。この年まで生きてきたからもう十分だろうとか、ろくな事のない世の中だから六十まで生きたら長生きしたほう、四十でもまぁまぁだって、その友人には言われましたけど。大笑いしとくしかありませんでした。私の気持ちなんかどうせわかってもらえませんからね」

「もうやめましょう」と兪。

「いやいや、それから？」と陶陶。

「朝食済ませて、チェックアウトすることにしました。同僚は用事で出かけてたんですけどね。部屋に戻るとき、女の子が何人かで通せんぼするんです。まぁ聞いてくださいよ」

――「今、お一人やからよろしいわね。何をびっくりされてるの？　お友達、出かけてらっしゃるからちょうどいいわ。十五分でいいから。〝化粧品〟も持ってるから早く」

「〝化粧品〟て何のことだ」

「わかってるくせに。避妊具ですけど、そんな言い方は野暮くさいしかっこ悪いわ」

ツヤのあるキメ細かい肌をして、小柄でスタイルもいい。それがそんなとんでもない事を言うのだった。大抵そんな所にいるのは、体格のいい北方の娘だが、その娘は南方の娘だった。

「その喋り方は江南じゃないか」

「上海です」

「上海のどの辺だ」

「昆山《こんざん》です」

「昆山だったら上海じゃない。江蘇省だ」

「ふふふ、社長さん、ここは廊下です。地理の勉強なんかせんでもよろしいやないの。早うベッドで授業してくださいよ。参りましょう」

「……」

「上海、嘉定《かてい》、昆山、太倉《たいそう》、蘇州、そんな場所をアタシのお腹に書いてもろうたらエエわ。そしたらちゃんと覚えますし。若い子に〝授業〟するみたいに真面目にやってくださいね。参りましょう」

「いや、そろそろ年越しだから早めに昆山に帰りなさい」

「お商売なさってる方《かた》は人に感謝することをお忘れみたいです。旦那さんが苦労してるやろと思うてせっかく可愛いお妾さんがお世話してあげようって言うてますのに。男の人はエエ気持ちになったらそれでエエんやありませんの？」

　范が酒をひとくち飲んだ。

「それから？」と陶陶。

「もうやめときましょう」

「この講釈師さんはもったいぶりますねぇ」と葛。

「聞きたいわ」という麗麗の言葉に背中を押された范があとを続けた。

「その娘に聞いたんですよ。『エエ気持ちになったらそれでエエってどういう意味だ。黙って媚びた笑顔でこっちにもたれてくるだけか。わしが今すぐ銃殺されるっていう事か。それとも末期癌の患者だって言いたいのか』って言って脇へよけたら、『いやぁん、旦那さんって。アタシは寝物語してるだけ。ちょっと甘い言葉かけてみただけやのに、何を本気にしてんの』って甘ったれた声を出すんです」

「体を売り物にするそんな女は、今すぐ女専用の更生施設に閉じ込めなあきませんね」と口を挟んだのは兪だった。

「年越しの前には、いつもどおり取り締まりがあるでしょう」と阿宝。

「今の奥さん連中には足りひん事が一つあります。甘えたらどれだけ効果があるか、基本的にわかってへんのです。その点、ああいう娘のほうがよっぽど男を知ってます。上手に甘えて、ソフトでやんわりとした気配りしてくれますでしょう。そやからあの娘らの商売はうまいことといくんですよねぇ」と陶陶。

「さいわい広州の友人が何人か来てくれましたけど……」と范。


——後ろから色とりどりのブラジャーを着け、裸同然の娘が続々と後に続いて来る。范は必死の思いでドアを閉めた。

「最近、この店もまともな値段になってきたんやな」と友人に言われた范も黙ってはいない。

「安いからってオレがヤったとでも思ってるのか」

友人はニヤニヤしているだけだった。

「笑うなよ。どうして信じないんだ」

「わっはっは」

「どっちにしても信用してもらわないとな」と范。

「規制がゆるかったら〝値段〟もまともでサービスかて行き届いてくる。逆に規制が厳しいと陰でこそこそ怪しいやり方するようになるもんや。浮気もそうやし、女をえさにしたペテンとか、強請《ゆす》りとか誘拐とか、もう何でもありや。それぐらい誰でも知っとるぞ。ヤルならやったでエエんや。隠さんでもエエわ」と友人。

そんな事を聞いているだけで范は胸が苦しくなり、心臓の発作を起こしそうになっていたが、友人の話は続く。

「遠慮してるような振りしとらんと、やりたいと思うんならやってしもたらエエんや。この辺では普通は愛人を一人だけ決めて付き合うような事はせんのよ。そんな事したら面倒で仕方ない。祝日にはグリーティングカード渡して食事して、プレゼントも買わされる。誕生日は誕生日で、星を見ながら蠟燭点してムード出して。バレンタイン、三月八日の女の日が終わったら、メーデーに七夕、その次はお月見に建国記念日、感謝祭が終わったらクリスマス、元日の次はまたバレンタイン。たまらんよ。でもそういう類の女なら、その場限りでエエからな」

　みんな黙って范の話を聞いていたが、葛先生がため息をつき話し始めた。

「その昆山のお嬢さんは世間というものの基本がおわかりではないようですな。あぁほんまに……万悪は淫を首とす……ようない事は淫らなことから始まる……」

「先生はその言葉がえらいお好きなようですね」と滬生。

　それには構わず、葛先生は続ける。「今、事実が証明しています。范さんは綺麗どころを目の前にしてその試練に耐えられたんです。下心をなくして欲を出さんかった。これはきっといい事がありますよ」

「そうそう、そのとおり」と范。

「『金瓶梅《きんぺいばい》』を読んだとしてもあんな淫らな男女関係をそのまま真似してはいけません。確かに男っていうもんはなまめかしい姿を見たら名誉なんかふっとんでしまうのは当たり前のことですし、それはまぁいい事でもありますけどね。……でも昔の学者には淫らなこと書いた本の事ばっかり取り沙汰したり、自分でそんな本を書いて世間に広めて女の人が色気づくようにたきつけたりする者がいて、挙句は極刑で命落とすか、そうやなかったら舌をかんで自殺してしまうかでしたね。……そんな事する値打ちがあると思いますか。まともな人間としてやっていくんやったら正々堂々としてなあきません。情欲に溺れたり女郎遊びしたり不倫したり、そんな事してたらあきません。女の人も同じです。色好みはあきません。気持ちの上でまず色を絶つんです。そうせんと墓穴を掘ることになります。ろくな目に遭いません。寿命を縮めるだけです」

「范さんのお友達はやっぱりろくでもない人ばっかりなんですね。ほんまにいやらしいわ」と兪が冷たく笑う。

「兪さんは男をご存じでしょうかねぇ」と范。

「ややこしいホテルとか娼婦なんか、国がもっとテコ入れして、なくしてしまわなアカンのです」と兪。

「うん、娼婦の取り締まりでは、ソ連の新しい政府が一番功績があったんですよ。娼婦が集まって赤軍の兵士を誘惑してたんですけど、そんな女を全員銃殺するようにレーニンが手紙で提言したんです。〝娼婦〟って言う言葉が〝身売りして奴隷になった者〟って表現されてましたけどね」と滬生。

ここで葛が演説を始めた。「『春秋』っていう歴史書がありますよね。あれには微妙な言葉遣いに深い意味が隠されてます。中国人はその深い意味がちゃんと読み取れるんですよ。一つの言葉にいろんな意味が込めてあって、それはもう一流です。逆にロシア人は何をしてもとにかく荒っぽい。包み隠す事をせんのです。……ソ連の赤軍兵士には梅毒に罹ってるのがたくさんいました。なんででしょうか。それは娼婦が従軍看護婦になってたからです。二〇年にはソ連の殆どの婦人収容所にそういう娼婦を監禁していました。その収容所では毎日交響曲が流れていました。なんででしょう。……それはね、普通、娼婦は退廃的な音楽が好きやのに、正反対の行進曲とか交響曲を流して追い詰めるためなんです。トランペット吹いたりドラム叩いたりするような曲ね。捕まってた〝姉妹〟らは髪の毛までたくさん抜けてしもうたんですよ。可哀想に」

「最近、葛先生はクリスチャンにでもなられたんですか。クリスチャンみたいな言い方で〝姉妹〟って言うてみたり。そんな言い方、気色悪いでしょう。娼婦なんやから娼婦って言うたらエエんです」

と中二階。

それを受けて葛は続ける。「昔の人は綺麗な言い方を奨励してたんですよ。そういう女は〝倡優〟っていいます。早春、咲き始めた花が馥郁たる香りを放つ、そんな優雅な女の人に誘われる感じで奥ゆかしい言い方でしょう。でもだんだんほんまに俗っぽいひどい言い方になってしまいました。英語やったら〝ハム屋〟、上海人やったらそういう女を〝ベーコン娘〟、男が〝ベーコン屋〟に入ることを〝ベーコン切り〟、ベーコン娘が外人を相手にするのが〝ヴィンナー丸かじり〟、ベーコン屋には〝中国ベーコン〟〝ロシアベーコン〟〝高麗ベーコン〟、それに〝日本ベーコン〟がいました——提籃橋に日本の売春宿があったの、ご存じかな。で、〝姉妹〟ですがね、私だけは新中国の政府と同じ呼び方してるんです。まぁ政府がやった一種の教育です。早いとこでは信者やった太平天国の女兵士が〝姉妹〟って呼び合うてましたから、娼婦らも周りの者もずっとそう呼んでました。政府は娼婦教育の映画を作ったんです。『姉妹よ、立ち上がれ』（一九五一年）っていうの。それからすぐにそういう〝姉妹〟を捕まえ始めました。外人の娘もね。うじゃうじゃいた娘らを通州路の〝竜華感化院〟に閉じ込めたんですけど、白人の子供を連れたのも黒人の子供を連れたのもいて、泣き喚いてましたねぇ。首つってやる、死にたいって。それでも教育期間が終わる頃には考えが変わったみたいで、自分から三輪タクシーの車引きと結婚したりしてました。わざわざ応募して辺境に行ったのも何人かいます。軍人には嫁さんが不足してますからね。……平和になって三十年、世の中ゆとりが出ていろんな事がうまいこといくようになってきて、そしたら若い娘のなかには、楽しみのあまりにアホな事やりたがるのがまた出てきたんです。締め付けは前よりきついんですけど、その反動でもっとひどうなってるんです。確かに世の中にはこういう仕事の好きな女の人がいるということでしょうな」

「そうなんです。生まれつきなんやから、どうしようもありませんわ」と玲子。

「あの頃、日本から来た娘が一番すごかったんですよ」と葛が声をひそめて言った。

「えぇ?」と中二階。

「責任重大なんです。跡継ぎを絶やさんようにって。第二次大戦が終わって、日本人の娘らがまとまって来てました。コテコテに化粧してお色気たっぷり。上海くんだりまで来て体で商売してたんですけど、腹が大きぃなったら船で日本に帰ってしまいます。そしたらまた次のが来て、またおめでた。また帰って、また来て、できて、帰って、また来て……ってね」と葛。

「全部で何回くらい来たんですか?」と陶陶。

「たぶん、十回どころやないでしょうな。何でかっていうたら、種を借りに来てたんです。日本の男は戦争でおらんようになってしもうてたから、大事な時やったんですな。跡継ぎを絶やさんための男が見つからんっていう瀬戸際に立たされてましたから」と葛がまた声をひそめた。

「ほんまにそんな事があったんですか。深刻やったんですねぇ。まさか、今の日本人はみんな中国人、いや上海人の血をひいてるわけやないでしょうね」と麗麗が訝しそうにしている。

「いや、人から聞いたんです。物語とか人から聞いた話やったら言うてもかまわんでしょう。日本には〝雑婚〟とか〝混血〟ていう言い方があるらしいです。明治時代には〝人種改良論〟が出てたらしいです」と葛がきまずそうな顔をする。

「ちょっと、ちょっと、もうやめてください。もうエエわ。ご飯よばれるとき、いつもいろいろ喋ってるうちに、わけのわからん事か、そっちのほうの話になるんやから」と中二階。

「そんな品のない汚らわしい事は、何でもかんでも日本人に矛先を向けな気がすまへんみたいね」と菱紅。

宴もたけなわ。

「みなさんにお会いしたら、いつも勉強になります。特に玲子さんや菱紅さんとお会いした時は」と麗麗。

「ご謙遜ばっかり。麗麗さんは世間の事をようご存じです」と玲子。

「さっき、お妾さんになるとかいうお話されてましたけど、確かにそうやとずっと思うてました。狭い路地暮らしの小娘なんか、男と女のことではろくな教育受けませんでしょう。それでもトップクラスの幹部とか優秀な日本人とか香港の紳士なんかと、何年か夫婦生活の真似事したら、物の見方も言葉遣いも、それに気品も雰囲気も習慣も見違えるくらい変わるんですよ。修士課程から博士課程かな、エスカレーター式に上の学校へ行ける研修クラスかな。そんな学校にタダで通うようなもんで、人が変わってしまうんですから」と麗麗。

「それでも結婚したらあきません。結婚せえへんほうがエエんです」と菱紅。

麗麗は話し続ける。「結婚なんか、うまいこといかへんかったらほんまにひどい目に遭うだけです。私の同級生が結婚したんですけど、結婚前はそんなことなかったのに、結婚してからは旦那っていうのが、この街に対する不満を全部その子のせいにするようになったんですよ。かわいそうに。その子が雑炊とか白ご飯を食べてるの見たら、急に態度が変わって怒り出すんです。その人、主食が小麦の地域出身やから、毎日、手作り麺食べたがるし、蒸しパンがこの世で一番体にエエと思うてるんですよ。ひどいでしょう。新婚の上海女が毎日毎日小麦粉を発酵させてるんですよ。烙餅《ラオピン》（中国風クレープ）屋を始めたようなもんです。パチパチ油の音をさせながら毎日烙餅を焼くんです。旦那は大きい麵棒と小さい麵棒とそれに伸《の》し板を買うてきました。その子が米を炊く用意でもしようもんなら、泣き喚いて一大論争をふっかけるんです。エリートのくせにねぇ」

「生まれ育った所がエエかどうかは一概に言えへんと思います。うちは農村の出ぇですけど、あんな所、ほんまにコリゴリです。上海の事しか頭にありません。お正月に田舎に帰るのは親の顔をたてるためです。今、みなさんとこうしてテーブルを囲んで賑やかにしてますでしょ。お正月、田舎に帰っても同じように兄弟姉妹《きょうだい》とご飯食べてお喋りします。でも家の外は山ばっかり。それが上海やったら外に出たらやっぱり家がありますもん」と小琴。

「小琴、そんな事言うておもしろいの」と玲子。

「去年帰ったとき、同郷の友達の、そのまた友達が革靴を六足田舎へ持って帰ってくれって言うてきたんです。その友達っていうのも同郷で、家政婦やってます。しょうがないからボストンバッグに詰め込みました。『道端の露店で売ってるような靴やし一足十五元、六足でもたったの九十元。それに薬品臭いし重たいし、郵便局から送ったら送料の方が高いぐらいつまらん物やのに、頭おかしいん違うか』って玲子ねえさんにも言われました。でも持って帰るしかないんです。田舎の決まりで、頼まれ事したら、イヤでも口には出せへんのです」と小琴。

「小琴、あんたどうかしてるわ。百元にもならへんような物を大きいかばんに入れて、長距離バスでぎゅうぎゅう詰めになって。そんな値打ちある？　それにその家政婦さんとかは全然知らん人でしょ。隣村の友達に紹介されただけなんでしょ」

「ねえさん、田舎ってそういうもんです。一つでもちゃんとできひんかったら一生言われるんです」

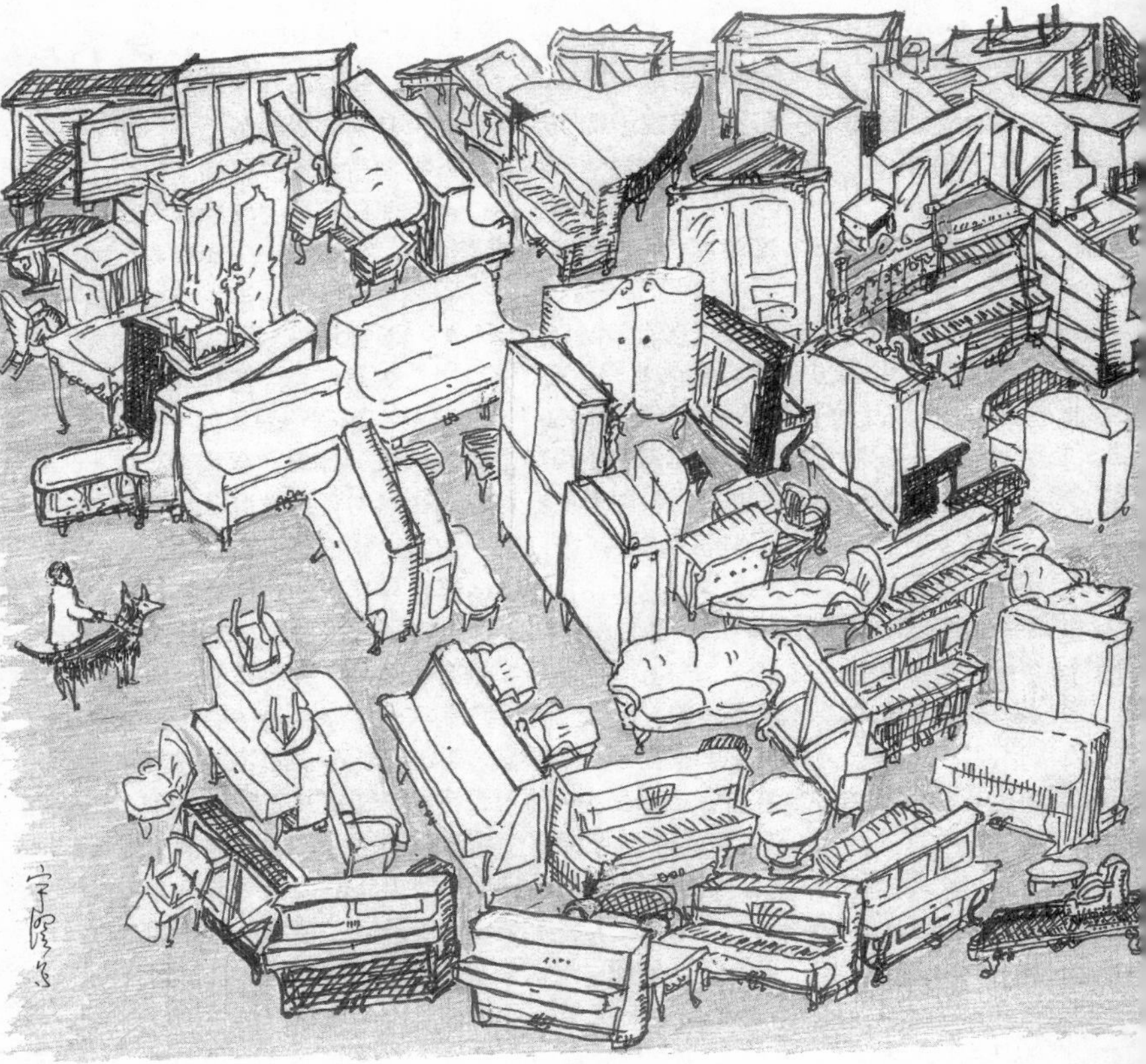

大革命には財産の大移動がつきもの。当時、遠東《えんとう》最大のリサイクルショップと呼ばれていた淮海路の国営リサイクル店は開業以来、最高の賑わいを呈していた。タンスや棚にこっそり隠れ、夜のしじまに乗じて盗みを働く輩が現れたため、店側も毎晩の夜回りにはシェパードを連れていくなどの対策を余儀なくされていたということだ。

「それでどうしたんですか」と陶陶が促す。

「悪い噂されんようにしようと思うたら、年取るまでいやな事ばっかり。そら、持って帰るの当たり前です」

「小琴さんってほんまにええ娘《こ》やな」と陶陶。

「田舎なんかそういうもんです。鶏は寿命が短いし、人間も山みたいには大きいないって言います。結局分かったつもりでもたいして分かってへんのです。ウチもそうです。一年一年ウチの親も年取っていきます。家の入り口に木が二本あるんですけど、木は一年ごとに太うなってます。今年はその木に他の木を足して、両親の棺桶ができました」

「小琴、もう泣かんとき」と玲子。

「すいません。しょうもない事言うてしまいました。もうやめます」

陶陶がナプキンを取り小琴に渡す。

「もっとおもしろい事を言うて笑うてもらうつもりやったのに。喋り出したらついつい」と小琴。

「いや、エエ話やし続けてくれるか」とまた陶陶。

「去年の大晦日のことです」


——小琴の田舎の家では親戚も揃い、食事を始めたところだった。戸を叩く音がしたので、父親が見に行ったのだが誰もいない。席に戻ると、今度は外で笑い声がした。

北風が吹きすさぶ夜だった。今度は誰かが咳をする。小琴と父親が見に行くと、雪が真っ白に積もっているだけで誰もいない。どの家も戸を閉め切り、年越しの祝いの真っ最中。犬も吠えない不気味な夜だった。

父親と席に戻り食事の輪に入った。しかし小琴は食べ物が喉を通らなくなり、外で音がしていないかと、ずっと耳をそばだてていた。

父親は一杯だけ酒を飲むと声をひそめた。

「きっとアイツや。わしの弟や。あいつがかき混ぜに来たんや。小琴、叔父さんに陰膳しといたれ」

「長い間そんな事せんようになってるし、あの人は町に行ったままでもう帰ってきいひんやろうし、もうそんな事せんでもエエわ」と母親が口を出す。

「冬至に紙銭焼いて供養するだけで何になるんや。正月にみんなが帰ってきてメシ食うてるのに、一人だけほっとかれるんやぞ。羨ましいてたまらんやろ」

父親がその先を話そうとした時、戸がバタンバタンと音をたてた。戸を開けてみると、三光鳥《さんこうちょう》が飛び込んで来た。田舎ではサンジャクと呼んでいる。

「大晦日やのに何を騒いでるんや。何かおもろない事でもあったんけ」と父親は三光鳥に語りかける。

鳥も親戚達も黙っていた。しかし小琴はわかっていた。その鳥は叔父さんの生まれ変わりなんだ——。

田舎とはそういうもので、大晦日の夜、急に動物が出てくる事がよくあった。奇妙な鳴き声や咳払いが聞こえてくる。するとウズラ、フサフサの毛に覆われたウサギ、フクロウなどが飛び込んでくる。その晩はサンジャクだった。春になると墓まで飛んで来て必死に鳴く、あの不気味な鳥だ。

「怖いわ」と菱紅。

「そんな怖い鳥、いるはずないわ」と麗麗。

店の外は進賢路のほの暗い街灯があるだけだった。

「叔父さんは六一年の大飢饉の時に亡《の》うなって、お腹を減らしたまま幽霊になったんです。あのとき、お葬式も適当やったんで、じきにあっちの世界から逃げ出してくるんです。お正月はみんなでご飯食べますでしょう。いつもよりええ物食べて楽しそうにお喋りして、スープとかお酒もいつもよりようけあって、賑やかにしてるから、叔父さん、不公平やと思うて何かやりにくるんです」

みんな黙って聞いている。

「ほんまやったら大晦日やし爆竹鳴らすんですけど、叔父さんがびっくりしたらアカンからやめときました。元日の朝に戸を開けたら叔父さんは飛んで行きました。十五日は元宵節《げんしょうせつ》のお祝いして、それでお正月もおしまいです。みんな帰って、家はウチの両親だけになりました」と小琴。

「もし家の人がみんな上海に引っ越したら、叔父さん、上海まで飛んで来られるやろか」と玲子。

「それは無理です。ひょっとしたらダンプカーに化けて道沿いの家に突っ込むかもしれませんけど」と小琴。

店は笑い声に包まれた。

「そんな可笑しかったですか。叔父がもしハイタカとかキョンに化けても絶対に迷子になります。上海は道と家がびっしり並んでますから。それどころか、途中にある嘉定の安亭鎮の街にも着きませんし、黄渡鎮かて越えられませんわ」

「捕まって金属の籠に閉じ込められて、西のはずれの公園へ連れて行かれるのが関の山かな」と陶陶。

他のみんなが黙っているなか、小琴は続ける。

「人は木みたいなもんやと、前はずうっと思うてました。でもあとでわかったんです。人間なんか、葉っぱみたいなもんやって。葉っぱは秋になって落ちてしもうたら、普通は見つけられません。ウチはいやな事があったらいつも、田舎のお正月とかこの街の友達と集まるときの事を思い出します。そしたら楽しい気持ちになれます。そやけど、あっというまにみんなばらばらになってしまうんです。葉っぱは落ちてしまいますから」と小琴。

「それがどうしたんよ。別れたらまた集まって、集まったらまた別れたらエエやないの」と玲子。

「小琴さんは見かけはニコニコしてるけど、心の中では悲しい思いをしておられるんですな。私の言う事、よう聞いてくださいよ。人っていうのは鈍感なくらいがエエんですよ。わかりますか。私というこの葛みたいに、コーヒー飲んで新聞でも読んでたらエエんです」

「もうエエでしょ。葛先生はお年のせいでお話が重いわ。みんな自分と同じようになれとか、みんなで老人ホームに入るのが一番やとか、何かいうたらすぐ言わはりますし」と玲子。

暫く続いた沈黙を中二階が破った。

「葛先生はこのお店ができた時のままお若いです。ほんまにいろいろお世話になってます」

「ほんまにそうです。この機会にみなさんにお願いしますわね。これからもどうぞご贔屓《ひいき》に」と玲子が中二階を横目で睨みつつグラスを挙げた。

　その日はほんの少し世間話をしただけの陶陶と小琴。しかし商売に関する話で意気投合していた。食事を終えた一同は揃って店を出た。

滬生と小琴が話しながら歩いている。二人の後に出ようとした陶陶は玲子に引き戻された。

「陶陶、何思い出してた?」と玲子が思わせぶりに微笑みながら言う。

「え?」と陶陶。

「傍にいた小琴のこと見て、何思い出してたん」

「思い出せへんなぁ」

「奥さんの事でしょ」

「なんでまた」

「それでも良心ていうもん、あるつもり？　もう忘れてるわ」と玲子が驚く。

陶陶は何も返せない。

「陶陶が芳妹と知り合うたんは、私が今日みたいにご馳走した時よ。忘れた？」

「いや、それはわかってる」

「芳妹がタオルの出店やってた頃やわ。あの晩、陶陶の右側に座ってえらい一所懸命喋ってたでしょ。男と女が店のことで意気投合して。それから陶陶が芳妹に熱上げてしもうて、付き合ううちに店も二人で一緒にやるようになって、しまいに枕まで並べてしもうてゴールイン！」

陶陶は黙っているしかない。

「今日は陶陶の右に小琴が座ってしもうたわ。私、やぼったい事言うつもりないし、物分かりもエエほうやけど、でも気ぃつけてよ。これ以上浮ついた事だけはやめてよ。小琴は妹みたいな子なんやから、あの娘に手ぇ出したらひどい目に遭うし。わかった？」

「わかってます。安心してください」

陶陶は別れを告げた。

〝夜の東京〟——。外では兪を送って行く范が車のドアを開けてやり、中二階と葛先生がそぞろ歩きをしている。

こうして一同は四方へと散らばっていった。

しかし小琴だけはスズカケノキの傍に立って俯いている。陶陶が出てきたのを見て近寄って来たが、陶陶は微笑んだだけ。しばしの沈黙を小琴が破った。

「陶陶さん、お暇がありましたら、華亭路の店に来てください」

「はい」

「ほな、これで」

陶陶が手を振り、二人は別れた。

拾参章

壹《いち》

ピアノには弾む心が潜んでいる。家具とはいえない。しかし脚がちゃんと四本ある。鏡に映っている部屋の中が、本当の姿かいつわりなのかはわからない。ただ、ピアノは弾く人の魂そのものだという事だけは間違いない。

特にアップライトのピアノ。普段は地味な存在で隅へと追いやられたままおっとり構えている。それでいて、窓際であれドアの傍であれどこに置かれても、また黒いのも褐色のも白いのも、必ず人目を引く。

男の前では女に、女の前では男になるのがピアノだ。

老人が弾くと、どんなに浮き浮きした弾んだ曲でも思い出のような曲になる。ピアノそのものが断崖に立つ記念碑のようになり、重苦しく冷たいものになる。老いを醸し出すことさえあった。

蓓蒂にとってピアノは四本足の動物のような存在だった。黒いピアノ。それは聞き分けよく背が高い、黒い馬のような存在だった。辛酸を嘗め尽くした、穏やかな顔をして、古い絹織物のようなしっとりした光沢を放っていた。弾きたくない時でも蓓蒂は手探りするように弾いていた。蓓蒂が幼い頃、その馬はとてつもなく大きく見えたし、距離をおいているような雰囲気があった。しかし蓓蒂が大きくなるにつれ馬は小さくなっていく。それは誰もが経験している事だろう。黒い馬の背は蓓蒂がまたがるのに相応しい。たった一年か二年のことだが、強さと優しさが、そしてピアノの黒とスカートの白が、一体になっていた。それは少女時代という貴重な時期だからこそ。写真に残せば優雅な姿になるはずだった。

しかしそれはもう思い出の世界になってしまった。今、ピアノのあった場所には白い壁が残されているだけ。床にはピアノをひきずった跡が四本残っているだけ。

ばあやと蓓蒂がちょっと目を離したすきに、ピアノは硬い蹄を使い、馬のように姿を消してしまった。深く残された蹄の跡は、ふさぐことのできない四本の傷となり床に残っている。

阿宝もやきもきしていた。「蓓蒂、オレ、今から淮海路に行くわ。リサイクル店見てみる」

「もう何遍も行ったもん。馬頭ちゃんが付いていきてくれたし」

「馬頭は何て言うてたんや」

「自分はそんな事してへん、濡れ衣やって言うてた。誰がピアノを持って行ったんか、さっぱりわからんって」

妹華が言う。「ほんまやろか。今はどんな物でも持って行ったら売れるしなぁ。うちのお父ちゃんが言うてたけど、臨時収入を手に入れようと思うたら、下見しといて、それから仲間を何人か連れて行くのが一番エエんやって。工場からトラックをこっそり出して来て、目ぇつけといた、可哀そうな人の家に飛び込むんや。普通やったら誰もよう声を出さんやろ。また家捜しに来たって思うだけで。……家に入ったらやりたい放題や。選り取り見取りで持って行けるやろ。マホガニーの家具も銅のベッドもピアノもビロードのソファも絨毯も、手当たり次第持って行くんやて。……ほんまは淮海路のあのリサイクル店に持って行っても二束三文で買い叩かれておしまいらしいけど。みんなで安いお酒飲んで家庭料理みたいなん食べたらおしまい。枝豆と薄い乾し豆腐の炒め物とか、乾し豆腐の醤油煮とか、それから麩料理とか豚足料理、そんなとこやろ。誰にも文句言われへんもんな」

阿宝は何も言えなかった。

「もう頭くらくらじゃ。馬頭なんか、どこの馬の骨なんか、どいつの仕業なんかがほんまにわからん。淮海路の古道具屋に行ってみたけどな。裏口は長楽路や。路地の通路にも竹の小屋があって、そこにも古いピアノが並べてあったけど、見つかるわけなかろう。探してるうちに目ぇちかちかしてきたわ」とばあや。

「あそこはソファも家具もピアノもいっぱいあるわ。いろんな色でいろんなメーカーのがぎゅう詰めにしてあるし、それもまっすぐには並んでへんから、体も傾けて歩かなアカンぐらい歩きにくいし。それでもまだまだピアノ運んで来てて、店員がチョークで番号書いてたわ。〝この街のどこからこんなようけピアノが出てきたんや、罪作りな事や、ほんまにエエ加減にして欲しいわ〟って店員も言うてたわ。店に入ったとたん、ばあやとも蓓蒂ともはぐれてしもうたんやけど。ピアノもソファもいろんな家の匂いがしてて、エエ匂いのもあるけどけったいな臭いのもあったわ。裏はどれもこれもほこりだらけで。古いハープシコードていうのも見たわ。西洋の挿絵にあるみたいなアレ。ロココ調で金粉の模様が付いてる、机みたいで脚の細いの。上海はほんまにわけのわからん所やわ。何でもありや」と姝華。

「何回行っても無駄じゃ。どうしても見つからんもんやから、店出たらいつも蓓蒂はふてくされてしゃがんどる」

「ばあや、あの日は店に入ったらピアノの椅子に座って、それから脚がクネッて曲がったフランスのソファに座ってたけど、顔色ようなかったわ」と姝華。

「息が切れてなぁ。もう大体わかったし」

「そんな事言うたらいやや」と蓓蒂。

「もう一回紹興に帰りたいなぁ。もう何もかもつまらん」

「もうお墓も掘り返されてしもうたんやから」と蓓蒂がばあやを引っ張った。

「いっそのこと魚にでもなって泳いでたいわ」

「ほんまにそんな事できるんやったら、アタシ金魚になる」

「どっちにしてもピアノが出て来たかて、こんな時代に弾くのは具合悪いしな」と阿宝。

　蓓蒂は口をつぐんだ。

「蓓蒂一人で探しに行ったこともあるんやけどな。蓓蒂のピアノには魚の絵みたいな傷がつけてあるから、すぐわかる。こないだなんか、あれはお昼どきやったかな。そのへんには誰もいいひんはずやのにピアノの音が聞こえてきてなぁ。よう見てみたら、七、八歳の女の子が弾いとってな。何曲か弾いたら蓋を閉めてそこらをキョロキョロ見回して、また蓋開けて弾いてたわ。蓓蒂は動きもせんと、その子が弾くのを聞いとった」とばあやが言う。

「店員の子やろ」と姝華。

「アタシみたいにピアノ探しに来てたんや」と蓓蒂。

「もうこの子はそんなふうにしか考えられへんのや。もし誰かが『やっちまえ――』って言うて堂々と持って行ったかて、蓓蒂もわしも目ぇ白黒させて見とくしかないじゃろし」と言ったばあやは蓓蒂を撫でながら、また言う。

「こないだ南京の街、行ったじゃろ。蓓蒂がどこか気晴らしに行きたかったら、このばあやに言うたらエエからな」

「黄浦江に行きたい」

「行けるもんか」

「蓓蒂ちゃんのピアノは店に並んだとたん誰かが買うて行ったんかもしれんわ。今、安い物が増えてるしなぁ。マホガニーの丸椅子が一脚二元か三元やし、ピアノやったら普通安いので三十元、高《たこ》うても八十元やろ」と姝華。

「若い労働者の給料一、二ヶ月分やな。そんなもん誰が買うんや。曹楊新村は労働者が一番多い所や。そんなヤツが買えたとしても家は狭いし床もべこべこや。『東方紅』（文革時、事実上の国歌として流された曲）みたいな曲弾けて何になるんや」と阿宝。

みんな黙ってしまった。

その日の夕暮れ——それは阿宝が蓓蒂とばあやを見た最後になった。阿宝がそこを出たときはもうすっかり暗くなっていて、振り返るとばあやが蓓蒂の髪を梳いてやっていた。

「さぁさぁさぁ　拝もうな　来年になるまで拝もうな　いい物あんまりなかったら　鶏《にわとり》さんでもいただこう　いい物いっぱいあるんなら　オスのガチョウをいただこう」

「そんなん聞きとうない。アタシ、嫌いや」

姝華が入り口に立っている。

阿宝がもう一度振り返ったとき、姝華のそばを光がかすめて行った。それも二本、池の中へ。

阿宝は目をこすったが、はっきりとは見えなかった。見えるのはぼんやりした家、木、通りかかった自転車が一台だけ。他は何も変わりがなかった。

数日後、姝華からの手紙を受け取った。

――阿宝　あの日は先に曹楊新村へ帰ってしまったでしょ。信じてもらえるでしょうか。あれから不思議な事が起こったんです。夜が明けたら、ばあやと蓓蒂がいなくなってました。たぶん南京へでも行ったんでしょうね。それともどこか違う所でしょうか。詳しいことはまた今度。

姝華より

十日後。阿宝は滬生、小毛、建国と連れだち楊浦区高郎橋にある馬頭の家へ行き、蓓蒂とばあや、そしてピアノの行方を問い質そうとした。

しかし二言三言話をしただけで、張り詰めた空気になってしまった。建国が手を出しかけたせいか、小毛の構えが誤解を招いたせいかはわからないが、五分後には血気盛んな若い子にとり囲まれ、収拾がつかなくなっていた。

暫くして事態が収束すると、馬頭は根気よく説明した。

「阿宝、聞いてくれ。この頃市内の造反組織が増えすぎて、誰がピアノを持って行ったんか、ほんまにわからんのや」

阿宝は答えない。

「小毛、お前もほんまにアホやな。手ぇ出すんやったら考えてからでないとアカンやろ。大自鳴鐘の者が大楊浦の者とやり合えると思うてるんか。市内のヤツが言うてたわ。全然相手にならんやろって」と馬頭が言うと、阿宝は黙ってその肩をポンポンと叩いた。

「蓓蒂とばあやがどこ行ったんかわからんし、オレもつらい。一人で皋蘭路の家へ何回も行ってみたけど、世も末や。二人とも影も形もなかったわ」と馬頭は肩を落とす。

「どこ行ったんやろなぁ」と阿宝もうなだれる。

「南京か紹興へ行ってたらエエのになぁ。この街ほんまに面白ぅなくなってきたって蓓蒂が言うてんの聞いたし」という馬頭の言葉を、阿宝は黙って聞いている。

「高郎庵とか東の教会はもともとボロボロやったから、なくなっても潰されてもそれはそれでしょうがない。そやけど市内のど真ん中にあるエエ家も床までめくられて叩き潰されて、もうひどい変わりようや。こうなるとは思いもせんかった。昨日行ってみたんやけど、お前の家は三軒分で、一階の蓓蒂の家は二軒分が引っ越して来てた。入り口にあった池は片付いてて金魚が泳いでた」

阿宝はつらかった。蓓蒂の姿と鱗を光らせた魚の姿が目に浮かぶ。

「阿宝、暇見つけてまた行ってみるわ。あんな年寄りと子供がどこに行ってしもうたんやろ。あぁもう、上海は何もおもろなくなってしもうた」

昼から阿宝はまた淮海路のリサイクル店に行ってみた。

目に入るのは黒山の人だかり。そして、広く、どこまで奥行きがあるのかわからないくらいの店の中も外も、いやそればかりか、その辺の路地にも、建物と建物の間にも、ピアノはびっしりと並んでいた。

店員は古い家具のことに精通していた。四角い机は〝四平《まっしかく》〟、丸テーブルは〝月亮《おつきさん》〟、椅子は〝息《ひと》脚《やすみ》〟、ベッドは〝横睏《ひとねむり》〟、屏風は〝六曲《くねくね》〟、化粧台は〝托照《かがみたて》〟、背もたれなしの椅子は総称が〝件頭《せなしいす》〟、四角いのは〝方件《せなしかく》〟、丸いのは〝円件《せなしまる》〟などと呼んでいる。

そんな店へはいつ行ってもあたりを見回す常連客がいた。阿宝と同じように、友人の家具を探しているのかもしれない。いや自分のかもしれない。親戚のかもしれない。もちろん、見つけたとしても買い戻すことはできない。しかし家具を見張るくらいなら許される。そうこうするうちに、頭がくらくらしてきて、家具を撫でると売値を聞いて帰っていく。

諦めきれない人は、後ろ髪がひかれて何度も振り返りつつ去っていく。数日後、暇をみてまた来るつもりだろう。ひょっとすると、物がなくなるのを待ち続けているのかもしれない。なくなっていたら勇気を奮い起こし、店員に話しかける。

「ここにあったやつ、どこ行ったんや」

「全部売れましたよ。え？　何か仰いましたか？　確か何日か前やったと思います」

「買《こ》うたんはどんなヤツや。どんな仕事してるんや」

店員は愛想よく適当にあしらったが、客は警戒しつつ聞き返した。

「え？　何してるって？　警察？　紹介状、見せてもらえますか」

客は首をすくめてその場を離れ、話はそこまで。おそらくもう二度と来ないだろう。

ひと目でお目当てのピアノやソファを見つけるヤツもいる。

「バイオリンなんかは年代物で古い物ほどエエんですよ。古いピアノは難しいですねぇ。ドイツのこういうメーカーのを買わなアカンのですけど、古すぎるのもようありません。ワイヤが緩んで音が狂いやすいから、しょっちゅう調律しなあきません。……ソファはねぇ。これは本物のフランスの骨董品です。骨組みもしっかりしてますし、肘掛けの彫刻も凝ってます。ピンもビロードも中のベルトも詰め物も何もかも輸入材料です。底のスプリングもクッションも正真正銘の本物ですし、お値段もお手頃。いいお買い物ですよ」と店員。

客は黙っているが、思い直したようだ。店の中を見たかと思うと外を見る。しかも何度も繰り返す。お目当ての物が置いてある正確な位置、客が多いのはいつか、少ないのはいつか、そんな事をしっかり目に焼き付けているのだろう。昼になると近くの飯屋へ行き、野菜入りのスープ餃子を食べる。普通は午後一時から二時くらいが客の流れの少ない時間帯だった。四時になると、荷車と大勢の客が店先を遮るため、家具が両側に並んだ狭い路地には入れなくなってしまう。

あれこれ探りを入れた上で、辺りが薄暗くなってきた頃を見計らい、辺りを見回し例の場所まで狙いを定めてまっしぐら。ズボンのポケットからドライバー、かばんから鋏を取り出す。つき立て、切り、こじあけ、ほじくる。中に隠されていた紙包みやブリキの小箱を手に入れると、工具と一緒に手提げに入れる。ファスナーを閉める。客のふりをして、素知らぬ顔で品物に触れたりする。そしてそれからは電光石火の早業だ。さっと表へ飛び出して消えていく。

これが私有財産の保護、または他人の財産の偵察といわれるものだった。隠された物をいかに巧みに奪うか、お宝探しは世界中に見られる永遠のテーマかもしれない。そして極東最大のこのリサイクル店が輝いていた頃の雄姿でもある。

当時はいかにして盗みをはたらくかという口コミが数多く流れていた。古い箪笥の中に隠れ、閉店後、夜中に箪笥から出てきて犯罪を犯す者がいるという噂もあったくらいだ。おかげで店側もシェパードを二匹飼い、一晩に三回見回りをするようになっていた。

大騒ぎになったのは、子供たちがソファでピョンピョン跳んで大はしゃぎし、フランス風の一人掛けソファに穴をあけてしまったときのこと。裏から純金のネックレスが一包み、米ドル紙幣が二包み出てきたのだ。

古い家具が積み上げられた店や通路は、ソ連映画『十二の椅子』（一九六二年）そっくりだった。

阿宝はピアノとピアノの間を諦めきれずにうろついている。ピアノは自由奔放、いいかげんに並び、複雑な通り道を作っていた。立ち止まった阿宝はピアノの蓋を開けてみたが、どれもこれも中は単純かつ複雑。目の前の鍵盤は動かない。音も聞こえてこない。ただ、髪の毛やちぎれた紙くず、折れた鉛筆が鍵盤に転がっていることはあった。蓋の中は今まで嗅いだことのない匂いがしていた。近寄り難い。胸の痛みを抱えた阿宝は力なく蓋を閉める。

蓓蒂がピアノに彫った魚の絵のような傷跡はどこへ消えたのか。何周回っても、いつまでたっても見つからない。


南昌アパートへ行ってみた。

ベッドに立てかけた枕にもたれた姝華が力なく言う。

「お母ちゃん、アタシ、阿宝と話したい事があるんやけど」

白湯を持って来た母親は気をきかせて部屋を出た。

姝華がふいに目を輝かせた。「阿宝、私、夢みてたみたい！」

阿宝はどう返せばいいのかわからない。

「あの日のこと、ほんまに信じられへん」

阿宝はうなずいた。「蓓蒂とばあやがおらんようになったんは間違いない。何の知らせもないしなぁ」

「あの日、阿宝が帰ったから、アタシも帰ろう思うて、ばあやに言うたんよ」


――「もう暗いし、晩ご飯作ったほうがエエなぁ」

ばあやは微笑むだけ。蓓蒂は姝華の方を見てはいるが何にも言わない。

姝華が帰ろうとしたとき、ふと魚の生臭さを感じた。花壇に光が差し込んできたのは、そのときだった。見ると、さっきまで傍にいたばあやの姿がなくなっているではないか。

蓓蒂が姝華をひっぱって行き、池に向かって呼びかけた。

「ばあやぁ！」

暗い。しかし蓓蒂にはフナの泳ぐ姿が見えたのだろう。

「姝華ねえちゃん、アレ、ばあやなんや」

池はそれまでずっと水が枯れていたのだが、その夜は水があり魚もいた。不思議に思った姝華は手を入れてみたが、フナは全く動かない。

「ばあや！　アタシ、金魚にしてぇ」と蓓蒂。

「蓓蒂はおとぎ話の読みすぎや。プーシキンが言うてた金《きん》のお魚（ロシア民話『金のさかな』）って神様のことなんよ」

「姝華ねえちゃんも魚になりたい？　なるんやったら金魚がエエやろ。金魚になったら？」

「あはは。金魚なんかなりとうない。人間がエエわ」

「フナより金魚のほうが綺麗やん」

「そうやな。昔、チェーホフていう男の人はラブレター書く時、はじめに〝ぼくの金魚、可愛い金魚よ〟って書いてたんよ」

蓓蒂がふいにしゃがみこんで泣き出した。

姝華は台所に戻りばあやを探した。ふと振り返ると、池の周りにはもう誰もいない。

「蓓蒂！　蓓蒂ちゃん！」

いくら呼んでも返事はない。急いで池に戻った。すると水かさが増え水草も浮かぶ池に、フナと金魚が泳いでいるではないか。

とんでもない事になったと思い、池に手を入れて探ってみると、魚は水草の下にもぐりこんでしまった。驚いた姝華は蓓蒂を呼んだが、返事はない。ただ、金魚が尾っぽを動かしただけ。フナは金魚に貼りつくようにして、石のように動かない。

台所へ飛んで行った。アレ？　ばあやと蓓蒂がふいに目の前に現れたのだ。

「何びっくりしてるんや。もう遅いから帰るんやぞ」

ばあやに言われた姝華は胸の鼓動が高まるのを感じた。しかしひと安心。

「うん、もう帰るわ」

「もう寒いし、姝華は顔色がようないから、服をようけ着るんやぞ。明日の朝、蓓蒂を連れて出て行くからな」

「どこ行くん？」

「まだわからん。ここから出て行きたいっていう事だけははっきりしとる」

「もうこれ以上言うのイヤや」と姝華はうな垂れた。

「まぁそれやったらエエか。そんなえらい事でもなさそうやし」

「おとぎ話みたいやわ」

「二人ともほんまにおらんようになってしもうたんかなぁ」

「……」

「オレ、蓓蒂がようおとぎ話してたの覚えてるわ。むちゃくちゃな、夢みたいな話ばっかりやった。スカートが軽うなって先が分かれたら、金魚のシッポになった証拠やとか、月のきれいな夜に、池のそばにいた猫にくわえられて、その辺一周して帰ってきたんやとか……」

——そして、暗闇の中で蓓蒂の体がキラッと光ったのを、姝華は見た。

「姝華ねえちゃん、アタシばあやと行くんや」

「どこ行くの？」

「猫ちゃんが来るの待ってんの。夜になったら猫ちゃんが三匹来ることになってて、そのうちの一匹がアタシを連れて行ってくれるんや。ばあやが先に三毛猫ちゃんに連れて行ってもらうんや」

「そんな事言うたらみんなに笑われるわ」

「エエもん。野良猫三匹に日暉港まで連れて行ってもろうて、黄浦江まで行ったら猫ちゃんがくわえてた力緩めて、ニャーッて鳴いたらばあやと二人で泳ぐんや。一周だけ泳いで帰ってくるけど、今度もし帰ってきいひんかったらどこか遠くへ泳いで行ったんやなぁって思うといてな」

「そんな事、夢の中でしかありえへんわ。あはは」

「嘘やと思うんやったら、アタシとばあやの首の後ろについてる歯形見てみて。こないだも行ったんやもん」

首筋を見てみたが、頭の生臭さが感じられるだけだった。

「早《はよ》ぅばあやに頭洗ってもらいや。びっくりさせんといて。もう帰るわ」

「もうピアノいらんし」

背筋に寒気を感じた姝華。げっそりやつれた暗い顔をしたばあやがやって来て蓓蒂の頭をなでた。

「蓓蒂や。エエ子じゃ」

なぜかばあやの表情に不吉なものを感じ、姝華は作り笑いでごまかした。家路に着いたが、足に力が入らず、夢遊病患者のように歩いた。ばあやの暗い顔が忘れられない。

「今、考えてみてもやっぱりあの夜の事は信じられへん」

阿宝は黙っておとぎ話を思い出していた。二匹の魚のことも脳裏をかすめた。猫が蓓蒂とばあやをくわえ、風が吹く真っ暗な夜、ひたすら南に向かう。道を何本越えたのだろう。黄浦江の川風が頬に心地よかったことだろう。二匹の魚が河にとび込む。岸には船の舳先《へさき》とチェーンケーブル、それにロープ。三匹の猫は身じろぎもしない。

「きっと何かの物語やな。神話みたいなもんかな」

貳《に》

翌年、初夏とはいえひどく暑い日のこと。

葉家宅の市場付近にある醬油店ではビールの量り売りもしている。

小毛の差し出したアルミのやかんを受け取った店員が真鍮のコックをひねった。

「拳の先輩らがようけ来てくれたはります」

「おにいちゃん、気ぃつけてや。ちゃんと手元見て」と小毛。

店員が傍にいた女店員に言う。

「さすがは武術とか拳法の修行されてるお方やな。夜勤あけの日でも眠たいとは言わんし、酒飲む元気がある」

「何か言いたそうやな」と小毛がけしかける。

「いやいや何も。羨ましいだけです。私なんか昔ちょっと道を間違うてしもうたもんで、今はこんな仕事してます。今となってはカウンターをとびまわるただのサルですわ。このご時世、工場で働いてる人はどれだけエエ思いしたはりますやろ」

「……」

そうこうするうちビールがいっぱいになった。

店員は今度はポットのコルクを抜き、カウンターの方に向き直った。

竹かごに入ったポットを紹興酒の甕の傍に置き、漏斗を差し込む。ポタポタ雫を垂らしながら、深い色合いをした竹の柄杓《ひしゃく》を店員が持ち上げた。酒の香りが漂ってくる。漏斗の口に傾ける。柄杓一杯が半斤。

酒がなみなみと注がれた。支払いを済ませ、片手にやかん、片手にポットを二つぶら下げた。

「えらい力やなぁ。すごいわ」と女店員。

小毛は背筋を伸ばし大股で店を出る。

師匠の部屋にやって来た。八仙卓がもうベッドの傍に並べてある。建国、栄根、国綿第六工場見習いの小勇《シアオヨーン》、絹紡績工場の隆興《ローンシーン》といった面々が、油紙に包まれた惣菜を机の真ん中に並べている。炒め物は金妹が作った。二皿もある。

小毛が酒をついだ。

「エエおかずも揃うたし今日はみんなに飲んでもらうぞ」と師匠。

タンクトップを着た金妹が料理を持って入ってきた。首筋に汗が流れ、むっちりした白い腕も両脇もぐっしょり濡れている。

「僕、まだ十五歳ということになってます」と小毛。

「わしは十五いうたら、子供ができて親父になるところやった。酒くらいどうっていうことない」

師匠の言葉に隆興が笑う。

金妹がビールをごくっと飲んだ。

「台所、狭すぎるわ。それに暑すぎるし。行水したいくらいやわ」

「わしの家は一部屋しかない。ほんまに行水したいんやったら、ベッドの脇でやったらええ」

「何アホなこと言うてんの。若い子の前で行水なんか恥ずかしいわ」

「何がアカンねん。昔、わしら修行仲間は師匠に呼ばれて、女の人が水浴びするの見なアカンって言われた事あるんやぞ」

「ようそんな事言うわぁ」

一同が席に着いた。

「師匠、召し上がってください」と建国。

「おお、建国、ありがとうな。ところでな、こないだ造反派の司令部から命令があったんや。楊浦区の労働者グループに基本動作を教えに行くことになったんや。三ヶ月だけやけど」

「いつか伺います」と小毛。

「そやけどな、小毛、格闘技で急所をつく時にやる動作だけやし、それに遠いし、街の様子もひどいみたいやし、みんなが来てくれるのはようないやろな」

「万が一、何かあったらどうしましょう」と小毛が聞く。

「みんなに拳法を教えて三年になる。この機会にちょっと区切りをつけようか」

みんなショックで口がきけない。

「自分の食い扶持は自分で用意しなアカンって言うやろ。今はみんな、自分の事は自分でしっかりやるしかない。街じゅうむちゃくちゃやからこそ、落ち着いてなアカン。人間としてちゃんとやっていこうと思うんやったら、義理人情に欠けるような事はやったらアカン。仲間は助けてやれ。わしの師匠のそのまた師匠は、蘇北から上海へ働きに来た避難民でな。あの頃はものすごい数の労働者が秘密結社の青幇《チーンバーン》に入ってて、掟もようけあった。本堂に入ったらまずうがいの仕方が見られる。きつぅ吐くのは人に血を吹き付ける事になって、人に危害を加えるわけやし縁起が悪い。体とか顔を拭くときはタオルが頭の上を越えたらアカン。頭のてっぺんを撫でるという事はご先祖さまとか師匠を侮辱する事になるからな。横向きに拭くのもアカン。〝横〟は〝横暴〟の〝横〟やからな。グルグル回して拭くのは世の中を乱すって言われる」

「アハハ」と小毛。

「小毛、おかしいか。ここからは小さい声で喋るぞ。よう聞けよ。決まりは厳しい。盗みとか女遊びは許されん。二人の師匠につく事も許されん。それに死んだ人をいつまでも師匠と崇めるのも、兄弟《で》子《し》に弟子入りするのも、師匠の代わりに新しい弟子をとるのも許されん。危ないめに遭うてる人とか困ってる人を助けて、年寄りとか貧乏人に優しいしてやらなアカン。線香は次々お供えするけど蠟燭は一回点《とも》すだけや。蠟燭点してから白檀の線香に火ぃ点ける。それから三本一組にした線香を香炉三つに立てていく」

「もうやめて。それやったら蘇北の結社が一番ひどいやろ。普通みんな命がけや。何かあったら一番前に立たされるし、ゲンコツ食らうし、ろくな報酬もないし。おまけに体はお頭《かしら》に好きなようにされるし」と金妹。

「えぇ?」と小毛。

「市内の西にある、そういう世界にいた女は〝粢飯《おこわ》〟とか〝メス虎〟って呼ばれてて、そらもう羽振りよかったんやぞ。〝十姉妹《じゅうしまい》〟ていうのもいて、紡績工場の楊花娣《ヤーンホアディー》っちゅうのが代表格や。そいつらも見るからに羽振りよかった。女工十人が全員参謀と寝ることになってたんや」と師匠。

「ほんまにいらん事ばっかり言うて」と金妹。

「ストライキもするんや。紡績工場にも結社があって、〝安徽《アンホェイ》幇〟〝湖北《フゥベイ》幇〟〝蘇北《スゥベイ》幇〟〝山東《シャンドーン》幇〟〝紹興《シャオシーン》幇〟っていうのがあるんや。南洋タバコ工場やったら〝寧波《ニンボー》幇〟か〝広州《グァーンジョウ》幇〟のどっちかに入ってた。蘇州河の埠頭とか太古汽船専用の埠頭は水が深《ふこ》うて、いろいろ訳ありでな。そやから、ワシの師匠の頃には同郷人の仲間にしかならんかった。賢かったんやな。悶着を起こさんようにしたんや。それから関羽さまとか、後漢の道士の張天師さまとかをおまつりしてた。……今、ワシがおまつりできるのは領袖さまだけやし、普通やったら領袖さまのお言葉の〝人我を犯さざれば、我人を犯さず〟ってあれさえ覚えといたらエエんや」

「おれの友達が他のやつにひどい目に遭わされてるんですけど、どうしたらいいんでしょう」と小毛。

「師匠、どうでしょう」と小勇。

「普通の友達やったら、揉め事があっても今はできるだけ関わらんほうがエエ」

　小毛は黙っている。

「この政治運動が起こってからは、仕事場にもほんまにゴロツキが何人も出てきよった。あいつら、領袖さまの語録は朗々と読み上げてよるし、革命の形勢はわかってる。軍服着て形だけは偉いさんみたいやけど、ほんまにわけのわからん奴らや」

「うちの工場にもそういうのが出てきたわ。わけわからん奴らやわ」と金妹。

「よう言うやろ。〝人柄のようない者に限って才能はある〟ってな」

「格好ばっかりかまうんよ。こないだストライキのとき、一緒に行動しようっていう話をしに美亜工場へ代表の人が来たらしいけど、古い服着てたら見向きもされへんかったのに、新しい服に着替えたら話し合いもとんとん拍子にいったらしいわ」と金妹が笑う。

「わしはお見通しや。階級闘争とか言うてるけど、ほんまは昔の結社とか派閥がストライキするのとほとんど変わらん。人とやり合うのは人間同士のことやろ。そんなもん、お互いの感触とか気性が合うか合わんかていうだけの事や。同じ階級でも同じ組織でも実の兄弟でも親戚同士でも、そろばんはじいてよる。どっちかが東向いたらもう一方は西を向いて、そうしたらどうなるか。喧嘩するわ、殴り合いするわ、ぼろくそにけなし合うわ。ふん！　言いかたは格好エエかもしれんけどな、路線闘争とかなんとか……」

みんな黙って酒を飲み料理をつついている。

「例えば、今度楊浦に行くのはもう決めた事やけどな。拳を教えるだけや。しょうもない事に首を突っ込むようなマネはせん」

「その間、みんなどうしてたらエエんでしょうか」と隆興。

「何もせんでエエ。ただ造反組のやつらとは付き合わんようにすることやな。仕事場の女の子とかねえちゃんとかおばちゃん連中とは話するんやぞ。そんな人らと愛想よぅ喋るくらいはかまわん。年頃になったんやから女の味もわかるやろうし、これからも脇道にそれんようにするんやぞ」

「師匠！　また若い子に悪いこと教えて……」と金妹。

「もうエエ歳やろ。聞いてもエエかな。隆興はいくつになった」

「十九です」

「建国と栄根は、十九と十八やな。小勇が十七で小毛が一番若いんやな」

みんな黙ったままだ。

はしけ船の汽笛が聞こえてきた。暑い日だった。誰もが酒のせいで赤い顔をしている。

師匠は一同を見回した。

「おもろい話したろか。昔から言うやろう。人のふり見て我がふり直せって。昔、偉い坊さんがいたんや。小さい頃に出家して年取るまで真面目に修行して、評判もよかった。死ぬ間際に、何か言いたいことはないか弟子が聞いたらな。一回も女の下半身を見たことないのだけが心残りで、死んでも死にきれんって言うたらしい」

「そんな事、よう平気で言うわ。もうやめて」と金妹。

「弟子は女郎屋にとんで行って、女を呼んできた。その坊さんなぁ、女がズボンを下ろしたとたん、〝ありゃりゃりゃりゃぁ。あの尼さんと同じやー〟って言うて、両脚伸ばしてぽっくり」

「いやらしいわ」

「二言目には、下品やとかイヤラシイやな。あはは。わしは酒飲んでるけど、頭ははっきりしてる。みんなに聞くけど、女の裸見たことあるか」

「もうやめて」

「大事な事だけ言うからな。男がいやらしぃなかったら、子供はどこから来るんや。早いうちから知ってたら、早うから物事わきまえて賢うやっていける。わしの師匠も言うてた。男が早めに女を知るのは珍しい事でもなんでもない、あとあとになって間違いを犯すこともなくなるってな」

「おれ、見たことあります」と小毛。

「どういうことや」と師匠。

小毛が口をつぐんでしまう。

「大丈夫やし、言うてみなさい」と、師匠が促す。

金妹が箸を置いた。「みんなが寄ってお酒飲んだらすぐいやらしい話になるんやから」

小毛はまだ黙っている。

「金妹はいろいろ経験してきたから、いやらしい事もいろいろやってきたやろ」と師匠。

「聞いてられへんわ。やめなさいって」

「世の中むちゃくちゃやしな。こいつらが何もわかってへんかったらわしに責任があるからな」

「まだ言うつもり？」

「お前に言えって言うてるわけやないんやから。この子に喋らせたいんや。小毛、はよう言いなさい」

「経験大交流に行ったとき、汽車がむちゃくちゃ混んでて、オレが座ったのは連結の所で、おケツの入る隙間がちょっとだけありました。人がいっぱいで身動きできませんでした。トイレも人でぎゅうぎゅう詰めです。夜中でした。北から来た女の人二人がオレの前にいて、穿いてるのは木綿のズボンです。それを下ろして鉄板めがけてやったんです」

「小毛はそのときどう思うた」

「言うたらアカン」と金妹。

小毛が口を閉ざすと、小勇が話し始めた。

「おれ、中山橋のスラム街に行ったとき、同級生のおかあさんとか隣のおばちゃん、若いんですけど、暑かったから裸のまま部屋の中をうろうろしてました。何も気にしてませんでした」

「オレのおじちゃんとおばちゃんが上海まで経験大交流に来たとき、うちに泊まって、夜は二段ベッドの下の段に寝て、兄貴とオレは上の段に寝てました。ベッドの裏は木の板が渡してあるだけやから、夜中、兄貴と木の隙間から下を覗きました」と建国。

金妹は顔を真っ赤にしている。「ほんまにわからへんわ。男の人はなんでそんな話が好きなんやろ」

みんな黙ってしまった。

「そやからあんな事があったんやわ。工場のお風呂に行ったときやけど、天井から音が聞こえてきたんよ。仕事終わったら同じシフトの者がお風呂に入るんやけどな。三十人か四十人のスッポンポンの女が二列あるシャワーの前に並んでるやろ。それが先週、いきなりドーンて音がして天井が落ちたんよ。水蒸気でボロボロになってる天井にもぐり込んだやつがいて、まさか天井が崩れるとは思わへんかったんやろな。ほこりとゴミの中にヒゲの電気工が倒れてたわ。十人ちょっといた若い子らは上と下を必死で押さえて、慌てて逃げ出して。ほんまにびっくりした。おばちゃん連中とか、ええ年の女親方とかもいて、あの人らは怖いもんなしや。服着る間もなかったし、スッポンポンのままヒゲの上に馬乗りになって、わけわからんようになるまで叩いてたわ」

「女ばっかりでやっつけたんやな。すごいもんや」と師匠。

「いやらしい男やわ。ほんまにいやらしい」と言いつつ、金妹は笑みを浮かべている。

師匠も笑っている。

「そんな事があってから第三作業場の女の子が言うんよ。いろいろ考えてみたけど、今度から男が覗いてるの見つけたら両手で顔隠すだけでエエって」

「なんでや」

「片手で下を隠して片手で上を隠したかて何にもならへん。お尻やら太ももは？　何もかも丸見えやろ」

「わからん」

「顔を隠してたら、いやらしい男にはわからへんやろ。裸の女が金妹か銀妹《インメイ》か宝妹《バオメイ》か。誰なんかがわからへんていう事は見るだけ無駄やていうことやん。女の体なんかみんなおんなじや。好きなように見といたらエエわ」

「そらまぁそうやな。あんな浮ついた子でも賢いこと言うんやな。人間はほんまは顔が大事なんや。尻みたいなもん、どうでもエエわな、アハハ」と師匠が笑う。

「今頃、うちもわかったみたいな気がするわ。世の中で一番いやらしいのは男や。小さいうちから女のこと盗み見したりして」

みんな黙っている。

「おかしいん違うか。男に体見られたからていうても肉がなんぼか減るか。一グラムも減らんやろ。確かに三十何人もの女が水浴びしてるのを盗み見したのはとんでもない事や。それでも一番アカンのは公共の財産を壊した事や。公共の場所の天井からそんなアホな男がゆっくり覗いてたからや。教育がなってへん。わしはちゃんと教育を受けてきた人間やから、そんな事をやろうとは絶対に思わん。何もかもわかってるんやぞ。そんなもん見る値打ちなんか全然ないんや」と師匠。

みんな黙って飲みながら、師匠の話を聞いている。

「また昔の事言わしてもらうぞ。わしは九歳で商売の勉強して、十歳で拳法の師匠に弟子入りした。十四歳のとき、真鍮の見習い工がみんな師匠に呼びつけられて、今日みたいにまず拳法の練習してから酒を飲んだ」と師匠が続けた。

――「誰か女の裸見たことあるか」と大師匠。

くそ真面目というのだろうか。誰もうんともすんとも言わない。

「今日からみんな男になれ。こんなご時世やから男としてやっていくのは難しい。すぐ人に騙されたりするやろう。そやから、早いうちに知ってたらアホな事せんですむ。顔にできるブツブツのニキビも少のうてすむんや」

大師匠ははじめから遊郭の女を呼んでいた。女は隣の部屋にいる。真ん中辺りが少しくびれた、楕円形の盥で大真面目な顔をして行水の真っ最中。

名前を呼ばれた者から順番に中へ入って行く。

「一人十五分ずつ見るんやぞ。その間、他の者は外で酒飲んどけ」

みんな黙っていた。

「人間は堅実にやっていかなアカン。見栄っ張りで上品そうで真面目そうな顔してるけど、ほんまは下品で、口では言わんだけでいやらしい事するヤツ、そんなヤツをワシは軽蔑してる。よう聞けよ。一人ずつ見に行くんやぞ。女の展覧会みたいなもんや。女ってどんなもんか、女の行水ってどういうもんか、よう見とけ。そしたらこれからは、盗み見したり、心臓ドキドキしたり、顔色変えたりする事もなくなるからな。それに女に騙されたり、悪い事したりもせんようになるんや」

緊張する弟子たちを前にして大師匠は続けた。

「鴻寿《ホーンショウ》、ほれ、一番に入って見てこい」

いやがっていると大師匠の平手が飛んできた。鴻寿は逃げるように部屋へ飛び込んだ。真っ白いもち肌の女が手も脚も広げて盥にしゃがんでいるのが見えた。


「やめて。もうエエって」と金妹。

「ニコニコしたその人に坊やって呼ばれてな。返事したら、その人、こっちへ来て自分が行水すんの見ときなさいって言うんや」と師匠。

「ほんまにひどい話やわ。昔ってほんまにいやらしい事してたんや」

「これぐらいの事、どうしたっていうんや」

「結社の親分で有名な黄金栄っていう人いたやろ。大師匠はきっとその人の弟子なんやわ。チンピラみたいなもんや」

「そんなアホな事言うて、何になるんや。わしの師匠は青幇や。ちゃんと労働争議にも加わってたし、三代続いた本物のプロレタリアートや。惜しいけど人民中国になる前に亡くなった」

「ほんまにわからんわ。なんでこんな若い子らにそんな悪い事教えるんよ」

「わしは保健体育の授業してるんや。わかるか。女がどんなもんか、学校の先生が教えてくれるか。そんなもん教えてくれる教授先生がおるか。師匠のわしが教えてやらなアカンのや。わしには責任があるからな」

酒も料理も、そろそろ底をつきそうだ。

「さっきは小毛の友達がひどい目に遭うてるっていうところまで話してたよな」と隆興。

「そうなんや。おれの友達の家にあったピアノが誰かに持って行かれたんや」

「ピアノがあるような家は大抵ブルジョアやから、そんなもん勝手に持って行ったらエエんや」と師匠。

小毛は続ける。「僕もはじめは楊浦区の馬頭っていうヤツが持って行ったんやと思うてました。でも馬頭はどうしても違うって言うから、建国らと大楊浦の高郎橋まで会いに行ったんです。そしたら、たいして話もせんうちにケンカの構えになってしもうたんです。あんなことになるとは思いもしませんでした。向こうはたくさん仲間呼んで警戒してたんです。こっちが武術やるの知ってたみたいで。馬頭は笑うてよりました。普陀区のヤツらの武術がどうしたんや、女の腐ったんみたいや、力がなかったらアカン、たくさん人を集めて陣地を広ぅ上手に作って身のこなしも綺麗でないとアカン、大楊浦は上海一やからびくともせん、怖いもんなしやって」

「若造が何をえらそうな事言うてるんや」と師匠。

「それで手出しできんようになってしまいました。馬頭はかなりの人数集めてましたし、鉄の角材とか丸い棒とか水道管持ってましたから」

「角材なんか珍しいことない。今流行ってるのは水道管に溶接用の三角スクレーパー差し込んだ今風の槍や」と建国。

「おいおい建国、ゲンコツやぞ。ゲンコツ。十人十色って言うて世の中いろんなヤツがおるけど、そういう輩には指一本も触れたらアカン。命取りになるからな」と師匠。

　建国が口をつぐんだ。

　暫く考えていた師匠が切り出す。

「小毛、何かあったら電話してこい。呼び出してもらえるからな」

「はい」

「はっきり言うけど、これからはそういう上流階級の事に首を突っ込んだらアカンぞ。どうせどうしようもないんやから。……去年、家捜ししてた時の事やけど、五原路にある店のオヤジさん、でっかい西洋風のお屋敷から妾が六人も見つかったんや。共産党政権になって十何年も経ってるのに誰も知らんかった。そうかと思うたら、また違う事もある。そのすぐ傍にある五原市場でも男が一人批判大会でやられたんや。いつも女をつけ回してたらしい。猥褻《わいせつ》罪として、裸で突き上げられてた。胸元にプンプン臭う塩漬け肉をぶら下げられてな。肉にハエがたかってくるやろ。この二人の違い、不公平やけど、どうしようもないやろ」

　みんな黙っている。

　栄根が恥ずかしそうに切り出した。

「師匠、行水のお話、まだ半分しかお伺いしてませんけど」

「栄根、おしっこちびりそうなんやろ」という金妹の言葉に師匠が吹き出した。

「アハハ！　いやまぁそれだけの事やけどな。続きを言おうか。わしの兄弟子に竜弟《ローンディイ》っていうのがいて、そいつが裸になって部屋から出てきた。胸に青竜の頭の刺青と内出血してる所《とこ》が二つあった。興奮した女に思いきり吸い付かれたんやろな。みんなはそいつが服着るのを黙ってみてたけど、大師匠は吹き出して仰った。刺青した男はかっこエエから隣の小娘に惚れられたんやなって。竜弟のやつ、顔真っ赤っかにしてよったわ」

小毛は指を折って数えている。

「竜弟さんのご先祖は『水滸伝』の二十三番目の序列、天微星《てんびせい》の生まれ変わりの九紋竜史進《きゅうもんりゅうししん》やと思います」

「刺青のことをほんまは〝刺花〟ていうんやけどな。刺青を彫るのは宋の時代に始まったんやないってこの街の人間は言うとる。元は外国の船員の決まりやったらしい。船がひっくり返って〝土左衛門〟になるとする。そしたら体の中身は腐るけど皮膚は腐らん。後でそれが誰なんかを区別すんのに都合エエんや。そういうのが後々上海の結社に伝わって、みんな喜んで真似したんや。昔は女かてやくざ者やったらおっぱいに刺青してたんやぞ」

「はい、もうそこまで！」と金妹が話をさえぎったが、師匠は続ける。

「あの頃はわしかて憧れてた。胸には関羽さま、背中には関羽さまが乗ってた栗毛色の馬を彫りたかったたなぁ。そやけど、えらい金かかるし、ほんまは痛いの嫌やし、夜に嫁はんをびっくりさせたらアカンしな。人民中国になってから、竜弟はとぐろ巻いた青竜のせいでゴタゴタが起こったし、きれいさっぱりとってもろうたんや。でも体じゅうに傷跡ができてるから、どんな暑い日でもよう裸になりよらん」

「なんでとってしもうたんでしょうか」と小毛。

「租界でも刺青してたら捕まるからな。腕の刺青見つけたら捕まえて〝香港行き〟や」

「え？」

「昔言うてた符丁や。外人用の牢屋に入れるんや。租界の警察のな」

「そうやったんですか」

「昔の符丁で租界のおまわりのことは〝外人野郎〟とか〝赤毛ザル〟って言うてた。ばあさんは〝老蟹《おいぼれがに》〟、綺麗な女の人は〝楓蟹《かえでがに》〟や」

「私みたいな女は？」

「〝エエ楓蟹〟や」

「ひどいわぁ。私が蟹やって言うの。嫌な感じやわ。作業場の親方がよう〝玉蟹《たまがに》〟って言うてるけど、何の事やろ」

「品のエエ言い方やろ。どっちにしても蟹っていうたら女の事や。わかったか」

「それはわかるけど、それやったら〝玉蟹〟っていうのはどういう事なんよ」

「〝玉〟がついてたら聞こえエエけど、ほんまはぶさいくな年増女のことや。ただ、財産がたんまりある金持ちや」

「師匠、半分お話しになったところです。竜弟さんは全身に彫ってあった青龍をなんで消したんですか」と小毛。

「新しい世の中になったからや。刺青なんかしてたら船員と一緒くたにされてやくざ者の悪いヤツやと思われるからな」

小毛は黙って聞いている。

ビールをしこたま飲んだ金妹は、視線が定まらなくなっている。

「なんやかんや言うてるけど、結局またそんな品のない事ばっかりで、わけわからんわ」

「金妹は何の事言うてるんや」

「女が行水してて、それをみんなが見に行くわけやろ。その女、何考えてるんやろ」

「みんな自分の腕で食べてるんや」

「男が女を見るんやろ。見飽きるか？　飽きひんやろ。一回見たら二回三回て見とうなるもんやろ」

「男には男の考えがある。女に何がわかるんや。ええ衆《し》の女にはわからんやろな。今までどれだけの事見てきたって言うんや。そやけど、遊郭の女は違うぞ。気立てがエエし、男の事がようわかってる。あの手この手使うてくるし、やり方もよう知っとる。若い男相手が専門なら、今やったら〝女先生〟とでも言うんかな。男をいっぱしの男にしてくれるんや。昔は親が結婚決めてたから、アホな嫁が多かった。おかげで婿さんは一晩中てんてこ舞いや。目の見えんやつが象を撫でるようなもんや。そんな事でおもろいわけがない。そやから早いうちに勉強しとかなアカンのや」

「ほんまに思いもせんかったわ。師匠、盥の女の事まで教えるんやから。そやからさっき私に行水しろって言うたんやな。ふん。まともな女にそんな事できるわけないやろ。寒イボでるわ」

師匠が金妹の手のひらをつねる。

「ほんまはもういろいろ想像してたやろ。ほれ、指が震えとるやないか」

金妹が腰をひねり、甘い声を出した。

「いやらしいなぁ、もう。ほんまに暑いわ。お酒も飲んだし、これ以上喋ってたら寝てしまいそうや。汗が吹き出してもうびしょびしょやし」

今でいう DIY の栓抜き。デザインは孫悟空《そんごくう》、鉄扇公主（『西遊記』に登場する女性で、火焔山の火が消せるという芭蕉扇を持っている）、不良少年、パンダ、鹿、空飛ぶ嫦娥《じょうが》など。ネットでも民間コレクションはもう見当たらない。当時は各自が創意工夫を凝らした金属加工をし、表面に陰影をつけて飾りにしていた。例えば細かな凹凸をつけて滑り止め風にしたり。熟練工並みの技術であり、私の腕ではとうてい表せるものではない。

「よし、この辺でお開きにしようか。まあまあ酒も飲んだことやしな」

建国と栄根が立ち上がった。しかし小毛は机の角にうつ伏せたまま動かない。

隆興が小毛を引っぱった。「おい、小毛、起きろ」と声をかけて、小毛を立ち上がらせる。

「みんな、帰ろうか」と栄根が声をかけた。

師匠は黙ったまま。金妹は後片付けをしている。

外からドーンドーンという音が聞こえてきた。

「誰かダンベルの練習してるな」と師匠。

驚いた小毛がはっきりと目を覚ました。みんな外へ出た。日差しが眩しい。ちょうど満ち潮にあたり、巡視船が蘇州河の畔に停泊している。

その頃、スペイン発祥の球技回力《ハイアライ》がこの街にも入ってきており、今、スポーツウェアを身にまとい、そのハイアライシューズやオランダ風の革靴を履いた若者が辺りを行き交っていた。その男女に混じって、一眼レフカメラの茶色いケースを背負い、家の前の空き地に立つ者もいた。

コンクリートの堤防の傍で若者が二人、鍵《かぎ》形ダンベルの練習をしていた。

一人はたくましい体型で筋骨隆々。しかし未熟だ。空中に投げたダンベルを受け止めることが全くできていない。

師匠が声をひそめた。「見とくだけにせえよ。何も言うたらアカンぞ」

ダンベルは回転しながら落ち、すんでのところで足の上に落ちるところだった。今度は二つ対になったダンベルをひょいと持ち上げ河の方に投げたが、一つは河に落ち、もう一つは堤防にぶつかり地面を転がった。

もう一人は背が二メートル近くある。そいつがバーベル形の方を持ち上げた。軸が竹製なので金属バーベルのよりはるかに太い。また力の入れ方も全く違うので思うようになっていない。両手を前に押し出すようにして高く上げたが、バーベルは河に飛び込む寸前でドーンという音をたてて防波堤にぶつかった。

師匠がおもむろに声をかけた。「おいおい、バーベルもダンベルも持ち主がおるんやから、もうちょっと丁寧に扱《あつこ》うてくれるか」

みんなが師匠の様子を窺っていると、背の高い方が言った。

「オレがやったんや。文句あんのか。そっちこそ下手くその田舎もんが」

「ものの言い方を慎みなさい」

師匠が言うや、相手は殴りかかってきたが、一瞬のうちにねじ伏せられてしまった。もう一人がとんできて師匠を引き離そうとしたが、建国に足をひっかけられてつんのめり、腹ばいにバタッ。

小毛も酔いが醒め、膝で相手の顔を押さえつけた。

辺りにいた人々は誰も微動だにせず、あまりにも急なできごとに目を見張るばかり。

のっぽを押さえていた手を放した師匠が小毛を引き離した。「誰も動くな」

そのとき人ごみからちょび髭の男がやってきた。

「お師匠さま、すごい腕をお持ちですね。私の職場をご存じでしょうか」

「上海体育戦線革命造反司令部、略して〝上体司〟やろ」

「そのとおりでございます。お腹立ちはごもっともでございます。本日はお師匠さまの技を拝見しに参りました」

「勝手に人の縄張りに来て、人の物を使うて、どういうつもりかな」

「申し訳ございません。償わせていただきます」

そして声を抑えた。「今、船へ取りに行かせております」

さらに続ける。「お師匠さま、どうぞ」

「いや、酒を飲んでるからできん。建国、こっちへ来てやってみなさい」

建国が手につばを吐きかけた。ひょいと持ち上げたバーベルを肩に載せ、俯いて首を回した。バーベルは首の周りを回転し始め、前へ後ろへと倒れる上体の動きに合わせ、スピードを上げ下げしながら転がり続ける。

「いいぞ！」と誰かが叫んだ。

次に腰を落とし上体を倒してうつむくと、バーベルは肩から腰までゆっくり滑り下り、また首へと戻って行く。最後に肩をグルッと回し両手で受け止めると、バーベルは静かに地面に下ろされた。

続けて大きな鍵形ダンベルを片手で摑むと、投げては受ける動作を三回繰り返す。四回目、ダンベルは空中に舞い上がり、首を曲げてしゃがんだ建国の肩にストンと落ち着いた。微動だにしない。

拍手とともに、口々に叫ぶ声が沸き起こった。

「いいぞっ！」

建国が軽く会釈するとダンベルは滑り下りる。それを無造作に受け取ると、柄の部分をしっかり握り、ダンベルの勢いに乗せて地面に置いた。

「お師匠さま、雨降って地固まると申します。これをご縁に、お付き合い頂けませんでしょうか」とちょび髭。

「……」

船から取って来させたエキスパンダーをちょび髭が師匠に手渡した。

「申し訳ございません。司令部の第三分隊までお越しいただきまして、拳法につきましてお話し下さいませんでしょうか。ここに船がございます。ご一緒に一回りいかがでしょう」

笑顔になった師匠は、げんこつをもう一方の手で包む、古風な挨拶をした。

「私ども、無骨者のうえ泳ぎの心得がございません。河に落ちましたら、〝土左衛門〟と名前が変わってしまいます。それでは格好がつきません。お気になさいませぬよう。では、またの機会に！」

十四章

一

昼食を終えると、康は社長三人に同行して商談のため江蘇省の昆山へと急いだ。残った社長夫人三人の案内役を康夫人が任される。

奥様連中四人は商用車で華亭伊勢丹《いせたん》へ行きショッピング。みんな大小さまざまな紙袋を提げている。康夫人が支払いをし、そのまま四人はヒルトンホテルでティータイムを楽しんだ。康夫妻は地元の人間。もてなすのが習わしだ。

古《グウ》夫人が切り出した。

「宏さんの奥様で、汪さんっていう上海のかた、お昼どうしてお見かけしなかったのかしら。普通だったらご一緒されるはずでしょう?」

「あのかた、最近あまりうまくいってないみたいですよ。こんな事申しましたら陰口みたいですけど、汪さんって、ご主人が接待なんかでお出かけの時ご一緒においでになるのがお嫌なんですって。生き方を変えたいとか仰ってました」康夫人は地元の言葉を使わず標準語で話した。

「上海の女性ってずる賢くって甘え上手で我儘なのよね」と陸《ルゥ》夫人。

「でも康さんの奥様はお優しくて賢くていらっしゃいますわ。同じ上海の女性でもえらい違い」と古夫人。

「私、家のことが山ほどありますので、そろそろ……」と康夫人が愛想笑いをした。

「そうですわね。康さんの奥様、お先にどうぞ。長い間お付き合いくださってお疲れでしょうし、夕食は私たちでなんとかしますから大丈夫」と古夫人。

　察知した康夫人は封筒を取り出すとテーブルに置いた。「ほんの気持ちです。ご遠慮なく」

立ち上がった夫人三人は丁重に礼を言い康夫人を見送った。

すぐに古夫人が汪に電話をかけ、その半時間後には汪が優雅に入って来た。

「お久しぶりです」

「ご無沙汰しております。ますますお元気そうですわね」と古夫人。

「今頃わかりましたわ。北の方のかたが仰る〝元気〟っていうのは〝綺麗〟って事なんですね」と汪は笑顔を見せた。

「ご紹介します。こちら、台湾からお越しの林《リン》夫人です」と古夫人が間にたった。「夫唱婦随に反対するっていう運動、今、こちらではどんな感じなんでしょう。見習わなくっちゃ」

「それって康さんの奥様が仰ってたんでしょう」汪が笑う。

「殿方が奥様をお連れにならないのはどうって事ございませんわ。でも女性のほうが旦那様を置いてけぼりにして一人でお出かけになるのはねぇ。同窓会ならいざ知らず」と古夫人が汪の顔色を読む。

「殿方が接待なんかで出かける時ってホステスさんなんかもいるわけでしょ。そんな所へこちらが参りますのは具合悪いですし、女同士の集まりでも、女って家のことが気になりますでしょ。どっちにしても女が出かけるのって、なかなか思うように参りませんわよね」陸夫人も様子を窺っている。

「でも夫婦でおでかけになるのは当然でございましょう」林夫人が追い打ちをかけた。

「みなさん、どうなさいましたの。他のお話にしません？」と汪。

「私たち、上海の改革がどんな感じかお勉強して情報交換しなくちゃ」と古夫人。

「本土のかたは、私ども台湾人と顔を合わせて情報交換するっていうと、台湾の独立か統合か、国民党と民進党のどっちを支持するかって事ばかりお聞きになりますわ」と林夫人は笑顔で言った。

「政治なんか意味ないものですわ。女が求めてるのは情と縁、それに心と雰囲気ですわ」と汪が髪の毛を弄ぶ。

「そういう言い方、いいですわね」と古夫人。

「一ヶ月ちょっと前ですけど、私、女友達と一緒に常熟へ行ったんです。軽いところのある人たちでね。しまいにどうなったと思われます？　昔かたぎな上海の男性に付き纏われたんですのよ。そう言うの、刺激的っていうんでしょうか。最後には大騒ぎになって面白くもないままお開きになりました。人には恨まれるし。でも私、人に恨まれてる事を忘れてませんし、いい勉強になりましたわ」と汪。

「女性版、恋のさや当てみたいね」と陸夫人。

「女は何するのも大変ですわ。旦那と出かけるなら、どんな格好をしてても平気ですけど、ひとりで出かけるとなると、同じ格好をしててもとやかく言われるんですよ。この街では一人ででかける女のことを雌狐とか尻軽女って言います」と汪。

「雌狐ならどこへ行っても通用しますわ。それで、結局その男性に付き纏われてどうなりましたの。どっちにしてもあなたみたいに一人でお出かけになったりしたら藪蛇じゃございません？　私たちの所ではそう申しますけど」と古夫人。

汪は笑って言った。「まぁどう仰ってもかまいませんわ」

「そんな事って普通じゃできませんわよね」と林夫人。

「そうでもございませんわよ」と汪。

「昔かたぎの殿方って、あちらのほうがあんまりお盛んでないんじゃございません？」

「ご家庭、おありなのかしら」

古夫人と陸夫人が矢継ぎ早に訊いた。

「あら、私、お茶も頂いておりませんわ。調書とられてるみたい」

古夫人が茶を勧めた。「まぁお茶でも飲んでゆっくりお話しくださいましな」

「本当はどうって事ございませんのよ。でもいいムードでしたし、周りの環境も最高でしたわ」と汪。

三人は好奇の眼差しで汪を見ている。

思案顔の汪は、とりあえず電話をかけてくると言い残してロビーへ向かった。電話がつながったようだ。戻ってきて席に着く。

「ほんとにおもしろそう」と古夫人。

「実は今、申しました男性が、ちょうどこの街にいます。夜、〝至真園〟に誘ってお食事しませんか」

「よろしいんじゃない？」と古夫人。

「さっき誘ってみたんです」

「いいわね」と古夫人がうなずく。

「さっき言いかけておられた、いいムード、続きをお願いします」と陸夫人。

「オホホ。お恥ずかしい事ですけど、あのとき私は常熟に着いてすぐに酔いつぶれてしまったようなものなんです。……お昼過ぎに目が覚めましたけどベッドでぼんやり横になっていました。カーテンがかかってて、彫刻もあるベッドです。けだるかったんですけど、なんとか起きました。そうしましたら、もうその人がお茶を持って来てくれてたんです。レコードをかけて、行水のお湯まで用意してくれていました。至れり尽くせり。……いつのまにか窓辺で肩を寄せ合って座っていました。そばに柱時計とか上品なテーブルがあって、骨董品の香炉からは高級な白檀の香が漂ってきました。その人は昔のレコードを次々にかけてくれました。レコードがゆっくり回って。こんな歌がありましたわ。〝いつまでも　待ってるわ　帰ってきて　待ってるから　待つのも楽しい　何があったというの　いつまでも　待ってるわ　二人だけの　春の香り〟」

「あらぁ、白光《バイグァーン》（一九二〇—一九九九）の昔の歌。『待ちわびて（「我等着你回来」）』よね」と林夫人。

「窓辺に座って下を見たら、青瓦の屋根があってその隙間から中庭が見えてました。東側に小さな舞台があって弾き語りをしています。刺繍入りの靴を履いた可愛い足元が見えていました。女性の語り手です。男性は白い靴下に黒い布靴。一緒に行った女性が西側の廊下に座っていました。一人一人履いてる靴が違います。あの人が飾り付きの窓を開けると、蘇州の弾き語りが聞こえてきました。だいたいこんな歌です。〝下女の春香にもたれて部屋に戻り　象牙飾りのベッドに横たわる　悲しみのあまり　鏡に映った美しい姿も衰えて〟」と汪。

　三人は黙って聞いている。

「あら、お通夜みたい。重苦しくなってしまいましたわね」

「確かにいいムードだったのね。パリでコーヒー飲んだり、船の甲板でお日様が沈むの眺めたり、草原の星を数えたりって、そんなのがいいムードって言うんだと思ってましたわ。……でもお酒があって、もっといい感じだったんでしょうね。女が昔ながらの大きいベッドからけだるい顔して起きてきて、桃の花みたいにほんのり赤い顔して、なまめかしい姿で、年上の殿方にお世話してもらって、行水したらお香まで焚いてあって、窓の下から歌や音楽が聞こえてきて、もの悲しい秋風まで吹いてきて。あぁ、百五十年前の江南とか江西の総督のお妾さんなら、そんな事もあったかもしれませんけど」と林夫人。

「オホホ。作り話みたい」と古夫人が笑う。

「毎日ありきたりの暮らしをしてますから、作り話でもしないとやってられませんわ」

「汪さんだからこそ、そんな事がおできになりますけど、私たちの街では誰もできませんわ」と陸夫人。

「酔っぱらってるかどうかってことは置いといて、お年をめした上海の殿方は地元となると、女性に甘いんですね。幸せな事ですわ。私の所じゃ、張飛（三国時代、蜀の将軍）みたいに激しい人が多いんですよ。『水滸伝』に出てくる阮《げん》氏兄弟とか魯智深《ろちしん》みたいなね。力だって人並み以上ですし。女性相手でしたら押しの一手、速戦即決です」と古夫人。

「魯智深はしだれ柳を引っこ抜く強さでしたけど、女性には近づきませんでしたわね」と林夫人。

「犬の肉を食べる魯智深みたいな不届き者が女に近付かないわけありませんわ。『水滸伝』こそ作り話ですわ」と陸夫人。

「先日、夫とこの街に来たんですけど、得意先のかたがナイトクラブにお招きくださいました。VIPルームにいらした男性と女性が〝極上の男とは？　極上の女とは？〟って言い合ってるんですよ。私、すぐに失礼しましたけど。極上の男や女ってどういう事なのかわかりませんわ」と古夫人。

「まず若さですね。女性は二十歳まで、男性は二十八まで」と陸夫人。

「年齢なんかどうだっていいわ。〝あちら〟のほう、殿方がダメだと女の人が体でお助けしたり、インドのアーユルヴェーダオイルを使って解決するっていいますけど、極上っていうのはそういうのでもありませんわ。私が申し上げたいのは、どんな人生観をお持ちか、立ち居振る舞いはどうかって事ですわ」と古夫人。

「汪さんのさっきのお話の男性と女性って、この街では極上の部類なのね。台湾の友人が風刺みたいなのを書いてますわ。上海は男も女も変わってしまったって」と林夫人。

「それ、読んだことあります。覚えてますわ。上海の殿方は朝起きると痰つぼの掃除をして奥さんの下着を洗って、それから太刀魚なんかを買ってくるんですって」と古夫人。

「確かにそういうふうに書いてありましたけど、でも上海のインテリに集中攻撃されたらしいです。上海の事実を歪曲《わいきょく》して男の顔をつぶしたって。暫くは大騒動になってましたけど、その友人はそんな批判を拾い集めて、自分の文章に取り込んだんです。そうしましたら、えらく人気が出まして、それでまた一冊出したんです。そのとき私、この街の宝さんに一冊差し上げたんですよ。あの方はほんとによくおわかりですから。あの方しかこの本の言いたい事、わからないはずです。苦笑いされてましたけど」と林夫人が笑った。

「宝さんって、阿宝じゃないかしら。私の友人です」と汪。

林夫人が続ける。「そうですわよ。宝さんはほんとによくおわかりでいらっしゃいます。この文章は男性に対する皮肉のように見えますけど、本当は女性が本物の自由を手にした時、その自由がじょうずに使えるか考えてみようって言ってますのよ。伝統的な女性とか最高級の女性、その特徴をとことん最後まで磨き続けないといけないって言ってるんです。女性が変われば傍にいる男性も同じように変わっていきますでしょ。……何十年も男女平等でお仕事もお給料も同じ、女も天の半分を支えるって教育を受けてますから、市場で働いてる女性なんか、大胆でしょ。生きたままのウズラをさばいて、ウサギも豚も牛もしめますわ。女一人でロバだってしめちゃうんですよ。一世代上の女性なんか製鉄業のお仕事もしてましたでしょ。山を切り拓《ひら》いて道を作ったり、石細工職人になったり、大型バスの運転をしたり。遺伝子のおかげで自立する事を知ってるんでしょうね。それにいくら稼いでいるかはともかく、経済的に上位に立ってますます自信がついてきて、しかも精神的に自立してることは間違いありません。……ヒゲも生やしていませんし、スリーサイズも素晴らしくて、毎日ブランドの口紅をつけたりしてます。でも中身はだんだん男性化してきてるんですよ。そして男性はどんどん女性化しています。こちらがしぼめばあちらが膨らむって感じ。……いつでしたか、宝さんが仰ってました。女はやわらかい態度で、石でできた男をゆっくり変えていく、それがすごいところだって。おわかりでしょうか。表面的には穏やかな流れです。世の中、水ほど穏やかなものはありませんもの」

「どういう意味かしら」と古夫人。

「水面は静かでしょう。昔、国語の授業にありましたわ。〝小さな渦は巻貝の殻、大きな渦はトラの目〟って。他にもこんなのがありますわ。〝空から降り注げば天地を覆わんばかり、立ち上がれば高い山のごとく、横暴な竜になれば激しく噴き出し、辺りに霧が立ち込める、去りゆく時はつむじ風を巻き起こし、怒ると雷のように猛々しくなる〟って」と林夫人。

「違いますわよ。山津波が爆発したら狂ったようなもの。みんなびっくりして、上海のかたがよく仰るメス虎になってしまうんじゃございませんかしら」と陸夫人。

「まぁ大事なのは柔らかいって事じゃございません？　洪水になっても水自体には音がございませんでしょ。上の階で水漏れがして、朝起きたときには足元まで水につかってる。そうっとじわじわと押し寄せてきたんです。そんな水って音がします？　だけどそれで成功するんです。宝さんが仰ってた〝水滴、石をも穿《うが》つ〟そのもの。すごいわ。それが女の本性なんですわ。見たところは物静かなんだけど。もし男も女も石でできてたら、ぶつかり合ってそこら中に火花が散ってたまりませんでしょ」と林夫人。

陸夫人は笑っていたが、汪は黙ったままだ。

「一理ありますわね」と古夫人。

「女が知らないうちに身につけた大きな力、それが水のような力です。男は何も知らずに磨かれてるうちに、しまいには宝石の〝鶏卵石〟みたいに綺麗になってる、でも本当は石ころ。丁寧に水で磨いたらどんなに硬い石でも降参です」と林夫人。

陸夫人がぷっと吹き出した。

「いいお勉強になりましたわ」と古夫人。

「林さんの奥様が阿宝のこと、ご存じだったなんて……」と独り言のように汪が言う。

「この街の西にある〝紅橋〟に五年暮らして、それから北の方へ夫の仕事に付いて参りまして、その時のことですけど、それがどうかしまして？」と林夫人。

「世間って狭すぎますわ。あんな事お話しして、後悔しております。もうこれくらいにしましょう。噂になったらややこしくなりますから」

「ご安心ください。今日阿宝さんにお会いしたとしてもひと言だって申しません。そういえばもう四、五年くらいお会いしておりませんわ」

「これから阿宝さんにもお電話さしあげて、来ていただいたらどうかしら。こちらがお招きするということで。その昔風の殿方も宝さんもご一緒に。グッドアイディア～」と古夫人が封筒をパンパン叩く。

汪は答えを渋った。

「よろしいかしら？」と林夫人。

「今すぐ宝さんにお電話しましょうよ」と陸夫人。

「それは……」と汪。

「じゃ、私が……」林夫人がおずおずと申し出た。

電話が通じたらしい。ご当地言葉で話し、ケラケラ笑っている。

「宝さん、アタシ！　誰やと思う？」

その場で話が決まり、林夫人は電話を切る。阿宝が直接〝至真園〟へ向かい、食事をともにすることになったようだ。

「昔のカレシとお話しになると、どうしてそんなに急に色っぽい声をお出しになるのかしら」と古夫人。

「よそ者の話すムチャクチャな上海言葉ですから、すぐにわかってくださったんです。だから笑えてきたんです」と林夫人。

「お隠しになるの、お上手ね。この街に宝さんっていい方がいらしたなんて」と陸夫人に言われた林夫人が言い訳しようとしたところで、汪がゆっくり立ち上がる。

「忘れておりましたわ。用がありますので、ちょっと失礼いたします」

「どうなさいましたの」と古夫人。

「すぐに戻りますから」

「まさか宝さんがおいでになったら具合悪いなんてこと、ございませんでしょう。私たち、何も知らないことにしときますから、お気になさらないで」と古夫人が引っぱった。

「まさか！　阿宝は昔からのお得意さんで、長い付き合いです」と汪。

「ご用なんてまた今度にされたらいいわ。あら、もうこんな時間！」と古夫人。

汪は仕方なく腰を下ろした。

二

夕暮れ、阿宝が〝至真園〟のホールにやってきた。

「あ、阿宝さん。ママ、出かけてます」とマネージャー。

ウエイターに付いて個室に入ると、例の徐がポツンと座っているだけ。目を合わせた二人は自分の目を疑った。

「部屋を間違うたんかな。いや、徐さんも林夫人をご存じなんでしょうか」

「汪さんからお電話いただいたんです。ご婦人三人がどこかから上海にお見えになってるそうです。間違《まちご》うてないでしょう。予約には徐という私の名前だけがありました」

阿宝も席に着く。

「宝さんが私とは会いとうないと思っておられる事も承知しております」

「何を仰ってるんですか。忙しかったんです。私のほうこそお礼にお誘いしないといけませんのに。先日は常熟で過分におもてなし頂きまして、お礼を申し上げませんと」

「あの時は飲みすぎました。申し訳ございません。本を出す計画につきましては、お力添えくださるようですね。伝手《つて》をお持ちで直接当たってくださる、と丁さんが言ってました。どうお礼を申し上げてよろしいやら」

ウエイターが茶を注いだ。

「正直に申しますと、男同士でないとわかってもらえそうにありません」と徐が声を落とした。

阿宝は笑う。

「私なんか、女性の前では渡し船の役割をしてるだけです。女性が船に乗ってきたら、言われるままに東へ西へと漕ぎまくって、それで目的地に着いたらその女性は船を下りてしまう。男友達しか長い付き合いができません」と徐。

「女が船に乗ったら大抵下りようとしません。一家を構えるつもりですからね」と阿宝。

「私の求める女性は船に乗ってくれません。自分から乗ってくるようなのはこちらからお断りです。例えば李李さんなんか、橋のたもとにしゃがみこんであちこちキョロキョロ見てぼんやりした振りしてますけど、ああいうのはどうしたらいいんでしょうね」と徐が声を低くした。

阿宝は黙って聞いている。

「船を漕いでる時は、転覆する事なんか考えてません。今までの失敗なんか、つい忘れてしまうんです。乗ってきた女性がようなかったら荷物運びにでも鞍替えしたらいいんです。ね！　山芋積んだり、魚か貝を採ったりしといたらいいんですよ。流れが急だったり波が高かったりして、さあどうしようっていう時に二人の考えが全然違うものになったとします。片一方は西、もう片一方は東へ行こうってね。綿花を運ぼうとか、石を運ぼうとか、揉め事はいっぱい。そうなったらもうやってられません。腰も背中も痛みだして、しまいに甲板が水に浸かる、波も飛び込んでくる。結局ろくな事になりません」

「悲しいといえば悲しい事ですね」

「私が何回も転覆したのは当然のことです」

「アハハ」

「やっぱり宝さんは物分かりがいい。かたい信念をずっとお持ちで、女性を知らないまま穏やかにやってこられたんですね」

「アハハ。男も女も三十歳超えて異性を知らん人間なんかいるもんですか」

「確かにね」

ウエイターが汪、古夫人、林夫人、陸夫人を伴って入ってきた。部屋に香水の香りがたちこめる。時候の挨拶をし、みんなを紹介したあと汪が席を決めた。

古夫人が上座、続いて常熟の徐、汪、向かいに陸夫人、林夫人、阿宝が座る。ドア近くの席はママの李李の席として空けてある。

料理が運ばれてきた。

古夫人と陸夫人はリラックスしているようには見えたが、両目をしばたたかせ徐を観察している。初めて女性に会う時、徐はいつも相手の近くまで椅子を引き寄せるくせがあった。今回もそうしようとした。しかしおそらく汪が椅子の脚に自分の足を引っ掛けていたのだろう。椅子はどうしても動かない。

逆に汪から徐に近づいたが、徐は冷たくあしらった。

向かい側の林夫人は、徐をしげしげと見てわずかに微笑むと、向き直って阿宝と思い出話をし始めた。

「社長さんお二人がお忙しい中を駆けつけてくださいましたので、まずは私からご挨拶に」

古夫人のその言葉を聞いた徐と阿宝がグラスをかかげた。

「綺麗どころお三かたが上海にお越しくださいませんでしたら、今頃、私は事務室でどんぶりメシをかき込んでるところでした」と言う徐に、汪が笑顔で料理を取ってやる。

しかし徐は少し身をひいた。「もうちょっと向こうへ行ってくれるかな」

汪が徐を睨みつけている。

「まずこちらの綺麗どころに乾杯」と徐。

古夫人はそれを拒みもせず徐とグラスを合わせて飲み干し、満面の笑みを浮かべた。

「でも綺麗どころはたくさんいるんだから、そんなふうに仰ってもあんまり効き目が……」と古夫人。

徐が従業員からワインを受け取り、古夫人についだ。

「そういうのを〝雌雄の竜が玉で遊ぶ〟っていうんですよ。顔を突き合わせてお世辞ばっかり。でも今日は褒め合いっこが許されております。無礼講ですわ」と汪。

「オホホ、おもしろいわ。覚えておきます」と林夫人。

「私たちおばさん三人、イケメンのお二人とご一緒におもいきり頂きましょう」と古夫人。

夫人は三人ともほんのり頬を染めている。五つのグラスがカチンと音を立てた。

「北の方の女性とお酒を飲みますのは最高の境地ですな」と徐。

「ところでね。前からずっと思っておりましたのよ。上海のかたはケチなことなさるって。お料理は小さいお皿にほんの少し、二、三回つまむだけでなくなってしまいます。蘇州でもそうでした。ハスの実のスープだって小さなお碗に少しだけ。ツバメの巣のスープだって小さいグラスに一杯だけ。今は北の方でも小皿に盛るもんだからお料理が少なくなってまいりましたけど、そういうのをお上品って言うんですってね」と古夫人。

「うちの舅《しゅうと》は生粋の上海人なんですけどね。月餅だって本当に小さいのを頂きますし、しかもそれを四つに切るんですよ。月餅はかぶりついてはいけないなんて申しております」と陸夫人。

「初耳ですわ」と汪。

「天宮《てんきゅう》の犬は月餅を食べるとき、まるかじりするんですってね」そういう陸夫人の言葉に、大笑いする声が響いた。

「私は子供の頃、眷村《けんそん》っていう地域で、河北や東北それに江蘇の人と一緒に暮らしていました。人民中国ができた時、故郷から逃げ出して来た人が住み着いた移民村です。上海の人が一番嫌がってたのは広東の人が食べるフカヒレ丼です。あんな最高級の食材をなんでまた一人一人丼鉢に入れてズルズルすするのかって」と林夫人。

「初めてここに来た時ですけど、失敗してきまり悪い思いをしましたの、覚えていますわ」と陸夫人。

「路地の若い子とでもこっそりお楽しみだったのかしら」と古夫人。

「陸さまの奥様がしゃなりしゃなり歩いていらっしゃったら誰だって振り返りますものね」と汪。

「いえいえ、ネギなんです。私の故郷では白ネギを束にして売ってるんですよ。でもこちらじゃ、道端で売ってるのって細いワケギが三本で一分《ぶ》。同級生の家に行ったとき、まな板に置いてあったワケギを三本ともつまみ食いしちゃったんです。後でその子のおかあさんが魚料理をしようとしてネギが見つからないもんだからえらい剣幕。それでわかったんです。この街の人は魚料理をするためにしかネギを買わないんだって。普段はネギなんか食べないのよね。そんな事知らなかったわ」と陸夫人。

「ご当地討論会はこの辺にした方がよさそうですね。綺麗どころのお三人はお喋りばかりで、たいしてお飲みになってませんね。改めまして私からご挨拶に一杯頂きましょう」と徐。

「この辺でどうでしょう。どうしてこのお三人がここにいらしたか、徐さん、お考えいただきませんとね」と、汪は気持ちを鎮めて言う。

「あらまぁ、私ってなんてバカなんでしょう。汪さんに敬意を表してお酒をいただくのを失念しておりました。礼儀ですのに。申し訳ございません。では私から」と古夫人。

「徐さんはもうダメですよ。これ以上お飲みになったらよくない事が起こりますわ。それに、林さんの奥様がどうしておいでになったかって申しますとね。宝さんなのよね。他の人は目に入ってないみたい。四十万年以上お会いになっていないから、いっぱいお喋りしたいってお気持ちはわかりますわ。でもね。みんなの事もお考えいただきたいものですわ」と汪。

「あら、そうね。では宝さん、みんなを代表して汪さんと乾杯なんてどうかしら」と林夫人が笑った。

「私は頂いておりませんけど、みなさんはもう十分お飲みです。それに私と宝さんなんて、乾杯するほどの理由もございませんし、もうよろしいんじゃございません？」と汪。

「林さんの奥様はもう十分宝さんにお近づきです。ただ男と女が石と水磨きの関係、女は物静かで水みたいにいつの間にか男性を虜にするっていうタイプじゃなさそうね。静かっていうよりその反対ね。どうかしら。お二人は離れてお掛けいただいたほうがよろしいんじゃないかしら。徐さんと宝さん、席をおかわりになったら？」と陸夫人。

「はいはい」と阿宝が苦笑いする。

立ち上がろうとした徐が服の後ろを強く引っぱられ、ふらついている。

「それはどうかと……」と林夫人が慌てて手を振って言った。

「どうされたんですか。徐さんがそんなに怖いとでも？」と阿宝。

林夫人が阿宝に耳打ちした。「怖いわ。徐さんがこちらにお掛けになったら、目の前でひどいやきもち妬かれることになりますもの」

三

あとになって阿宝は知らされたのだが、その日、午後から外出していた李李は、所用を済ませ四時半に髪のセットも終えていた。ちょうどネイルデザインをしてもらっているところに、店のマネージャーから電話があったらしい。徐、宝、汪が食事に来ると知らされたのだ。

「わかったわ」

電話を切った李李は美容室の通路に出ると、少しためらい、そして蘇安に電話した。

「私、スパイみたい」と李李。

「いいえ、ありがとうございます。ちょうどよかった。夜、お店に伺います」と蘇安。

「悪い事、起こらへんでしょうね」

「ご安心ください。誰か連れて行って汪さんを殴らせたりして騒ぐのは私のやり方と違います。そうなっても〝至真園〟は選びませんから」

「ここまで仇同士になったとはいえ、そんな事する必要ないでしょう。汪さんはまだマシな人ですし」

「昨日も申し上げましたでしょう。具体的な事、李李さんはご存じないでしょうけど。社長は何も知らぬ存ぜぬです。汪さんをお訪ねしても全然相手にしてもらえません。会いもしてもらえませんし、何も言うてもらえません」

「用事があるんやったら、汪さんの会社で話されたらいいのに」

「あんなひどい人の所なんか行くもんですか。夜、お店に参ります。社長と汪さんと、気持ちよう お酒頂くくらいでしたらよろしいでしょう」

「何か起こってもちゃんと口でお話ししてくださいね。癇癪は起こさんといてくださいよ」

「はいはい、大丈夫です。私、絶対ニコニコしときます」

李李は電話を切り鏡の前に戻った。しかしその途端、自分のヘアスタイルが疎ましくなり美容師を恨んだ。どう見てもよくない。

八時半になろうとする時、李李は〝至真園〟に駆け込んだ。個室へ入る前に気持ちを落ち着けると、とびきりの笑顔で部屋に足を踏み入れる。

徐も奥様連中もかなり酔いがまわり、いい様子で李李に微笑みかけた。

汪が立ち上がって全員を紹介し、ウエイターが酒を注ぐ。

「みなさま、ようこそ。こんな遅くまで失礼いたしまして申し訳ございません。汪さん、お引き立ていただきましてありがとうございます」と李李。

全員が気分よく飲み始めた。

「このとおり、ずっと頂いておりましたのよ。宝さんは台湾からいらした綺麗どころと再会して、本当はご自分だけでお楽しみになるおつもりだったんですけど、みんながいるものでご機嫌がちょっとね。林さんの奥様とお知り合いになられたロマンチックないきさつだけはお話しいただかないと、って宝さんに申し上げてるところです」と陸夫人。

「そんなの、ダメダメ」と林夫人。

「ロマンチックなお話でしたらお聞きしたいものですわね」と汪。

「大げさに仰ってるだけですわ。ロマンチックなもんですか。たくさんのかたが西北地域へプロジェクトのことでお話し合いに行かれて、そのついでに植樹もされたんです。私は夫と参っておりまして、上海からは宝さんたちがいらしてて、それでご一緒させて頂いてお喋りもしたんです。ですが、みんな疲れてしまいまして、それに寒くて、それで帰ってまいりました。それだけですのよ」と林夫人はきまり悪そうに言う。

「そう、一週間くらいでした。林さんご夫妻が恐ろしい目に遭われてびっくりされましたけど、大した事ではありません」と阿宝。

「もうやめましょう」と林夫人。

「はいはい」と阿宝。

「いいえ、詳しく仰ってください。あいまいなお話は誰も聞きたくありませんわ。特にそんな荒れ果てた所でしょ。文明社会で生きてる女は、植民地とかひと気のない所のお話とか、ひやひやするような海のお話、聞きたくなるものです。そんなお話のほうが野性的だし、人の本心がわかりますもの」と古夫人が笑う。

「お話しください」と汪。

「どうぞ」と李李も笑顔になっている。

「右を見ても左を見ても砂漠、そんな所を暫く走っていました」と阿宝。

「やめましょう。お恥ずかしい事です」と林夫人。

「そこは清王朝が砂金を採掘していた所だと運転手が言っていました」と阿宝。

「やっぱりやめましょうよ」と林夫人。

「口挟まないで」と陸夫人。

「アハハ。それで、運転手はずっとお経を唱えていました。しばらくして上り坂になったんですが、アクセル踏み込んでスピードメーターが七十になっても実際はせいぜい二十キロしか出ていません」

「狐につままれてグルグル舞いでもしてたんですかね」と徐。

「車は変な音がしていました。急にガタンと揺れて、坂の上から石みたいなものがゴロゴロ落ちてきました。ライトで照らしてみたら全部髑髏《どくろ》なんです」と阿宝。

「あぁもうダメ。夕涼みの怪談、始まりね」と古夫人。

「たぶん風化してたんでしょう。そしてお墓が次々と現れたんです」と阿宝。

「もうやめてください。とんでもない事ですわ。もう聞きたくないわ」と林夫人が顔を覆った。

「車が曲がり角にさしかかったとき、タイヤが三つパンクしたんですが、運転手はスペアタイヤを二つしか持ってなくて、二つしか換えられませんでした。そして私は運転手に墓地のてっぺんまで連れて行かれました。……月明かりに照らされてボロを身にまとった男が何人もいるのが、遠くの方にぼんやり見えたんです。座って休憩したり食事したりしてましたな。黄色く光る月に照らされて髪の毛は金色に輝いてました。そのとき運転手が声をひそめて言うたんです。『あいつらは、昔、金を採掘してたやつの亡霊です。今夜は反乱を起こしてる。早くお祈りをしよう』そう言うと運転手は十回以上頭を地面に打ちつけました。『神様仏様、お願いいたします。来月になったら紙銭焼いてお参りいたします。どうか私めをお守りください』って。頭を上げて見てみると、今まで見えていた月明かりも亡霊の姿もうっすらとしてきて、しまいには消えてしまいました。戻ったときには林夫人が車の中でわあわあ泣いておられました」と阿宝。

「宝さんは話を大きくしすぎです。お恥ずかしい事です。もうほんとにおやめください」と林夫人。

「林さんは泡を吹いて全身カチカチになっておられました。運転手と私はすぐに夫人を引っぱり出しました。早くお祈りするよう運転手が言いましたが、夫人は泣いて泣いて息も絶え絶えで」と阿宝。

「うそばっかり」と林夫人。

「私たち三人はその場で地面に頭をつけてお祈りしました。夫人はたて続けに三十回も頭を押し付けて、しまいには五体を投げ出してしまわれて、起こしてさしあげようとしてもできませんでした」と阿宝。

「もう慌ててしまってどうしようもなかったんですもの。他にどんなやり方がありますのよ。スカートを穿いていたのが悔やまれます。めくれてしまって」と恥ずかしそうな林夫人。

「それでも素敵な女性であることには違いありませんよ」と徐。

「林さんもだんだん正気づいておいでででした。運転手が前輪を見ると、まだ空気がありましたので、みんなで車に乗り込みました。アクセルも戻って、踏み込んだだけのスピードが出るようになったんです」と阿宝。

「それから?」と古夫人。

「それから車の修理をして、林さんを病院までお連れしてホテルに戻って、あくる日お別れしました」と阿宝。

「そうなの。艶っぽい話は何もございませんでしたのね。でもその晩、林さんの奥様はどれほど慰めてもらいたいってお気持ちだったことか。真夜中、お部屋に入っていらっしゃらなかったなんて。しがみついてお話しになりたい事がいろいろおありだったはずなのに」と陸夫人が笑う。

「奥様、お二人ともほんとにそんな恥ずかしい事を仰って。ああいう時は私にどんな思いがあったとしても、それはタブーでございますでしょう。それに私には節度がありますもの。私は運転手さんに少しお渡ししてお墓参りをしてもらいました」と林夫人が笑う。

「それはそうすべきですね」と阿宝。

林夫人は手を合わせると目を閉じ、むにゃむにゃ言っている。「神様仏様、どうかお守り下さい。ここにいる方々もお守り下さいますように」

みんな何も言えなかった。

「私ならそんな事に出くわしてもお祈りなんかできませんわ」と汪。

「確かにそうね」と古夫人。

「でもそうなったらご主人に何が起こるかわかりませんよ」と徐。

「言ってみただけですわ。あの人のためでしたら最後にはきっとお祈りします」と古夫人。

「お祈りしないなんて仰ったら、あの時車に乗ってたみんなが許さんかったでしょうね」と笑う阿宝。

「牛の頭を押さえつけて無理やり水を飲ませるようなものですけど、頭下げんわけにはいきませんなぁ」と徐。

みんな黙ってしまった。

李李が今までにないヘアスタイルで、表情もぎこちなく緊張していることに、阿宝は気づいた。その時ふいにドアが開き、風と共に入って来た者がいる。

李李は身じろぎもしない。

徐と汪の顔色がさっと変わった。

「蘇安さん、こんばんは」阿宝が立ち上がった。

「まぁお珍しいお客様！　いらっしゃい」と振り向いた李李は気まずそうにしている。「ちょっと誰かぁ、椅子もう一つお願いねぇ」

蘇安は笑顔だ。

「宝さん、そちらのお客さまをご紹介くださいます？」

阿宝が夫人三人を紹介した。蘇安は阿宝が気を利かせて差し出したグラスを押し返した。酒を飲みに来たのではない。

「そうなんですか。みなさん身内の方々なんですね。そしたら申し上げてもよろしいですね。私が今日ここに来ましたのはね。今まで汪さんに相手にしてもらえへんかったからです。会いも話もしてもらえへんかったんです。それで汪さんにお聞きしたいだけなんです。常熟から戻ってもう二ヶ月近くになります。胸が張ってきて、お腹の子供さんも日に日に大きぃなってきてますでしょ。汪さん、いつ産婦人科の紅房子医院へ堕ろしに行くおつもりですか。その子は絶対に堕ろさなあきません」

拾伍章

壹《いち》

曹楊加工班では、五台のパンチプレスでブリキの玩具や筆箱を作っていた。金属製品の簡単な組み立てをやっているのは体にハンディキャップのある工員たち。

同じ階に住む五号室の女は阿宝の同僚。四十すぎの瓜実顔《うりざねがお》で、ほっそりしていた。てきぱきとよく働くが、穏やかな人物で子供が三人いる。夫の昌発《チャーンファア》は綿糸の紡績工場で働いている。四角い顔だ。工場では活動家の部類で、横暴なところもあった。以前は毎朝家の入り口にある腰掛けに座り『毛沢東選集』を三十分ほど精読し、食事に呼ばれると部屋に戻る、そんな暮らしをしていた。

ある日、昌発は職場の荷台付き三輪車に乗せられて帰って来た。そこまではよかったのだが、鉄の柵を握りしめたまま降りて来ない。騒ぎを見に来た者で黒山の人だかりになっている。

妻が近づきそっと声をかけた。「昌発さぁん」

昌発は少し酔いが醒めたのか、這うようにしておとなしく降りると、壁を支えにしつつ部屋に戻った。

「あのおばちゃん、いつもにこにこしてるように見えるけどほんまは違うんや。部屋を閉めきったら、おじちゃんなんか言われるままなんやぞ」と言うのは小珍の弟、小強《シアオチアーン》。「こないだ柳の木に登って、竹竿の先に小麦粉練ったんつけてセミ取りしてたんや。五号室の窓の方見たら、おじちゃんが鶏の羽でおばちゃんの足コチョコチョしてたんや。おばちゃん、籐の寝椅子に寝ころんで両脚伸ばしてて、鶏の羽が土踏まずの辺をコチョコチョッってやったらウフッて言うて、羽をそのままつま先の方へ滑らせていったら、足の指曲げてふくらはぎプルプル震わせてん。ほんで、反対側の土踏まずコチョコチョしたらケラケラ笑いだしたんや。オレ、柳の葉っぱに隠れて見てたんやけど、自分まで足の裏がこそばい感じがしてきて、もうちょっとで木から落ちるとこやったんや」

こういう事をするのはたいていが日曜日。子供三人は放ったらかしにされているが、近くの川で存分に遊べる日でもあった。

雨が降り戸口の外に並んでぼんやり座っている三人を見ると、近所の者はよく言った。

「兄ちゃんら家に入ったほうがエエぞ。早《はよ》う入りや」

「鍵かかってるもん。入れへん」と答えたのは一番上。

「戸を叩いたらエエんや。そしたら入れるから。ドンドン叩くんや」とご近所さんは声をひそめた。

一番上は黙っていたが、周りの者は吹き出した。

あっという間に一年が過ぎ、一番上は分別ざかり。

戸を叩いてみろとご近所さんにからかわれ、怒りが爆発する。「いてもたろかっ！」

驚くご近所さんはその場でスッパリやり返す。

「ほんまにもう、なんちゅうガキやっ」

また日曜がきた。五号室はいつもどおり鍵がかかっている。三人はやはり外でじっと座っていた。

ご近所さんはもう何も言わない。

また一年が過ぎ去った。昌発が軽い脳卒中に罹り、鍵はかけられなくなっていた。日曜なのに子供たちは誰も出てこない。


労働者村での暮らし、それはバーンバーンというパンチプレスの音で、毎日が始まりそして終わる。その合間には、すぐそばを走る滬杭鉄道と貨物専用鉄道から、入れ替わり立ち替わりガタンゴトンギッギッという耳障りな金属音が響いてくる。そこに南風が吹きこむと蘇州河を行く船の音、西風が強くなると畑の下肥《しもごえ》の臭いが風に運ばれてくる。

誕生日や春節など祝いの日には、隣近所十軒くらいの範囲で、三鮮麵《さんせんめん》やスープ餃子、甘い団子に塩味団子、粽《ちまき》などを届け合う付き合いをしていた。

どの家も窓や戸は開け放たれたまま。平気で本音の付き合いをしているように見える。が、実は内心にいちもつを持ってもいた。

トイレ一つとってもそこには多くの物語があった。

〝二万戸〟の名で知られる労働者の住宅を十軒につき共同トイレ一つとして計算すると、二万割る十で二千。つまり二千のトイレがあるわけだ。そしてどこも四つの個室があるので仕切り板は三つ。二千のトイレに三つの仕切りだから、二三が六。上海の二万戸には六千枚の仕切り板がある計算だ。

杉の木を縦に継ぎ合わせ、丸い便器近くにしつらえた仕切りには上下左右に六個から十六個くらい、大豆くらいの大きさの穴があいていた。それも例外なく。少なく見積もって、一枚の板に六個の穴として計算すると、六千かける六、つまり上海の労働者新村〝二万戸〟にあるトイレには、人が勝手に開けた覗き穴が少なくとも三万六千個あるわけだ。

こういうタイプの家に住んだことのある者なら、この数字は少なく見積もったもので、実際はもっと多いという事を知っているはずだ。

トイレに入り戸を閉めた阿宝は、両側がそんな穴だらけの空間にいたのである。よく「オーッ」という声とともに誰かが隣へ駆け込んでくる。仕切りは膝から上の部分しか遮ってないので、しゃがまなくても隣が見える。赤いビニールサンダル、エナメルベルトの木のつっかけ、念入りに手入れされた足の爪、すべすべしたふくらはぎが現れると、それは二号室のねえさんか、二階の小珍だ。

向こうからも阿宝のつっかけ、指、かかと、そんな何もかもがすぐそこに見えている。板一枚で隔てられた至近距離に男女がしゃがんでいるのだ。見てはいけない。しかし、たとえ見ぬふりをしていても、こんなに静まり返った夜のこと。仕切りの向こうでズボンを下ろす音、用を足す音、紙を破る音が聞こえてしまうのだ。

用足しに入った者はまず仕切りの穴に詰めてある古い紙を一つ一つ抜き取ると、新しい紙を丸めガサガサいわせながら、辛抱強くまたきちんと詰め込んでいく。そしてプライベートなプロセスをとり行う。それも慎重に、人にわからないように。しかしそれは若い女の子と五号室の女だけ。他の女たちは気にもかけていないようだった。そういう場所なのだ。ご近所さん同士といっても普段ろくに話もしない間柄なら、男女二人きりになったところで気まずさはマシかもしれないが。

ついでに余談を少し。こういうあけっぴろげな、男女の区別がないトイレを使う時、今なら少なくとも音楽を流すなどして音を消そうとするだろう。しかし当時は革命歌しかなかった。かくも不浄な空間に、電気を引いてまで革命歌を流すという大罪を犯す者がいたとしたら、そいつはすぐさまやり玉にあげられただろう。反革命の現行犯とするに十分な条件を備えているわけで、手心を加えてもらえないのは疑う余地もない。そんな時代であった。

話を戻そう。パンチプレスの前に折り目正しく座り、機械の出す規則正しい音を聞いていると、阿宝には雑念も欲もなくなる。

まるで機械に監視され指揮されているようなもの。プレス機の最上部分は高所にあり、右上についている弾み車から聞こえてくる軽快な音のおかげで、集中して仕事ができたし、それでいて極度の緊張感からは解放されるのだった。

踏み板を踏むと世の中が変わる。上で複雑な摩擦と滑らかな動きが始まる。弾み車が機械的な運動を繰り返すと、力を蓄えたプレス機がガタンガタンという巨大な音とともにシャフトを動かす。

パンチプレスの原理は〝雌雄の組み合わせ〟だと修理工の黄毛《ホアーンマオ》に教わったことがある。打ち抜く方が〝雄〟だ。両側にある送り出し器の動きのまま圧力をかけてくる。押し付けられたブリキが鋳型の穴にはまると、一秒の半分くらいの間静止する。かなりの力がかかり、ブリキと鋳型はぴったり合わさり完全に一体となる。

鋳型にはバネになった押し出しピンが付いており、高度カーボン鋼の鋭い刃だ。パンチがブリキを突き通し雌の鋳型にはまり、バネが戻る際に周りを押し付け、そのはずみで一気に切断する。パンチが上へ戻り、弾み車のバネに付いている留め具が抜け、軽やかな空回りの状態に戻る。

阿宝がペダルに乗せた足を緩め雌の鋳型のピンを長いピンセットで抜くと、色とりどりのブリキが飛び出してくる。もう立体的な製品になっている。トンという音とともに竹かごに落ち、それで一つ出来上がりだ。

五つのプレスで五種類の部品ができる。五人いる職工は脇役のようなもの。機械が主役だ。五人がそれぞれ異なったタイミングでペダルを踏むため、機械の音はバラバラだ。

大きく威厳ある機械が五つ、どっしりと腰を据え衝立のように左右を遮っている。それは山東省にある泰山のように安定した姿だ。

修理工の黄毛がその間を通り抜けて行く。阿宝のいる所からは黄毛の片脚と腕カバーしか見えない事がある。決して機械に切断されたわけではなく、見る位置によってそうなるだけ。阿宝には一部分しか見えないのだ。

五号室の女は三号機か四号機に座っている。

鋳型の周囲がザラザラになったり、ピンが折れたりすると、黄毛が鋳型を分解し第十八製缶工場へ修理に持って行く。

黄毛とはこの工場で正規雇用されている男だ。妻が亡くなりもう三年になるというので、五号室の女は黄毛のことを気にかけてやり、結婚相手に若い女工を何人も紹介していた。

最近では梅林《メイリン》缶詰工場の若手工員、丸顔の阿桂《アグェイ》が黄毛と付き合っていた。二人が会う場所は作業場の小屋のこともあれば外のこともある。

工場が休みのときは阿桂がよく訪ねて来た。桃の缶詰を持って来たこともあるし、ランチョンミートを弁当箱に入れて持って来たこともある。ホーローの入れ物に大豆のトマトソース煮を入れてきたこともあった。もとはばら売りの缶詰だ。缶詰工場で職員用に販売されたもので、見かけはよくないが味は変わらない。

黄毛が腰を下ろし食べていると、五号室の女が横からランチョンミートの大きな塊をつまみ、四号機まで来るとそのまま阿宝の口に詰め込んだりもした。

しかし阿桂は突然姿を見せなくなってしまう。

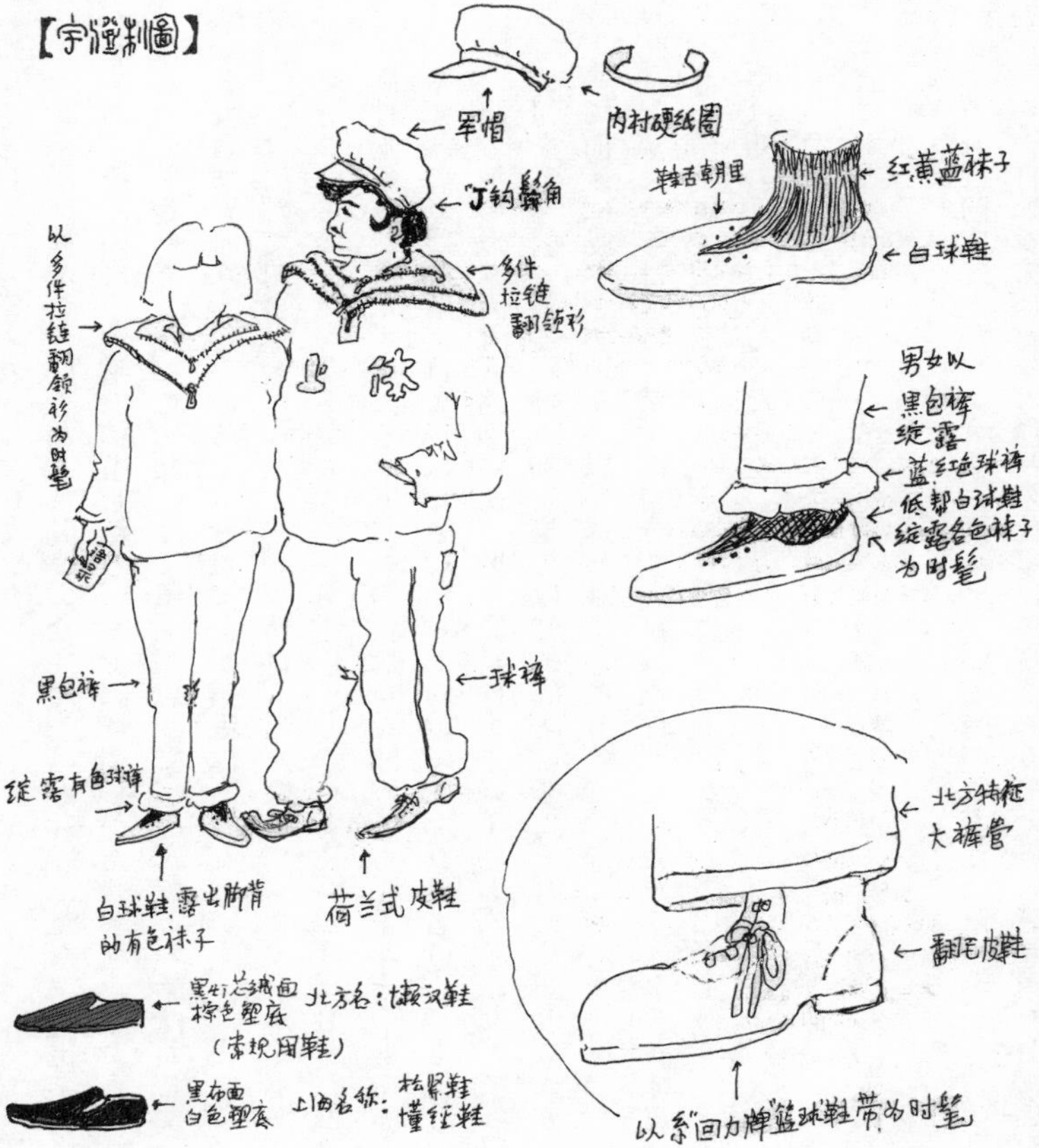

又、若い子とのやりとり。「このけったいな男の人、何やってる人?」「昔、こういう人がやり手だったんだ。みんなの先頭に立ってスポーツやってて、コーチしたりスポーツ系の学校で働いたりしてたんだよ。1967年に革靴なんて珍しかった。流行の先端いってても普通の若い子にとっては運動靴とか卓球用シューズなら上等な方、バスケットシューズがその上。1972年までは、ハイアライっていう上海のメーカーのバスケットシューズなんか、北の方ではなかなか手に入らなかった。靴紐だけなら簡単に買えたけどね」

ある日、五号室の女がぼやいていた。

「黄毛が阿桂のこと好きなんは間違いないんやけどな。ただなぁ。缶詰工場ではエエ物が食べられるやろ。そやのに、黄毛と結婚したら、家では野菜しか食べられへんような暮らしや。それでは一緒になっても食べることに意味ないって黄毛が思うて、それでこの話はおしまい」

女はまた誰かを紹介するつもりだったが黄毛は断った。「まぁ、またな」

女は笑顔で俯き黙っていた。その表情は、どんな時でもこの女が物静かであることを物語っていた。

そこいらの女たちは声が大きく、何かいうとすぐに笑い転げ、男といちゃついたりふざけたりする。阿桂もそうだった。ところが五号室の女は口を開けても穏やかそのもの。道で阿宝の両親に出会ってもにっこり微笑むだけで声は出さない。おかげでまわりの者はいつも気分よく過ごせるのだった。

夏。涼の取り方は、路地にある個人経営の小さい工場と同じやり方で、梁からぶら下げたボール紙に紐をつけ引っ張るだけ。加工班では知的障害の子にそれをやらせており、十枚以上のボール紙が揃って前後に動き、心地よい風が送られてきたものだ。

しかし今年は違う。黄毛が自分で扇風機を作ったのだ。小ぶりのモーターをどこかから調達して、薄めの金属で羽を三枚作り、その外側にネットをかぶせて出来上がり。スイッチ一つ押すだけで作業場は嘘のように涼しくなった。

八月になると原料が減るので、プレス工は阿宝一人になった。他のメンバーは向こうの隅に集められてプラグ作りをしている。電極の銅板を二枚合わせ、ボルトをしめていくのだ。

それは阿宝一人がプレス機に向かっている時のことだった。

その日の夕方、プラグ作りの仕事はほぼ終わり、殆どの者が退勤していた。残っているのは隅にある机の所で立ち働く知的障害の男の子三人だけだった。

阿宝の手元にはあと一時間くらいで終わる程度の材料が残っている。

五号室の女が止まっているプレス機四つを油拭きの雑巾で手入れしていた。

雲が出てきて蒸し暑く、今にも泣き出しそうな空模様。

プレス機の打ち抜き機が上に戻る度に、机の前に小窓が現れる。もう暗くなっていたせいもあり、女の体半分と腕、そして頭の動くのがなんとか見える程度だった。完全に全身が暗闇に隠れてしまう時もあるが、たいてい機械のぼんやりしたシルエットと重なっている。

プレス機の前にある小さな灯りは暗くなるにつれ、いっそう黄色みを帯びてきた。

プレスするたび、小さな灯りのブリキのかさがガタガタ揺れる。雨が降りだし、スレート屋根が音をたて始めた。

黄毛が二号機の前までやってきた。メインスイッチを入れると、二号機の弾み車が一定の速度で回転し、プレス機が上下に滑るように動き出す。阿宝のいる所からは何も見えなかったが、シュートにある八つの穴に油差しをあてて手入れしているのはその音でわかった。

弾み車はずっとアイドリング状態になっている。スイッチを切り忘れて行ったのだろうと阿宝は思っていた。

暫くすると、雷鳴とともに稲妻が光り目の前がパッと明るくなった。

打ち抜き機が上に戻り、小窓の所には五号室の女の背中と短い髪が現れた。女は二号機のシルエットに重なってしゃがんでいたが、黄毛の姿は見えない。

稲妻は一度きり。女は直立するプレス機の前にしゃがんでいる。両手で何かを抱きかかえたまま、髪の毛と肩はずっと前後水平に動いている。その動きは上下に動くプレス機とタイミングがずれており、銀色の光が輪郭を描いたかとおもうと、すぐまた消える。プレス機が下りてきて窓を遮るからだ。阿宝はそうっとブリキの製品を抜き取り、トンという音とともにカゴに落とした。

降りしきる雨。打ち抜き機が上に戻る。窓の向こうには暗闇が広がるだけ。上の方も機械のシルエットしか見えなかった。

打ち抜き機が下りてきてまた窓を遮る。

機械の動きといえば、フライス盤などは左右の動きと回転だ。当時、旋盤をコンピュータ制御したり、上下左右を意のままに動く工業用ロボットなど使うことはめったになかった。上下運動するのはパンチプレスと立て削り盤だけだ。それに対して前後に水平運動を繰り返す機械はかなりあった。中ぐりフライス盤、研磨盤、平削り機、シャーパー、平削り盤がそれだ。

機械内部の構造は緩み止めのV字とM字型の縦シュートが大事な組み合わせだ。くず鉄でできたアリ溝や角溝は金属加工をしてから削り、磨きをかける。溝がうまくはまると、内側の動きは滑らかだ。どれも注油孔とオイルシールが付いており、いつも潤滑油が制御できるようになっているため滑りがよく、またいつも同じ力がかかるので周りの摩滅も防げる。

十五分ほどして、二号機のスイッチを切る音が聞こえた。手元にはまだブリキが十枚ちょっと残っている。五号室の女がゆっくり近寄ってきた。腰掛けを運んできて阿宝の傍に座り助手のように手伝ってくれた。

すっきりした短髪があちこち跳ね上がり、額には汗の粒が光っている。

そのとき、向こうにある機械の裏から黄毛が現れ、部屋の隅にある机までまっすぐ歩いて行った。

あの三人はまだ仕事が終わっていない。薄く延ばした銅をプラグへ挟み込む手仕事にゆっくり取り組んでいた。彼らの動作は緩慢で、何を言っているのかも定かでない。

稲光があまりにも強かったせいだろう。女と黄毛にとっての初めての触れ合いが雷鳴と共に阿宝の心に深く刻まれた。この中年男女は、人目を忍《しの》んでいるとは言うものの、あまりにも思いきったことをしてくれるではないか。

一週間後、阿宝は午後勤を終え帰路に就いたが、弁当箱を忘れてきたことに気づき作業場に戻った。もう誰もいない。阿宝はプレス機の横まで行った。と、突然五号室の女と黄毛が飛び上がった。二人はやはりあの雷雨のときと同じ体勢だ。黄毛はプレス機のように直立し服の乱れもないように見えたが、女のほうはその場で蹲っていた。

見てはいけないものを見てしまった。阿宝は踵を返しそそくさとその場を離れた。

「阿宝」女が追いかけてきた。

作業場の外には小川が流れ、枝垂《しだ》れ柳が風になびいている。

「作業服のままで帰るし一緒に帰ろう」と女。

二人は一緒に歩いた。

「さっき何が見えた」女がおびえつつ言う。

「外から入ったばっかりやったから、目の前真っ暗で、目もチカチカしてたし」とはぐらかす阿宝。

「そうなん」

「うん」

苦笑し、ため息をつく女の肩からも髪の毛からも、黄毛の体に染み付いた機械油と同じ臭いがするのを感じた。

貳《に》

小毛が組立工の仕事をしていた七十年代初頭はステンレス製の栓抜きを自作するのがこの街で流行っていた。デザインは孫悟空、白鳥、イルカ、天翔ける馬、とんび、美しい女性などさまざまだ。両面に精密な研磨機で加工すると、人の顔が映るくらいの光沢が出る。さらに金属加工用スクレーパーで凹凸を出して削ると、鏡のような表面にプップッと小さな模様ができ、それを太陽にあてるとユニークな図柄が浮かび上がる。また栓抜きの部分は全てデザインが異なっており、小さい穴があけてあるのでキーホルダーにぶら下げることもできるのだった。

小毛の親方は時計工場で最高の八級組立工。名前は樊《ファン》、でっぷりした男だ。共産党政権になる前に、銅器職人の外国人に仕事を教わったことがある。おまけに、旋盤削り、部品のつまみ方、かんな削り、磨き、フライス盤削りなど、あらゆる事に精通していた。

午後の勤務に出ることが多く、夕食をとるとよく厚さ三ミリのステンレス板を持ち出してきた。表面にはタングステンの尖ったペンで模様が描いてある。例えば、とんびが三羽、馬一頭、それに美女など。材料の大きさや形を考えデザインを決めていく。

次の工程からが小毛の出番だ。まずデザインの輪郭に高速度鋼でできたポンチを打って穴を開け、さらにその穴を電気ドリルでなぞり本体を切り落とす。本体のステンレスが強靭で熱しやすいため、ドリルの刃がこぼれることもあり、ここが正念場だ。

次に、その半加工品を万力で挟み高速度鋼のノミで輪郭どおりに落としていき、ささくれ立った部分にヤスリをかけて平らにならす。そんな仕事が終わり、小毛が樊に手渡す頃にはたいてい退勤時間になっていた。

細かい部分は樊が自分でやる。とんびの羽、馬の蹄、女性の髪の毛や膝から下、それに靴の踵など、分厚い所や薄い所はヤスリをかけて違いを出す。ほっそりした脚は曲線が美しく、きわめて精巧にできていた。細めのノミと片手ハンマーで、ゆっくり叩き、ゆっくり削り、馬の尾、とんびの爪、女の太もも、胸のふくらみなどを浮かび上がらせる。とりわけよくできているのは目だ。

時計工場は条件に恵まれており、目には見えないくらいの小さい穴があけられる小型ドリルもある。着色の原料には半透明のカラーナイロンを使う。ブルーやこげ茶色の原料を埋め込むときは、時計用旋盤で規定のサイズに削り、マイクロメーターで丁寧に計測してから着色する。

「西の方に〝老宝鳳〟っていう貴金属の店があるやろ。そこの最高の金職人でもできるもんやない。宝石をはめ込んだ中国風のアクセサリーでもここまでは精密にできてへん。西洋風のも比べ物にならん。腕も仕事ぶりも全然違うからな」と樊。

小毛は黙って聞いている。

こういう栓抜きの中でも女性の形をした物が一番精密にできているのは誰の目にも明らかだった。とりわけ胸のふくらみ。まず極めて小さい穴を二つあけ、ピンクのナイロンを埋め込む。そしてピンクのふくらみが二つできるよう、やすりで磨く。紙やすりなら丸く仕上げることができるのだ。

体重百キロ以上ある樊は手も足も巨大だが、とんでもなく太いその十本の指は非凡な器用さを備えていた。特大サイズのつりズボンを穿き、こめかみに時計細工用のルーペをかけ、工具を作業台に並べると、自分の親指大しかないステンレスの女だけにお仕えする。柳の新芽くらい細くてやわらかいスチールのやすりをかけるうち、女性は次第に男と戯れる姿になり、曲線がはっきり浮かび上がる。カールした黒髪を風になびかせ、ほっそりとしなやかで美しい姿、スベスベの肌が熱気を帯びてくる。全体にアントラセンオイルでつやだしをすればおしまいだ。

そんな工程は感動的な記録映画ができるくらいの、いわゆる手作りがもつ奇跡だと言えた。男としての心情と細やかさがそこに託されていたのである。

「栓抜きみたいな物は簡単にできる。組立工の仕事で一番大事なんは、部品同士の組み合わせがどれぐらいきっちりできてるかや」

樊はそう言うと古いアルミ缶を取り出し、小毛に手渡した。中にはマッチ箱大の四角い鋼材が入っており、それを振るとほぞのような物が滑り出してきた。

二つの鋼材は隙間がないくらいぴったり合わさっているのに、出し入れ自在。それでいて灯りに照らすと光の漏れる隙間もない。

「これはわしが十七のときにやった仕事や。雄雌のほぞ、陰陽のほぞとも言うけどな。簡単そうに見えるけど、ほんまは命がけでやったもんや」

外枠の方は綺麗な四角でないといけないし、ほぞもそうだ。二つがぴったり合わさっていないといけない。そのためにはやすりの先で少しずつ組み立て、ヘラの先で削り、三角スクレーパーで擦る。そして灯りに照らしアントラセンオイルでつや出しをし、補修をする。

「はぁ……」

「今どきの職人は三十七になっても四十七になってもよう作らん」

「……」

「仕事するていうことは、どういうふうに生きるかっていうことや。実力があるんやったら自分が先にやらなアカン。その仕事が精巧な物になってなアカン。ちゃんとできてたら誰も口出しできんやろう。何にも言えへんやろう」

小毛は黙ったまま、合わさった二つの鋼材を出したり入れたりしている。

「いつやったか、わしを告発しよるヤツがおってな。人民中国になる前にわしが御用組合に入ってたとか、しょっちゅうダンサーを抱いて先のとがった革靴履いて、〃ラレー〃の自転車に乗ってるとかな。ふんっ！　くそったれが！　それがどうしたっちゅうんじゃ。勝手に調べて告げ口でも何でもしとれ。……人民中国になったっていうても興茂《こうも》鉄工場の半分は女郎買いとか博打に行ってたし、ダンスホールにいるのはどいつもこいつも労働者や。盛隆《せいりゅう》機械工場なんか、みんな職場の会議とか新聞を読まされるのが嫌で、逃げ出してダンスホールで女抱くことばっかり考えてよった。永大祥《えいだいしょう》絹織物問屋なんか一割が妾を囲うてたし、上海に妾がどれくらいいたかっていうたら、十万どころやないらしい。それがどうしたっていうんや。天地がひっくり返るわけでもない。……めでたいヤツがおってな。性分なんやろな。告げ口したり、悪い事たくらんだり、揉め事起こしたりしやがって。わしが自分だけ賞金貰おうとしてるとか、資本家とグルになってるとか、お上を騙そうとしてるとか言うてよるんや。いつやったか、会議があってな。半分くらい話が進んだときに、わしは自分が作ったこいつを黙って出して、机の上にそうっと並べて言うてやった。〃上海のプロレタリアートとはどういうもんなんや。ほんまにすごい男とはどういうヤツなんや。お手本にできて人前に出せる仕事っちゅうのはどんなもんか。これがほんまの仕事なんや。こういうもん作れるヤツがプロレタリアートとしての資格があるんや。こういう事が一番ようわかってて、一番夢持ってるのが職人っていうもんやろ。これがワシの仕事に対する考え方で、夢でもあるんや〃ってな」

「みんな何て言うたんですか」

「降参して黙ってしまいよった。会議もそれ以上続けられんようになってしもうた。みんな家に帰って足洗《あろ》うて寝てしまいよった。もうアホな事、何もよう言いよらんかった。返す言葉もないやろ。……手仕事で作った物は作った本人の顔みたいなもんや。口でどんなエエ事言うてても、やってる仕事がムチャクチャでは、人にばれへんと思うてても誰もがお見通しなんや」

「四十七歳にもなった人が、なんで今はこんな手の込んだ仕事ができひんのでしょうか」

「人はみんな生まれたときから決まってるんや。はじめからすぐできるヤツもおる。見習いで親方についてる時期にそれがわかる。……もし生まれつき不器用で無精者やったら、結局、理想は高いけど実力が伴わんヤツになる。それで、こそこそ会議開いたり、悪だくみ考えたり、組織作ったり、力のあるヤツに取り入ってべんちゃら言うたり、手間賃上げて待遇ようせいって経営者と労働条件の交渉したりもしよる。ムチャクチャばっかりやって、浮気もしよる。自分でもわかってよるんや。腕だけではたいした金儲けもできひんし、家族を養うこともできひんことがな。話にならんやろ。それでムチャクチャやるしかないんや」

「壁新聞に書いてありました。進歩的な労働者が御用組合とか同郷会とか互助会に入ったりしたのは劉少奇（政治家。文革で失脚。一八九八―一九六九）が後押ししたからやって。親方が御用組合に入ってたことがオレの友達の滬生の耳に入ったら、親方も絶対に反革命やって言われます」

「……」

小毛は鋼材を見ながら言った。

「親方、僕も四十七歳になったらこんな手の込んだ仕事できるでしょうか」

「……」

参

滬生は小さな工場に配属されて一年半。その後、両親のコネで金属製品の会社に配置転換された。買い付けの仕事だから、しょっちゅう出張に出かける。行ったり来たりするうちに、鉄道職員とも顔見知りになり、切符が手に入らないときは郵便車輌に乗れるよう手配してもらったりもした。

夏に珍しい経験をしたこともある。電車のドアは開け放たれ、ポプラと田畑が後ろへ後ろへと流れていき、心地よい風が吹き込んでいた。駅に着くたび、職員は郵便物の入ったズックの袋を放り投げ、また受け取る。汽車はひた走りに走る。

滬生は床に座りこんでいたが、乗り合わせていた職員たちはドアの前にある腰掛けに座っている。雑談に飽きると郵便袋が積み上げられた山に寝転び、袋から適当につかみ取っては丁寧に見ていく。当時連絡を取り合うのは郵便に頼るしかなかったので、郵便物はかなりの数に上っていた。おかげで職員たちは手紙の読み方に関して熟練工になっていた。

まず差出人や筆跡を見る。おもてに赤い囲みのある昔ながらの封筒、政府機関の封筒、クラフト紙や上質のドーリング紙、それに再生紙の封筒などさまざまなものがあるが、外見はどうでもいい。扇子を広げたように並べ、トランプのように何通か抜き取る。まず〝ジョーカー〟の封筒二枚を選び、次に〝面白そうなカード〟を丁寧に並べ、それ以外は袋に放り込む。そしてまた手をつっこみ郵便物を摑み取る。

当時は都会の青年が大量に農村へ行かされていたので、農村間でやりとりされた手紙には値打ちがあった。特に差出人に気をつけなければならない。〝○○市○○区○○ビル○号○○より〟と書いてあったり、〝○○省○○市〟、それに職場名と差出人が書いてあれば、普通は何の値打ちもない〝くずカード〟だから袋に詰め込む。

手元に残した封筒の文字は恥ずかしそうで慎み深く、字も綺麗だ。差出人は名前を書かず〝中を読まれたし〟などと書いてある。そういうのが〝いいカード〟だ。

そんなカードを五通から十通手にして袋の上に寝転がる。ごそごそと体の向きを変えて頭の位置を決めると、脚を組み、手にした〝カード〟をパラパラ振って一通を選ぶ。いよいよ封を切って手紙を読むのだ。

ところがいくら念入りに選んでも中身の大部分は他人にはわけがわからないもの。数行読むだけでおしまいだ。

〝○○さんこんにちは。まず領袖さまの限りなきご長寿をお祝い申し上げます。おばさん、おじさん、おばあちゃん、みなさんいかがお過ごしでしょうか。こちらは無事にやっております。

革命のために手をとり合い、革命に敬礼〟――こんなものはさっと流し読みするとクシャクシャと丸めてドアの外に放り投げる。手紙はバラバラに散らばり白く光りながら風に飛ばされて行く。

また封を切る。見る。〝○○さま、ご長寿を……〟――捨てる。白い光。

次！　〝おばさん、おじさん、おばあちゃん、こんにちは……〟――ポイッ。

吹き込む風が心地よい。汽車の揺れに眠気が誘われ、うとうとした。

突然、声を出して読み上げるのが聞こえてきた。

「〝あなたに会いたいとずっと思っています。本当に会いたい〟おいっ！　起きろ！」

汽車に揺られ、うとうとしながら夢の中でその声を聞いていた者のズボンが引っぱられる。そいつは何事かと目を開け、郵便袋の山に登って声の主に近付いて行く。

真剣に読む。二、三回読んだところで、便箋を丁寧に調べる。真ん中も最後の方もだ。紙にしわが寄っているということは涙をこぼした証拠だ。口紅の痕もある。太陽に照らしてみる。しかし燃えるようなそんなラブレターも最後には白い光と化し、ポプラの茂みや広大な畑の彼方へ飛ばされ消えていく。

滬生はたいていドアの所で一人ぼんやり座っていた。髪の毛はぼさぼさ。ドアの外では木々の緑もポッポツ並ぶ家屋もビュンビュン飛んで行く。牛やヤギもいた。何もかもが、声も跡形も残さず飛んで行く。全てが後へ後へひらひら舞い、消えていく。

汽車が河を渡る。大きな鉄橋を越える時、ふと姝華の顔が浮かんだ。

機関士が警笛を鳴らすと、汽車は上り坂にさしかかり、機関助士が石炭を追加する。滬生の胸は真っ黒な煙に覆われ、煤が頭からバラバラ落ちてきて首筋に入る。目がひりひり痛む。涙が出てきても滬生はそこを離れようとはしなかった。わかっていた——。

姝華が吉林《きつりん》へ農作業に行かされてもう何年経つだろう。殆ど連絡はなく、半年目に手紙を寄こしてきただけだ。

滬生さま
お手紙出すのが遅くなったこと、お許しください。何もかも順調です。本を何冊か持って来ています。『ジャック・ロンドン 自伝的物語』などです。私が落ち着いたのは朝鮮族の地域で、米や辛い物、それに餅を食べています。女の人が本当によく働くので、どの家も明るく綺麗に片付いています。お客さんが来ても男の人は普通何もしません。大雪の日でも女の人は遠い所までお客さんを送って行きます。雪の中で何回もお辞儀をして、とても古風な感じです。
上海を離れ吉林に向かう途中、大変なことが起こりました。汽車が遼寧省の鉄嶺駅に三分間停まるので、みんな汽車から下りて顔を洗ったりしていました。暫くして汽車がゆっくり発車したので、南市（上海市内の下町）から来た女の子がプラットホームから汽車に飛び乗ったのですが、ドアの所には知らない男の子ばっかり。慌ててプラットホームに戻って次の車輌に乗ろうとしたのですが、飛んだ瞬間、汽車とプラットホームに挟まれてしまったのです。まさかそんな事になるとは。

私はその車輌に乗ってたので、脚がもぎ取られるのを見てしまいました。汽車は緊急停止しましたが、女の子の脚は皮膚が完全にめくれ上がっていました。豚の皮を剥いだときの裏側みたいに、白いブツブツがあって、でこぼこ。血の跡は見えませんでした。女の子は意識がはっきりしてて、おかあさぁんって大声でずっと叫んでて、すぐに救急車で運ばれました。汽車はまた動き出しました。

昨日聞いたのですが、その子は随分よくなったけど、片脚だけになってしまったから農村には行けなくなったそうです。上海の戸籍が戻って、南市にある石炭屋さんで帳簿付けの仕事をしてるそうです。同級生の女の子はみんな羨ましがっています。あの子は上海に残って仕事ができるようになったって。ほんとに忘れられない出来事です。

滬生、お手紙を出すのは、私たちは考え方が違うという事をお伝えしたかったからです。古い言い方ですけど〝花鳥の寓目《ぐうもく》するが如く、自ら心中に幸いとすれば粗《ほ》ぼ了《おわ》り——美しい花や鳥が目に映るかのように、自ら心の中で「いいな」と思うだけでそれで良しとしており〟（袁宏道から顧升伯への手紙）とでもいうところでしょうか。もうツバメも雁も飛んで行けないくらいの遥か彼方から〝相手〟のことを思っているだけです。でも私はもうアイルランドのイェイツ（詩人、一八六五—一九三九）が「再臨」っていう詩に書いてるような〝事物がばらばらになる　中心は持ちこたえられない〟（『マイケル・ロバーツと踊り子』より）状態です。もう自分でやっていけます。

もう連絡いただかなくても大丈夫。年とともに孤独になっていくのは当たり前のこと。人は一人で生まれて一人で死んでいくのです。

人と人の気持ちが通じ合うなんて無理なこと。いい事も悪い事も、この世の事は大した値打ちなんてないのです。人生は一度限りの寂しい旅。

ではこの辺で。お返事なくても大丈夫。お元気で。

姝華より

その後も滬生は姝華からの手紙を待っていた。しかしもう二度と手紙を寄こさないだろうとも思っていた。

姝華が上海を離れる前に返してきた古本にショーロホフの短編集『ドン物語』（一九二六年）があり、メモが挟んであった。〝過ぎ去った日々とはもう永遠にお別れ。人生とは一度限りの寂しい旅〟

そのメモを見た滬生は思い出していた。一九六七年、秋も深まったある午後のこと。中山公園へ姝華について行ったことがある。この国の東、いや東アジアで一番大きいというスズカケノキを見に行ったのだ。

公園の入り口は至るところに壁新聞が貼られていた。中に入ると墓場のようにひと気がなくひっそりしており、どちらを向いてもがらんとしている。

北側には大理石でできた西洋風の舞台があり、凄みさえある白さは文革前と少しも変わらぬ姿だった。そばには一八六五年と銘文に記された銅の火災用警鐘がある。

しかしどこを探しても肝心の木が見当たらない。ふと見ると脇に小道があり西洋風の陸橋があった。そこもやはりひっそりと落ち葉の絨毯が敷き詰められているだけ。

公園の西側にはスズカケノキがくまなく植えてあり、葉の茂った上の方は伸びやかそのもの。歩道のそれとは異なる姿だった。目が開けられないほどの冷たい北風の中、二人はさんざん探したあげく、生い茂る雑草に囲まれた巨大なスズカケノキをようやく見つけることができた。樹皮は蛇皮のようで、主幹は一メートルほどの高さしかないが勇壮な姿。二人が手をつないでも抱えることはできない。大きく曲がった枝が道にかぶさり、上のほうは木のまたが枝分かれし、大空に向かって伸びる大きな手のようだった。

「これイタリア人が植えたんやて。租界の役所の記録に書いてあるわ。イタリアから来てちょうど百年になるんや」と滬生。

「一八六七年なんかぁ。フランスアオギリってよう言うてるけど、ほんまはイタリアアオギリって言うたほうがエエんやなぁ。百年もこんな寂しい所にあったんか」と姝華が木を見つめた。

滬生は黙って木を見た。

ボーボーポッポー。木にとまっていたキジバトが飛んで行った。滬生が差し出した手をずっとつないで歩いていた二人。しかし姝華が不意にその手をふりほどいた。

「昔の人は松の木とかきれいな木を見たら、沈んだ気持ちもいっきに晴れたみたいやけど、私はやっぱり景色も空もいつ見ても綺麗やとは思わへん。どんよりした空で、いつまでたってもやまへん、イヤな雨みたいに見える」

滬生は返事をしなかった。

二人に踏みしめられた枯れ葉だけが音をたてていた。自転車に乗った労働者に声をかけられた。

「何時かわかってるか。早う帰れよ。もうすぐ閉園やぞぉ」

「……」

一週間後、二人はまた静安寺で会い九十四番トロリーで阿宝の様子を見に曹楊村まで行った。

狭い座席に並んで座り、揺れに身を任せる二人。窓外を見ていた姝華は滬生にぴったり寄り添っている。

「寂しい景色やなぁ」

曹家渡に着くと、男二人と女一人が乗り込んできた。男のほうは高校生か技術専門学校の生徒だ。一人はヘアアイロンでカールさせたぼさぼさ頭にJ字型のもみ上げ。軍服の上着に幅広ズボンだ。〝人民に奉仕する〟という赤い刺繍をしたカーキ色のショルダーバッグをかけている。もう一人は軍帽をかぶり、青いスポーツシャツに赤いジャージのズボン。軍服をぶら下げ、陸上競技用の白い運動靴を履いている。靴紐はみんながよくやるように抜いてしまい、ベロの部分を中に折り込んでいるので、薄い黄色の靴下が三角形に覗いている。

女の子は中学生。その頃上海では、ファスナーが付いていないスポーツウェアを〝小開襟〟、付いているのを〝大開襟〟と呼んでいたが、その子はその大開襟を三枚重ね着していた。そういうのは布の配給切符を持っていてもなかなか手に入らず、体育関係の職場で働く人間とのコネがある者しか着られないものだった。襟まで三枚重なって見え、アルミのファスナーがまばゆく光っている。下は黒い細身、裾幅が十五センチほどのズボン。足元は白いビニール底に黒い布のズック靴、サファイアのように青い靴下だ。

厳寒期なら、こういう若者は黒ズボンの下に赤や青のズボンを重ね穿きし、三センチほど裾を見せるという工夫をしていた。――一九六六年、プロレタリアートの審美眼に適《かな》わないズボンは罰として切り刻んだ、そんな時代はもう過ぎ去っていたのである。

一九六七年から一九七〇年にかけて、この三人と同じくらいの若者にとって、細身のズボンはやはり上海人としての憧れの的だった。刺繍した襟に風を受けて歩く姿も際立っていた。そういうのが流行の最先端であり、そんなコーディネイトがみんなのお手本になっており、この街のどこにでもいるような輩が最もこだわる装いでもあった。

「けばけばしい色やなぁ」と姝華が小声で言う。

「うん」

「あんなん綺麗やろか」

「ほっといたらエエやん」

「昔の紡績工場やけど、江南育ちの女工さんやったら青か黒の上着着てウールのコート羽織って、女学生みたいに胸元に万年筆挟んでたやろ。あぁいうのはエエわ。そやけど、蘇北育ちの女工さんなんか、あの娘みたいなけばけばしい絹織物とか刺繍した靴とかピンクの靴下が好きやったなぁ」

滬生は黙っている。

「あんなん、やぼくさいわ」

姝華の生え際の髪が滬生の耳元にあたる。

「うん」

「ここ、おしゃれに敏感な上海やのに。軍服ばっかりの北京やないのに」

滬生は自分が穿いている軍服のズボンを見て何も言えなくなっていた。

軍人の子供は両親に強いバックがあることをついつい誇りに思ってしまう。

当時は、特に五十年代上層部の軍服や軍帽がファッション界で脚光を浴びており、流行の最先端、精神的なよすがにまでなり、若者に信奉されていた。肩章付きカーキ色の軍服、革製の軍靴《ぐんか》や騎兵隊の乗馬靴など全てがそうだ。

その頃、上海の若者はよく軍帽の中にボール紙を当ててハリのあるものにしていた。

そういえばその昔、四川路橋や西蔵路の泥城《でいじょう》橋に帽子を奪い取って生計を立てる者がいたものだ。アーチ形の橋の真ん中には橋を下ろうとする人力車が一台。乗っているのは、絹でできた厚めのおわん帽、フェルトの帽子、キタリスの毛皮の帽子、コーカサス羊の高級な帽子、イギリス製ラシャなど、高級な帽子をかぶった客だ。人力車が橋を下り始めたまさにその時、帽子は鷲掴みにされ頭はスカスカ。人力車は猛スピードで橋を下りて行き、取り返そうにももう遅い。帽子はリサイクル店に売りとばされている。

そんな時から数十年たっているが、今度は軍帽ばかりを狙う輩がいた。電車に乗る時、映画がはねた時、男子トイレで小用を足している時、混んでいようがいまいがおかまいなし。頭が軽くなったなと思ったら帽子が消えている。

向こうから来た二、三人の青年に肩を叩かれたその瞬間、帽子がおもむろに奪われる事もある。相手はいつのまにか自分の頭に載せるときちんとかぶり直し、大手を振って堂々と去っていく。

軍帽の価値は短期間で最高の地位までのし上がった。しかし普通、犯人は自分でかぶるためにやっているだけで、売り飛ばすようなことはしない。それがこの街の歴史のおもしろいところだ。

当時は国民全体が軍隊を崇拝しており、一人がやりだすとみんなが右へ倣えをしていた。最高の職業としての象徴が軍人の外貌や軍服だったのだ。

そしてスポーツ。スポーツ関係の事業は、国家が切り捨てなかったため人々の間で人気があった。スポーツ界では上海体育戦線革命造反司令部の紅衛兵が突出した存在であり、彼らの存在が軍服とスポーツウェアの融合を推し進め、さらにその装いがファッション界での流行となったのである。

当時、上海市民の服装は多くが青か灰色、または黒であった。そこにあのような目だった男女が現れたのは映画の影響が大きかったのだろう。街じゅう青か灰色か黒、そんな暗い色合いの中に、ひときわ華麗な姿で現れた。

流行りの重ね着。ファスナー付きのカラフルなスポーツウェアの襟元がまばゆく輝き、ズボンの裾からも重ね穿きしたズボンの赤や青が顔を出し、さらに赤、青、黄色の靴下が顔を出す。こういった服装は視覚的効果があったのだろう。虹のように鮮やかな色彩の疾走する姿は人目をひき、誰もが目をみはり褒めそやすものではあった。

しかし本当は、真の力、色合い、好み、内に秘めたもの、どれをとっても歴代のものとは全く異なり、文化的素養、いでたちそのもの、品位や品質という細かい点で比べ物にならない。例の若者は、少し前に革命の先導をしていた闘士たちとは内面的なものが全く異なっていたのである。

男二人と女一人はバスの真ん中あたりのバナナシート（二輛連結トロリーバス連結部分の座席。縦長のバナナ型）に陣取った。男の一人が娘にぴったり寄り添い、二人の体は軍服で隠されている。娘は目を閉じている。静かにしているように見えるが、軍服の下ではずっと何かが動いており、それが娘の表情に出ていた。バスが右に曲がるとシートは左に傾く。そういう時に見ごたえがあり、客の目が惹きつけられていた。

異様なものを感じた姝華が、滬生から少し離れて小声で言った。「降りたい」

「もうちょっとで着くのに」

「たぶんバスに酔うたんやわ」

俯いた姝華は顔をほんのり赤らめていた。

バナナシートがまた目の前に見えた。軍服の下ではずっと動きがあり小刻みに震えもしていた。女の子は脚を組み目を閉じ口元はずっと細かく震えている。

動いては停まるバス。

突然男の方が中年客に声を荒らげた。「何見とんねん。痛い目に遭いたいんか」

中年男性は黙って向きを変え、静かに窓外へ目をやった。手すりを握りしめたままだ。

「オレにもたれたらエエわ」

しかし姝華は動かない。

滬生も小声で言った。「聞かせてもらおうか。そういう気持ちって消極的すぎるな。世の中捨てたもんやないやろ」

怒ったのか、プイと窓の外を見る姝華。それからは口をきかなくなり、停留所に着くや、そそくさとバスから降りてしまった。


どんよりした空。バス停標識の傍で待っていた阿宝もその日の空と同じ暗澹とした面持ちだった。それでも滬生は阿宝の顔を見てほっとした。姝華も気持ちが緩んでいるようだ。

阿宝の傍にいるのは同じ棟に住む小珍と小強だ。

「長風《ちょうふう》公園に行こう」という小珍の提案に全員が同意した。

小強が道案内をする。公園の近くにある荒れ果てた広い畑を抜けるとそこはあぜ道。そんな所にまばらにある煉瓦造りの墓は棺が半分しか土に埋まっていない。灰色の煉瓦が透かし模様にして積み上げられた長細い墓室。上も煉瓦で覆われていた。今、その墓は壊され棺も砕かれ、あぜ道のそばに横倒しになっていた。

秋風が吹きすさぶ長風公園へ遊びに来る者など滅多にいない。あたりはどんよりよどみ、木々の葉は黄色く色づいていた。

中にある銀鋤《ぎんじょ》湖には小船がいくつか浮かんでいるだけで、食堂も閉まっている。

みんなで一回りしたが手持ち無沙汰だった。仕方なく池の傍にある鉄臂山に登ってみる。てっぺんに着いた。遥か彼方が見渡せた。当時は市内西側では一番高い丘で、市内の中心にある国際ホテルも蘇州河の傍にある大小の煙突も見えるという噂だった。しかしその日は、すぐ傍の街並みも遠くの景色もぼんやりかすんでいた。

「上海はくすんださびれた街やわ」と姝華。

「中二階の部屋で文人が書いた『夜夜春宵』って、四十年代杭州のカップルの話なんやけどな。国際ホテルに部屋をとってボーイに部屋へ案内されたんや。二人で窓の外の景色見てみたんやけど、パッと見ただけでわかったんや。西南の方に小高い丘があるって」と滬生。

「そんな本のこと言うて、何やの」と姝華がバカにしたように鼻で笑う。

「いや、批判的に言うてるんや」と滬生。

「小高い丘って言うても距離考えたらおかしいやろ」と阿宝。

「この鉄臂山は人民中国になってから人工的に作ったんやて」と小強。

「部屋をとるってどういう事なん」と小珍。

「その二人が見つけた小高い丘っていうのは佘山《シャサン》や。そんな事思いもよらんかったやろ」と滬生。

「市内のど真ん中から何十キロも離れたそんな所がパッと見えるって、そんなんありえへんわ」と阿宝。

「たいしてわかってもいいひん文人さん、もう何も言えへんやろ」と姝華。

「三十年代やったら、空気もきれいで家も少なかったやろけどな。歩いて経験大交流に行ったとき、オレ、七宝《チィバオ》の街を通ったことがある。佘山も行ったわ。まるまる一日歩いて、足の裏に水ぶくれがいっぱいできた」と滬生。

滬生はそこまで話すと、佘山がある西南の方を眺めた。遥か彼方の街並みもすぐ目の前も霧のように烟《けむ》っていた。

小強が袋から取り出した菱の実を勧めてくれたが、姝華はなんとか一つ皮を剥いただけ。阿宝と滬生はそこらじゅうを殻だらけにして食べていた。

「湖州（浙江省）のおじちゃんが船で来てるんやけど、みんなで行ってみいひん？　盤湾里《ばんわんり》の埠頭なんやけど。船に乗ってみよう。すぐ近くやし」とまた小珍が提案した。

丘を下りた。うらぶれた公園で枯れ葉が秋風に舞っている。

「景色見てるだけで悲しぃなってくるわ。寒ぅなってきた」と姝華。

公園の向かいは華東《かとう》師範大学の裏門で、まだ壁新聞がかなり残っていた。五人はぶらぶらと校門を入り、辺りをぶらつき、あちこちを見渡した。奥へ行けば行くほどひと気がなくなり、いつのまにか全く人のいない所まで来ていた。

小さな葡萄畑がある。その枯れた小枝や落ち葉の向こうはフェンスで囲まれており、そちらから犬の吠える声が聞こえてきたが姿は見えない。

すぐ近くに大学の天文台があるが、そこも人影はない。

大きな建物の入り口に紙くずが舞っていた。ホールの中もゴミだらけ。みんなで階段を上がったが、そこも薄暗くやはりひと気がない。

廊下を挟んだ両側の部屋には大小のガラス瓶に入った標本が並んでいた。中には蓋が開いて気《け》が抜けたものや割れたものがある。

光が当たっている部分はくすんだ黄色に見えるが、液体は濁り、まるで漬物か腸を浸したような暗い褐色になっている。全て腐っているようで、床には大量のガラス片が散らばり、ねっとりした液体がこぼれていた。

「はよぅ下りよう」小珍が顔を覆って言う。

「誰かいますかぁ」

妹華が廊下に向かって呼びかけると、木霊が返ってきた。カサコソと動物の這う音が聞こえ、ホルマリンが鼻をつく。何かいる気配がした。

「あぁ怖い。もう下りよう」と小珍。

しかし誰も動こうとしない。鼻をつく臭いがますます強くなる。ひんやりしてきたかとおもうと暑くなる。息切れがする。ひょっとしたらボイラーから熱気がもれているのかもしれない。水道管からは水がもれている。割れた窓から風が入って来た。ドスン！　何かが落ちたようだ。

犬が吠え、廊下の奥からそれが木霊する。

滬生は背筋が寒くなり、妹華をひっぱり小珍と下におりた。阿宝と小強も駆け下りる。

「道理でな。大学で革命騒ぎが起こったら、葬式場よりまだこわいって言うもんなぁ」と小珍。

「きっと死体とか棺桶とかがあって、ろくでもないヤツがいるんや」と小強。

犬に吠えられながら突っ走った。どれくらい走っただろう。目の前は灰色のキャンパス。ぼんやりと佇む領袖の像、池、それにあずまや。全てが向かいの公園と同じで、荒れ果てた姿をしていた。

「悪夢や」と滬生。

「これがもし夜やったら、この建物、シャーロック・ホームズの世界やわ。『バスカヴィル家の犬』とか『四つの署名』に出てくるのと同じや」と妹華。

五人は大学の正門をぶらぶら出た。道路を渡ると、はす向かいが土砂輸送用の盤湾里埠頭。脇目もふらず歩いた。蘇州河。岸には大きなクレーンの先端が見える。そんな景色を見ているとなぜか気持ちが晴れ、温もりを感じるのだった。

みんな小珍と小強のあとにしっかりついて行く。二人は勝手知ったる他人の家とばかり、湖州から来た船に飛び乗った。

船主のおじが甲板に上がるよう声をかけてくれた。船はそんなに小さくはない。ガラス張りの船室が明るかった。両側に布団が畳んで置いてあり、おもわずもたれたくなる。

船主はみんなを座らせると、菱の実や取れたてのサトウキビでもてなしてくれた。かまどでは肉入り粽が湯気を立てている。

「みんな遠慮せんといてな。うちのおじちゃんやし」と小珍。

滬生はまわりの何もかもが正常に戻ったように感じた。

船室の窓から見える蘇州河にはさざ波がたち、船は上下左右に揺れている。さまざまな色の宝石をちりばめたようにきらきら光る波を見ていると慰められ、落ち着いた気持ちになってきた。

サトウキビをしがみ、粽を食べた。

「二週間に一回、上海まで生石灰を運ぶ船引っぱって来るんやけど、もうかれこれ七年になるかのぅ。蘇州河の盤湾里のことはよう知ってるつもりや。信じられんかもしれんけど、わしは目を閉じたままでも波止場に船が着けられるんやぞ」とおじが自慢する。

滬生は笑いがこみ上げ頬も緩んだ。

船室に粽の香が漂う。喋っているうちに元気を取り戻した五人は甲板から遠くを眺めた。

「あの辺に、滬杭線にかかった凱旋《がいせん》路の鉄橋があるんやけどな。『上海戦』（一九五一年）ていう映画はその橋で撮影したんやぞ。解放軍が汽車で上海に入って来て、鉄橋を渡るシーンや」

「初耳や」と阿宝。

「蘇州河は腸がとぐろを巻いてるみたいじゃから、とぐろ巻くっちゅう意味の盤湾里ていう名前が付いたんじゃ。向かい側は昔の聖ヨハネ大学じゃ。じゃから学堂湾ともいうじゃろ。学堂橋は去年取り壊しになったけんどな」

「こういう船の喫水はどれくらいですか。鉄でできてるんですか。セメントも使うてるんですか」と滬生。

「内陸の川を引っぱる船は鋼板でハンダ付けしなアカンからまぁ鉄みたいなもんじゃ。ついでに教えたろ。これは支流しか走れん。〝内回り〟っていうんや。長江を走るんじゃったら〝外回り〟じゃ。だいぶあとで出来た杭州湾に入るのは〝新港入り〟。普通、〝黒底〟っていうてるのは夜行船、〝紅底〟っていうてるのは昼間走る船じゃ」

東から巡視船が来た。下流から遡ってくるので舳先が反り上がり、かき分ける水しぶきは伝統劇役者の白ひげを思わせた。波を呑み込んでは吐き出す。小さい赤旗をパタパタはためかせた船尾には、死体を引いているではないか。

白波をかき分け仰向けになったその顔は生きているように思えた。船の動きとともに波の中で浮き沈みする。両手を動かしたら背泳選手そのものだ。おじの船も浮き沈みし始め、みんな黙ってしまった。

「〝土左衛門〟がうつ伏せになるのは船のスピードが速すぎる時なんじゃ。死体が上向きになったり下向きになったりすんのはスピードと関係あってな。普通の静かな流れやったら、男はうつ伏せで女は仰向けじゃ。あぁ、こいつは黄浦江に飛び込んだんやのぅ。泥城橋から飛び込んだんかのぅ」

誰もが口を閉ざして、おじの話を聞いている。

おじが祈りを捧げた。

「あんたさん、まだお若いのに。生きてたら悲しい事も苦しい事もあるもんや。まぁこうなってしもうたんやから、悔しいかもしれんけんども、もうそういう風には思わんようにな。早いとこ、あっちの世界で生まれ変わるんじゃ。冬至になったらちゃんと供養してやるからな」

巡視船は曲がりくねった流れに従い進んで行く。船尾に広がる白波に綱が見え隠れし、波が死体の顔を洗い流す。泡を立てる波に顔が埋もれたかと思うと、またひっくり返る。水から出た裸足が波に長い筋をひいていた。

空模様がまた怪しくなってきた。

巡視船は死体を引きずりながら滬杭線の鉄橋の向こうへ消えて行った。

向こうに見える、かつての聖ヨハネ大学は絵に描いたような姿だ。その向こうにあるのは昔から本でよく紹介されていた兆豊《ちょうほう》公園、つまり中山公園。静かなたたずまいは木々の黄色と緑が織りなす世界だった。

姝華と滬生は船首に立った。滬生は黄色と緑の混ざった木のてっぺんを見やり、東アジアで一番大きいというスズカケノキに思いを馳せた。しかし今、その木は見えない。川はひたすら東へ流れて行く。どこからか聞こえてくる汽車の警笛を滬生は黙って聞いていた。

船の手すりによりかかっていた姝華が突然「蘇州河の畔《ほとり》」（「蘇州河辺」一九四六年。姚莉と姚敏のデュエット）を口ずさんだ。

「〝寂しい夜の川　二人だけの畔　星が微笑み　風に吹かれて　手に手を取っていつまでも　どこへ行けばいいの　畔をさまようだけ　誰のせいでもないはずなのに　二人だけの世界〟」

十六章

一

蘇安は入ってくるや大勢の客を前にして汪を責め、すぐさま堕胎するよう言い渡した。穏やかな言い方だがひと言ひと言が重かった。阿宝もその光景を目の当たりにしていた。素面《しらふ》の汪は照明に映える黒髪で、作り笑いをしている。

徐がすぐさま席を立ち、蘇安を連れ出そうとしたが、蘇安は聞き入れず揉み合いになった。かなり飲んでいるようだ。どうにか二人が部屋を出たところで、李李に目くばせされた阿宝はドアを閉めた。あたりがしんと静まり返った。

「みなさん、軽いものでもいかがでしょうか。上海風焼き餃子とかカニ味噌入り小籠包もどうでしょう。いけますよ」と李李。

古夫人が驚きの眼差しで汪を見つめて言う。

「どういう事ですの。なんて人でしょう。あのかた、何を仰ってるの」

「それはですね……」と李李。

「もうおなかいっぱい。これ以上頂けませんわ」と言いつつ林夫人は陸夫人に耳打ちをした。

「甘酒も頂きましょう。白玉も入ってますよ」と阿宝。

「いえあの……もう十分でございます。遅くなりましたことですし」と林夫人。

「あらほんと。私たち、お先に失礼いたしましょう。さっき思い出したんですけど、私、衡山路の友達に会いに行かなくちゃ」と陸夫人が言った。

「あら奥さま、どうなさったの。ほんと? まぁそういう事でしたら、私たちお先に失礼しましょうか。すいませーん。おあいそ、お願いねー」と言いつつ古夫人は訝《いぶか》しげに陸夫人を見ている。

「あら、お勘定なんて」と李李。

汪が険しい顔をして何か言おうとしたが、すぐにやめたのが阿宝の目に入った。

古夫人は礼を言うとバッグのファスナーを閉じ、林夫人、陸夫人とともにあたふたと立ち上がり、いとまを告げた。李李がその後について見送りに行く。

立ち上がった汪は体がこわばり、何を言っているのかもわからないくらいの小さい声でひと言だけ挨拶し、その場で三人を見送った。

部屋には阿宝と汪だけが取り残された。

ウエイターを出て行かせた阿宝がドアを閉めた。

汪がかぶりを振る。「とんだ災難ですわ。もうさんざん。あんな化け物に出会《でお》うてしもうて」

「……」

「お笑いぐさです」

「おめでたって、ほんまですか」

「徐さんが戻ってきたら言わなアカンわ。蘇安さんなんか、何の資格があって私に指図するのか」と汪が恨みがましく言う。

「一回常熟に行っただけで出来てしまうって……」

「蘇安さんの知った事やありません。ほんまにお笑いやわ。そのうえまだ私に紅房子医院へ堕ろしに行けやなんて、よう言うてくれたもんやわ。アホな事を……」

戻って来た李李は不穏な面持ちでドアをバタンと閉めた。

「徐さんは？」と汪。

「従業員が言ってましたけど、おかかえの車がずっと入り口に停まってて、二人が乗ったら行ってしまったらしいです」と李李。

「これでおわかりでしょう。今まで私は李李さんの言う事を信頼してました。徐さんがどんなに親切な人で、ようできた人かって聞いてましたよ。それが何よ。このざま」と汪はカンカンになっている。

「何ですって。私は何にも言ってませんよ。でも誰かさんが仰《おっしゃ》ってたのだけは覚えてます。旦那は連れて行きとうない、一人で憂さ晴らししたい、のんびりしたいってね。それがどうです。とんでもない事になってしまって」

李李にそう言われて、汪は口をつぐんだ。

「二人で仲良うお酒を飲んで、でも癇癪おこして、しまいに倒れてしもうて二階の部屋まで連れて行ってもろうて」と阿宝。

「私が妊娠したからって何なんよ。私には旦那がいるわ。不思議でも何でもないわ」

阿宝は何も言えなくなる。

「あの日、午後にみんな中庭に集まって弾き語りを聴きましたね。でも二人だけ、男一人と女一人、どうして顔も見せなかったんでしょうね」と李李。

「普通、男と女が二階へ行って戸を閉め切ってたら、それはきっとエエ事してたんでしょう」と汪。

李李は黙ってしまう。

「正直に言うわ。あの日はね、確かに徐さんに抱きしめられてキスくらいはしました。でもそれで子供ができたって言うわけ？　お笑いやわ」と汪が吹き出した。

李李は何も言えない。

「それから？」と阿宝。

「それからね。それからはレコード聴いて、お茶飲んで、お喋りしただけですわ」と汪。

阿宝も黙ってしまった。

「言わせてもらいますわ。私が妊娠したとしてもそれは私個人の事です。もう一人欲しいってもともと思ぅてましたから」

李李は黙って聞いている。

「正直に言いましょか。ほんまは常熟へ行く前にもうできてたんです」と汪。

阿宝が暫く考えてから口を開いた。「お子さんができてるっていうのにあんなきつい酒を平気で飲むのは、どう考えてもおかしいでしょ」

汪は暫く黙っていたが、言った。「正直にお話しした方がよさそうですね」

阿宝は口をつぐむ。

李李はテーブルを見ている。

「私と宏慶は偽装離婚したんです」

阿宝は黙って聞いている。

「なんで離婚したかっていいますとね。二人目の子供ができたら一人っ子政策違反でしょ。そうなったら宏慶の職場の地位に影響しますから、それを避ける為です。偽装離婚したらすぐに今度は、他の人と偽装結婚するんです。宏慶が誰かに間に入ってもろうて探してきました。私は新しい旦那と結婚の手続きをして、それから三人で決めました。一応、結婚ということになってますけど、体には指一本でも触ったらアカンのです。手続きしたその日に、役所の事務員さんの目の前で手をつないだだけです。それから私は相手の方へ戸籍移して、宏慶が新しい旦那に謝礼金を払いました。約束した金額の三割です。子供が生まれたら相手の戸籍に入れてまた三割払います。それからその人とは離婚して宏慶と復縁するんです。私と子供の戸籍を宏慶のほうに戻して、残りのお金をきれいに払うんです」と汪。

李李は黙ったままだ。

「でもいろいろ約束して結婚の手続きもした後で、病院でわかったんです。想像妊娠でした。変でしょう。ぬか喜びやったんです。宏慶はうろたえてました。新しい旦那との契約期間は一年やったからです」と汪は情けない顔をした。

阿宝は苦笑している。

「こんな事、私も言いとうありません。他の人は笑い話やと思うだけですもん」と汪。

「それから?」と阿宝。

「妊娠がおじゃんになったんで、宏慶は新しい旦那に掛け合いました。もうちょっと辛抱して欲しい、約束はちょっと先に延ばしてもらいたいって。その人は宏慶の運転手が紹介してくれた人です。時計工場をリストラされた職人さんで、武術ができて性格のエエ人です」

「名前は」と阿宝。

「手続きした日に宏慶と運転手が一緒に来てくれて、戸籍をその人の所に移したんですけど、手続きしてる間、私は何も話しませんでした」

「その人の住所はどこですか」

「蘇州河のそばの莫干山路です」

「ちょっと待って。その人、名前は」

「小毛さんです。工場の門衛さんです。何かおかしいですか」

「正式な名前は」

「婚姻証明書はちらっと見ただけですから忘れましたけど、運転手が小毛って呼んでたんで、私もそう呼んでて……」

「その小毛さんはどう言うてたんですか」

「状況が変わって今度いつ子供ができるかはわからへんって私が言いましたら、大丈夫や、何でも言うてくれたらエエ、何とでもなるからって言うてくれました」

「……」

李李が沈黙を破った。

「辻褄が合いませんね。偽装離婚とか偽装結婚を世間に隠すのはわかります。それでも常熟に行く前に妊娠してたっていうのは見え透いた嘘ですね。ほんとはどうなんですか」

汪は答えようとしない。

「どうして蘇安さんが怒鳴り込んで来たのか、肝心なところは言うつもりがないんですね」と李李。

汪は黙ったままだ。

「ひょっとしたら蘇安さんって目敏《めざと》いのかもしれませんね。昔、紹興出身のばあやさんが近所にいたんですけどね。歩き方とか体つきをちょっと見ただけでわかるらしいですよ。お腹が膨らんでるのはなんでか、こっそり黄金をお腹の所に隠してるのか、妊娠してるのかがね」と阿宝。

「もし蘇安さんがそんな千里眼を持ってるんなら、紅房子のお抱え占い師にでもなったらいいわ」と李李。

阿宝が小さく笑った。

「蘇安さんには絶対徐さんが漏らしたんですわ。でも徐さんには誰が言うたんやろ」と李李。

汪は答えようとしない。

「どっちにしてもこんな事、隠し通せるわけがありません。こんな恥さらしな事がもし宏慶さんにばれたらどうしましょう。私が取り持ったようなもんですしね。人の奥さんを連れて行って悪い事教えて。いいお家の奥さんを常熟に連れて行ってしまって。収拾つかへん事になってしまった。宏慶さんに殴られてもしようがないわ」と李李。

「あぁもう、正直に言うてもよろしいか」と汪がため息をつく。

李李が口をつぐんだ。

「妊娠はぬか喜びでした。常熟へ行く前の日にもう一回検査に行ったんですけど、そのとき先生は仰いました。私にはまたいい卵ができてるんやから頑張るようにって。今、私はプライバシーに関わる事までお話ししてるんですよ。……あの頃、宏慶もずっと男性専門の科に通ってました。精子の数が少ないからです。今回は少ないけど、次は増えるかもしれん、せっかく手に入れた嫁さんっていう自分の土地なんやから、旦那さんは真面目に種まきしなアカン、余分に肉体労働をやらなアカンって先生は仰ってました。……昔、毛沢東が最高指令を出しましたよね。みんな自発的に種まき機にならなアカン、夫婦たるものは真面目に畑仕事をやってたら収穫も増えるって。……病院から帰った日の晩、すぐ畑仕事にかかりました。でもやり続けるっていうところで失敗したんです。よう思い知りました。

私みたいな、か弱い女が結婚して離婚してまた結婚して、あっというまに結婚と離婚の証明書を三つも貰《もろ》うて。バツイチやって言われるし、ほとほといやになりました。偽装結婚してからも夜になったら宏慶とやらなアカンのです。種まきして田植えして。まるきり法律犯してるみたいで、不倫か内縁関係みたいで、見境なしに誰とでもやってるみたいで、ほんまに罪作りな事です。しまいにもう誰とでもエエような気になってきました。……ちょうど、どこか他所《よそ》へ気分転換に行きたいと思うてたところでした。そしたらどうでしょう。とんでもない事が起こってしもうたんです」と汪。

「そういうほんとの事がお聞きしたかったんですよ」と李李。

「前の旦那とは離婚してて、新しい旦那は数のうちに入ってません。常熟に行って、あのとき徐さんは第一印象がよかったし、何か食べたいっていうたら食べさせてくれるし、お酒飲みたいっていうたら飲ませてくれるし。しまいに二階へ休みに連れて行かれて、目が覚めたら、行水するのまで手伝《てつど》うてくれて。アホな事です。あんな事をしてしもうたんです」

李李が咳払いをした。

「それから？」と阿宝。

「常熟から上海に戻ってからも騙されやすい宏慶はやっぱり農作業の振興を必死でこなしました。農作業が基本の暮らしでした。開墾して、稲でも麦でも何でも種蒔きしました。いい時期に種蒔きして田植えして。一期作のも二期作のも。夜な夜なです。ほんまに頭がくらくらしてました。それで一ヶ月したら、苗ができました。できたんです。……宏慶の検査結果も出て基準の数でした。面倒な事になったと思いました。二進《にっち》も三進《さっち》もいかんようになったんです。……願掛けに玉仏寺へ行って、仏さまにお祈りしました。いつやったか、お寺を出た所で、目の見えへん占い師さんに見てもろうたんです。そしたら長い間眉にしわ寄せて、口ごもりながら言わはりました。今、とんでもない事になってるって。あの人にははっきり見えてたんです。蛇が二匹いるって」

「そいつ、目が見えへんのはうそやろ」と阿宝。

「千里眼やから、はっきり蛇が二匹、一つの卵を囲んでとぐろを巻いてるのが見える、これはややこしい事になるって言われました。びっくりしました。宏慶も徐さんも巳《へび》年なんです。その人が言うてたんですけど、普通やったら卵の殻を破って蛇が出てきて二匹で這いずり回ったり、先に出てきた方が残った卵を中の蛇ごと呑み込んでしまうらしいんです。それやったら天下泰平です。……でもあの時の卵は大きぃて殻も硬《かと》ぅて、蛇はどっちもが譲らへんし、どっちも相手が呑み込めへんかったんです。……卵って何の事なんか訊いてみました。そしたら、とんでもない事が起こるっていう事やって言われました。びっくりして、どうしたらエェか訊きました。卵が勝手に割れてしもうたら天下泰平になるって言うんです。……ゾッとしました。妊娠するだけでも苦労したんやから、流産するように言われてもお断りです。お金払うて、家に帰りました。……宏慶は妊娠したとわかったとたん、ほんまに優しぃなりました。新しい旦那もすぐに電話してきて、お祝い言うてくれて、わけ知り顔で言うんです。子供のためにちゃんと栄養摂れって。私は顔で笑いながら内心びくびくしてました。……常熟に行ったのはお酒と男の人に飢えてたからです。必死で涙をこらえてました」と汪。

李李は黙っている。ウエイトレスが入ろうとしたが、李李が手を振るのを見てドアを閉めた。

「徐さんに電話して、妊娠した事をお話ししました。徐さんは気にしてないみたいで、笑いながら徐家匯にある家の値段が上がったとか下がったとか言うてるだけでした。腹がたって電話を叩きつけてやりました。……あくる日、蘇安さんが電話してきました。何回もです。その度にひどい言葉を浴びせられました。徐さん騙してうまいことひっかけたとか紅房子医院へ行けとか言われました。腹が立つし悲しいし、もう相手にせんと電話にも出ぇへんことにしました。それからは何の音沙汰もありま

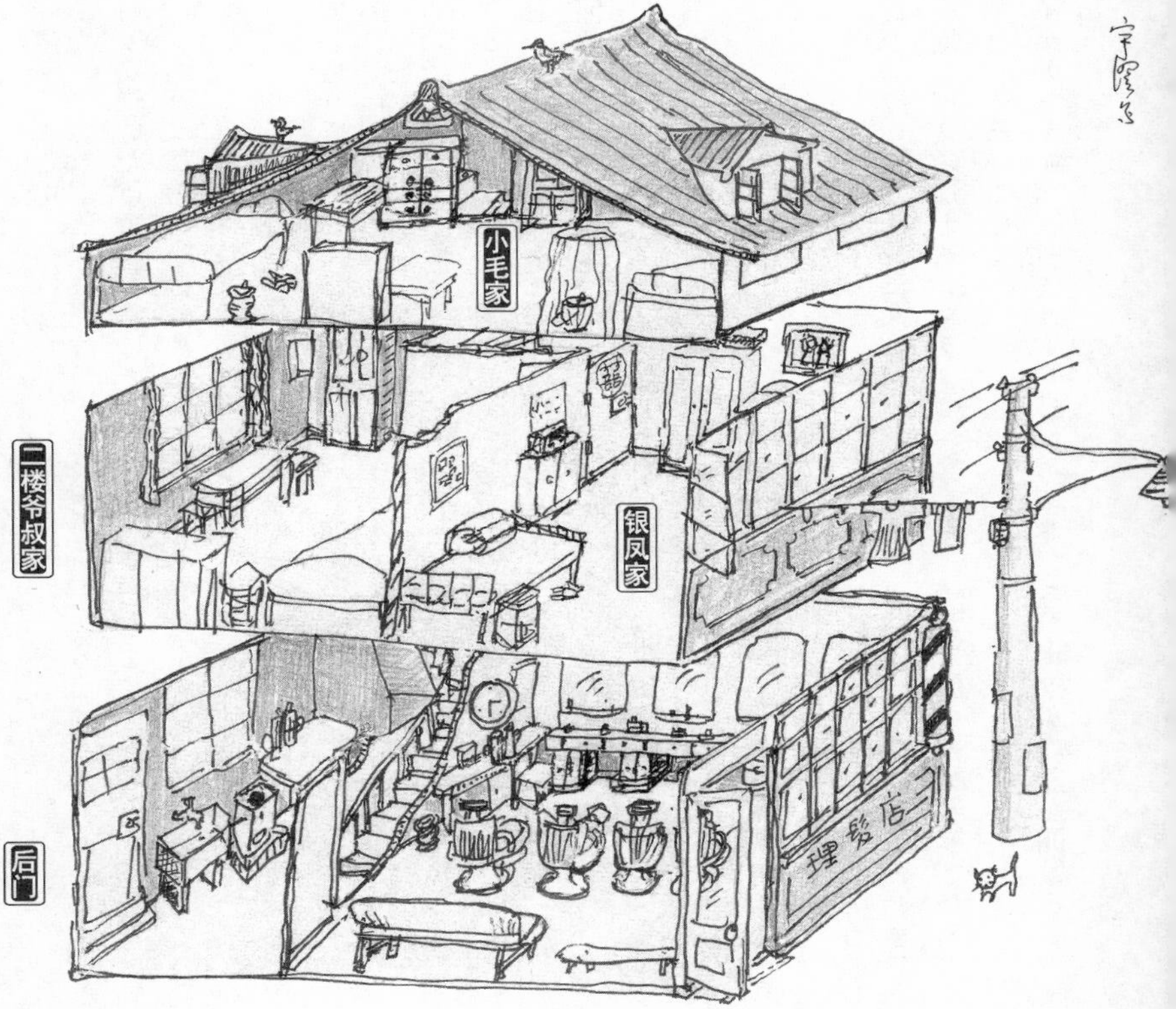

小毛の実家は典型的な昔の路地の家。庭も水洗便所もない。昔の俳優、周旋《しゅうせん》や趙丹《ちょうたん》が談笑し、鳥かごが掛けられていた、映画のセットのようなもの。1990年に登場した粉砕式トイレは、一番下に付けられた粉砕器で処理し下水に流すもの。このような路地の住人が主に購入していた。

せんでした。……徐さんはまだようしてくれはったほうです。あれからも何回か食事に誘ってくれました。蘇安が憎いだけです。あのときの事を思い出します。あのとき、蘇安に勧められてお酒飲みましたけど、あれは私を痛い目に遭わせるつもりやったんです。ぼんやりしてる私をみんなの笑いものにして、とことん追い詰めるように仕向けたんです。倒れて二階へ行ってしもうたのは、墓穴掘ったようなもんです。私なんかもう何の値打ちもありません。そしたら今度は蘇安が頭に血ぃ昇らせてカッカしてしもうて。それでわかりました。蘇安と徐は結託してたんです」

そこまで話すと汪はティッシュを取り出し涙をぬぐった。

「〝卵〟が割れてしまったら、宏慶さんが怪しむでしょうねぇ。でも持ちこたえたら、今度は蘇安さんが子供が生まれるまで目を光らせるでしょうし、徐さんの血を分けた子だったら、裁判とか遺産とか名義とか、それはもうあれこれ難題が出てくるでしょうねぇ」と李李。

汪は何も言えなくなっていた。

「〝罪作りな、お子〟かな。子供の頃、世話になった近所のばあやでしたらこう言うでしょうな」と阿宝が言うと、汪はテーブルに突っ伏して泣き出した。

二

その日の午後、康は社長三人に同行して昆山へ急いでいた。商談がまとまると、主催者側が宴席を設けて接待し、食後はナイトクラブでお楽しみ。一番に酔いのまわっているのが陸。ソファにもたれて目を閉じくつろいでいる。

ボーイが果物を並べ、白スカートのウエイトレスがボトルの蓋を開ける。

陸はいい気持ちでうとうとしていたが、ママに導かれた紫スカートのホステス十人あまりがぞろぞろと部屋に入り整列すると、はたと目を覚ました。

「まずはどの娘《こ》が一番の綺麗どころか、拝見しようかな」と陸。

みんな耳をそばだてている。

陸は並んだホステスの前に行き、一人一人しげしげと見ていたが、やがてニコニコして一人に決め、握手して挨拶をすると親しげに抱き寄せた。ワッハッハと相好をくずし、相手の背中をポンポン叩く。ホステスは素養があり世間ずれもしていたので、やりすぎと思われる客にも自然な態度で接することができた。

ワッハッハ、ウフフ——二人の笑い声が辺りに響く。

全員に同じ事をした陸はまるで首長が観閲するような態度で声をかけた。「みんな、ご苦労さん」

ホステスも声を揃えた。「社長さん、お疲れさまでぇす」

陸はまた一人一人丁寧に見て少し後ろへひくと、穏やかに言った。「ベッドを一緒にというかたは前へどうぞ」

一人また一人と、はにかみつつ前に出たホステスは五人。全員容姿端麗、こぼれんばかりの笑みをたたえている。

束の間の沈黙があった。

ふいに後ろへ下がった陸はついさっきまでの笑顔とは打って変わった恐ろしい顔をした。凶悪な形相といってもよい。

間髪をいれず、大声で罵声を浴びせた。「みんな出て行け。何が綺麗どころなもんか。何がホステスだ。ぶさいくな顔しやがって。どうしようもねえくそったれが。どいつもこいつも出て行きやがれ。

出て行け出て行け。みんなとっとと出て行け」

康が飛び上がった。

小柄な陸が、完全に理性を失い、しまいには両手を振り回して怒りを露わにしている。自分の腕や尻をパンパン叩いて力尽きると、うずくまってしゃがれ声を出し頭を抱えこんだ。

驚いたママが肩をすくめて声をひそめた。

「みんな出なさい。はやくっ」

ホステスたちが俯いたまま蛇のようにするするっと素早く出て行くと、ママは振り向き愛想笑いをした。

「ごめんなさい。あまり大きな声、お出しにならないで。アタシ、怖がりなもんで」

陸はママを抱きしめた。

「アハハ。いやいや、申し訳ない。どうしたことだ。もう大丈夫ですから」

ママはもがきながら、陸のサスペンダーを引っぱっている。「ホステスはどういたしましょうか」

「頼もうかな。連れてきてよ。すぐにね」陸はそう言って身をひくと、深々とお辞儀をした。「本当に申し訳ない事しちゃって。いやな思いをさせちゃったね。悪いけど、もう一回お願いできないかなぁ」

ママはわけがわからなくなり、気が気でなかったがそのまま出て行った。

誰も何も言わないので、陸は照れ笑いをするしかない。

「エへへ。おねえちゃん、歌、お願いするよ。『ワン　ナイト　イン　北京《ペイチーン》』（「北京一夜」一九九三年。陳昇）ね」

みんなまだ黙っている。

イントロが流れた。京劇風の歌い方を盛り込んだ、北京の歴史を感じさせる歌だ。

ドアの外ではママの連れて来たホステス十人余りが、陸の歌う姿を見てびくびくしつつも、静かに待機している。

陸はマイクを持ち、脚全体で拍子をとっているが、カラオケのリズムなどおかまいなし。お腹の底から高らかに歌いあげていた。

ワン　ナイト　イン　北京　いろんな思い
ここはどこ　花咲き乱れ
誰かが言ってた　昔の恋人がいる
靴縫いおっとり
男の帰り待ちわびて
ワン　ナイト　イン　北京　いろんな思い
酒飲んで　歌う狼
誰かが言ってた　風吹く街はずれ
鎧《よろい》に包まれ
誰か門を開けてくれ

デュエットだ。高音部が難しい。しかし陸は最後まで歌いきった。音程は狂っているが全身全霊をこめていた。前かがみになり、のけぞり、声をからし、ありったけの力を出しきり、うずくまり、血でも吐くのではないかという勢いだった。

みんな黙って聞いている。

今、向かいにいるのは狼か悪魔ではないか、康はそんな気がした。雄たけびをあげ、体全体がバラバラになり、五臓六腑が飛び出しそうになるまで歌いあげるその姿。映画で観たのと同じだ。胸のあたりからねばねばしたものが出てきて、喉の奥から怪しげな手が伸びてきそうだった。牙をむき出し天に向かって吠え続けている。それでもおかしいとは思わなかった。

一曲歌い終わった陸は大汗をかき、ウエイトレスに差し出されたおしぼりを受け取った。

ママがまたホステスを十人あまり連れて来て整列させた。

しかし陸は一瞥《いちべつ》しただけで手を振り小声でひとこと言った。「出て行ってくれ」

恨みがましくなったママは、それでもホステスの方に向き直った。「出て行きなさい」

ホステスたちは大急ぎで出て行く。

「あのう……」とママ。

「何してるんだ。早く誰か連れてこんか。何をほざいてる」

ママは出て行くしかない。

その夜、連れてこられたホステスは四組ともその都度追い払われてた。

そばにいた古と林は笑いながら見物しているだけ。しばらくして康が古に耳打ちした。

「この陸さんってのはどうもおかしな人ですな」

「はじめはわからなくても二回三回と会ううちにわかってきますから。こいつはいつもこんなふうに大酒飲んではこのざまです。歌って雄たけびあげてはしゃぐんですよ。こうやって楽しんでるんです。どうしようもありません。こういう事が好きなんですよ」

五組目のホステスが入ってきたとき、康は見るに見かねて何人かを出て行かせようとした。

しかし陸が振り向き微笑んだ。「へへ、これはこれはいいですな。みんな絶世の美女だ。お美しい。

「さあさあ、こっちに来なさい。あんたから」

　陸は一人ずつ手招きすると、ご機嫌でホステスたちの席を割り振り、一人一人手をとっては客の肩に乗せていく。

　おもわず手を引っ込めたホステスもいたが、陸は笑顔で歩み寄りその手を元に戻した。

　空気が和んできたようだ。

　最後に陸は、ホステスを一人元の位置に返してしまった。

「おやおや、この娘は社長のために選ばせていただいたんですよ。何をされるんですか。これ以上こんな事されるようでしたら、私、これで失礼いたします」と康。

「いやいや、気にせんでください。もう見つけましたから」と陸。

「どの子ですか？」

「その若い娘さんです」

「あの娘はウエイトレスですよ」

「気に入っちゃいましてね」

　膝をついてテーブルの前にいた当の娘が言った。

「陸社長さん、アタシのお仕事はお客さまのお相手をする事ではございません。みなさまのリクエストされた曲をおかけしてお酒やお飲みものをお出しするだけです」

　陸がまた微笑んだ。「お嬢ちゃん、あんたが気に入ったんだ。こっちへおいで」

　ウエイトレスはテーブルの前から離れない。

「いやなら出て行きなさい。さっさと出て行くんだ。わかったか」

　娘は俯いてしまう。

小麦色で感じのいいホステスを古が引き寄せた。

「あんたね、陸さんの気性がわかっただろ。お喋りのお付き合いでもしてりゃいいんだよ。チップ、いるんだろ。ほら」

ウエイトレスが渋々立ち上がった。

「いい娘《こ》だね。この子の白いスカートが気に入ったんだ」と陸。

様子を見ていたママはほっとして、ホステスたちを引き連れその場を離れた。

陸がウエイトレスに言う。「おいで。まず踊ろう」

ウエイトレスはしぶしぶモニターの前に歩み出た。

そう言われてみればきれいなスカートだと康も思った。ふんわりとした、白いそのスカートは昔のダンスの衣装を思わせた。康は去年渡米しており、自分の娘への土産に、流行りのファストファッションブランド、フォーエバー21の白いスカートも入れた。たったの三十二ドルだが上品なものだった。

響き渡る音楽にのり、陸とウエイトレスが踊り続けた。二人とも心地よさそうに、そして距離を保ちエチケットも守っていた。

社長連中は安心して傍にいるホステスと談笑し、サイコロゲームや酒を楽しんでいる。

落ち着いてきたと思った矢先、妻から電話があり、康は人目を避けて廊下へ行き電話に出た。

「夜、奥さまがたが汪さんを誘ってお食事してたんですって。そしたらもうびっくり！　女の人が飛び込んで来たらしいんよ。それで汪さんと大喧嘩。あの汪さんって、もう常熟の徐さんとエエことになってて、お腹まで大きいなってるんやて。どうしても堕ろさなアカンとか言われてたらしいわ」

「え？　何やて？」

「あの人らが電話で言うてきたんやから。まぁ大体そんなとこ」

「宏慶さんが聞いたらどうしたらエエんや」

「そうなんよ」

「他所で言うなよ。ここだけの話にしとけよ」

康は電話を切るとそのまま壁にもたれて呆然としている。

康と宏慶は長年の付き合いだ。隠し事をしたこともない。しかし今、男女関係に関わることが起こり、しかも子供までできたって？　男のメンツに関わる事じゃないか。どうすればいいのだ。男としてとんでもない事ではないか——。

宏慶が耳にしたらどうするだろう。かんかんに怒ってとことん追及するか、それとも沈黙を守るか、康には想像ができなかった。

廊下では数えきれないほど多くの人が行きかっている。極彩色に輝く灯りがまばゆい。宮殿の後宮のようだ。群れをなすホステスはみんな紫のスカートを穿いている。首から肩の線が美しい。みんな同じような胸元、同じような脚。ママに連れられ、寝室に向かい皇帝に寵愛される美女の群れ。それはまるで敵に立ち向かうかつての娘子軍のようでもある。色事にふける女たちが縦横無尽に行きから、幻覚かと思われる鏡張りの迷宮。この世に作られた幻の世界に違いない。

康が呆然としたまま部屋に戻ると、灯りがしぼられ静かな音楽になっていた。

ついさっきまで、洋酒を飲み、果物をつまみ、エロ話に興じ、笑いさざめいていた男と女。ツボの中にコロンコロンとサイコロを転がし、カチャンという音とともにガラスのテーブルにツボを伏せて楽しんでいたゲーム、チンチロリンにも飽きてしまった男と女が、今、二人組になりソファで抱き合い息をついている。興奮には疲労がつきものらしい。

モニターのある壁の所では陸とウエイトレスが踊っていた。アップテンポの四拍子、スローの三拍子、最後はスローの二拍子。目を閉じ穏やかな顔つきをしたウエイトレスの白いスカートがいっそう清楚に見えた。

陸が前に出ると娘が後ろにひく。いつの間にか二人の動きはスローテンポになっていた。踊っているうちに壁際まで行ってしまい、娘はゆっくりとカーテンの向こうへ滑り込み、陸はがっしりした背中だけを見せている。娘の華奢な体はカーテンに隠れ、小さな足が覗いているだけ。スカートは両側の裾だけが陸の体からはみ出して見えていた。

ゆっくりと踊り続ける二人。ついに陸の動きが止まり、動かなくなった。

長い間踊ったあげく娘は姿を消し、残されたのはぴくりともしない陸の後ろ姿だけ——康の目にはそう見えた。いや、ひょっとしたら、はじめに奇妙な行動をとった事の償いをしようとする陸が、呼吸を整え壁に向かって考え事をしているのではないだろうか。羽化したさなぎの中身がどこかに消え、陸のシャツとズボンだけが壁の所にぶら下がっているのではないだろうか。

そんな事を考えていた康は苦笑しつつソファに静かに腰を下ろした。ホステスは胸をなでおろす。

「ねぇ、社長さんってほんまにお友達思いなんですね。お電話でお忙しそうやったけど、ゆっくり休みましょう」

康は黙っておしぼりを受け取った。

「お商売、ほんまにお忙しいんですね」

笑顔で辺りを見回す康。

ホステスがしなだれかかってきた。柔らかくふっくらした胸を押し当て、甘えた声を出す。

「人の事なんか気にせんと。ひょっとして何かエエ事してたら悪いやん」

「えらい甘えてくるなぁ」

笑顔のホステスは手を滑らせるように康の胸を撫で、楊枝に刺したイチゴを口に入れてやった。

「ねえ、お仕事はお仕事。お休みはお休み。電話は出んといてください。体に悪いわ」

康が微笑んだ。

「どんなお商売したはるの」

「わしか。武器の闇取引や。原爆売ってるんや」

「アホな事言うにもほどがあるわ」

「あんた、生まれはどこや。上海弁がいけるな」

「当ててみて」

「わからん」

「ここは昆山ですしぃ」

「上海みたいなもんやないか」

「上海弁教えて」

「上海弁を習うんやったら、この言葉が難しいな」

「それやったらきっと相手をけなす、あの言葉でしょ。何か言うたらけんか腰やし聞き苦しいわ。ここは三拍子揃うた、ちゃんとした職場です。礼儀正しいし決まりもちゃんと守るし」

「上海弁で難しいのはな、〝お碗一つ〟や。言うてみなさい。イェッツェウー（一只碗）！」ホステスは三度言ってみたが、歯をむき出しているだけだ。

「上海人が喋るときは基本的にあんまり口を動かさんのや」

　ホステスはもう一度試みたがうまくいかず、しまいには甘えた声を出して、ふたたび康の胸にしなれるようになるんや」


だれかかった。

「汗かいたわ。ほんまに言えへん」

「どこかのお医者さんに舌を捻《ねじ》ってもらわなアカンな」

「えぇ？」

「九官鳥は舌を捻ってやるんや。おもてに硬い殻があるからな。捻ってその殻をとってしもうたら喋れるようになるんや」

ホステスは康をポンと叩いた。「アホ」

康が肩をすくめる。

「上海女になりきったら、エエ事あるやろか」

「アハハ。そうやなぁ」

「おとといやけど、上海のおばけに出会うたんよ」

「陸さんよりもっと怪しい雰囲気やったんかな」

「いえ、女の人です。私、お客さんと一緒に歌《うと》うてたんです。賑やかで楽しかったのに、急に上海女が飛び込んできて、お客さんを連れて行ったんです。見た感じではせいぜいただの不倫関係かなぁ。家に入れてもらえるお妾さんていう感じでもなさそうやし。本妻みたいな喋り方でほんまに可笑《おか》しかったわ……奥さん、とりあえずおかけになってフルーツでもどうぞ、歌でも歌うてからお帰りになったらいいでしょうって、お客さんの誰かが言うたんです。そしたらその女、癇癪起こしてね。こんな不潔で汚らしい所に座れるわけがない、自分も汚れるから絶対に座れへんって」

康が笑う。

「聞いて。世の中にそんなアホな女がいると思う？　あんなクズ、いると思う？　ここがどれだけきれいな所かわかってへんわ。何が汚いよねぇ。あんな女、アタシより清潔なはずないわ。毎日シャワーして清潔にして、アタシくらいやってる人間がいるわけないもん。こんな完璧にできてる人いるわけないんやから」

「……」

「ああいう女は顔を見ただけでわかるわ。顔はしみだらけやし下着かて汚れてるに決まってるわ」

ホステスの話を康はずっと笑顔で聞いていた。

それとなく宏慶に言ってやるべきではないか、いや、それは難しい……康は考えあぐねている。

そのとき、隅にいた陸が脇へ避《よ》けると、白いスカートの娘が暗闇からスルスルッと出てきた。娘は気分を害したようで、俯いたまま足早に部屋を出て行った。

陸が振り向いたが、灯りがしぼられているせいで表情までは見えない。

康はそばにいたホステスを引き寄せた。「ほら、陸さんのお世話しに行きなさい」

ホステスはぶるっと震え、首をすくめた。「そんなん、いや。こわいわ。あんな妖怪みたいな人、アニメの合体ロボットみたい。やってられません」

康は立ち上がろうとしたが、ホステスに腕をつかまれていて身動きできない。

陸はドアの外をずっと眺めていた。

白スカートのあの娘が入ってくるのを待っているのだと、はじめのうちは康も思っていた。しかしどうもそうではなさそうだ。陸は満面の笑みを浮かべ女選びをし、廊下を通り過ぎるホステス全員に手を振っているのだ。

途中とぎれることもあるが、ほぼ常に廊下を行きかうホステス。複数の部屋に馴染みの客が同時に来たのだろう。そういう部屋では客をあしらうのに忙しいため、ドアの内側で男が手招きしているのに気づいても笑顔で応え愛想をふりまくだけだ。

今の世の中、同じ建物に住んでいても住民同士は疎遠なもの。通路ですれ違うだけでは、冷たい心しかお互い持ち合わせていない。

しかし、ここは違う。人々は決してそんな関係ではない。天国のような、平等で理想的な世界。顔を合わせると、男も女も相好をくずして微笑む。それだけでお互い気分がよくなるのだ。

ホステスのほうも相手をはっきりとは覚えておらず、どこかで会った客かと思い、手を引かれるまま部屋に入ってしまう者もいた。入ったとたんドアが閉められ、目の前にいるのはやたら馴れ馴れしい見知らぬ男だと知る。が、時すでに遅し。陸は満面の笑顔で深々とお辞儀をし、すぐさまそのホステスを抱き寄せ踊り始める。クルクルクルクルクル、これでもかこれでもか——。

ホステスは気が遠くなるまで付き合わされる。もう目が回っている。落ち着きを取り戻したときには、もう陸がドアを開けている。恭《うやうや》しく手を差し伸べられたホステスはそのまま廊下まで送り届けられる。

ドアを開けては手招きし、部屋に入れて踊り、礼儀正しく送り出す。また手招き、入れる、踊る、送り出す……そんなことを繰り返す陸のそのやり方は、康の目には早送りの映像を見ているように映り、目で追うことができないほどだった。康にもたれたホステスも見ているだけで目が回りそうになっている。

「社長さん、これって何に似てると思わはります?」

「何が?」と康。

「テレビでやってたんですけどね。アフリカに長い毛の生えた蜘蛛がいてね。頭のてっぺんに小さい穴があって、動物が外を通ったらその穴がパクッて開くの。動物は中に引っぱり込まれて、おしまい」

「アッハッハッ」

「あの人、けったいな人やわ。〝食欲〟ありすぎて、ほんまにおかしいわ」

陸はホステスを連れて来ては、やりたい放題やっている。その姿を康は笑顔で見ていた。輪を描いて踊り、ホステスのスカートが見え隠れする。驚きのあまり叫び出すホステスもいる。我慢できなくなる者もいる。お色気たっぷりなのもいる。そんなホステス全員が最後には丁重ににこやかに送り出されるのだった。

白スカートのあのウエイトレスが入ってきた途端、陸はおとなしくなった。ソファに戻るとその娘と並んで座り、「オイ」だの「ネェ」だの、いつまでも囁き合っている。

その夜のナイトクラブがいつもと違う光景になったのは陸のおかげだった。

ふうっ――見ているだけで疲れる夜だった。

長時間居座り、腰を上げたのは夜中の一時半になっていた。表に出たとき陸は疲労困憊していたが名残惜しそうでもあった。古や林には先にホテルへ戻るよう言った。

「何をされるんでしょうか」と古。

「康さんにご相談することがありまして」と陸。

二人が車に乗り込み、残った陸と康は入り口に立っている。

「どこかでゆっくりしましょう」と陸が誘いかけた。

「何のご相談でしょうか」と康。

「今夜は失礼いたしました。お騒がせしちゃいました」

「いえいえ」

「座りましょうか」と陸がそばの階段にしゃがみこむ。

夜風が冷たい。

「よろしければその辺で夜食でもどうですか」と康。

「いやそんな。それは申し訳ないです。ここで十分です」

康は笑みを返す。

「はっきり申します。ここである人を待っておるんです」

「はぁ」

「あのウエイトレスの娘《こ》です。白いスカートの」

「まだ酔いが醒めていらっしゃらないようですな。もうチップも払いましたし、全部終わりましたよ。みんな帰りましたよ」

「康さんには本当のことを申します。私、あの娘が好きになってしまいましてね。仕事が終わるのを待っておるんです」

康は何も返せない。

「あの子が言っておりました。二時に着替えを済ませて出てくるから、待っててくれって」

「あの娘、そんなにいいですか」

「いやぁ本当にいい娘です。私はいろんな娘と出会ってきましたけどね。わかったんです。今日あの娘に会った時の、あんないい感じはここ十数年ありませんでした」

康は黙っている。

「心底そう思いました。どこから見ても、何もかもです。女の子はかなりものにしてきましたから、見損なうことはありません」

康は黙って陸の話を聞いている。

「今がどんなご時世か。ほんとの誠実さや家族愛なんてあるでしょうか」

康は返答に困った。

「利害で結ばれただけの同族企業というものをさんざん見てきました。私は完全に落ちぶれてもいいんです。同族企業にはない、本当の家族愛をずっと探してきましたけど、結局見つからないままです。それがまさか、今回、ここに来てあんな娘に出会うとはねぇ。少年時代に戻りました。私は辛抱強く待たないといけないんです。あの娘の仕事が終わるのをね」

康は黙って時計を見た。

「正直に言いますとね。さっきは踊ってただけですけど、もういい関係になっちゃったんです」

驚いて目をみはる康。

「あの子とちゃんと話をしないといけないんです。私はいい加減な人間じゃありません。あの子と結婚しないといけないんです」

そこまで言うと陸ははらはらと涙を流した。康が陸の肩を抱いて慰めてやる。

「あの子は上品だし純粋そのものです。本当に天使です。それにひきかえ、私は悪魔です。参っちゃいました。もう我慢できないんです。あの子に聞かないといけないんです。これからどうするつもりかって。聞く事も言う事もたくさんあるんです」

康は黙ったままだ。

「あの子は女性版孫悟空の生まれ変わりです。トランプでいうなら一番強いカードです。どんなカードよりも強い。もう本当にどうしようもありません」

陸は笑うしかない。

二人は風の吹きすさぶ中、三時半までぼんやり座っていた。しかし娘はいつまでたっても現れない。

三時四十五分、康が陸を立たせた。

警備員に尋ねてみたところ、ここは裏口が二つあり、ホステスによってはもう一つの裏口から出る習慣になっていると言うのだ。ボーイやウエイトレスもそうだ。そのほうがタクシーをひろうのに便利だという。

「従業員がたくさん通りますからね。お金でもなくされたんでしょうか。携帯ですか。どの部屋のウエイトレスでしたか。何て名前でしょうか。従業員番号は？」

陸はかぶりを振るだけだ。

康と陸はその後五分ほど待っていたが、人影は見えなかった。仕方なくタクシーに乗り込み、何の会話もないまま部屋に辿り着いた。

朝焼けが広がり始めている。

参考文献・引用文献

※作品中の引用部分に、日本語の原文や日本語訳、または口語訳が発表されているものはそのまま借用しています。ルビがないものでも必要と思われる場合は、可能な限り訳者の方に確認しルビを振りました。句読点はそのままにしてあります（訳者）。

四章

内野熊一郎『孟子』（明治書院、昭和三十七年六月十五日初版　昭和六十三年五月十日四十版）

伍章

中田勇次郎『文房清玩』「瓶史」（二玄社　一九六一年）

石田穣二訳注『新版　伊勢物語　現代語訳付き』（角川学芸出版、昭和五十四年十一月三十日初版　平成二十五年六月五日五十版）

秋吉久紀夫訳編『穆旦詩集』（土曜美術社、一九九四年五月十日）

倉石武四郎・須田禎一・田中謙二訳『宋代詞集』（平凡社　中國古典文學大系二十、一九七〇年三月）

袁宏道著、銭伯城箋校『袁宏道集箋校』（上海古籍出版社、一九八一年七月）

唐圭璋編『全宋詞』（中華書局、一九六五年六月）

八章

高木正一訳註『鍾嶸詩品』（東海大学出版会、昭和五十三年三月二十日）

小尾郊一・岡村貞雄『古楽府』訳註（東海大学出版会、昭和五十五年二月二十日）

中林孝雄　中林良雄訳『イェイツ詩集』「マイケルロバーツと踊り子　再臨」（松柏社、一九九〇年一月）

訳者略歴　同志社大学・立命館大学・大阪経済大学講師，著書に『人民文学総目録』（共著、中国文芸研究会），『図説中国20世紀文学』（共著、白帝社）　翻訳に蕭紅「馬伯楽」（『火鍋子』no.50-71 掲載、翠書房），王安憶「路地裏の白い馬」（同誌 no.75），金宇澄「馬の声」（同誌 no.80）がある。

繁《はん》　花《か》

〔上〕

2022年1月20日　初版印刷
2022年1月25日　初版発行

著者　金《ジン》　宇澄《ユイチョーン》

訳者　浦元《うらもと》里《り》花《か》

発行者　早川　浩

発行所　株式会社早川書房
東京都千代田区神田多町2－2
電話　03－3252－3111
振替　00160－3－47799
https://www.hayakawa-online.co.jp

印刷所　株式会社精興社
製本所　大口製本印刷株式会社

Printed and bound in Japan

ISBN978-4-15-210072-6　C0097

乱丁・落丁本は小社制作部宛お送り下さい。
送料小社負担にてお取りかえいたします。